A. 3- Said. H
T. Hijaab Kashif
Pub. Al-Saqi
P. Beirut
D. 2008
S. Fiction

حجاب کاشِف

أتوجّه بالشكر إلى:

* الدكتور محمد برادة لاقتراحه عنوان الرواية.

* أسامة وشيرين الدنة لمساعدتهما العملية في المراجعة.

تصميم الغلاف: ماريا شعيب

هاديا سعيد

حجاب كاشِف

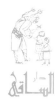

دار الساقي

الطبعة العربية

© دار الساقي

جميع الحقوق محفوظة

الطبعة الأولى ٢٠٠٨

ISBN 978-1-85516-290-7

دار الساقي

بناية تابت، شارع أمين منيمنة (نزلة السارولا)، الحمراء، ص.ب: ١١٣/٥٣٤٢ بيروت، لبنان

الرمز البريدي: ٦١١٤ ــ ٢٠٣٣

هاتف: ٣٤٧٤٤٢ (٠١)، فاكس: ٧٣٧٢٥٦ (٠١)

e-mail: alsaqi@cyberia.net.lb

الإهداء

من هاديا إلى حيدر، وبالعكس

الفصل الأول

* قرارات
* تعارف
* هروب

قرار رقم ١

شخصان ناضجان راشدان، هذا ما يمكن أن يقال عنهما في لندن، أمّا في بلد آخر، (عربي ربّما)، فهما كهلان، عجوزان، «مكركبان»، أو أيّة صفة أخرى تعجبكم، يمكن أن يوصفا بها ليصنفا على الفور بأنهما في خانة «وقف المتاع»، هذا الفرز وهذه المواصفات يربكان ما بدأت به هذه الرواية. لقد أردت التحدّث عن هذين الشخصين الناضجين الراشدين اللذين، كنت أراهما يتشابهان بطفولة وجهيهما، بخطواتهما البطيئة إلى حدّ ما، «العرجاء» إنْ شئتم، في نظر أولئك الذين لا يستطيعون غير وصف تكديس العيوب، يطلقون الأحكام بضحكات شاحبة هستيرية. (لماذا يفعلون ذلك؟)، إني متيقّنة من أن هؤلاء القوم الذين يرون هذين الشخصين الناضجين الراشدين اللذين يتشابهان بطفولة وجهيهما ورشاقة قامتيهما وضآلتهما، وخطواتهما البطيئة المتأرّجحة، سيصفونها كالآتي: (الرجل، متصابٍ قليلاً، لا يبدو عليه أنه متصابٍ، لكن راقبوا لون قميصه الأخضر. إنه مناسب لابنه وليس له. أيضاً هو يصبغ شعره ربّما. وفي المكتب يتصرّف كشاب محبوب مرغوب بابتسامته البلهاء دائماً أمام كل حسناء.. حتى أمام الشبان الصغار. من يدري؟ لعلّه، لعله شاذ كذلك، معقول، إنه لا يُشاهد مع امرأة! ولا يتقرب من إحداهن برغم أنهن يملأن مكاتب العلاقات العامة. من يدري؟ ربّما له عشيقة سريّة، إنه يبدو في الخمسين، أحياناً يبدو في الأربعين. هادئ نعم، لكن لا تنسوا نظرته الحديدية، أمّا عندما يغضب، «فيا لطيف»، يخرج وحش من لسانه، وقبضته الملوحة، وكأنه سيهاجم من أزعجه في جولة ملاكمة).

نعم، هذا، للأسف، ما قد يصفون به الرجل. لو أني سمحت لهم بمشاركتي في كتابة

هذه الرواية، ووصف إحدى الشخصيات، ولكن مهلاً. قلت «قد يصفونه» وهذه عبارة غير دقيقة، فالحقيقة أنهم يصفونه هكذا، بل وصفوه هكذا، بمثل هذه الكلمات، وغيرها مما بقي منها في رأسي، ولن أذكرها لقسوتها وتهوّرها وبشاعتها.

أما المرأة فهم يصفونها حسب موقعهم منها، فهي السيّدة النبيلة، كما يحكي عنها مقرّبون، وهي المغرورة المتعالية، عبر ألسنة أشخاص لم يستطيعوا الاقتراب منها لسبب ما، ولم تستطع الاقتراب منهم لحياء متأصّل لديها، أو تفادياً لاحتكاك مزعج، وهي خبرة اكتسبتها بمرور الزمن.

الغريب أنها في نظر كثيرين، كما أسرّت لها صديقة، ما زالت تمتلك نوعاً من الألق الذي يحبّب الناس بها على نحو خفي وغامض، يراوح بين مشاعر أخوّة، وحاجة بعضهم إلى طمأنينة يجدونها لديها، وهي بدورها تغدقها كعادة أصيلة ورثتها من والدها، بحسب ما تقول لأولئك المقربين.

غير أن أصحابنا المنتشرين في معظم الأمكنة، لا يرون إلا أنها بلهاء، ومغرورة. وجهها، لعله يمتاز بملاحة تحوم حول العينين، وأحياناً عند ابتسامة توصف بالطيّبة.

المهمّ أنها على نحو ما أيضاً، ليست هدفاً كما يبدو للألسنة اللاذعة كما الرجل، ولا أحد يدري أسباب ذلك، أو لأقل إن ما من أحد يهمّه معرفة ذلك، وسواء أكانت اتخذت قراراً يقضي بالزواج في ذلك الأحد، أم لم تتخذ، فلا أحد ممن يحيط بها كان معنياً بشيئ من معاناتها. ولكن، قطعاً باستثناء ذلك الرجل الصغير الآخر، الذي لم تعرف كيف كان سيتلقى قرارها، إلاّ أنها تدرك تماماً أنه لن يتوقّف عن دعوتها إلى التوقّف عن ذلك «الهراء» كلّه في عملها، والعودة إلى الأصول، إلى الجذور، إلى حيث الصفاء والوئام والولاء.. بالتزام الصلوات الخمس، واللباس الشرعي، أيّ الحجاب.

ترى، كيف كانوا سيتلقون إطلالتها بين معارض المركب الثقافي الضخم وسط لندن «ساوث بانك»، وفي قاعات الموسيقى الكلاسيكية التي تجنّ بها، وهي قد أصبحت سيّدة محجبة على نحو ما؟

الآخرون، ومنهم السكرتيرة الإيرلندية، ومسؤول الاستقبال الاسكتلندي، وزميلة من أمّ عراقية ووالد إنكليزي، يعملون معها ومع الرجل، كانوا يرونها بعيون أخرى، فالرجل في عيونهم وفوق ألسنتهم، لطيف، دمث، ناضج، منهمك بابنته الوحيدة، وذكرى رومانسية تركتها زوجته التي توفيت في العراق قبل سنوات. بالطبع، هم يقولون توفيت تأدباً ورفقاً، برغم أنهم يعرفون الحكاية تماماً، وهي أنها قتلت في مصادفة أرادها القدر، عندما كانت في طريقها إلى زيارة شقيقتها في أحد أحياء بغداد، فانفجرت سيّارة مفخخة في اللحظة نفسها التي اقتربت من باب المنزل.

زوجة الرجل حكاية أخرى. لعلّها تطل عليكم بلسانه، أو بلسان المرأة التي ترافقه في تجوال مفعم، بين مباني الـ «ساوث بانك»، في يوم أحد لندني، يتدفأ بشمس حنون.

المرأة التي ترافقه، أيّ السيّدة هديل، يقولون إنها تشبه على نحو ما زوجته الراحلة، برغم أن الرجل لم يكن يقول لها إنها تشبه زوجته، بل يقول لها إنها تشبهه، وكان يعني بالطبع ما يحبّه، وما ينفر منه في هذه الحياة، وأيضاً تلك التفاصيل الصغيرة التي تبدو دائماً مثل مفاجآت مفرحة متتالية، حين يبدأ ما نسمّيه التناغم والانسجام بين شخصين، امرأة ورجل في الدرجة الأولى، إذ يمنح لحظات البوح تلك، ألقاً يشبه الزغاريد الصغيرة في القلوب المتحفّزة، وفرحاً يتحوّل أثناء الحديث إلى التماعات تعزّز نظرات صافية وحانية. أما إذا كان هذا التناغم والانسجام بين كائنين من البشر، رجلين مثلاً، أو امرأتين، فإن أحاسيس أخرى تنطلق لتبرمج مواثيق خفيّة من مواصفات صداقة، أو لنقل مشروع صداقات تبقى دوماً رهينة امتحانات الظروف.

في كل حال، أعتقد أن كل العلاقات تبقى تلاميذ صغاراً إزاء امتحانات الظروف. لذا شهدت في حياتي نتائج مدهشة وغير متوقّعة أحياناً لعلاقات كانت الظروف القائد الأعلى لتحرّكها، حتى أن بعضها كان يشبه في اعتقادي جنوداً مراهقين، لم ينضج إدراكهم وحواسهم، يأتمرون بأوامر قائد مجنون، أو أبله.

هل كان الشخصان الناضجان اللذان أمضيا ذلك الأحد الجميل الطويل بين أرصفة

ومطاعم ومعارض الضفة الجنوبية لنهر التايمز في لندن، يعلنان قرارهما للظروف؟ وهل كانت تلك الظروف حليمة، أم مجنونة، أم بلهاء؟

****

قرار رقم ٢

من يأبه لقرار قد يتخذه هذان الشخصان الناضجان في لندن؟ في عقد شراكة مثلاً؟ أو في اتفاق للالتحاق برحلة جماعية؟ أما إذا اتفقا على مشروع زواج مثلاً، فلن يكون ذلك بقرار نهائي منهما، برغم أنهما ـ كما قلت وأقول دائماً ـ شخصان ناضجان. إنهما يا أعزائي في الخمسين، بل تجاوزاها بقليل أو كثير، هذا غير مهمّ. اللباقة الإنكليزية المحبّبة استنبطت توصيفاً مريحاً، يذكر رقم عقد العمر ويضيف إلى السنوات الباقية كلمة «وشيء ما»، فالمرأة في هذه الرواية تستطيع أن تقول، بل هي تقول عن عمرها: Fifty and Something كذلك الرجل، مع أنه لم يسألها مباشرة، أو بدقّة عن عمرها. كان يبدو فرحاً بتألقها، وهي أيضاً لم تتردّد في إشارة عابرة إلى لون قميص أو شال يضعه، يضفي عليه رونق شاب، أعلم تماماً أن الإفاضة في الحديث عن شخصين (في المفهوم الروائي شخصيتين) ناضجين في الخمسين، لن يكون في مصلحتي لاجتذابكم إلى الاستمرار في القراءة، وبدقّة أكبر أقول: لن يكون في مصلحتي لاجتذاب النقّاد إلى هذه الرواية، فمن التجربة أكتشف دائماً أنهم يفضّلون الأبطال الصغار، ويلاحقون كلّ ما هو فتي. وأنا أعطيهم الحقّ، فمعظمهم يكاد يكون في عمر هذين الشخصين الناضجين، لكنه يريد الهروب، يريد العودة إلى تلك الجنة المفقودة، إلى الطفولة والصبا. لهذا فتقديم بطلة في العشرين سيختلف في تلقيه لديهم، تماماً، عن تقديم بطلة في الخمسين، (خمسين مين يا عم؟ هل تريد الكاتبة أن تكتب لنا عن نفسها؟ ومتى؟ حين أصبحت كهلة!).

وحتى تقديم بطل في الخمسين، لن يعجبهم تماماً إلا إذا كان سيعيش قصّة حبّ عنيفة وصاخبة مع ابنة العشرين.

قراري الثاني في هذه الرواية، هو شيء من الميكافيلية.

نعم، سيكون لدي بطلان في العشرين.

إنهما يا حضرات: ابن المرأة الناضجة، السيّدة هديل سالم علي، وهو في الحادية

والعشرين، وابنة الرجل الكهل، السيّد يوسف كامان، التي بلغت التاسعة عشرة، ، وكلاهما غريب عن الآخر، حتى هذه اللحظة، لكنهما يريدان، وبسرعة، أن يقودا الأحداث، أعني مصير الشخصين الناضجين، فهل تساعدهما الظروف؟

ماذا أقول؟ أليست الظروف هي التي يجسّدها هذان البطلان الصغيران؟

الأحد

هل تستطيعين أن تختاري ثلاثة أيام أحد هي من أجمل أيام عمرك؟

ثلاثة فقط! كيف ستختارها لتخبره بها في هذا الزمن القياسي؟ هل تضحك وتقول له بسرعة: واحد، هذا هو أحد أجمل أيام عمري، أعني اليوم، الآن، وأنا برفقتك أتجوّل بين هذه اللوحات. ولولا صور ضحايا الحرب هؤلاء في بيروت والعراق وأفغانستان ودارفور، لكان الأحد أجمل. ولكنك مُصِرّ أن تنكّد علينا، ألسنا بريطانيين يا عزيزي؟ فلماذا نظل مسكونين بذلك الجحيم؟ نحن في الجنّة، استيقظ، فالإطلالة إلى أي جحيم خطر.

لكنها تعرف أنه سيقول لها: تعلّمي من الإنكليز الرأفة، فهم في «جنّتهم» وها هم بأنفسهم يأتون بآثار الظلم والعدوان لينقلوا إلى مواطنيهم جحيم العالم، وكي يتدرّبوا على المعرفة والرأفة معاً.

لا، لن تقول له ذلك، حتى لا يمتد الحديث إلى «مسقط رأسيهما»، تلك اللعنة الأبدية التي لا تقود إلا إلى حنين أجوف، أو تعصب أعمى. هي إذاً تعلم أن ما يفرقهما الكثير: هي المسلمة، السُنيّة، العراقية والفلسطينية معاً. وهو، المسيحي الماروني، اللبناني الشمالي، الذي ما زال من تبقى من الفرع الضعيف والفقير في عائلته يرتبط، أو يحاول أن يرتبط، بدوائر الذين ما زال لهم نفوذ ما في أطراف قرية بعيدة، نائية، مستفيدين من نظرية قديمة ومتهرئة كما يراها يوسف، وهي: «نيّال من له مرقد عنزة في لبنان».

قديمة! ممجوجة! مستهلكة.

ما هي؟

فكرة البطلين، المسلمة والمسيحي، أو العكس.

هذا ما سيردّده النقّاد، طبعاً ممن سيتلقّون نسخاً من الرواية، من مسؤولي الدار الناشرة، وهم من ستخشاهم المؤلفة، كما تخشى بطلة روايتها حيوان «الفوكس»، الثعلب الأصفر، الذي يتجوّل ليلاً، خاصة أيام الآحاد، وكأنه مصرّ على استقبالها لدى عودتها من لقاء أو التزام، ينتظرها في منطقة الغابة الصغيرة، التي يقبع فيها منزلها مع مجموعة من البيوت المتجاورة، بانسجام وأناقة عند طرق فرعية صغيرة، شقت في وسط الغابة في مقاطعة «ساري»، التي تقع على أطراف لندن.

لا يهم، انسي النقاد الآن، وحدثي هؤلاء القرّاء الطيبين الشغفين عن «الأحد»، أليس عنوان هذا الجزء من روايتك هو «الأحد»؟ فلماذا تبتعدين عن الموضوع، مثلما يفعل الساسة العرب؟

لأحد، آه الأحد الجميل. ما زلت أحب تلك «الأحدات» التي تحكي عنها «هديل»، تلك الأرملة الناضجة، المسلمة، العراقية / الفلسطينية، ليوسف، ذلك الأرمل، المسيحي المارونى، اللبناني، عندما جلسا على أحد مقاعد باحات «الساوث بانك» وبدوَا من بعيد مثل لقطة حلوة من فيلم رومانسي، تظللهما شجرة كاليبتوس، أطفال هادئون ولطفاء يتحركون حولهما بأحذية التزحلق، كهول وعُجز، يتجوّلون ببطء، بعضهم بصمت، بعضهم بضحكات، أو استغراق في نقاش.

وفيما بدت أحاديث الآخرين، ومعظمهم نقول عنهم بلغتنا العربية (أجانب) تتوزّع بين تعليقات على معرض، أو تفاهم على اختيار وجبة الأحد السريعة، أو الاتّفاق على حضور حفل محمّد خير وغونزاليس، الموسيقيين، الإسباني والعربي، الذي يحمل عنوان (عناق الغيتار والعود)، كان حديث بطلينا (البطلان الثانويان في هذه الرواية، لأني ما زلت مصرّة على إرضاء النقّاد وتقديم بطلين شابين، مجنونين، مليئين بالحياة والتهور وإلخ...)، أقول كان حديث بطلينا الثانويين عن أجمل ثلاثة أيام أحد في عمر كل منهما.

يوسف، وهو لم يغيّر هذا الاسم في لندن ليجعله «جوزف»، بل ظلّ محتفظاً به، متقبلاً كلّ من يلفظه بالكسرة، أو بالضمة، كان يريد أن يعرف بإلحاح عن ثلاثة أيام أحد لا تنسى في حياة هديل التي غيّرت اسمها أمام أصدقائها الإنكليز وجيرانها إلى «هايدي»، مختلقةً قصّة إعجاب أبيها بالجاسوسة العالمية «هايدي لامار»، (مع أنها لا تتفق معه أبداً على هذا الإعجاب).

ما الذي قالته هديل ليوسف عن تلك الآحاد التاريخية؟ وما الذي أملته عليها «هايدي؟».

****

كان ما كان

شجرة الميلاد، لم تكن جميلة تماماً، كانت يابسة بعض الشيء، تعرف يا يوسف، في العراق، صعب الحصول على شجرة أو شُجيرة ندية، طرية، مشعّة باخضرارها كما هي عندكم في لبنان.

كنا انتهينا من تزيينها، فأصبحت رائعة، كان هناك جرس مكسور، ولعبة بابا نويل صغيرة جداً، ولكن بدون عين وقدم، ومع ذلك علقتها لبنات الجيران تفاؤلاً. كان بيتهم يبتعد عن بيتنا، في منطقة العرصات الهندية ببغداد، بضعة أمتار، يفصل بيننا بيت واحد، أصحابه غائبون دائماً في أربيل، يأتون إليه مرّة كلّ عامين، تركوا لنا الحديقة لنتّخذها ممراً إلى حديقة جيراننا، «التلكيف» الخلفية. لهذا كنا لا نضطر إلى الخروج إلى الحديقة الأمامية، هناك يقف الأولاد ليراقبوا ما نلبسه تحت العباءات، فكثيراً ما كانت النساء يخرجن بملابس النوم إلى بيوت الجيران، بعد أن يلففن العباءات حول أجسادهن، ليخفين أطرافاً منها، إلا أن نظرات الأولاد أشدّ قوّة من كاميرات الأشعة التي تكشف المستور، فتستقر عند أعلى الصدر وأسفل الساقين.

ذلك الأحد كان أجمل أحد، بدأ في السادسة صباحاً أمام شجرة الميلاد في بيت بنات التلكيف، وبآخر لمسات الزينة، كن ثلاث بنات وأمّهن المقعدة، أما أخوهن الوحيد، فهو في أميركا، وسيسعى لتسفيرهن إلى هناك، لم يكن مضطهدات، ومع ذلك كن يقلن: أميركا أحلى، وسنعيش هناك بشكل أفضل، وأمنّا ستكون بقرب أخينا، لأنها ستموت هنا بدونه. ذلك الأحد بعد أن أكلنا «الكاهي» الساخن، يا الله ما ألذّه، ما زلت أشتمّ رائحة القشطة والسمن المحروق، أسرعنا بعدها إلى الكنيسة لأننا كنا تأخّرنا، استمعت إلى التراتيل، يا الله ما أجملها وهي تخترق عبق البخور، خلف القس «أبونا»، تماثيل العذراء والمسيح، كانت قديمة، ركعت سعاد وأختها، وبدأتا صلاتهما، كنت أعرف منها «أبانا الذي في السموات والأرض، فليتقدس اسمك، وليأت ملكوتك، ولتكن مشيئتك في

السماء كما في الأرض، أعطنا خبزنا كفاف يومنا، واغفر لنا ذنوبنا وخطايانا، كما نغفر لمن أخطأ وأساء إلينا، ونجنا من الشرير آمين».

كنت أعرف أيضاً الدعاء للعذراء بالفرنسية، حفظته في طفولتي من «مس كينا» مربّية الأطفال الأجنبية التي أمضينا معها صيفاً كاملاً في الشمال

Je vous salue marie, plein de grace
Le seigneure est avec vous
Vous êtes bénie entre toutes les femmes et jésue le fruit de vos entrailles ainsi soit il
Saint marie, mère de Dieu, priez pour nous pauvres pêcheurs, maintenant et a l'heure de notre mort Amen

لكني، بدون أن أدري، وجدت نفسي أتمتم بصلاتي «بسم الله الرحمن الرحيم، الحمد لله ربّ العالمين، الرحمن الرحيم، مالك يوم الدين، إياك نعبد وإياك نستعين، إهدنا الصراط المستقيم، صراط الذين أنعمت عليهم، غير المغضوب عليهم ولا الضالين آمين».

ثم شعرت بخوف ما، غامض، لا أدركه، فردّدت «قل هو الله أحد، الله الصمد، لم يلد ولم يولد، ولم يكن له كفواً أحد».

تلك المشاعر الغامضة تلاشت بعد قليل مع ضحكاتنا خارج الكنيسة، تمشّينا وغنّينا لفيروز وجورجيت صايغ والياس الرحباني، ثم غنينا لإلياس خضر وسعدون جابر، وعدنا لنشتمّ رائحة الدولمة، التي أعدتها أمّهن، بعد أن كنا تركنا لها كلّ المواد و«البريمز» الصغير على أرض المطبخ، حيث جلست وطهت مطمئنة على أننا سندعو لها في الكنيسة، في هذا الأحد المبارك، الذي صادف أيضاً يوم الميلاد المجيد.

الأحد الثاني، يا عزيزي، كان بعد سنوات كثيرة، كثيرة جداً، يعني بعد ترمّلي، وهروبنا من بغداد إلى لندن. ربّما كان يوم الاستعداد للقسم، أيّ قسم؟ قسمي بأني سأكون مواطنة بريطانية جيّدة، كنت تلقيت رسالة الموافقة على منحي الجنسية، يرافقها طلب بالتوجّه إلى محام، أقسم أمامه على الولاء للمملكة. اتّصلت بأقرب مكتب محاماة في منطقتنا، وطلبت أقرب موعد، قالوا لي يوم الاثنين المقبل. ذلك الأحد، أقفلت هاتفي الموبايل،

أقفلت التلفزيون، سعدت للمرة الأولى والأخيرة، ربّما لأن ابنَيّ سيذهبان للعب كرة القدم طوال اليوم في أحد ملاعب المقاطعة، برغم أني كنت أؤنبهما دائماً قائلة إن الأحد هو يوم الاجتماع العائلي. الصغير، «مؤنس»، كان يقول دائماً بسخرية: "Which Family mom?" ثم يردّد «نحن عائلة عرجاء مثل مشيتي»، طبعاً هو افتقد والده منذ كان عمره ثلاث سنوات، حقّه. أما الكبير «سامر» فأهدأ.. إنه كتوم، لكنني أتفاهم معه بنظرة أحياناً، أو بكلمة واحدة.. سامر يريحني، إلا أني أشعر بابتعاده أحياناً، كأن له عالمه الخاص. «مؤنس» يلتصق بي، يقترب جداً، يلحّ، يؤذيني بكلمة، لكنه يجعلني ملكة بتأجج عواطفه، راقبتهما من النافذة المطلّة على باحة البيت الأمامية، تحرّكا بسرعة تغيظني، عندما ينطلق سامر في سيارة الفولكسفاكن الخضراء، وكأنه ينتقم من كلّ الهدوء الذي يتلبّسه، فيما تراجعت متمتمة بدعاء قصير، ثم أخذت أقفز بحركة راقصة، كأنها التصقت بلا وعيي من أحد الأفلام. (أنا مواطنة صالحة، نحن مواطنون صالحون، تحيا بريطانيا، تحيا الملكة).

تعال يا شوبان، ويا باخ، ويا تشارلز راي، ويا موزار، أسطوانة بعد أسطوانة، أضعها في جهاز الهاي فاي، البيانو يدغدغ خطواتي، مقطع من أوبرا دون جيفانو يطلق لي أجنحة، غداً غداً، سأمتلك وثيقة تزيح عن كتفَيّ كلّ العناء.

شيء خفي، ظلّ في رأسي في نهاية ذلك اليوم، أحبّ أن أعترف لك به، ربّما بتأثير من «مؤنس»، وهو سؤال أزعجني على نحو ما، عليّ أن أقسم، فكيف سيكون قسمي؟ مؤنس يقول، احملي قرآنك معك، كثيرون حملوا القرآن وأقسموا عليه في مكتب المحامي. آخرون ردّدوا القسم وراء المحامي، الذي كان يمليه عليهم من دون أيّ كتاب مقدس، وهؤلاء يعرفون بأنهم علمانيون، أو غير متديّنين، البعض أقسم على كتاب الإنجيل، الذي يكون عادة في مكتب المحامي. لم يقل مؤنس أن هؤلاء يخالفون الشريعة، لكن صديقة قالت: «صدرت فتوى بأنه ممكن، ومن العلماء من يحلّل قسم المسلمين على كتاب الإنجيل».

مؤنس قال لي: «لستِ مضطرّة». وسامر قال: «ماما هذا أمر بينك وبين نفسك، وبينك وبين ربّك، فافعلي ما يريحك».

كل الآحاد جميلة في نظري يا يوسف، ولكن بعد أن يكون البيت نظيفاً، مرتباً، ورائحة طعام حلوة وخفيفة تعبق إلى مساحة صغيرة منه، لا أن تغمره، إلا أن ذلك الأحد كان أحد أجمل الآحاد، لولا تلك «التنغيصة» الصغيرة حول القسم.

بصراحة، الأحد الثالث هو اليوم، نعم اليوم، لا تدهش أو تتصنّع الدهشة، أنت تعلم أني اليوم سأتّخذ قراري بشأنك، أعني بشأننا، أليس كذلك؟

****

استشارة

السيدة هديل تريد استشارة ولديها وصديقاتها وأصدقائها بشأن ما حدث لها فجأة! فقد تلقّت عرضاً للعمل في الإمارات.

حدث ذلك بعد أن يئست من الحصول على أيّة وظيفة، إثر تصفية الشركة التي كانت تعمل فيها بلندن، أعمالها، وانتقالها إلى باريس، كانت شركة إعلانات صغيرة، صاحبها «مسيو جان» رجل أعمال من أصل فلسطيني - لبناني، يحمل الجنسية الأميركية، أسس شركة للإعلان في باريس، واستطاع تطويرها وتوسعتها في فترة انفراج اقتصادي كما يبدو، فتمكن من افتتاح فرع صغير في لندن، يقع في مبنى قديم بمنطقة «إيلنغ». كانت هديل تستقل كلّ يوم قطارين، من محطّتَي كينغستون وريتشموند، أو تستقل الباص لتمضي نحو الساعة كي تصل إلى محطة «إيلنغ برودواي»، ثم تستقل باصاً آخر ينقلها إلى «ساوث إيلنغ»، حيث مكتب الشركة. في البداية كانت تتقاضى راتبها بـ «الأسود» أيّ «كاش»، كما هو متعارف عليه بين اللاجئين في بريطانيا، وكانت تضيف إليه معونات الدولة ضمن بند دعم الدخل القليل «انكوم سابورت». إلا أنها ضاقت بذلك بعد فترة فطلبت علاوة على الراتب، وأعلنت عملها، وأصبحت ـ قبل أن تحصل على الجنسية البريطانية ـ مواطنة صالحة في نظر نفسها، تدفع الضرائب، تتدرّب على الانتماء إلى هذه الدولة التي احتضنتها مثل قلب أمّ، كما تقول، واعترفت لها بكرامتها وإنسانيتها، اللتين كانت أضاعتهما في بغداد، قبل أن تترمّل ، لأسباب تتعلق باتجاهات زوجها وميوله السياسية، وبعد أن ترمّلت باكراً، أي بعد زواجها بسبع سنوات، وحين أصبح «سامر» في الخامسة، ومؤنس في الثالثة من عمريهما. منذ أيامها في بغداد تستشير هديل صديقاتها، والقليل من أهلها، فهي لم يتبق لها بعد وفاة شقيقاتها، وآخرهن أخت كبرى كانت هاجرت إلى السعودية واستقرت هناك، غير أخ يعيش في فرنسا (يعمل مستشاراً غذائياً في أحد المستشفيات)، وهو الذي توسّط لها للعمل في فرع شركة الإعلانات في لندن.

السيدة هديل موهوبة كما يبدو، فهي صمّمت لصاحب الشركة الكثير من الإعلانات الجميلة والمثيرة، (لم تكن مقتنعة بمحتوياتها بالطبع)، وقدمت أفكاراً ومبادرات كان يكافئها عليها ببعض الشيكات أحياناً، لكنه اعتذر إليها بلطف عندما قرر إغلاق المكتب، متذرعاً بكثرة المصاريف، والغلاء، وسوء صحّته، وهي عوامل تدفعه للاستقرار ـ بعد هذا العمر الطويل من الكدح ـ مع عائلته في باريس، ليس في باريس تماماً، فهي كلندن «نار» ولكن في مدينة نانسي الصناعية، حيث يمكنه تنفيذ إعلانات محلية، والعيش «مستوراً» هناك.

هي أيضاً تريد أن تظلّ «مستورة»، وقد بدأت تقنن في صرف مكافأة نهاية الخدمة، التي أكرمها بها «مسيو جان»، فيما تشاور معها مؤنس، بشأن إمكان انطلاقها في البيزنس، فهو يستطيع أن يدير لها شركة صغيرة للعقارات، وقدم لها «دراسة جدوى»، قال عنها «سامر» إنها رائعة، فتشجّعت، ووافقت، وحوّلت مبلغ مكافأة نهاية خدمتها إلى الحساب المصرفي الخاص بمؤنس، فأسرع خلال أيام إلى تأسيس شركة، حملت الاسم الذي تحبّ، وهو: «شركة هايدي للعقارات».

لم تستشر السيدة هديل صديقاتها المقرّبات في «البيزنس»، فما يخص ولديها يبقى سرّاً من الأسرار العائلية، وهو المفهوم الذي تربّت عليه، وربّت ولديها عليه. لكنّها كانت استشارت «يوسف»، صديقها الأقرب، فهو مثقّف وخبير، ويعيش في بريطانيا قبلها بسنوات كثيرة، تنقل فيها بالعمل بين الصحف والملحقيات الثقافية لبعض السفارات، ثم عمل معها في وظيفة إضافية إلى عمله، مدّة قصيرة، في الوكالة الإعلانية قبل أن يتفرغ لوظيفة جديدة في متحف كولبانكيان، إذ أصبح مساعداً إدارياً لقاعات المعارض.

يوسف درس الفلسفة في مدارس لبنان الشمالية، لا تعرف هديل أيّة بلدة تماماً، لكن الأبحاث التي عملت عليها مؤلفة الرواية أفضت إلى أنها منطقة سير الضنية، وفيها مدرسة ثانوية وحيدة، انتقل بعدها يوسف إلى بيروت، وعاش مدّة في منزل خالته، حصل خلالها على قبول في الجامعة اللبنانية حيث درس عاماً واحداً في كلية الآداب، قسم الأدب

الإنكليزي، ثم انتقل إلى كلية الفنون الجميلة، قسم الديكور. مع ذلك استطاع الحصول على تلك الوظيفة، «الجميلة»، كما تصفها هديل، فالإنكليز يعرفون تلاقح الفنون وتزاوجها، كما ساعدت ثقافة يوسف الرحبة على تأكيد جدارته، فيما لعبت دماثته دوراً في استقطاب إعجاب زملائه وزميلاته في المؤسسة الضخمة، وأكثرهم من الإنكليز، فيما شهدت علاقاته مع العرب بروداً، أو مواجهات، خاصة أولئك الذين ذكرناهم في الفصل الأول.

وقد تحوّل كثير من أصدقائه الأجانب، إلى أصدقاء أوفياء، رافقوه في نكبته حين توفيت زوجته فجأة لدى زيارتها شقيقتها التي تعيش مع زوجها في العراق. زوجته ليست عراقية، كهديل، لكنها أيضاً من نسل مختلط، فوالدتها سورية مسيحية، ووالدها لبناني مسلم، وهذا الوضع كما يصفه يوسف دائماً، هو تطبيق لما يؤمن به من اقتناعات في تحاور العقائد والقوميات، فهو على عكس كثيرين آخرين يتشدقون بأقوال تتلاشى تماماً حالما يشعرون أنها يمكن أن تتحوّل إلى أفعال.

عندما كان يصرّح لهديل بتلك المكنونات، كانت تجفل، تشعر للحظات أنها معنية. هي اعتادت الهروب كلّما واجهت موقفاً يمتحن أقوالها ومشاعرها. ربّما لا تدرك الفرق بين الأحلام والأمنيات، وبين الاقتناعات والالتزام، المهمّ أن تلك حكايات أخرى. أما في هذا الفصل من روايتنا، فالسيّدة هديل تريد استشارة من حولها من المقربين: هل توافق على هذا العرض المغري للعمل في الإمارات، في الشركة نفسها التي يمتلكها مسيو جان، بعد أن كلّمها مطوّلاً عن المكتب الجديد، الذي افتتحه في المدينة الإعلامية، وعن الراتب، ورغد العيش (أفضل بكثير من حالها في لندن)؟

السيّدة هديل بما تملك من خبرة الأيام والزمن في التعامل مع «القرش»، حسبتها جيّداً كما يبدو، واكتشفت أن بإمكانها السفر. فسامر لم يعد يحتاج إليها منذ عامين تقريباً، بعد أن ارتبط بخطيبة نمسوية من أم اسكتلندية تعيش في لندن، والتحق للعيش معها في شقّة صغيرة وسط لندن، فيما انطلق مؤنس في تأسيس «شركتهما» للعقارات الصغيرة

(استوديوهات وشقق بغرفة واحدة) إثر تخرّجه في الجامعة، وهو برغم ارتباطه بها، فإنهما عملياً، لا يلتقيان إلا في عطلة نهاية الأسبوع .

في السنة الأخيرة، قبل سفرها إلى الإمارات، انتبهت إلى أنهما يلحّان عليها بضرورة الالتفات إلى نفسها، والزواج ربّما، ولمَ لا؟ فهي لا تزال متألّقة على نحو ما، وتلك طبيعة متوارثة كما يبدو في عائلتها، وما زالت تستطيع اختيار شريك حياة، أو لنقل قبول أحد العروض، وهي قليلة على كلّ حال .

في ذلك اليوم، فكّرت السيّدة هديل سالم علي، العراقية – الفلسطينية، الحاصلة على الجنسية البريطانية، أن تستشير صديقها الأقرب، يوسف كامان، البريطاني اللبناني الأصل، بشأن ما هو الأفضل لها في اعتقاده؟ أن يتزوجا ويعيشا في لندن؟ أم تلتحق بعمل جديد في مدينة دبي، في الإمارات العربية المتحدة؟

الاستشارة الثانية التي فكّرت أن تطرحها على صديقتها المقرّبة «نادية» هي: أمن الجيد لسامر ومؤنس أن تبتعد عنهما؟

غير أن تفكيرها كان يسير في مسار مختلف تماماً عمّا أقدمت عليه في الأيام القليلة التالية .

****

يهود

عندما اتّصل يوسف بابنته سارة، ذات يوم أحد، كان لا يزال برفقة هديل، يستريحان بعد جولة وصفتها هديل بـ «الشاقة»، في أروقة ثلاثة معارض ضخمة، في المبنى الرئيس في «ساوث بانك»، كان أحدهما يستأذن الآخر، بين الساعات، ليتّصل بالأبناء، (سامر ومؤنس، ابنا هديل، وسارة الابنة الوحيدة ليوسف)، يبتعد يوسف إلى زاوية تفصل بين بار تقديم المشروبات في الصالة الرحبة، وركن المصاعد إلى الطبقات العليا، ليتمشّى في مساحة نصف متر، هامساً عبر الموبايل، في حديث يغيظ ابنته على نحو ما، إذ يجعل منها طفلة، بل دمية صغيرة، لا حول لها ولا قوة، كما تقول.

هي في التاسعة عشرة، تصغر مؤنس بعام ونصف العام تقريباً، كما تؤكّد هديل، جميلة كأمّها، كما يؤكّد يوسف، رفيقة أحزانه وقبلة آماله كما يشعر.

- أنا برفقة إيستر صديقتي، اطمئن يا بابا.

- اليهودية؟

همس بدون تفكير. رجعنا؟ أنّبته بصوت خافت: «وشو يعني؟». لم يستطع في تلك اللحظة أن يضيف أو يكرّر ما يقوله لها، فهي لن تستوعب، كما يبوح لهديل. هناك غصّة يا هديل، غصّة لا أعرفها، بقيت وتبقى في القلب، منذ الاجتياح (اجتياح بيروت عام ١٩٨٢) كنت في بيت خالتي في بيروت، منذ تلك الأيام وصلت الشوكة إلى الحلق، لم أعد أستطيع أن أتحمّل أكثر، مشاعر اللوعة والأسف، منذ ١٩٤٨، لا علاقة لجدّتي الفلسطينية بذلك.

على كلّ حال، الفلسطينيون المسيحيون عاشوا ملوكاً في لبنان، وطبعاً منهم جدّتي، التي أصبحت لبنانية، لكن ما كان يعنيني هم «أولئك المعترون» في مخيم البداوي ونهر البارد، يا إلهي يا هديل، وصف «علب السردين» كان دقيقاً تماماً فهم يعيشون في علب سردين بضيقها ونتنها، ومهما رشّت ربّة البيت روائح العطر والمنظّفات، واختلقت ترتيباً

لعشّ الدجاج الذي تعيش فيه، يريح النظر قليلاً، فإن التكدّس بالبشر والأكواخ والأدوات، فظيع ، مروّع . هذا من دون ذكر مآس أخرى، مثل فقدان العمل، تجاهل الكرامة الإنسانية، التفرقة العنصرية العربية... ولا تسألي.

هذا ما أصبح عليه الفلسطينيون أصحاب الأرض، صدقيني أنا لا أكره اليهود، لا أكرههم كبشر، لكني، لكني عموماً، أنا لا أعرفهم. لم ألتق يهودياً إلا عبر قراءات أو مشاهدة أفلام لمخرجين يهود عظام. على كل حال، الأمور تفلت مني، ولا أعرف كيف تستطيع ابنتي سارة أن تصادق زميلة في مدرستها يهودية. كيف تستطيع ذلك؟ البنت ظريفة، ومع ذلك كيف لم تستوعب سارّة كلّ ما قلته لها، وما نقلته من مشاعر؟ منذ النكبة إلى النكسة إلى اجتياحات لبنان إلى مذابح صبرا وشاتيلا وخنق الانتفاضة وأوه. غريب هذا الجيل يا هديل، ألا ينقم؟ أليست لديه نخوة؟ طبعاً لا أريد أن أقسو على ابنتي، هي رائعة، هي أمّ. أيّ بعد وفاة أمّها، الآن أصبحت أمّي، هي تقول لي إني كنت أمّها وأباها قبل سنوات. تقول لي: اطمئن، أنا أتفرّج مع إيستر على فيلم ظريف، ثم سنتعشّى الدجاج الذي أعدّته لنا، وعندما تعود أنت ستوصلها كالعادة إلى بيتهم، أو أذهب معها، وتمرّ أنت إلى هناك، لأعود معك.

****

يلتقي يوسف بعد ذلك عائلة صديقة ابنته اليهودية، يقف والدها عند باب البيت الأنيق المنفصل عن البيوت التي تجاوره «ديتشات» كما يصف لهديل، ويدعوه إلى فنجان قهوة سريع ، رجل هادئ، لطيف، أحمر الوجه، وأشيب. الأمّ في الداخل، تتوارى ما بين غرفة الطعام والمطبخ، ثم تأتي بالقهوة، ظلال دكناء تحيط بالبيت، شيء من البرد يشعر به برغم المودّة والأحاديث اللطيفة عن الطقس والبيوت والضرائب، المقدّمات الإنكليزية الأولى لكل محاولات التقرّب في الحديث، سارة وإيستر تصعدان إلى غرفة إيستر في الطبقة العليا، شقيقا إيستر سيكونان في الطبقة نفسها أيضاً. نبضة غريبة تنطلق من رأس يوسف،

ثمة ما لا يريده في هذا التقارب، ما هو؟ لا يدري، لكنه يدري تماماً أنه يريد أن يكمل فنجان القهوة، ويطلب بأدب أن ينادي ابنته لأنه يجب أن يغادرا، فلديه التزامات تنتظره.

****

عندما يتعب يوسف من الحوار مع ابنته سارة، من دون طائل كما يرى، ينهي الحوار بكلماته المعتادة: «على كل حال، هذه حياتك، وأنت حرّة في التعامل معها، ولكن رجاءً لا تجرّيني إلى علاقات لا أحبّها. بدأ الأمر بإيستر، ثم وصل إلى بربارة وكاميليا، فهل تريدينا أن نعيش في غيتو يهودي في لندن؟».

بم كانت تجيب سارة؟ سارة الملاك الجميل، كما قدّمها كلّ من هديل ويوسف للمؤلّفة، كهدية طازجة تنعش روايتها.

سارة ذات العينين الرماديتين، والشعر الغجري، والقامة الممشوقة، كنوز تمسّ قدرها وقُطفت لها من جينات جدّاتها الأوليات، الفلسطينيات المختلطات بجذور شركسية وفارسية، ببياض وجه مشرق، وقلب طفلة مدلّلة، كانت تضع كفيها على خديها، وتقول له مثل معلّمة مؤنّبة:

ـ ماذا تقصد يا بابا؟ قل بالضبط ماذا تقصد؟ يهود السياسة أم يهود البشر؟

ـ لا أدري.

ـ لماذا لا تدري؟ ألم تعلّمنا أن نفصل بين الخاص والعام؟

ـ وما هو الخاص والعام في علاقاتك «العائلية ما شاء الله» بإيستر والستّ بربارة؟

ـ الخاص أنهما فتاتان مؤدبتان جدّاً جدّاً، منسجمتان معي في الهوايات، مجتهدتان وذكيّتان، وأنا أستفيد منهما لأنهما تشكّلان لي motivation (حافز). أما العام، العام، فلا أدري. صحيح أنا لا أدري.

ـ لا تدرين؟ أم تتغابين؟

ـ ما قصدك؟

ـ ألا ينتمي والداهما إلى المؤسسة الصهيونية؟ ألا يدافعان عن إسرائيل ووجودها وشعبها المختار إلخ. . .، ألا . . .

ـ «وشو خص إيستر وبربارة»؟ إنهما تكرهان السياسة مثل العمى، مثلي تماماً.

ـ يا ابنتي لا يمكن. لا يمكن إلا أن يتأثر الأبناء بالأهل.

ـ يعني أنا لازم أتأثّر بأفكارك؟

ـ هلّق أنت مش متأثرة بأفكاري؟

ـ ما بعرف.

ـ كيف ما بتعرفي؟

ـ بصراحة، أنا متأثّرة بأشياء وأشياء.

ـ وضحي بليز.

ـ يعني أنا معك بأن الفلسطينيين لازم يرجعوا لبلدهم، وأنهم تشرّدوا، وأن إسرائيل اجتاحت بيروت. بس كل هيدا لا علاقة له بعلاقتي بإيستر وبربارة.

ـ طيّب وماذا عن السينيغوغ؟

ـ ما به؟

ـ ألا تذهبان إليه؟

ـ وأنا شو خصّني؟

ـ ألا تتبرعان لإسرائيل؟

ـ ما بعرف.

ـ كيف ما بتعرفي؟

ـ هل ضروري أن أعرف؟

ـ ما بعرف!

****

لا ينتهي الحوار عند هذا الحدّ، بل يتوقّف، ليعاود بشكل آخر في يوم آخر، وقد تجد سارة نفسها محاصرة في البيت بآراء والدها الذي تجلّه بعد الله، ومحاصرة بزميلات مدرستها اليهوديات، وهي أفضل مدرسة خاصة في منطقتها السكنيّة في شمال لندن. وهذا ما تكتبه في مذكّراتها.

(ملاحظة، حصلت المؤلفة على صفحات من هذه المذكرات من يوسف، الذي استأذن سارة وقدم لها نسخة منها كوثيقة تستخدمها في روايتها).

✸✸✸✸✸✸✸✸✸✸

خافي الله!

(إهداء: إلى غلاويز)

لم تنس هديل، قبل عودتها من رفقة يوسف إلى المركب الثقافي في «ساوث بانك»، أن تمر بمنزل صديقتها نادية، في «ريتشموند» لتحمل القبعة التي كانت نسيتها في سيارتها بعد تجوالهما في الأسبوع الماضي للتسوّق في الماركت الأسبوعي الضخم الذي يقام عند أطراف المقاطعة. كانت نادية ستأتي لها بالقبعة بعد يومين، فهي تقود سيّارتها إلى منطقة هديل في «كينغستون» كل يوم ثلاثاء، لتباشر تمارين «الفيزيو ثيرابي» في المركز الصحّي. لكن هديل لم تستطع الانتظار إلى يوم الثلاثاء، فالقبعة لـ «تغريد» إحدى قريباتها البعيدات اللواتي يعشن في مدينة «بيرمنغهام» وستمر مساء اليوم بدلاً من يوم الأربعاء، اكتشفت أن حفل الزفاف الذي ستحضره في «وندسور» حيث يعيش أهل عروس ابن شقيقتها، سيكون الاثنين، وهو يوم عطلة رسمية وليس الأربعاء كما كانت تظن.

تغريد، كانت قد اتّصلت بها خلال اليوم، عندما كانت هي ويوسف يتناولان غداءهما في المطعم التركي، خلف مسرح شكسبير الجديد، الذي شيّد ضمن مؤسسات ثقافية عديدة، تم من خلالها توسيع مساحة «الساوث بانك» لتصبح مركزاً ثقافياً وفنياً بامتياز. ظنّت هديل قبل أن ترى اسم تغريد على شاشة موبايلها، أن «مؤنس» يتّصل ليطمئن عليها خلال اليوم، كما يفعل دائماً، وكما تفعل هي أيضاً، لكن صوت «تغريد» جاءها معتذراً وأعلمها أنها ستصل هذا المساء، وستمضي معها السهرة، حيث سيمر ابن شقيقتها في ساعة متقدّمة جدّاً من الليل، ليصحبها إلى «وندسور» كي تساعدهم على الإعداد لحفل الزفاف غداً.

****

قبعة جميلة، بل رائعة، قلبتها «تغريد» ثم اعتمرتها ضاحكة: ألن يضحكوا عليّ يا هدول؟

ـ فشر. مين يقدر؟

لا تبدو «تغريد» ضعيفة أو شاحبة الشخصية، كما تصف نفسها لهديل، فهي بقامتها الضخمة، ونظراتها القوية بعينين واسعتين، يكاد سواد حدقتيهما أن يكون نيلي اللون، وحاجبيها الكثيفين المزججين بعناية، تشي بحضور مؤثّر، ومشعّ أحياناً، خاصة حين تمايل مع القريبات والصديقات لدى سماعهن الأغنيات العراقية والخليجية، في حفلات استقبالاتهن، التي تنقلن عاداتها وروائحها من بغداد إلى بيوتهن، في «بيرمنغهام». لكن مشكلة «تغريد» التي يعيش زوجها وولداها في البحرين، حيث يديرون مصنعهم الصغير للمعلّبات، فيما تعيش هي في بريطانيا مع ابنها الأصغر، في انتظار حصولها على الجنسية البريطانية، لم تكن القبعة، بل ما تحت القبعة، فهي لأوّل مرّة، بعد عودتها من أداء فريضة الحجّ، ستضع الحجاب:

ـ لم أستطع يا هديل، لا أستطيع صدقيني، لا أحد يفهمني، لا قريباتنا القريبات، ولا البعيدات، ممن أسمّيهن الأشباح السود، أنا مؤمنة بقلبي. بلى، لكن الحجاب، الحجاب شيء آخر. إنه قيد يا هديل. قيد. هل فهمت؟

طبعاً هديل تفهمها، بل هي أهم من يفهمها، ومن أقنعها إذاً بالقبعة؟

حديث تغريد مُعاد، مكرّر، يكاد يصبح مملاً في نظر هديل، منذ أن عادت من أداء فريضة الحجّ، وهي على الهاتف معها، في مطوّلات تبدأ بالتحسّر، وتمضي بالدموع، ثم يتم التدارك بكلمات التشجيع، التشجيع فقط؟ بل التحريض. فهديل، وبصراحة، كما تستبق دوماً عباراتها، ليست مقتنعة بأنها تستطيع أن تلتزم الحجاب وتواظب على ارتدائه. «خافي الله. واستغفريه» يهاجمها مؤنس بكلماته، ولو برفق، مع قبلة حنونة كما يقال، مؤنس انفلت بآرائه وأفكاره عن كل ما وضعه والده الراحل من أسس «علمانية» داخل البيت ومع أفراد أسرته، أيّدتها هديل طوال زواجهما، فيما كانت تخبئ

«صرّة» من إيمان خاص، ومخاوف غامضة، قبعت في لاوعيها كما يبدو، منذ طفولتها، مع أب يداوم على أداء فرائضه، وأمّ تلتحق به مثل طفلة، وكلمات على مدار اليوم، ترسخ في القلب والذاكرة، كلّما كرّرها اللسان «بسم الله» و«الحمد لله» و«يا فتاح يا عليم» و«أعوذ بالله».

مع ذلك، التحقت هديل بآراء زوجها، كما التحقت أمّها بعادات أبيها، مع ملاحظة أن أعمامها كانوا يسخرون كثيراً من الأب المؤمن، فجميعهم، وهم ستة ما شاء الله، لا يعبرون عن غضبهم، إلا باللعنات والسباب.

مساء ذلك الأحد، وفيما كانت هديل تبعد عن رأسها هواجس فكرة الزواج والسفر ومصارحة الولدين والمستقبل، كانت قريبتها تغريد تقلب القبعة السوداء باستدارة حوافها العريضة، وتداعب ريشة الطاووس المزيّنة بحبات من الألماس الصناعي، والمثبتة عند جانبها.

ـ هل يمكنني حقاً أن أضعها فوق الحجاب؟

ـ طبعاً، تقول هديل بحماسة، وفي رأسها صورة لماريا كلاس وأودري هيبورن وكيم نوفاك، ونجمات هوليوديات كثيرات يتهادين في مشاهد مبتورة من أفلام قديمة، يعتمرن قبعات جميلة ملوّنة فوق أغطية رأس تلتف حول العنق، وتعقد من الخلف.

أنت في بريطانيا يا عزيزتي، في بلد الحرّيات، خذي، ضعيها، انتظري، سأختار لك «إيشارب» من «إيشارباتي»، جميل جداً، ينسجم بألوانه معها، ماذا سترتدين؟ طقمك الأزرق السماوي، عظيم، والله ستبدين مثل اللايدي ديانا، بل الملكة، على قولة دريد لحام «شو الملكة أحسن منك؟» فشر.

تضحكان وتقفان قبالة المرآة المستطيلة التي تهتزّ بقاعدتها الرخوة البيضاء، في غرفة نوم هديل. تبدو تغريد باهرة الجمال، تزداد نظراتها ألقاً، حجابها لا يظهر إلا من خلال أطراف تحيط بالأذنين والعنق، فيما تضفي القبعة على الرأس فخامة لافتة. تقول هديل: برغم عدم اقتناعي، أستغفر الله، قد أفكر يوماً أن أضع حجاباً على هذا النحو.

حلم سارة

رأتهم كلّهم دفعة واحدة، أمّها، أباها، أصدقاءها، أولاد خالتها. الأحياء والأموات معاً، يتكدّسون في الغابة. مساحة من الغابة كانت تظلّل قصراً، لا، كانت قلعة، نعم قلعة، أو أطرافاً منها. تذكّرت أن أحداً قال إنها قلعة دراكولا، وآخر قال إنها بقايا قصبة من قصبات المغرب. الرجال، كان بعضهم ملتحياً، وآخرون صُلعاً. بعضهم يرتدي أردية بيضاً، تلك التي يلفّها الحجاج حول الكتف. أحدهم، ابن خالتها، الذي كانوا يسخرون من ثقافته، كان يشير إليهم ويصف أرديتهم بالرومانية.

كانت لها شقيقة في هذا الحلم، وكانت ترقص، كان رقصها مثل فراشة، قدماها الضخمتان العريضتان تتقلصان مع الخطوات. كانت تنتعل حذاء الباليه الوردي اللمّاع، تتحرّك على أطراف أصابعها، لا ترتدي زي راقصات الباليه المعروف، القصير، بل عباءة تسمّى «برنس» أو «كاب» كانت معطفاً من الساتان الأصفر، بقبّة مفتوحة من الأمام، فيما ترتفع من طرفها الأعلى خلف العنق، قصّة على شكل قبّعة مثلّثة الأطراف، تغطي رأسها، وعندما تسقط أثناء انطلاقها في رقصتها كانت ترفعها بأطراف أناملها، أظفارها شفّافة تبرق من دون لون. تهمس الأخت الراقصة وهي تقترب منها، هذا بريق الماء، ثم تهمس: الماء، والماء. كانت خفيفة. تفقد الكثير من وزنها مع كل خطوة، كأنّها تتلاشى. فيما يتطلّع إليها الأقارب من بعيد، نظراتهم لا تُفهم إذ تراوح بين رغبات في الفرجة والاشمئزاز. بعضهم يستغفر ويمضي. وابن خالتها ينظّف مساحة من الأرض، ويمسك بحجر صغير يخط عليها عبارات. إلى الأرض نعود. منها جئنا وإليها نعود.

سارة، وكانت في الحلم قد أصبحت غجرية، تتجوّل في الغابة، وتحوم حول أفراد قبيلتها، هؤلاء الذين لا يعرفون أنها واحدة منهم، بل تظنها النساء قارئة البخت، وهي فعلاً تنوي ذلك، تجد كفّها تطبق على خمس حبّات من الحصى، بين صغيرة وكبيرة. يدها في جيب تنورتها المزركشة الطويلة. تريد أن تقترب لتسألهم عن القلعة التي رأتها تتحرّك

فجأة. تشعر أنها ستسقط على رؤوسهم، هل يقطنون فيها؟ تسمع أحد الرجال، ولا تعرف إلى أيّة درجة يقربها، يقول إنها كنيسة، فيردّ آخر بل مسجد. ثم تسمع ابن خالتها يقول كانت ذلك وكانت كذلك. ثم يضحك ويمضي وهو ينفض التراب عن يديه.

تبحث بينهم عن أمّها، فتجد نساء يشبهنها، لكنهن لسن هي. أين بابا؟ تسأل رجلاً فيقول لها: غطّي رأسك يا فتاة. تبكي وتقول: لماذا؟ لماذا؟ أنا ما زلت عذراء. ما زلت عذراء. الغجرية تغطي رأسها عندما لا تعود عذراء، ألم تقرأ «باولو كويللو؟».

****

من مذكّرات سارة

بابا جميل، أحبّ وجهه عندما يعود إلى البيت بعد أن يتمشّى في «الساوث بانك» كما يخبرني، أو بعد أن ينظّف الحديقة. منذ فترة أحسّ أنه يريد أن يخبرني شيئاً. لكنه لا يقول. منذ أن لاحظ عدم حماستي لمرافقته مع «جانيت» إلى المعارض والسينما، لم يعد يقول شيئاً. لا أحب جانيت، بل أتضايق منها، مع أنها حنونة جداً، ومنذ وفاة ماما وهي تأتي إلينا بين يوم وآخر. زوجها يزورها ثلاث مرّات في السنة، أربعاً في بعض الأحيان. خطر لي أن بابا يمكن أن يتزوجها، لأنه قال لي إن لديها مشكلات، لكنها لا تستطيع الطلاق. الكنيسة سترفض، ولم يشرح لي، لكنّي أعرف أنه من الصعب الطلاق في الكنيسة، مع أن الزواج في الكنيسة جميل جداً. حضرت في الأمس زواج خالة «بيتي» صديقتي، في كنيسة هامستيد. كانت رائعة في الثوب الأبيض والقسّ يباركها ويبارك عريسها. بابا لا يحبّ هذه الأشياء، يقول عنها تقاليد لا أكثر، لكنّه يحترمها. ماذا يحبّ بابا؟ ماذا يريد؟ مع أننا نتصارح في شأن كلّ شيء تقريباً، نختلف كثيراً. اليوم اختلفنا أيضاً على أموري الخاصة. أنا لا أتدخل في أموره. لا أسأله لماذا لم يخرج مع جانيت إلى السينما، وأما زال يفكر في الزواج، مثلما أخبرني قبل فترة؟ أم أنه صرف النظر لأني لم أتحمسّ كما لاحظ. هل لاحظ ذلك؟ بالطبع، فهو قبّلني وعانقني، وقال إنه يستغني بي عن العالم.

الوقت تأخّر، وأنا أنتظر عودته من «الساوث بانك» مع أنه أخبرني أنه سيتأخّر. لكنّي أريد أن أحكي له ما حدث اليوم مع «إيستر». لماذا قالت لي «إنت شو» What about you? وعندما استفسرت قالت إنها تقصد إيماني (my believe, your faith)، كما قالت.

لأوّل مرّة تطرح عليّ هذا السؤال، مع أننا لا نتحدّث عن مثل هذه المواضيع. أنا شو يا بابا؟ هل نحوّل النقاش كما في كلّ مرّة إلى فلسفة تعود إلى بدايات الخليقة؟ أعرف أنه سيقول لي إن الله خلق السماوات والأرض، وكل الأديان أتت لتكون مرشداً للبشر. هذا

أيضاً درسناه، وما زلنا ندرسه في مادّة التاريخ القديم والديانات والأساطير. لكن أنا، أنا سارة يوسف كامان، من أنا؟ ما أنا؟ مسيحية لأبي؟ مسلمة لأمي؟ أم ماذا؟ هل كانت أمّي تطرح الأسئلة نفسها لأن جدّتي (أمّها) مسيحية سورية، وجدّي (أباها) لبناني مسلم؟ اليوم، عندما قلت لإيستر، ما بعرف .I don't know ضحكت ثم كتمت ضحكتها وسكتت. ماذا ستقول عني؟ ماذا قالت عني. بابا يقول إن معظم الناس في بريطانيا علمانيون مثله. شو يعني علمانيين. أريد أن أعرف بالضبط. هل يؤمنون بكل شيء أم بلا شيء؟ كلّما قال لي إن النقاش غير مفيد في هذه الأمور، ومؤذٍ وخطير. كنت أقتنع، لكنّي لم أعد كذلك. إيستر وبربارة وكثيرات من رفيقاتي يؤدّين صلاتهن. كلّ يوم تقريباً. أيضاً بيتي وليزا ومونيكا، يذهبن أحياناً إلى الكنيسة، لكنهن يذكرن "Jesus" دائماً. في كل يوم تقريباً. طيب، كثيرات لا يذهب أهلهن إلى الكنيسة، مثلنا، فهل أقول مثلهن «غير متدينة» وكفى؟ غير متدينة يا بابا هو اختيار. ولكن أنا لم أخترك لتكون أبي. فما أنت؟ مسيحي أم مسلم أم شو؟ أريد أن أعرف.

عمر...
إيضاح من نادية صديقة هديل سالم علي

ثلاثون عاماً وهي تكدح، أعرفها منذ كنا معاً في بغداد، زميلتين تقريباً. كانت هديل تعمل في قسم الإعلانات في الإذاعة، وإعلانات المجلة التابعة لها، وكنت في قسم إعداد البرامج والتقارير. كان اسم الإذاعة «صوت الجماهير». لم يكن زوجانا صديقين، زوجي رافد يكبر زوجها، ماجد (الله يرحمه) على كلّ حال، وهو على كلّ حال أيضاً ترك بغداد قبل الجميع، بعد أن حصل على زمالة في جامعة أكسفورد، فجئنا وبقينا هنا طبعاً بحجج مختلفة ودراماتيكية، كي لا نتعرض للمساءلة. يعجبني في هديل اعترافها بالجميل، فهي لا تفتأ تشكرني كلّما التقينا. تعيد وتكرّر تفاصيل مساعدتنا لها، منذ أن قررت اللجوء إلى لندن، مع أنها عاشت مدّة طويلة في بغداد بعد وفاة زوجها. هناك أقاويل كثيرة، مختلفة ومتضاربة في شأن وفاته. عيبه أنه كان «مشاكساً» ولم يجد جهة تحميه، لا من السلطة ولا من الأحزاب أو الجماعات، وهذه عبارة بدأت أضيفها منذ سنوات قليلة، بعد أن عادت رياح الطائفية والقوميّات والقبلية، تهبّ مجدّداً على بلدنا الحزين.

استطاعت هديل الهروب من العراق، في منتصف الثمانينيات بين الهدنات المصطنعة إبان الحرب العراقية / الإيرانية. في البداية، استطاعت تهريب ولديها سامر ومؤنس، عبر شقيقتي سالمة عن طريق شمال العراق. حكاية غريبة وعجيبة، أسماء لا أصدقها حين أتذكّرها، ولكن أرجو أن تستمعي إلى تفاصيلها من هديل نفسها، وأرجو يا عزيزتي أن تثقي بها، فهي صادقة، موهوبة أيضاً، لأنها سرعان ما تكيّفت في بريطانيا، واجتهدت وعملت وتنقلت في أماكن عديدة بدون خجل، درّست أطفال اللاجئين، واشتغلت مساعدة في روضة أطفال صغيرة، وأبت أن تمكث لدينا مع ولديها أكثر من ثلاثة أسابيع، مع أننا أفرغنا لها الجناح الصغير في الطبقة العليا، وكانت مع أولادها أنساً مريحاً لنا، فأنا ورافد حرمنا من الإنجاب، لكننا أصبحنا أمّاً وأباً للكثير من أصدقائنا. وهم في المناسبة من مختلف الأجيال.

لا أدري ما الذي كان يمنع زواج هديل، مع أنها ترمّلت وهي في سن صغيرة نسبياً، ربما نحو الثلاثين، أو الخامسة والثلاثين على الأكثر. على كل حالّ، فنحن لا نخوض في أحاديث حميمة جداً إلا في مناسبات نادرة. ويجمعنا شيء آخر أيضاً، هو أننا لا نشكو. بل نسخر من صديقاتنا المشتركات اللواتي ينقلن لنا مطوّلات معاناتهن مع أزواجهن أو أبنائهن، وأرجو أن تضعي كلمة معاناتهن بين هلالين وتحتها خطّان أحمران.

الحقيقة أني لا أعرف تماماً، أو لم أدرك تماماً الزاوية التي تريدين من خلالها أن أقدم لك السيّدة هديل سالم علي، فعباراتك لم تكن دقيقة (عفواً لهذه المصارحة) لكنّي اعتدت ذلك بعد هذا العمر الطويل في بريطانيا. فقد عملت سنوات طويلة أمينة مكتبة في ريشموند، ومن عاشر القوم أربعين يوماً صار منهم، أو رحل عنهم، وأنا ورافد أصبحنا منهم واعتدنا الكثير من الأمور مثلهم، ومنها اعتيادنا الدقة، اقرإي رواياتهم تجديها شديدة الوضوح. إنها مخيفة لدقّتها وبساطتها، ولعمقها أيضاً. تجدين العمق في كل عبارة تقريباً، وليس بين السطور. لست ناقدة بالطبع، ولكن يقال إني قارئة جيّدة، وهذه نعمة. يعجبني في هديل حبّها للقراءة كذلك، ونحن نمضي أوقاتاً جميلة في مناقشة ما نقرأه، أو نشاهده من أفلام ومسرحيات، طبعاً أنا متقاعدة ولدي الآن متسع من الوقت لأمارس هواياتي هذه، وكان وما زال يسعدني أن أؤجل حضور مسرحية لأختار وقتاً تستطيع فيه هديل مرافقتي، فهي في السنة الأخيرة لم تعد تعمل إلا ثلاثة أيام قي الأسبوع، وقد فهمت منها أن صاحب الشركة التي تعمل فيها يعاني أحوالاً مالية صعبة، وهي فكّرت أن تطلب منه خفض راتبها، اعترافاً بأفضاله حين ثبّتها في الوظيفة، وأعلن لمصلحة الضرائب عملها، وشارك في دفع جزء من الضريبة. يعجبني يا سيّدتي وفاء هذه السيّدة، وهو، للأسف، وفاء نادر في زمننا.

الآن أريد أن أعود إلى رسالتك التي طلبت فيها «نبذة من رؤيتي عن هديل سالم علي»، فهل تكفي هذه النبذة؟ عن علاقتها بولديها، أقول لك باختصار إنها لم تكن تنقل تفاصيل تلك العلاقة، فعلى السطح، يستطيع كلّ من يقترب منها أن يتلمّس وفاقاً وانسجاماً في ما

بينهم. الاقتراب أكثر، كما حدث لي ولزوجي رافد (للمناسبة رافد هو باحث في موسوعة أكسفورد لشخصيات العالم الثالث ومجتمعاته في القرن العشرين، وهو أيضاً يستطيع أن يفيدك، إن أردت، في تقديم ملاحظات حول الشخصيات التي اخترتها لروايتك، أو علاقتها بالأحداث المهمّة في منطقة الشرق الأوسط).

في ما يتعلق بولدَي هديل، كنت أشعر بذكاء مؤنس الحادّ، إيقاعه سريع جداً، وهو يستطرد في الحديث، ولديه أحكام جاهزة، يطلقها باقتناع يخيفني أحياناً، أثناء سهراتنا بعد العشاء منذ أن كانوا في ضيافتنا، إثر هروبهم من العراق. كان زوجي رافد يلحظ مؤنس وهو يلقي الأحكام أو التوصيفات. كان مؤنس طفلاً، إلا أن كلامه كان يتجاوز عمره بكثير. يقول مثلاً: هذا صح، هذا خطأ. غداً ستمطر، وكان زوجي رافد ينبهه «يا بنيّ أرجو أن تتعلّم من الإنكليز عبارة أعتقد، أو ربّما، لتكون أكثر دقة». رافد كان اعتاد مداعبتهما منذ أن وصلا إلى بريطانيا هروباً عن طريق الشمال، وكانا برفقة شقيقتي سالمة كما أخبرتك. أمضيا معنا حوالى أسبوعين قبل وصول والدتهما، وكانت فترة كافية لنتعرف إلى جوانب من طباعهما بشكل جيّد. كان سامر لا يتجاوز الثامنة، ومؤنس في السادسة ربما.

رجلان صغيران كما وصفهما زوجي، لذا أثني دائماً على تربية هديل، لكني أفكر باستمرار عبر مراقبتي صديقاتي وقريباتي وعائلاتهن، في التربية وحدودها. وكثيراً ما يستوقفني سؤال: هل تكفي التربية وحدها لإنشاء أناس أسوياء؟ إذا كان الأمر كذلك، فلماذا نجد السارق شقيقاً للشهم؟ والعنيف أخاً للوديع؟ والعاقلة شقيقة للمتهورة؟ أقول هذا لأنني إلى هذه اللحظة، لم أفهم كيف اكتسب مؤنس تلك الأفكار التي أبعدته فترة عن أمّه؟ بل لعلي أخمّن، وقلت لهديل رأيي: مؤنس يا عزيزتي يبحث عن هويّته، فقد والده وبلده، فما الذي بقي له؟ لكن حيرتي تسطع من جديد، حين أجد شقيقه سامر منفتحاً ومبتعداً تماماً عن آراء شقيقه، فهو يحب الفنون ويعشق الموسيقى، وله جلسات طويلة مع أمّه ومعنا مفعمة بالفن ومتعته، هو يعزف أيضاً على الغيتار، وأحياناً على البيانو وأحب عزفه كثيراً.

سامحيني لأني ربّما أطلت قليلاً. في كلّ حال أنت لم تحدّدي لي مساحة ذلك «الإيضاح» الذي طلبته. الإنكليز يا عزيزتي عندما يطلبون مني ذلك يحدّدون عدد الكلمات. تصوري أنَّ محرراً في الـ «إندبندنت» طلب مني ومن رافد زوجي، ذات يوم، أن نكتب له ملاحظاتنا عن المناطق السكنية التي يقطنها السُنّة والشيعة في بغداد، في ثلاثمائة كلمة لا أكثر. قلت له هذا أمر فظيع، ستكون ملاحظة ناقصة، مبتورة، لكنه لم يقتنع، مع ذلك أوافقه على التحديد في كثير من الأحيان، فنحن العرب لا نعرف إلا الاستفاضة.

فرح صغير

كان يوسف كامان يطبق على هذا الفرح الذي سرعان ما يتلاشى، كلّما عاد من أمسية يقضيانها معاً، شيءٌ ما يشعره بالسكينة والاطمئنان طوال اليوم الذي يمضيانه، لا يشعر بملل، مع أنه سريع الملل كما يعترف لها، ما يؤرقه فقط أنه يترك ابنته سارة برفقة صديقاتها. مع ذلك يشعر بالذنب، يبتسم حين يتذكّر أنهما يتقاسمان هذا الشعور. فبرغم أن ولدَيْ هديل سالم علي يهربان من «سجن يوم الأحد» كما يعبران لها عنه، غير أن حاجتهما إليها، كما تعتقد، تقضي ببقائها في البيت، يفكر إذا كانت صورة الأمّ الصالحة تكتسح رأسها، فكيف تكتسح رأسه تلك الصور التي تحوّله أمّاً هو أيضاً؟ لا يتردّد في مصارحتها أنه يطبخ ويمسح الغبار ويتسوّق، صحيح أن هناك مساعدة منزل تأتي مرّة كل أسبوع، وتتقاضى عشرة جنيهات في الساعة، غير أن البيت له متطلبات يومية، مثل البشر تماماً. تجيبه هديل ضاحكة: لا تقلْ لي، نحن في الهوا سوا، أمهات صالحات. أعني آباء رائعين. أعني... ثم تردّد عبارتها عشر مرات في الساعة: «والله ما أدري». لم يكن يظن أن زمالتهما القصيرة في تلك الشركة البائسة، التي اضطر إلى العمل فيها عاماً كاملاً، ستتحول إلى صداقة جميلة كهذه. كل أسبوع، يقلب هذه العبارة «صداقة جميلة كهذه»، مع أنه لا يرغب في الصداقات، ولا يحبها، معظمها يتخفّى في المراوغة والكذب. اليوم، الأحد، فقط صارحها بعد أن صمت طويلاً، كلّما تنبّه إلى عبارة «الصداقة الجميلة»، لا أبحث عن صداقة، أريد استقراراً، شراكة، امرأة تفرحني وأكمل إياها ما تبقى من هذا العمر. لا يدري هل كان يمتحنها أو يمتحن نفسه، لكن نبضة اسمها «الحدس» تطمئنه وتشجّعه. اقترب أكثر، واعترف لها بوضوح، مثلما راح يعترف لنفسه أثناء عودته في سيارته بعد لقائهما. أنت لست مراهقاً تحتاج إلى «مشاوير» تحت ضباب لندن، أنت أيضاً تنفر من العلاقات العابرة، تتشاءم كلّما اضطررت إلى إرضاء غريزتك بحلم سخيف أو حركة لاإرادية، أنت تحتمي بسارّة، تحوّلها عشر بنات، كي تملأ ساعاتك بالواجبات

والمهمّات عندما تعود إلى البيت. واجبات تفرضها على نفسك، وتفترضها أحياناً. طبخة يخنة، تبولة، قالب حلوى، تأخذ وصفته من كتب الطبخ التي تركتها «هناء». كم تفرح وتحزن في آن واحد عندما تقول لك سارة، إنها ستحملها إلى بيتها عندما تتزوج. ذات يوم وجدتها تتنشق إحدى الصفحات وتهمس لك: «رائحة ماما هنا يا بابا». إذاً من بين أحزانك ودموعك التي بدأت تجفّ في السنوات الخمس الأخيرة، يطلّ ذلك الفرح الصغير، الذي يختلف عن الضحكات الصاخبة التي تطوقك بها «جانيت». جانيت أكثر صراحة من هديل، صارحتك بأنك الزوج المثالي، لكن المشروع، من وجهة نظرها بالطبع، لا يكتمل نصابه بالثلاثية الإنكليزية المعروفة: الشخص المناسب، المكان المناسب، الوقت المناسب. بندان ناقصان هنا، الوقت والمكان، فهي لا تتخيّل إلا أن تعود ذات يوم إلى مسقط رأسها في فلورنسا، كما أن الوقت يعاندها، فهي ما زالت تنتظر معاملات طلب الطلاق من زوجها، وقد تعيش هذه المعاملات عمراً آخر، كما يبدو، في ملفات الكنيسة الكاثوليكية، وقوانينها المُعذِّبة. يتذكّر أنه قال لها أشهري إسلامك تصبحي حرّة، وتتزوجي من تريدين. ويتذكّر أنها جفلت وصارحته بأنها، برغم عدم التزامها الذهاب إلى الكنيسة، فهي تصلي للعذراء، بينها وبين نفسها، وفي الأوقات العصيبة، عندما فقدت أمّها، وعندما تلقّت خبر وفاة زوجته هناء المفاجئ في بغداد، «أنا لست كافرة، يوسف، لكني أكره التقاليد والتكرار».

«هناء»، «جانيت»، و«هديل»، ثلاث نساء يلعبن الآن في رأسه، أثناء عودته إلى بيته في «هامستيد» تبعدهن سارة وهي تنتظره بكلماتها القليلة الحاسمة: «بدنا نحكي يا بابا، ضروري نحكي اليوم، بليز ما تتأخّر». يبتسم لأنه يدرك دائماً أهمية «الموضوعات الخطيرة» التي تدفع سارة دائماً لطلب جلسة عائلية مهمّة، قضية الذهاب مع إيستر في رحلة «ويك إند» إلى بيت خالتها في «كانت»، قضية الاشتراك في النادي السينمائي اليهودي، قضية الإيروبيك، طلبات تعرف سلفاً أنه لن يوافق عليها، ومع ذلك تطالب بنقاش ديمقراطي، وتظل تلحّ إلى أن تيأس وتعلن خسارتها باتهامه أنه «فظيع أحياناً،

فظيع»، إلى أن يستيقظ على قبلاتها المعتذرة في صباح اليوم التالي.

الآن، أثناء عودته من الساوث بانك، بعد يوم جميل ومريح، وغامض إلى حدّ ما، برفقة هديل، يمكنه أن يضع ترتيب نسائه كالآتي: «هناء» التي أصبحت سحابة تظلّل رأسه وقلبه وذكرياته. و«جانيت» التي فهمت أن مشروع الارتباط بها، وانتظار معاملات الكنيسة، وما أدراك ما الكنيسة، «غير وارد إطلاقاً»، كما عبّر لها بوضوح شديد تمنّى أن تفهمه. و«هديل» التي لولا عبارتها الشهيرة «والله ما أدري»، لكانا حققا ارتباطاً ناجحاً في اعتقاده. فقد توطّدت صداقتهما في الوقت المناسب (بعد خمس سنوات من وفاة هناء)، وفي المكان المناسب (هما معاً مستقران في لندن)، وتبدو هديل أنها بالفعل الشخص المناسب له، بكل عقلانية عندما يبعد مشاعر استلطافه لها وفرحه بتعليقاتها ومزاحها، يراها امرأة ناضجة، ذات وقار، مليحة على نحو يشعره بالراحة، تنسجم رشاقتها وضآلتها النسبية وقصر قامته، الذي يجعل منظره برفقة جانيت يشبه أمّاً ضخمة تمسك بيد ابنها المريض.

لم تشهد «هديل» إلا نوبتين عابرتين له من نوبات الربو، لم تتمالك نفسها مثل جانيت التي كانت تصحبه إلى المستشفى برباطة جأش مذهلة أحياناً، تتحوّل إلى ضابط يدير معركة، تتصل بالإسعاف وتستخدم بخاخ التنفّس بمهارة ممرّضة محترفة، يكون حينذاك متلاشياً، ومنزعجاً من نفسه ومنها ومن كل الدنيا، ومع ذلك لا تكترث له وتتصرف كأنها مديرته. كان يفتقد عواطفها ونظرات حانية، لكنه يعرف أنها امرأة عمليّة جدّاً، ويعجبه ذلك. يودّ من سارة أن تتعلّم منها حسن التصرّف في الأزمات، وضبط النفس. غير أن سارة مثل أمّها، ومثل هديل، تشبههما، بتلك الطفولة التي تعبّر عن نفسها بذعر في النظرات وارتجاف الأيدي والشفاه، وتفلت منهن كلمات تحفز دموعه «يي علي»، «سلامتك»، «بعد الشر»، وأضاف إليها أخيراً عبارات هديل العراقية «كافي يا معوّد.. شو سويت بيّ؟».

أخبرته، ربما لتطمئنه، أنها تعرف الكثير عن نوبات الربو، وأن شقيقتها كانت تعانيها

أيضاً، «يعني تقدر تأخذ راحتك وما تدير بال». اليوم أيضاً حكى لها عن مشروع جانيت، فسارعت إلى تحويل الموضوع إلى مزاح «تقصد أن في واحدة طلبتك للزواج؟»، ثم قالت «لا، آني لا أحد ينافسني». ماذا تقصد؟ ولماذا تبدو واضحة تماماً إلا في هذا الموضوع؟. كلّما أكد لها رغبته في الارتباط، الارتباط عموماً وليس بها، بل عبر عن رغبته، أسرعت إمّا بالمزاح أو بالصمت، إلى القول: «هذه الأمور، قسمة ونصيب، من كان يظن أني سأفقد ماجد زوجي، بتلك الطريقة، ومن كان يقول إنك ستفقد زوجتك فجأة، وهي السليمة المعافاة؟». ثم تقول «قدر أحمق الخطى»، ثم تسرع وتقول «أستغفر الله».

اليوم، للمرّة الثانية قالتها بصراحة، سأعلن قراري لك «عشيّة بالتلفون».

هي ليست غبيّة، وهو ليس غبيّاً، هما الاثنان يلعبان الآن لعبة مكشوفة، لعبة ممتعة على كل حال لمن كان في وضعهما وسنّهما. قليل من الرومانسية يا يوسف جميل ومنعش، ويمكن أن يتصاعد بقليل من الموسيقى.

أدار شريط ماريا كالاس (تركته جانيت في سيّارته قبل أشهر) لكنّه لم يتذكّر ذلك، كان كلّ ما يريده أن يلتقي سارة ومزاجه هادئ، ويصيبها بعدوى مزاجه ليتمكن من مصارحتها بفكرة مشروع الارتباط بهديل. طبعاً، بعد أن تكلّمه هديل هاتفياً هذا المساء.

اكتشاف

«بابا رجاءً، لم أعد صغيرة، أنا أعرف تماماً كيف أشعر، لا يمكن أن تصادر أفكاري هكذا».

أخبرته أخيراً أنها «نعم، تعرفت بأحد أصدقاء شقيق مونيكا صديقتها، هو مسيحي على كل حال، وليس يهودياً». أمّه فقط أصلها يهودي من فلسطين، وأهلها تبرأوا منها. تلقى كلماتها بصمت وارتياب. كل ما كان يخمّنه ويتوقّعه تحطم أمام بوح مفاجئ وصاخب كهذا. ابنتك تحبّ يا يوسف، ويبدو أنها اختارت، هي على أبواب الدخول إلى الجامعة، ومع ذلك تفكر في الارتباط. أفكارها أكثر وضوحاً من التباساتك. هناك شاب مسيحي، واضح ومعروف، اسمه سايمون، طيّب ما المشكلة؟ المشكلة هي في التقهقر إلى الخلف، مع عبارة أفلتت من سارة مفادها أن سايمون يفكر أن يصالح أمّه مع أهلها، يعني أنه قد يذهب إلى فلسطين. أن تعود مع سارة إلى الماضي الذي دفنته أنت وهناء، إلى تلك «التلبيكة» والصراعات والملابسات التافهة، التي هربتما منها، من «جنّة لبنان» إلى جحيم الغربة في لندن.

«رجاءً، ضع النقاط على الحروف يا بابا».

إذاً عليه أن يضع أمامها التصنيفات الجديدة. أنا يوسف كامان، ابن متري كامان، أمّي من أصل فلسطيني، أمّها مسلمة، والدها مسيحي. عرفت أنا يوسف كامان من خلالها أموراً عن المسلمين. نعم، منها ما أعجبني ومنها ما لم يعجبني. «مثل شو يا بابا». يعني مثل الصلوات الخمس، جميلة، محفزة للشعور بالاطمئنان والخوف من ارتكاب المعصية من جهة أخرى، هذا طبعاً إذا كان الإنسان سوياً ولم يمارسها مثل «الروبو». أيضاً أعجبني الخوف من الله، هذا يحفّز الضمير، جميل أن تكون الضمائر متيقظة دائماً، الخوف من الله هو صحوة ضمير، خاصة في المعاصي المؤذية، أعني تلك التي تضرّ بالآخرين. «وما الذي لا يعجبك؟». يعني أشياء بسيطة، التشدّد مثلاً، تكفير الآخرين، تكفيرنا نحن

المسيحيين، بعضهم يقفز على كلّ شيء ليصل فوراً إلى «الثالوث المقدّس». انظري، انظري إلى تعليقاتهم على الإنترنت. ينطلق كثيرون بسرعة صاروخية، مذهلة، من مسألة بسيطة جداً إلى التكفير. «مثل ماذا يا بابا» يعني مثل.. مثل قضية مسرحية برمنجهام، أقاموا الدنيا ولم يقعدوها، بحجّة أن هناك قضية تجريح، بمن؟ بماذا؟ لا أحد يعرف. يقولون «تجريح بديننا كلّه»، مع أن المسرحية تنتقد طقوساً من الأديان الثلاثة، ليس كلّها، بعضها، مثل التشدّد، والتهوّر، مثلاً أب يفرض على ابنته التي لم تتجاوز العاشرة ، أن تضع الحجاب، داخل المدرسة. وانتقدت المسرحية حتى المسيحيين من خلال شخصية الخوري «أبونا» الذي يتلقّى اعترافات الصبايا، فيما يمارس... «فهمت شو بقصد؟». «فهمت يا بابا». قرأت أكثر من هذا في رواية «اسم الوردة». من مؤلّفها، «ذكّريني؟» «هو كاتب إيطالي، اسمه أمبرتو إيكو».. «صحّ. أبوك عجز يا سارة»، «أنصحك بأكل السمك، ثلاث مرّات على الأقل في الأسبوع دادي».

كلّ نتف حواراتهما الصاخبة أحياناً، المضحكة المبكية أحياناً أخرى، تشكّل تلاً في هذه الليلة عليه أن يتسلّقه بمهارة شديدة، هل عليه أن يفصل الآن بين الخاص والعام؟ وكيف؟ سارة تحاصره بإيضاح ودقة شديدين اكتسبتهما من دراستها وشخصية والدتها. «هناء» كانت حسمت أمرها منذ أن قالت له عبارتها الخالدة لحظة اتفقا على الزواج: «الدين لله والحبّ للجميع... شو بدّنا بأهلك وأهلي». كانت ذكيّة تعرف منعرجات المصاهرة، ابنة من وابن من؟ أمّه التي ظلّت توصم طوال عمرها بأنها الفلسطينية برغم ولادتها في لبنان، وانغمار عائلتها في أقاربه المسيحيين الموارنة في الشمال، كادت تتبرأ من أهلها لتذوب داخل عائلة زوجها، غير أنها ظلّت الغريبة، وظلّت بعض نساء القبيلة يتحدّثن همساً عن أصول مذهبها المختلط، أو المشتبه فيه بحسب رأيهن. «هي في الأصل رومية، يعني مش مارونية. شفتها بعيني تصلّب على صدرها بثلاث أصابع لا خمس».

هناء أيضاً ظلّت تحكي له الكثير عن أمّها المسيحية وأبيها المسلم، تضحك وتعترف

له: حتى أبي «مش مسلم قح» لأنّ أمّه أيضاً درزية، ثم يضحكان ويغنّيان «عيلتنا عيلة.. مالّلا عيلة». تقاطعات ومنحرفات وجسور تركها وهناء ذات ليلة، إثر اندلاع الحرب الأهلية، وغادرا إلى ملاذ تمثّل في وجود خالة هناء، التي استوطنت في بريطانيا منذ الخمسينيات، وعاشت مع زوجها البريطاني الذي كان موظّفاً في السفارة البريطانية في بيروت، ثم عاد بصحبتها بعد أن نقل إلى مكتب أحد مديري الإدارة في «لونار هاوس». بتحديد ودقّة تقول سارة: يعني أنا عندي جدّتان، واحدة مسلمة وواحدة فلسطينية مسيحية.

صح، يجيبها متحفزاً للدفاع، إثر شعور غامض بأنها ستنقضّ:

ـ ثانياً، عندي أمّ، الله يرحمها، أبوها مسلم، يعني لي جد مسلم، وحضرتك يا بابا «نص نص». يعني كيف «نص نص»؟ يسألها، فتهزّ كتفيها وتقول «شو بعرّفني!»، ثم تقول بالإنكليزية «هذه دوّامة حقيقية». (This is a true berylingth) ثم تردّد: جدّة مسيحيّة، أمّ مسلمة، مشروع حماة يهودية. وتذهب بتنهيدة عميقة إلى المطبخ، فيسمع بعد لحظات حركة تحرّكها، يهمّ بمغادرة جلسته المفضلة على الكنبة العريضة، في غرفة الجلوس المطلّة على الشرفة الزجاجية، التي تطل بدورها على حديقة رحبة وأنيقة، لكنه يتذكّر أن سارة ستنزعج، فهي تعرف كيف تعدّ لنفسها توست الجبن أو المربّى. هي كأمّها، ما إن تتوتّر في حوار يتقدّم بسرعة إلى جدل، حتى تهبّ مثل عسكري نشيط، وتعدّ لنفسها قطعتين من التوست المحمّص، ثم تعود إلى النقاش، كأنها أمضت استراحة قصيرة بين فصلَي مسرحية أو حفل موسيقي.

اليوم هي تريد إعادة ترتيب هذه العائلة، وتحديد مواصفاتها واتجاهاتها. فثمة، برغم كل شيء، ما يلتصق مثل الدبق بالنفوس، برغم هرب والديها، كما يؤكد لها يوسف، وبرغم هذا البيت الجميل، الذي تراه، والذي يعتزّ بأنه يرفض التعصّب والانتماء الضيّق (حسب تعبيره) وبأنه كما تقول أمّها، رحمها الله، (الدين لله، والحبّ للجميع)، غير أن سارة تحبّ اليوم شاباً بريطانياً واضحاً أمّه يهودية، أو أصلها يهودي، وأبوه إنكليزي، وهم

يعيشون كمسيحيين كاثوليك، (مع أن جدّته لأبيه بروتستانتية، حسموا أمرهم داخل العائلة، إذ إنهم يذهبون إلى الكنيسة كلّ يوم أحد، وأخيراً دعاها مع مونيكا وإيستر وثلاث من رفيقاتهما إلى حضور حفل زفاف قريب له). الحفل رائع يا بابا، العروس بالفستان الأبيض، تتعلّق بذراع أبيها، الذي يتقدّم بها ليسلّمها إلى العريس أمام أبينا عند المذبح، موسيقى الأورغ وفالس الزفاف، مشهد «يجنن»، أنا أريد أن أتزوّج في الكنيسة، كيف يمكن أن أكون مسيحيّة جيّدة؟ علّمني يا بابا رجاءً.

****

ليلة القبعة

عندما كانت غالبية شاشات التلفزيون تستعيد قبل عام صورة سقوط تمثال صدّام حسين، على أيدي القوات الأميركية، التي احتلت بغداد، بترديدات مسرعة وبطيئة، وتعليقات تراوح بين تمويهات الحياد من محطّات ما، والخطابة الحماسيّة المستفزة لدى مذيعي محطّات أخرى، كان التلفزيون في منزل هديل سالم علي يعرض من دون صوت، نشرات أخباره وبرامجه السياسية للفراغ في الصالون في الطبقة الأولى، فيما انصرفت هديل مع قريبتها تغريد للانغمار في أحاديث القبعة والإيشاربات. كانتا لا تزالان في غرفة النوم في الطبقة العليا.

منزلها هادئ وأنيق، في منطقة «كينغستون» جنوبي شرق لندن، وقد تُركت الطبقة الأرضية التي تحتوي على مدخل صغير وغرفة ضيّقة من دون استخدام تقريباً، إلا لدى جلوس سامر أو مؤنس أحياناً مع رفاقهما، على كنبة وحيدة تواجه الأورغ الذي يعزف عليه سامر، أو الذي كان يعزف عليه قبل أن ينتقل إلى منطقة «واترلو» حيث يعيش مع خطيبته، (تقولها هديل تأدّباً)، النمسوية.

فوجئت أن مؤنس كان استمع إلى أحاديثهما. لم تعتقد أنه يختلي في غرفته الملاصقة لغرفتها والغرفة الصغيرة (بوكس روم) في الطبقة العليا، يفصل بينهما حمّام صغير، وممرّ أصبح ضيّقاً لامتداد رفوف على طوله، ملأتها هديل بالكتب والأسطوانات والتحف والذكريات، التي تتمسّك بها، حتى لو كانت منفضة قديمة مكسورة، بقيت لديها ذكرى من والدها الذي قرّر قبل وفاته التوقّف عن التدخين.

لم تعهده «يتنصّت». هل أصبح مثل رجال الأمن في بغداد أيام زمان؟ قال إنه مصادفة استمع. هاله محاولتها إقناع «خالة تغريد» بخلع حجابها. هذا إثم يا أمّي، ولا أريده لك. منذ متى صارت نبرة الإثم والحلال والحرام تعلو في هذا البيت؟ منذ متى تراجع ضجيج موسيقى الروك والبلوز، ومشاريع فريق الراب الجديد، الذي اجتمع فيه للمرة الأولى

مؤنس وسامر مع مجموعة من رفاقهما، بينهم صومالي وتنزاني أسودان، وإنكليزيان مايكل وريتشارد؟ تعرفتْ على أمّهما وتبادلتا الزيارات، إلى أن اكتشفت كلّ منهما أن لا شيء يجمعهما، غير صداقة أولادهما، والأصح، حماس الأولاد لتكوين فريق موسيقي، تدرك أمّ الصبيين الإنكليزيين أنه سرعان ما سيفتر، فهي تعرف تماماً هوس ابنيها الذي يتأجّج وقتاً قصيراً، فخلال عامين مرّا بهوايات صاخبة عجيبة. أصبحا مع مؤنس وسامر، نجوم فريق محلي لكرة القدم، ثم انتقلا، برفقة ولدي هديل أيضاً إلى مباريات التنس في ملاعب المقاطعة، شعروا بعدها بالملل، لينتقلوا إلى السباحة، أيضاً في مسبح مبنى المقاطعة، غير أن كسل الشباب أيام عطلة الأسبوع، أبعدهم بعد أقلّ من شهر، عن تباري القفز إلى أعمق مساحة في حوض السباحة الكبير. أيام البرد القارس يخفت اهتمام الشبان اليافعين بأيّة رياضة «مسز ألي»، (علي) تقول لها أمّ الولدين الإنكليزيين، فيما تعترف بموهبة سامر في العزف، وموهبتَي مؤنس وابنها مايكل في التأليف، أمّا ابنها الآخر «ريتشارد» فيبقى متفرّجاً، وسينصّب نفسه في ما بعد المدير الفنّي والمتحدّث باسم الفريق، ثم يصبح منتجاً ويورّطهم في تسجيل أسطوانة مدمّجة، كلفت كلاً من «مسز ألي» و«مسز هاكوت» خمسمائة جنيه، دعماً للأولاد «الموهوبين»، وحلم الأربعة بأنها «ستكسر الدنيا» في عالم الراب، خاصة مع تلك الكلمات الغريبة التي أقحمها مؤنس، وهي خليط من الشعر العراقي والفرنسي وكلمات كردية، وجدوا لها ترجمات دقيقة في قواميس أكسفورد وموسوعات الراب العالمية. فشل المشروع بالطبع في بلد ينتج الفن عبر صناعة ضخمة متقدّمة، ونامت الأسطوانة بين أغراض سامر، التي تُركت للغبار في الغرفة الصغيرة.

ما الذي تغيّر في مؤنس؟ ومتى تلاشى الفريق والموسيقى وضجيج قصص الحبّ السريعة الملتهبة؟ كيف لم تنتبه إلى تحوّله؟ متى توقّفت لقاءات البنات؟ أمينة وصوفي وغادة ومارغريت؟ شقراوات وبيضاوات وسمراوات وسوداوات. همسات طويلة على الهاتف وضحكات مكتومة. تلويحة قبل الذهاب إلى الـ "Pub" أو «النايت كلوب». سامر

اختار اتّجهاً واحداً بعد ذلك وأعلنها صريحة، لديه Girl friend، تشير إليها هديل بكلمة خطيبة، في حضور القريبات، وحتى في حضور صديقتها نادية، برغم ما تعرفه عنها من انفتاح وتفهّم وتسامح. لكنها لم تستطع أن تستسيغ انفرادهما في بيت مستقلّ من دون زواج. هي اعتبرت أنه تزوّج، أو افترضت أنه عقد قرانه. كانت من دون أن تدري، تؤلف تبريرات تطمئن بها نفسها، ترى أن الزواج، تعني مفهوم الزواج، إشهار وقبول، وحسب هذا المفهوم سامر وساندرا متزوجان. غير أن سامر كثيراً ما يذكّرها أنها أصبحت في زمن آخر، وعليها أن تعرف الكثير عن زواج الفراند، وزواج المسيار، والمسفار، وكلّها في رأيه أساليب مؤدبة لتقبل تغيّر مفهوم الزواج التقليدي، المسيطر على أفكار أمّه.

كلّ هذا ليس مشكلة، المشكلة الآن مع مؤنس. هذه المشكلة التي هزّتها بعنف صاحب يوم القبعة، فما إن حضر نسيب تغريد في سيّارتها ليصطحبها إلى «وندسور» وما إن ودّعت تغريد وعادت إلى غرفتها، حتى سمعت صوت مؤنس ينطلق من غرفته. ماما، تشربين القهوة معي؟ قلّما بادرها بمثل هذا الطلب، وكثيراً ما كانت تطلب منه شرب القهوة أو تناول الطعام فيتململ أو يؤجل، لكنه الليلة سيعدّ القهوة، وسيجلس كأب إلى الكنبة الصغيرة قرب سريرها، يطلب منها أن تستغفر ربّها، تفكّر بعمق، ماذا تبقّى لها من هذه الحياة؟ ما الذي تريد أن تنشده في هذه الحياة؟ ها أنت ربّيتنا جيّداً واطمأننت علينا، سامر ما شاء الله يعلّم العزف في مركز تعليم الكبار، وسيحقّق أحلامه العام المقبل في السفر مع ساندرا إلى سالزبورغ، وسيشارك في العزف مع إحدى الفرق التي تمثّل مقاطعة «ساسكس»، وستكون فرصة أن يجد فرصاً أكبر أثناء مهرجان أغسطس / آب الموسيقي هناك. وهو، مؤنس، حبيب أمّه وصديقها، سينطلق في شركة العقارات، بل انطلق كالصاروخ، والحمد لله. أستظل تعاملهما كطفلين؟ ألم تقم بواجباتها على أكمل صورة؟ ما المطلوب منها الآن؟ سألت، اسألي نفسك، قال لها، فردّت: يعني أغرق نفسي في العمل أكثر وأكثر لأنسى أنكما «خلاص» لا تحتاجان إليّ؟ ومن قال أغرقي نفسك في العمل يا أمّي؟ بل أمامك فرصة، فرصة ذهبية، فرصة العودة إلى الإيمان، إلى الالتزام.

كفى يا أمي ابتعاد عن الله عز وجل، كفى خداع للنفوس. لا يبقى لنا إلا وجه ربّنا، هذه الدنيا فانية وعلينا أن نصحو، ماذا أعطتك هذه الدنيا؟ ماذا أعطتني أنا غير الخطيئة والضياع على مدى سنوات؟ كؤوس وخمر وبنات... ولا أريد أن أوجّع لك قلبك، ولكن انظري، انظري، كيف تغيّرت؟ من غيّرني؟ لا تربيتك التي تقولين إنها مثالية، ولا ما تركه أبي من مفاهيم صلبة كما تقولين لنا. الحقّ، الخير، المثل العليا، الديمقراطية، التحفّز، كلام فارغ يا أمّي، أقولها لك بصراحة، ما أقدمت عليه خالة تغريد هو الأصل وهو المرجع. اذهبي أنت أيضاً إلى هناك، اذهبي إلى مكّة المكرّمة والمدينة المنوّرة، أدّي فريضتك، اغسلي روحك، اكتشفي أن هناءك وجنّتك ليسا هنا، في الديكورات والأناقة وقراءة الكتب وسماع الموسيقى، بل عودي إلى كتاب الله وتعاليم رسوله.

هل تحتاج نصيحة القبعة إلى كل هذه «المحاضرة»؟ ليست المشكلة في القبعة أو الإيشارب يا أمّي، بل في اقتناعاتك. «شوفي، شوفي خالة تغريد، أول ما صار عندها فلوس. أين ذهبت؟ ذهبت إلى بيت الله، فيما أنت...». لم تعد تسمع كلماته، لقد تلاشت في انفجارات انطلقت من رأسها، لم تقل له ماذا يعرف هو عن تغريد؟ ماذا يعرف عن رحلة الحجّ التي انطلقت إليها عقب إلحاح غريب من شقيقة زوجها، ولم تكن تلك «داعية» مثلما يريد مؤنس أن يصبح الآن، بل كانت تريد رفيقة طريق، هي التي دفعت لها المصاريف، كلّ مصاريف الرحلة لترافقها، لا أكثر ولا أقل، وقد حذرها الأقارب الذين تسمّيهم «الأشباح السود» من أن تعود بعد زيارة بيت الله وتبقى سافرة، لا يجوز. بل هي ستعلق من أطراف شعرها ومن «كراعينها» في جهنم. خافت منهم أكثر مما خافت من عقاب الله، فالله غفور رحيم، هذا ما تعرفه النساء الطيّبات، اللواتي يستدركن كلّما جرفهن الشيطان إلى كلمة أو خطيئة صغيرة، تغريد أكثر طيبة ونبلاً من كل شقيقات زوجها اللواتي يخفين من تحت حجابهن حروب النفاق والصراع والعداوات. هن وغيرهن يكذبن وينافقن ويخطئن، ألم تسرق ناريمان خطيب صديقتها؟ ألم تصرخ منال معنّفةً كلّ بنات العائلة اللواتي حملن جهاز التسجيل والأشرطة والأسطوانات إلى قاعة الاحتفال

بخطبة ابنة عمهن قائلة إنه حرام، حرام، الموسيقى حرام، ولم تسمح لهن بتشغيل الجهاز. كيف اكتشفن بعدئذ أنها تعرف كلّ الأغنيات؟ وتحفظ جميع أسماء الممثلين والممثلات؟ ألم تستدرجها تغريد لتكتشف ازدواجيّتها الرهيبة؟ رجاءً يا حبيبي مؤنس لا تقل لي «كاني وماني»، أنا أدرى بما يدور حولي، أعرف خالتك تغريد أكثر منك، ولن أسمح لك أن تجعلها قدوة. ثم تعال، من قال لك إنها تريد أن تضع هذا الحجاب؟ أنت لا تعرف أنها تبكي كلَّ يوم. هي اعترفت لي، لا تستطيع أن تركض مثل لصّة كلّما قرع الباب، لتلفّ رأسها بـ «خرقة» لأن ساعي البريد يريد أن يسلّم إليها رسائل، أو عامل الكهرباء يريد أن يقرأ العدّاد. هي صارحتني. تشعر أنها مكبلة، كما تشعر أنها فجأة أصبحت خارج الحيّ الذي تقطن فيه، وغريبة عن الناس الذين تلتقيهم، عن جيرانها من الإنكليز وغيرهم، كيف بالله عليك تمنحها صفات لا تمتلكها، بل هي ترفضها، وتضيف إليها أحلامك أنت، وآمالك أنت، بأنها تابت إلى الله وتحجبت؟

يسكت مؤنس. يشعر للحظة بتهدّج صوت أمّه، هذه حالة لا يطيقها، إنها تغرس سكيناً في أحشائه كلّما دمعت أو حشرج صوتها. أراد أن يتراجع، أن يطبع قبلته الفكاهية على رأسها. لكن جو الغرفة قد أصبح خانقاً، أحسّ أنها تحتاج خلوة، وبرغم تعاطفه، أمل أن تختلي مع نفسها، وتفكّر في الحياة الفانية، وتحذو حذو «خالة تغريد» فتضع الحجاب وإن يكن مع قبعة.

ليس افتراضاً

ما الذي يمكن أن نتوقّعه من لقاء يجمع سارة، ابنة يوسف كامان، ومؤنس ابن هديل سالم علي؟، كدت أتراجع عن تضمين روايتي هذا المشهد، أو لأكون، أكثر دقّة، هذا الحدث. عليّ أن أبتعد تماماً عن «الميلودرامية» التي أتوقع أن يتّهمني بها النقّاد. بعضهم تحديداً. ومنهم من اتّهمني بالفعل، علماً بأني كثيراً ما استقيت شخصيات رواياتي من أبطال حقيقيين. (انتبهوا فأنا أتعمّد هنا القول شخصيات لا أبطال في الرواية)، إذ أعتبر أن البطولة هي في الحياة، وليست على الورق، وكل إنسان «استعرته» أو «شوّهته» في رواية كتبتها أو أكتبها هو بطل. صدقوني إنهم أبطال. أبطال حقيقيون، بدون زيف أو تجميل أو تضخيم، لا يحتاجون إلى سيناريو ومخرج ليشتدّ بريقهم تحت الأضواء، بل يعبرون الحياة بحقيقة مطلقة، هي أنهم جزءٌ منها، في إيقاعها، نبات مغروس في تربتها لا تنهض الحياة وتمضي إلا معهم. قد يتشابهون، نعم، لكنهم ليسوا أرقاماً. سارة يوسف كامان ليست رقماً، وليست خيالاً أو رمزاً مشوّهاً، كما أتوقّع أن يراها أحد النقّاد أو قارئ متعجّل. لعلّي آتي بها حقّاً «لأزيّن» روايتي. وأعتبر هذا حقّاً مهنياً. سبقني إليه الحكواتي وكتاب الحرفية العالية عبر العصور. أتطاول لأقترب منهم! ولم، لا؟ ألا يحلم معظمنا بنجاحات صغيرة، ولو عابرة! بالطبع أنا لا أكتب هذه الرواية لأبحث عن النجاح، بل صدقوني، هي التي تكتبني، وهذه عبارة مكرّرة، مؤكد أنها قُرئت على ألسنة كثيرين سيسبقونني وسيتبعونني. لكنّي في هذا الصباح المؤلم بمتعته الغريبة، أجد نفسي في مأزق حقيقي بعد تلك الصفحات. إني مطوّقة بأبطالي الحقيقيين، الذين أحبّهم وأرأف بهم، وأريد تصفيتهم تماماً من كل الشوائب التي أعتبرها «غباراً» يغطي شخصيات ونفوس من نلتقيهم ونتعامل معهم من الناس. نظن أننا نعرفهم ونفترض التحليلات عبر فرويد ويانغ ومدارس التحليل النفسي ونظريات التربية ومفاهيم القبلية والعادات والتقاليد، والمناخات والجينات. نقسو لأننا نريد أن نعرف أكثر، لكننا نتيه، ولهذا يصل

نوع من الملل، قد يكون سريعاً لدى البعض، أو خانقاً بعد لأيّ، لدى آخرين، فنسرع إلى إطلاق أحكام مثل «أعرف هذا الشخص جيّداً». «أنا متأكد أنه كان يقصد كذا».

أعرف أني أطلت، وأدرك أن قرائي يفضّلون متابعة شخصياتي، عن هذا الإقحام الذي أتطفّل به عليهم، وقد وعدتهم حقّاً بوجبة يتلذّذ بها، طبعاً سارة ومؤنس الشهيّان. يا إلهي، تواجهني نفسي الآن مواجهة ملحوظة، مثل لحظة إشراق تنفصل فيها الروح وتموج في غرفة مظلمة عارية. مع أنه صباح مشرق، في مدينة تضجّ بحركة رهيبة من دون صوت. أريد استحضار سارة ومؤنس بهدوء، بتعقّل، وبحكمة، وبدون افتراض أيضاً، هل يهربان مني، لأني ربما أبدو بعيدة عنهما في العمر والتجربة، وربما في الاقتناعات؟ أيضاً أنا مثل «شخصيتي الروائية»، لا أدري. لهذا أجد نفسي مرغمة على استخدام ما قدماه لي من وثائق ومعلومات ومذكرات كتبها كل من مؤنس وسارة، قبل أن يلتقيا، وكذلك بعد لقاءاتهما.

إني هنا، وأمام الملأ، أودّ أن أعترف بأني خنت شيئاً من الأمانة، فالأوراق شخصيّة تماماً، وقد وعدت بتشذيبها وتمويهها أيضاً، مثلما تفعل التقارير الصحفية التي تفجر قنابل النميمة، وتحتفظ بمصادرها «الموثوقة».

ليس افتراضاً، أكرّرها، وإني على استعداد لمحاكمتي، مثلما حاكمت صديقات «هديل» فعلتها الشنعاء بارتداء الحجاب مراوغة ونفاقاً.

هديل نفسها، بعيداً عن الورق، ويوسف نفسه، يؤكدان أن كلّ الوثائق التي يقدّمانها عن سارة ومؤنس حقيقية وواقعية وحدثت، ومنها ما أدهشهما وفاجأهما وغيّرهما أيضاً. ففي المرّة الأولى التي التقى فيها مؤنس وسارة شعرا، كما اعترفا بعد ذلك، بتجاذب وتنافر في آن واحد. لم يعجبه شعرها الغجري الذي أطالته أكثر من اللزوم (في اعتقاده)، ولم يعجبها لون قميصه الذي بدا زهرياً ساطعاً، ثم بنفسجياً صارخاً تحت الضوء، مع أنه كما قال لها وذكر اسم الماركة، ربما BOSS. غير أنها أسرعت إلى القول إن الـ Brand لا يهمّها، وقد تشتري من الملابس المعلّقة في «بورتوبيللو». المهمّ أن تعجبها

القطعة. كانت تكذب بالطبع كما اعترفت لوالدها بعد ذلك، فهي لا تختار إلا الـ Brand ومن أعلى المستويات، بل تفاخر أمام صديقاتها بذلك، تماماً كما يفعل مؤنس. تكاذبا وتراجعا واعترفا في ذلك اللقاء الأول الذي أمضياه في حديقة بيت «نادية»، صديقة هديل، التي دعت الجميع وأولادهم إلى الاحتفال بالكريسماس. لم يكن يوم عيد الميلاد تماماً، فهذا اليوم يقضيه يوسف، ككل الناس، برفقة «العائلة»، أي منفردين بهدوء، هو وسارة، في ساعات الصباح الأولى يتبادلان الهدايا، وتعدّ سارة Breakfast حافلاً بكل الممنوعات التي كثيراً ما تحرم ووالدها نفسيهما منها. يمضي بعدها يوسف إلى جرائده، فيما تهرع هي إلى «الموبايل» متجوّلة في أنحاء البيت، بضجيج لافت وضحكات، خاصة عندما ترفع صوت الموسيقى أو الغناء المناسب من الجهاز، وكثيراً ما يكون لجوني بانيت، إرضاء لوالدها، أو ماريا كاري، إرضاء لها. أين يكون مؤنس في مثل هذا الوقت؟ خلال السهرة في منزل نادية، قبيل يوم الكريسماس الحقيقي، وفيما يكونان يلتقطان بالشوكتين الرقيقتين حُبيبات الأرز من طبقي عشائهما كعصفورين، يحكي لها مؤنس عن عادات مشابهة، برغم أننا «مسلمين» YOU KNOW فتقول ضاحكة: لا يهمّ، لأن بابا علماني، وأمّي رحمها الله لديها جذر مسلم، ومع ذلك لم نشعر بكل هذا، فالكريسماس في نظر سارة أمر مختلف، هو كما يبدو لكل البشر خاصة في القرن العشرين، تعني منذ القرن العشرين. مؤنس يوافقها أن الكريسماس أصبح صناعة، لكنه يفرح أمّه حين يحمل إليها شجرة الميلاد، فهي عادة تمارسها منذ أيام بغداد، كما تعترف له. أيضاً، يبدو من وجهة نظر مؤنس أنها متأثّرة بتلك الزيارات التي كانت ترافق فيها عائلتها كلّ صيف إلى مصايف لبنان. تعرفوا هناك على كلّ أعياد المسيحيين. جيران أمّه أيضاً مسيحيّون، ليس مهمّاً، المهمّ أفكار الإنسان واقتناعاته.

في ذلك الوقت، لم تكن اقتناعات مؤنس قد وصلت إلى الرفض أو التحريم، كما أن اقتناعات سارة لم تكن قد وصلت إلى رغبتها في أن تكون مسيحية جيّدة وتلتزم الذهاب إلى الكنيسة. في مرحلة متقدّمة طلبت من والدها إحضار الأناجيل الأربعة، لأنها تريد أن

تكتشف بنفسها تلك الفروق بدلاً من أن تقرأها من مصادر ثانية (ساكند هاند). «إنت شو؟» سألته، فتساءل هل كانت تقصد انتماءه، ولكن ما إن بدأ بشرح ما يفكر فيه، رفعت يدها تفسّر له بسرعة أنها تقصد اهتماماته، وهواياته، ودراسته. أشياء من هذا القبيل. في نهاية السهرة، وكأي شابين، تبادلا أرقام الموبايل واتفقا على الذهاب إلى السينما، وأرادت سارة أن تكتشف الـ PUB لأوّل مرّة في حياتها، وظنّت أن والدها لن يمانع، ما دامت برفقة مؤنس، ابن صديقته الأثيرة التي يعزّها ويحترمها (أكثر من جانيت). هذا ما تظنّه على الأرجح، وما يعبّر عنه والدها بشكل غير مباشر، تكتشفه بغريزة الأنثى الأصيلة.

اكتشفت بعدئذٍ أن والدها لا يغيّر اقتناعاته، كرمى لعيون الأصدقاء الحميمين، أو الأوفياء. لا يعني لا. .NO قالها لها وأعاد قائمة الممنوعات، ولأنه يثق بمؤنس فهو يسمح لها فقط بمرافقته إلى السينما، مع مجموعة وليس وحدهما. وسيطمئن عليها أكثر لأنه يدرك أن مؤنس سيوصلها إلى عتبة المنزل، سواء في سيّارة سامر، أو حتّى في القطار أو الحافلة. مؤنس شهم ولن يتركها تعود بمفردها إلى البيت، يعجبه ما انتقاه مؤنس من عادات المجتمع الإنكليزي، وما رفضه.

****

عندما تجلس سارة في غرفتها المزدحمة بالدمى والدباديب المختلفة الأحجام والموحّدة بلون عسلي تحبّه وتفضّله، وتفرض على المقربين منها اختياره، إذا توقّعت أنها ستحصل على هدية، وبعد أن تنهي مذاكرتها بين المكتب والكمبيوتر، تسترخي على سريرها بطريقة معيّنة مثل أيّ فتاة في عمرها، رأسها إلى الوسادتين الضخمتين وكتفها تسند قوامها. تتخيّل مؤنس الذي أصبح في مقدّمة المشهد في رأسها، مبعداً «سايمون» و«جواناثان» اللذين يقتربان منها عبر محادثات الهاتف، سرعان ما اكتشفت سخافتها، وكانا اقتربا عبر «إيستر» و«مونيكا». وتحمّست بعض الوقت لسايمون، بل هي ظنّت أنّه يعجبها أو أنّها متعلقة به، لكن مؤنس يناسبها على نحو ما، فهما يتشابهان بالقوام

الممشوق. هي ورثته من أمّها وجدّتها، وهو من أبيه وأعمامه، ترى عينَي مؤنس واسعتين، عسليتين أيضاً. هو أنيق، وذكي، وجذاب. ماذا أيضاً؟ لعل شيئاً غامضاً يتعلّق بحواراتهما ما زال يجذبها وينفرها في الحين نفسه. لم يتدخل كل من هديل ويوسف في لقاءاتهما، بل أعلنا سعادتهما بهذا التقارب، إلا أن ذلك لم يدم طويلاً. كذلك لم يعترف كل من هديل ويوسف بذلك الابتعاد. وكما أبلغاني، فالحكاية كلّها مزاج مراهقين. المراهق يبحث عن هويّته وجذوره في الدرجة الأولى، هذا ما قرأته في رسالة صديقتهما المشتركة «نادية». لهذا تغاضيا عن برود أو تباعد موقّت (كما وصفاه)، مثلما تغاضيا عن تفاصيل محرجة لهما، مثل هل يقبّل مؤنس سارة؟ هل قبّلها؟ الوالدان الغارقان، بحكم تجربتهما ومرحلتهما، في رومانسية يراها بعضهم فضفاضة وغير واقعية ومنطقية وكاذبة أيضاً، وأراها أنا (من تكتب هذه الرواية) معقولة جدّاً ومفهومة ومبرّرة، لأني أعرفهما جيّداً، ولأن فترة التعارف والتقارب ومشروع الارتباط لم تكد تبدأ حتى انتهت. أقول، مقدمة اعتذاري العلني لهما، إنهما كانا يخافان من مواجهة مثل هذه التفاصيل. تلك من الممنوعات في نظر يوسف، ومن المحرّمات بحسب اقتناعات هديل. نحن يا أحبائي لا نريد أن نعرف أولادنا، نخاف الأخطاء والإقرار بها، ونخشى الاعتراف. الاعتراف مثلاً بانفلات الغرائز في لحظات لا يمكن التنبؤ بها كي نتداركها. يحدث ذلك مثل حادث مروري مفاجئ. ماذا لو اصطدمت سيّارة مسرعة بمؤخّرة سيّارتك أو بطرفها؟ هل كنت تتوقّع ذلك؟ غريزتنا هي تلك السيّارة المسرعة، لا نملكها، ليست لنا، هي تصبح لنا عندما نجلسها خلف المقود. خلف العقل، ولكن تعالوا، ماذا عن الشرود أو الانفعال أو الغضب؟

****

لم يصطحب مؤنس سارة إلى الـ "Pub" هي «أكبر» من ذلك كما اعترف لأمّه. إذاً لمَ لا يكتفي بها؟ سؤال مشروع ترى هديل أنها تطرحه، لا لتواجه مؤنس، بل لتفهم. هل

كانت وضعت خطّتها السريّة في تلك الفترة للاقتراب أكثر فأكثر، واندماج العائلتين عبر اندماج الأبناء لتصبح الأمور مبرّرة في النهاية، كما يحدث في الأفلام الميلودرامية؟ أيضاً تعالوا. من أين تأتي الأفلام التي نسمها بالميلودرامية؟ ألا تأتي من الواقع؟ ومتى أصبحت هذه العبارة متّهمة بالخفة والسطحية والركاكة؟ لن أعيد هنا تعريفها، وأفكر في تقديم جدول عن كل هذه المصطلحات التي أستخدمها في الرواية، كفهرس في النهاية. يروقني هذا الأسلوب، لكن الناشر يقمعني كلّ مرّة. يصرّ المسؤولون في دور النشر على فصلنا كتلامذة. الفهارس للباحثين. العمل الروائي لا يحتاج إلى فهرس ولا خرائط، دعي القارئ يفهم ما يريد أن يفهم، لست ملزمة بالتنظير أو الشرح. شحن الخيال والابتكار يجب أن يكون هو الأقوى. أنا باحث، يقول لي أحد الأصدقاء ممن أشعر أنه أستاذي، وهم كثر على كل حال، ابتعدي عن الأرقام والتواريخ. أنت تعملين في منطقة «الخيال» "Fiction" وأنا على النقيض، لا أستطيع ذلك، اتركي الأرقام والمعلومات لنا، «الفيكشن» لا يحبّ ذلك، لا ينبغي أن يحبّ ذلك. الشخصيّة الروائيّة جميلة، تبدعينها فتؤثّر فينا، هذا مهمّ.

شكراً أستاذ، تعالي يا شخصياتي الروائية، يا شخصيتي الروائية الآن، سأسحبها هذه اللحظة مثل ساحرة تسحب إحدى أوراق اللعب التي تقرأ فيها الحظّ، ها هي مع مؤنس، سأسحبه لينطلق الخيال، لكني أرى في ذلك خفّة لا أحبّها، وسيظل هدفي، الدقة، التقصّي، المعرفة، محاولة معرفة أكثر ما يمكن وأعمق ما يمكنني اختراقه. هديل لا تفعل ذلك، تخبرني في جلسة اعتراف أنها تكتفي بكلمات مؤنس، السريعة، ثم تفسّرها كما تحب أن تفسّر، وعندما تجد نفسها في مأزق وحيرة، تتراجع وتحاول النسيان. تعدّ الأطباق الشهيّة أو تبتاع له ولشقيقه ملابس جديدة، أو أكسسوارات يحبّانها. تكتفي بنتف ترضي ضمأنة أمومتها. لكنّها ظلّت تحوم حول علاقة مؤنس بسارة، ربّما لأنها تدرك أن نجاح تلك العلاقة هو الامتحان الأوّل للفصل الثاني من علاقتها بيوسف.

نعم، ماما، يعترف مؤنس لهديل، لا أفترض ما أقوله لك. المسألة واضحة، سارة تريد اكتشاف نفسها أوّلاً، اكتشاف ما تحبّ، وأنا لا طاقة لي على دوّامات النساء، وفكّ ألغاز

أحاديثهن. ما الذي لم يفهمه من أحاديثها؟ إنه يفهم الكثير كما يقول، طموحها، ذات يوم، أن تصبح مصممة أزياء مشهورة، تراجعها في يوم آخر واعترافها أن الزواج وتكوين أسرة هما أجمل شيء في الدنيا. تغضب يا أمّي لأبسط الأشياء، لكنّها طيّبة وحنونة. تبكي كلّ مرّة تتذكّر فيها أمّها. طبعاً أنا أواسيها، لكنّي لا أتحمّل أن نبكي كلّما التقينا. هذا ينهكني. يدفعني لأن أتصنّع.

هل هكذا هي سارة حقّاً؟ يوسف كامان «الحقيقي» لا يحكي لنا عنها الكثير. هو متحفّظ على نحو ما، ويبدو أحياناً مثل مؤنس برغم انتقاده الواضح له. يوسف يبقي ما لا يعجبه من سلوك ابنته في سلة لا يفرغها إلا وقت انعقاد مؤتمراتهما العائلية. وهذا التوصيف حرفي أنقله عنه مباشرة. لكن يوسف، مساعدة منه واقتناعاً بالهدف، أو هدفي السامي من كتابتي هذه الرواية، كما قال، لن يتردّد في أن يقدّم لي أوراقاً من مذكّرات سارة. هي اقتطعتها بنفسها. (هي تخجل أن تقدّمها لك بنفسها، تعرفين خجل البنات). يوسف صوّرها في آلة النسخ في مكتبه وقدّمها لي عشيّة يوم أحد. فما زال يروقه الذهاب إلى «الساوث بانك»، لا ليسترجع «ذكرياته» مع المرأة الهاربة، كما أطلق عليها، فهذه «ميلودرامية». فالحقيقة تقول إن عادة الذهاب إلى «الساوث بانك» متأصّلة به، وهي على نحو ما ترتبط بعمله أيضاً، إذ يطلع على معارض ونشاطات مختلفة عمّا يقدّم في «كولبانكيان» حيث يعمل. يروقه أيضاً أن يجري مقارنات بين ما يعرض هنا وهناك. قال لي إن مسألة مذكّرات سارة في روايتي منتهية، وهو متيقّن من «حصافتي» في استخدامها. ليس خوفاً من اكتشاف سارة الحقيقية، فلا أحد يمكنه اكتشافها، هي بعيدة عن أيّ ضوء فنّي أو أدبي أو صحفي أو ثقافي. ولكن، «حرمة الأسرار» كما قال. هل يدرك يوسف كنعان كيف تتكّسر كل الحرمات في أعمال الـ "Fiction"؟ ما الذي ينبغي أن أشذبه أو أقتطعه أو ألغيه أو أموّهه؟

هل أفضل أن أكون خائنة؟ بل لا أستطيع إلاّ أن أكون خائنة. وإليكم الأوراق

(*) (ملاحظة: المذكّرات التالية كتبت باللغة الإنكليزية. والترجمة شبه حرفية).

عفواً سارة

* الخميس / ... أبريل / نيسان (9,30 pm)

قال «سايمون» إنه لم يعد يراني. وإني أتحدّث على التلفون بسرعة، ولا يفهم لماذا. إيستر سألتني "What is wrong on you". حكيت لها قليلاً عن «مؤنس». لم نقترب من حديث الدين. بدأت تقول لي إن سايمون يكنّ لي أكثر من إعجاب. لم يعجبني الحديث، وأفكر أن أستشير بابا.

لم أخبره أن «الكبّة» التي طبخها اليوم لم تعجبني البتة، خجلت. هو يطبخ بشكل رائع. لكن اليوم... لم أعرف "What is wrong".

* الجمعة / ... أبريل / نيسان (10,15 pm)

سألت مؤنس هل كان يذهب وحده إلى الـ "Pub"، أجاب إنه يذهب مع أصدقائه. ثم قال، مع صديق يعني ـ نسيت اسمه ـ وصديق ثان. سألته هل أخبرتهما عني، فقال لا «أنا سر» يفضّل أن أبقى له وحده. منذ أن تصارحنا قبل أشهر، وهو يخفي الأمر عن الجميع، لا يطيق أن يعرفني أحد، أو يعرف اسمي أحد. قال: «ماما وأبوك فقط». لا أصدق أنه يذهب وحده إلى الـ "Pub". قلت له هل يمكنني أن أرى موبايله فرفض. ندمت لأني طلبته منه، لا يحقّ لي ذلك. حتى أنا لا أحبّ أن يلعب بموبايلي أيّ شخص. حتّى بابا.

* السبت / ... أبريل / نيسان (9,20 pm)

هذا الأسبوع التقيت بمؤنس مرتين. اليوم في "Star Baks" طلبت Sheik Milk ومؤنس جرّب "Ice Tea". يحبّ أن يجرّب كلّ شيء، خفت، انزعجت أيضاً عندما سلّم على بنت. لم تعجبني نظراتها، ضحكتها، كأنّها تسخر مني. شعرت أنه قام بحركة لتفهم أن لا تتقدّم أكثر. وانتظرت أن يخبرني عنها، أنا عادة أخبره، مرّة التقينا سايمون مصادفة،

لدى باب السينما، فقدّمته له بكلّ بساطة. قال إنه ثقيل الدم، وسايمون قال لإيستر وجون أن مؤنس مغرور. لماذا لم يخبرني عن البنت؟ فكّرت أن لا أسأله. لكن في النهاية لم أستطع، وقال إنها كانت تدرس معه في كلية كينغستون.

ماذا أريد من مؤنس؟ ماذا أحتاج منه؟

* الثلاثاء / ... مايو / أيار (8,30 pm)

يوم فظيع، الكابوس الذي رأيته تحقّق. مؤنس تلفن في الصباح الباكر، وطلب ألاّ أقول لأبي، وهو لم يقل لأمّه. أرعبني، هو في الشارع واصطدم بالسيارة، ماذا يريد؟ أن أذهب معه إلى مركز الشرطة. طالبةً أن يتّصلوا به عندنا، كي لا يرسلوا الإشعارات إلى عنوانه، وتكتشف والدته الأمر. مؤنس يخرّف. لا يفهم، ويظنّ أني لا أريد أن أساعده.

ماذا أقول لبابا؟ ولماذا لا يريد أن يبعثوا بالأوراق إلى بيتهم؟ هذه أشياء خصوصية personal. هل تفتح «Anty هديل» رسائل ابنها؟ لا أصدّق. هناك قصّة يخفيها، لن أذهب. قلت له لن أذهب، sorry فزعل، وأقفل الخطّ، وجلست أبكي.

* الخميس / ... مايو / أيار (8,00 pm)

اليوم بعد الظهر، اتّصلت بمؤنس، فأقفل الخطّ، وفي المرّة الثالثة قال thank you وأقفل الخطّ. أخيراً في الليل، قبل ساعة تقريباً، تحادثنا طويلاً. غريب، يقول أشياء لا أفهمها، وتخيفني. لا أحبّ المشاكل، فلماذا يرمي نفسه فيها؟ قلت له أنت لا تعتني باختيار أصدقائك، فزعل مني، هو يزعل بسرعة، وهذا مرهق. يقول عني الشيء نفسه، ولكن أنا لا أزعل إلا لأسباب معيّنة، يعرف بنات كثيرات، لم يعد يخبئ هذا. أخبرني اليوم عن وجه جديد، كما قال إنهن بنات يتعرّف إليهن في Night club. لم تعجبه التي تودّدت إليه، لأنها تدخن cannabis، my god أيّ عالم هذا؟ تمنّيت لو أننا لا نعرفهم. ولكن مؤنس، أفكّر فيه غصباً عني. اليوم انتظرت تلفونه بعد أن رننت له ثلاث مرّات لأعتذر عن يوم الثلاثاء،

وأعرف كيف انتهت حكاية مركز الشرطة. قال بسيطة، أعطيتهم عنوان البيت. وطلب من أمّه أن لا تخشى رسائل من مثل هذا النوع، لأنّها موجّهة إلى صديق، وليس إليه. أمّه تثق به على كلّ حال. هي تقول هذا لبابا. ومؤنس نفسه يؤكّد. قلت له: إذا كان الأمر بسيطاً فلماذا أرعبتني في الصباح الباكر؟ صارحني أنه يحتاج إليّ. قال لي أنت مختلفة، أنت في مكان مختلف.

"I need you. I Care about you. You understand that?".

****

* السبت / ... يونيو / حزيران (6,20 pm)

من أجل كلمة واحدة، غيّر رأيه بسرعة، هذا لا يُطاق. الآن الساعة السادسة، وكان يفترض أن نكون في السينما، أردت مشاهدة The Spider وهو وافق مع أنه حاول إقناعي أن نشاهد Hotel Rowanda. لا أحب الأكشن، قال إنه ليس «أكشن» بل فيلم عظيم، ويحكي عن قبائل الهوتو والتوتسي وكيف تركها الوسترن يقتلون ولم ينقذوهم، بل هربوا. أخبرته أني لا أحبّ الأفلام السياسية، فقال إنه فيلم إنساني جدّاً وشجّعني أن أراه، قلت له علينا أن نتّفق كلّ أسبوع، أسبوع أنت تختار، وأسبوع أنا. كانت إيستر ستأتي، مع أن مؤنس لا يحبّها، وهي أيضاً لا تستلطفه، لكنها اعتذرت في اللحظة الأخيرة. أنا أعرف أنها تخرج الآن مع سايمون. لم أكتشف أنها سريعة الملل، ومتقلّبة في علاقاتها، إلاّ أخيراً. هي تندم بسرعة، وكلّما ندمت أخبرتني أنها بكت وصلّت.

أوه مؤنس، لا أريد أن أفكر فيك، أنت أزعجتني كثيراً اليوم. إذا لم يكن مزاجك هادئاً، فلماذا اتّصلت؟ ولماذا أتيت؟ لا أدري متى يعود بابا، قال إنه سيذهب مع جانيت لشراء حاجات نريدها، ثم يتعشيان في «ستيك هاوس». Please god لا تجعله يعود بسرعة. ماذا أقول له؟ نزلت من سيّارة مؤنس غاضبة، وعدت بالقطار؟ كل مرّة الحكاية نفسها. البنات، البنات، لا أعرف ماذا يريد مني إذا كان لديه كلّ هؤلاء البنات. أنا أصدّقه

فلماذا يكذب؟ لا يحتاج، محبوب ووسيم وخريج جامعة. والآن يريد أن يصبح بيزنس مان، بل بات مان. ضحك، لكني أحسست أنه زعل، ولكن أليست هذه الكلمة أقسى من «أنا لا أثق بك؟». عموماً، لا أقبل أن يصيح في وجهي، ويضرب مقود السيارة، ويقول إن أي إنسان غيري لو أزعجه الآن لتعارك معه بالأيدي والأرجل. لا يعجبني هذا. أصابني بالصداع لكثرة ما راح يكرر "...O.K. "bla... bla... bla إذا كنت أنا مختلفة، فلماذا يوجع رأسي؟ لا أقصد أني لا أثق به. على العكس تماماً. أجمل ما لدى مؤنس أنه يعبّر لي عن أفكاره بوضوح، بوضوح شديد، وأحياناً يصدمني، أحترم أسلوبه جدّاً. لا أعرف، ربّما أنا كنت زعلانة من أمور أخرى، أيضاً يريد مؤنس أن نتفق منذ الآن، نتعاهد ونقرر البقاء معاً. أخبرته اليوم أن بابا يريدني طبعاً أن أكمل دراستي. هو سبقني بعامين، فقال إني كسلى، هذا أيضاً ما أزعجني.

Any way عندما أتينا إلى ذكر البنات، والمكالمات التلفونية، قال إن كل ذلك سينتهي مع الزواج. كيف يمكن أن تتوقّف العادات السيئة مع الزواج؟ هل «نحذفها» Deleted بلمسة واحدة؟ قال «ممكن» وضحك.

لكنه لم يتحمّل عبارة واحدة «أنا لا أثق بك»، وأنا علي أن أتحمّل منه اتهامات مثل «كسلانة»، «تكذبين»، «لا أمل منك»، «حالة ميؤوس منها»، «أنتن النساء لسان فقط»، My god كم أكره هذا. عندما يقول «أنتن النساء» يقتلني، ويقتلني أكثر كلّما قلت له إني مختلفة، فيضحك ويقول: ما شاء الله، كلّ واحدة تقول إنها مختلفة.

So ماذا يريد؟ هل من يقول هذا لي يريد أن يتزوّجني؟ كم يجنني عندما يقول طبعاً. لكن اليوم لم أصبر.

I realy fed up وعليه أن يضبط نفسه، ويضبط لسانه في المستقبل، فأنا لست المدلّلة والكسولة والضائعة، وأنا لست التي يقول عنها إنها لا تعرف ما تريد، وإنها تخاف من أبيها كأنه غول. ندمت لأن بابا وثق به، قلت له ذلك اليوم، قلنا كل ما نريد أن نقوله، ولا أستطيع أن أصدّق، أبعد كلّ هذا يصرخ ويقول هل تتزوجينني أم لا؟ قلت له قفْ حالاً، وعندما

أوقف السيارة قلت إنه لا يفكر إلا في نفسه، وإني لا أستطيع تحمّل كل هذا. ونزلت. الغريب أنه لم يناديني، ولم يلحق بي Can you believe that?

****

* الأحد / ... أكتوبر / تشرين الأول (10,00 pm)

أريد أن يعود My Father كي نتحدّث كثيراً، لا أريد أن أنام اليوم قبل أن أسمع رأيه الصريح. مؤنس يريد رأيي الصريح، وأنا أريد رأي بابا الصريح، وبابا، رأيُ من يريده صريحاً؟ كلّ الأمور في نظر مؤنس يمكن تجاوزها، أو الانتهاء منها، بل محوها، إلاّ هذا الأمر، ماذا أريد تماماً أن أكون؟ قلت له رأيي بصراحة، في هذا الأمر فقط، أو في جزء منه، (Part of it) شيء ما لا أعرفه يجعلني أحبّ هذا الجانب، أن أكون مسيحية، أضع الصليب على صدري وأذهب إلى الكنيسة. صارحته أني أريد، بل أحبّ جدّاً، أن أذهب إلى الفاتيكان، لا أدري لماذا تماماً، هو يرى هذا الأمر غريباً جداً. هل والدك أثّر فيك؟ سألني أكثر من مرة، مع أنه يعلم الكثير عن أفكار والدي. بابا يقولها علناً، أمامه وأمام والدته وجانيت والآخرين، هو يؤمن بكل الأديان، ويراها مثل حلقات يكمل بعضها بعضاً. أسكتني مؤنس اليوم من هذه النقطة، قال إن الإسلام هو الحلقة الأخيرة، فلماذا نعود إلى الحلقات السابقة، وقال إن الرسول هو خاتم الأنبياء.

أنا أحترم ذلك تماماً، وهو حرّ بالطبع، أعترف له بأني لست مثل My parents لم يهتما بمثل هذه الأمور، وقلت له عن كلمة أمّي في شأن الدين والحبّ. قال غريب، ثم سكت، ثم عاد يسألني، ماذا أختار إذا طلب مني أن أتزوجه، يعني أن أختار ديناً أبقى عليه؟ قلت أنا مسيحية بالولادة. فقال بل أمّك مسلمة.

* السبت ... ديسمبر / كانون الأول (10,45 pm)

اعترفت لمؤنس بأني لا أعرف الكثير، لا عن دين أمّي، ولا عن أبي. فقال لا يهم، وهو

على استعداد أن يعلّمني، ويعرّفني، ويقنعني أيضاً. غريب مؤنس، حقيقة غريب، عندما يحدّثني عن إيمانه فإنه يأخذني إلى منطقة بيضاء تماماً، كأننا فوق السحاب، وهو يتمسك بهذا، ويقول إن إيمانه يبعده عن الـ Girls والـ Drink لكنه ما زال يفعلها، تفلت منه ويندم، ويقول أيضاً إن الله غفور رحيم، وإنه لا بد أن يأتي اليوم الذي تصفو به روحه، هو يريد ذلك، عندما يصلّي ويحاول أن يطبق التعاليم، فلا يكذب، ويساعد الآخرين، ويتصدّق على الفقراء، فإنه يرضي الله ورسوله، ويصبح إنساناً جيداً، يرضي أمّه أيضاً، فهي لا تحبّه أن يذهب إلى Night club وتلحّ عليه أن يختار فتاة طيبة يتزوجها، ويكوّنا عائلة سعيدة، يقول لي إنه يرغب في ذلك حتى الموت. الأيام تمضي وهو يريد التوبة، إيمانه فقط سيوقفه عن الشجار والعراك والتلفّظ بكلمات مؤذية، أو بالسباب، أو حتّى بكلمات تزعجني، إيمانه يجعله خيّراً وطيباً.

أنا أيضاً أريد ذلك، وقلت له إني أحببت الصلاة في الكنيسة، الجو رائع، وعندما أضأت شمعة شعرت بروحي ترتجف، دعوت العذراء وبكيت وأنا أتوجّه لـ Jesus.. My savior. Our savior. ألا يؤمن مؤنس بالمسيح؟ اليوم دافع كثيراً عن إيمانه بالمسيح والأنبياء، وقال لكنْ هناك تحريف Malcanduct وهو متأكد أن الإسلام خاتم الأديان، هو مؤمن بذلك، ومقتنع به تماماً مئة في المئة.

لا أفهم كثيراً في الدين، وقلت إن بابا علّمنا أن نكون جيّدين أيضاً، نحبّ الفقراء والمساعدة، وعلّمني، أيّ منذ أن كنت صغيرة، ألاّ أكذب. أليست الحكاية نفسها؟ سألني ماذا تعلمت عن هذه الدنيا؟ وماذا أعرف عن الجنّة والجحيم؟ What about Heaven and Hell? لا أعرف، بل أعرف، لكني لا أحبّ الحديث عن هذه الموضوعات، إنها تخيفني، مؤنس يضحك ويقول you see إنه الهروب، الموت حقّ، وهذا ما يعترف به الإسلام، والحياة الباقية، الخالدة، هي بعد الموت، هناك نأخذ جزاءنا، أنا أريد أن أكون في الجنّة، سأحصل على ما أريده، بنات! مشروبات! كسل! لعب! كل شيء، كل شيء، علينا فقط أن ننجح في الامتحان، ألم ندرس في الكلية؟ ألم أسهر الليالي حتى أحصل على

A or B ؟ حياتنا هنا امتحان، ندرس جيّداً، نطيع الله ورسوله، نكون جيدين وطيبين مع عائلتنا، مع الناس...

فقط ؟ Only that? سألته اليوم أكثر من مرّة، فأكد أن هذا هو الموضوع. ثم قال إن طاعة الله ورسوله تتطلب فروضاً علينا أن نقوم بها. مثل ماذا؟ مثل الصلاة والزكاة، وصوم رمضان، والشهادة، والحجّ. سألته هل كان الحجّ مثل الفاتيكان؟ فقال إنه أجمل. قلت لم أر الصور. ثم تذكّرت أني رأيتها بسرعة على الإنترنت، سأبحث عنها من جديد، الآن أو غداً.

❋ الأحد / ... فبراير / شباط (9,30 pm)

لا أعرف، لكني تعبة، هل يجب أن أكون مسلمة مثل أمّي لأتزوّج مؤنس؟ قال أنت حرّة، أنا لا أرغمك على شيء، لكن قولي رأيك الصريح. سألته: وإذا أردت أن أظلّ كما أنا؟ يعني بين أمّي وأبي، أو... يعني، إذا اخترت أن أبقى مسيحية. فقال أنت في الوثيقة مسيحية لأنك تتبعين والدك، في كل حال أنا لا يهمّني، وأنا إن كنت أدعوك إلى الإسلام فبرضاك، وليس غصباً عنك، عليك أيضاً أن تكوني مقتنعة وراغبة. لم نحك عن أشياء كثيرة، أين سنعيش، وهل يكفينا المال الذي يحصل عليه مؤنس من البزنس، وهل أعمل بعد التخرّج هذا العام؟

ظللنا صامتين زهاء عشرين دقيقة، ثم قال مؤنس What about our children? ماذا عن أولادنا؟ هل يكونون مسيحيّين أم مسلمين؟ ثم قال: أريد أن أربّيهم على الإسلام. فكرت بعد أن أوصلني، وما زلت أفكر، هل أريد لأولادي في المستقبل أن يكونوا مثل مؤنس، أم مثلي؟

❋❋❋❋❋❋❋❋❋❋

الفصل الثاني

(إهداء: إلى سومر)

* فقرات إعلانية
* نشرات أخبار
* الرسالة
* حوارات

الإعلان الأول

امرأة ناضجة، لعلّها تصلح للظهور في إعلانات الترويج عن مستحضرات مكافحة التجاعيد، تبدو أصغر من عمرها الحقيقي بنحو عشر سنوات.

يمكنني أن أستخدمها الآن في لقطات ترويجية أخرى.

أضعها بعد أن أطلق عليها اسم هديل سالم علي، برفقة رجل أسمّيه يوسف جرجي كامان، عند أبواب قاعات الـ «ساوث بانك» الزجاجية، لتنعكس صورتها، مؤكدة بهذا الانعكاس ازدواجيتها، أو مُهيّئة المتلقّين لتقبّل تحوّلها في المراحل التالية. تكون ببنطالها الأسود وكنزتها البيضاء ذات الياقة التي تغطي الرقبة، ويكون هو ببنطاله الزيتي وكنزته السوداء ذات القطعتين.

معطفها العاجي بفرائه الناعم الذي يطوّق الصدر، يسحبه بهدوء ورقة عن كتفيها لتجلس مرتاحة في المطعم الإيطالي الصغير.

سأركّز لقطة فقرتي الإعلانية هذه على شعرها القصير المتموّج بين خصلات سود وعسلية. المجعّد حيناً، المنسدل حيناً آخر، المختارة قصّاته اللافتة بعض الأحيان. البشع كما تراه هي عندما يكون مزاجها معتكراً. والمصبوغ أيضاً، ولا بأس أيضاً من لقطة له بشعره الذي يخفّ عند الصدغين، لكنه ينسدل قليلاً على الجبين، مستحضراً حناناً قادماً من خصلة مشابهة لدى شقيقها البعيد، وابنها المتباعد.

تلك المرأة نفسها، التي كثيراً ما حاورته عن الحريّات والديمقراطيات وحماستها للفنون، الأوبرا والباليه، حتى الروك والجاز. هل تنسى الجاز الآن؟ إيللا فتزجرالد وتشارلز راي. شيرلي باسي... وماذا فعلت برأسها الذي يجمع لوحات رينوار ومونيه وغوغان وتوسكا وكارمن وديستويفسكي... وأين خبّأتهم؟ أين ألقت بهم؟ هل حجبتهم

عن روحها مثلما حجبت شعرها القصير عن العيون؟

هذه العبارات الأخيرة كانت سؤالاً طرحتُه (أنا المؤلفة) على السيّدة هديل سالم علي، إذ كنت أصبحت حقّاً عند مفترق طرق. هل كان حجابها نقطة الذروة لتطوّر واكب روحها دون أن تدري، (أي بلا وعي منها كما سيشرح بعض النقّاد في ما بعد) أم إرضاء لابنها؟

****

الإعلان الثاني

ما هي الرسالة التي كتبها مؤنس ماجد اليادري لأمّه في اليوم الأخير، قبل رحيلها إلى دبي؟ عندما كانت ثلاث حقائب كبيرة مفتوحة في صالة البيت، وعندما عاد سامر ليبقى معها ـ وحده ـ طوال الأيام الثلاثة الأخيرة. ما الذي أبكى سامر فجعلها تنوح وتقرر البقاء؟ ولماذا طلب منها مؤنس ألاّ تقرأ رسالته إلاّ بعد وصولها إلى الفندق؟

هل اتّصلت بيوسف كامان في ذلك اليوم؟ ماذا قالت له وهل اتفقا خفية عن الأبناء؟ هل تخفي هديل سالم علي سرّاً يجعلها تتصرّف على هذا النحو الغامض الذي لم يفهمه أحد؟

انتظرونا قريباً جداً ومع مفاجآت في الصفحات التالية.

****

الإعلان الثالث

أجد نفسي مضطرة إلى هذا الإعلان، فالناشر، كما أتوقّع ، حريص على الناحية الترويجية للسلعة التي ستعرض في معارض الكتاب وفي المكتبات، وهي لن تكون مطلوبة إلا عبر مقياسين، أن يتحلّى الكاتب أو الكاتبة، باسم شهير (وهذا له مواصفات معيّنة لا أملكها) أو يتحوّل الكتاب إلى فضيحة، تكشف عن المسكوت عنه قليلاً، أو يجرؤ على اقتحام الممنوعات والمحرمات. (هذه المواصفات أيضاً لا حول لي عليها، خاصة بعد الوعد الذي قطعته للسيدة هديل والأستاذ يوسف وأبنائهما.) هنا، أرجو ألاّ يظن أحد أن الكاتبة تناقض نفسها، فهي تحدّثت في الفصل الأول عمّا أسمته خيانة الكاتب، وضرورات الكتابة التي تبيح المحظورات. نعم، حدث ذلك، لكنها لم تعد تدري إلى أين ستقودها هذه الخيانة الآن، بعد أن تحوّل أصدقاؤها الأبطال إلى «شخصيات». الآن كل شيء مباح، بعدما وصلنا إلى نقطة اللاعودة، فإما التشويق الذي يجذبكم لتكملة قراءة هذه الرواية، وإما إغلاقكم الكتاب وإعلان فشل الكاتبة. لذا سأطلب النجدة من شخصياتي ليشهروا أسلحتهم ويحبسوا أنفاسكم، خاصة عندما يتحدّث مؤنس، ويكشف للمرة الأولى عن عالم لن يخطر على بال أحد أنه قد عاشه أو خبره.

التفاصيل، بعد نشرة الأخبار مباشرة.

النشرة Sky News

تقرأها اليوم بولا روبيرستون وأيمن جوردن

Head Line

* طلب البوليس البرتغالي مصادرة اللاب توب الخاص بجيري ماكين والمفكّرة الشخصية لكيت ماكين، والدَي الطفلة المختفية مادلين ماكين، وهذه هي المرحلة الثانية من التحقيق بعد اتهام والدَي مادلين بأنهما تسببا بقتلها، وبعد أن صنفا ضمن تعريف

"أكويدو"، وهو تعريف برتغالي يطلقه البوليس على المشتبه فيهم رسمياً. تفاصيل أخرى تجدونها على سكاي نيوز أون لاين... ولقاءات مع موفد سكاي نيوز برانت مورتس.

٭ ما زال باحثون مستقلون يدرسون الشريط الجديد الذي أطلقه بن لادن في مناسبة ١١ سبتمبر / أيلول، وأطلق فيه دعوة اعتبرها جورج بوش نكتة، ومفادها ليست هنالك أي مشكلة عندما يصبح الجميع مسلمين. ماريسا دانون لديها التفاصيل.

٭ في الساعة التاسعة Exclusive لـ Sky News بولا روبيرستون Live فنان بريطاني شاب هو مونس الهايدري يقدم فيه أوّل أسطوانة راب من نوعها أسماها Islamic Rab.

٭ ٭ ٭ ٭ ٭

النشرة: CNN تقدمها ناجيبة بولين

٭ قال جورج بوش إنه سيسحب ثلاثين ألف جندي أميركي من العراق في بداية صيف ٢٠٠٨.

٭ مقتل خمسة جنود بريطانيين في جنوب العراق.

٭ اللبنانيون الشيعة يحتجّون على اتّهامهم بالارتباط بإيران.

٭ شاب عراقي في بريطانيا يطلق أسطوانة الراب الإسلامي.

٭ ٭ ٭ ٭ ٭ ٭

النشرة: فوكس

٭ بن لادن يهدد العالم في شريط جديد.

٭ تحسّن الوضع الأمني في العراق وبوش يعلن ترتيبات جديدة.

٭ موسيقي شاب يطلق ما أسماه أوّل أسطوانة للراب الإسلامي، والمسلمون يهدّدونه على الإنترنت.

النشرة: المستقبل

* لجنة المتابعة لتقصّي الحقائق في اغتيال الرئيس رفيق الحريري زارت ضريحه وسط العاصمة في اليوم الأول من رمضان، وقرأ الجميع الفاتحة على روحه.

* شاب عربي يحمل الجنسية البريطانية يعرض أسطوانة جديدة أثارت آراء مختلفة. زاهي وهبي يلتقيه مساء اليوم في «أحلى ناس».

النشرة: L.B.C

* استقبل الكاردينال مار بطرس صفير اليوم ممثلي الطوائف الإسلامية الذين أعربوا لغبطته عن تأييدهم مبادرته التي وجدوا فيها خلاصاً للبنان واللبنانيين.

* مؤنس اليادري شاب من أصل عربي أعلن أنه اكتشف فناً جديداً سمّاه إسلاميك راب.

تفاصيل مع تيريز حداد.

النشرة: MBC

* حيوان منغولي ضخم يظهر مجدداً على شواطئ أثيوبيا.

* ورشة لتنظيف وترتيب مداخل وحمامات أماكن عامة وأماكن عبادة يقودها أحمد الشقيري في دعوة مبتكرة في برنامجه «خواطر».

* هل يمكن أن تُقدّم المدائح على طريقة الراب؟ الجواب في تجربة شاب بريطاني من أصل عربي. تلتقيه نيكول تنوري بعد النشرة.

النشرة: العربية

* كنتم مع «صباح العربية» الذي يستمر يومياً إلى الساعة العاشرة، معكم محمد وراوية.. ماذا لدينا غداً راوية؟ كما أشرت محمد في الفقرة السابقة.. قصدت الفقرة

الفنية.. آه.. سنلتقي غداً موسيقاراً شاباً يثير ضجّة اليوم في أوروبا، حيث يقدم أسطوانة عن الراب تتعلق، تفيد الأخبار، بفن الموشّحات والمدائح، ولكن بأسلوب خاص وبلغة جديدة وأنا الحقيقة متشوّقة أعرف شو القصة.. على كل حال لقاؤنا معه غداً حتى نعرف كل الحكاية على لسانه.

النشرة: الجزيرة

* بن لادن يثير رعباً جديداً في أميركا وأوروبا في شريط جديد ثبتت صحته.

* وفي الملحق كيف تقبّلت الجاليات الإسلامية والعربية هذه الصيحة الجديدة التي أطلقها فنان هاو في لندن تحت اسم فن الراب الإسلامي.

* بيان جديد لتحرير الصومال، وانفجارات جديدة في بغداد، وبوش يتراجع ويعلن انسحاباً مقبلاً. تفاصيل نشرة الثامنة مع ليلى الشاذلي.

****

مشاريع

لا ترى الأمّهات في أولادهن إلاّ ما يردن أن يرينه. ربّما حاولت هديل أن ترى أكثر قليلاً ممّا رأته أمّ مايكل وريتشارد في مشروع الأسطوانة الموسيقية. تذكّرت وهي تخبرني عن هذه المرحلة من علاقتها بمؤنس، أن المشروع، لا، لم يكن فورة مراهقين أو هوساً بالشهرة التي أصبحت مقياساً لنجاح شباب القرن العشرين والقرن الحادي والعشرين. مؤنس كان لديه هدف كما أخبرها. هي أيضاً لاحظت أنه جاد، مثابر، مقتنع. في البداية كان يمضي الساعات الطويلة في غرفته، بين صمت تخال من خلال الباب المغلق أنه يغطّ في النوم، وبين ضجيج يجفلها حين يرتفع صوته عبر المسجل في محاولات تسجيل مستميتة لإلقائه الراب مرافقاً موسيقى إيقاعية سبق تسجيلها، أو نسخها من إيقاعات مختلفة عبر الإنترنت. في البداية أيضاً كانت رائحة الدخان تتسرّب من انفراجات تفصل بين إطار الباب ودفّته المغلقة، وفي مرحلة تالية خفّ هذا التسرّب بعد أن أعلنت ضيقها منه، ثم خوفها من أن يؤذي رئتيها، وبدأت تلحظ أكواماً من الملابس والمناشف تُحشر في تلك الانفراجات، خاصة أسفل الباب، في محاولة يائسة من مؤنس لمنع تسرّب الدخان. ذات يوم كان الثلاثي المرح، كما أسمته، يختلي في غرفة مؤنس، وما إن غادر الثلاثة، مؤنس ومايكل وريتشارد، البيت، حتى صعدت كالمعتاد لترتيب غرفة مؤنس، حتّى أجفلتها من جديد رائحة مختلفة. لم تدركها تواً، خمّنت أنه نوع جديد من السجائر، ليس «مالبورو» أو «بي أند هاتش»، ثم رأت أعقاباً سوداً. شُعيرات من تبغ بقيت عند المنضدة الصغيرة قرب السرير. تذكّرت أن أم مايكل اعترفت لها بتجربته تدخين الـ Connabis كما قالت، لكنها متأكدة أن ريتشارد لم يحذُ حذو شقيقه، طمأنتها هذه الحقيقة، فإذا كان الأخ لا يؤثر في أخيه، فهل يمكن أن يؤثر في ابنها؟ تدرك جيّداً، كما تحبّ أن تؤكّد لنفسها وللآخرين، أنها ربّت سامر ومؤنس على قيم راسخة، ثم تبتسم ساخرة في وحدتها. مع ذلك يفهم كلّ إنسان القيم كما يريد أن يفهمها، سامر يعتبر رشفة البيرة

منعشة. والده كذلك، كان يظنّ أن الإرادة هي الأساس، ولا مانع من احتساء أيّ مشروب، ما دمنا لا نصل إلى درجة الثمالة. فكّرت، أيّهما أخطر الكحول أم الحشيشة؟ كيف ستنقل إلى مؤنس هواجسها؟ هل تتهمه؟ كيف لها أن تتهمه ولا يبدو عليه أنه فاقد الوعي أو ثمل أو... من يدري؟ هل تراه كلّ لحظة؟ أين تكون حين يعود في ساعات الفجر الأولى؟ ماذا يحدث عندما تختلي في غرفتها فيما تسمع ضحكات صاخبة، ثم همسات خافتة في الصالة في الطبقة السفلى؟

ذلك اليوم، عاد مؤنس طفلاً فقبّل ظاهر كفيها وباطنهما، وطلب منها أن تدعو له بالتوفيق. كان قد تخرّج في الجامعة قبل شهرين، لكن فرحته اليوم تفوق فرحة نجاحه. سيحكمون اليوم على صلاحية أسطوانة الراب. هناك شركة إنتاج في شمال لندن ستستقبلهم اليوم. ما اسم الأسطوانة؟ «لا بلد. لا مدينة. لا أحد». قالت له إن كلماتها عنيفة جداً، هناك كلمات فظيعة، تكاد تكون شتائم. فأكّد لها، أنها كذلك. وكيف سيوافقون عليها؟ يضحك ليحاول تعليمها الدرس: This is a free country mom أنت في بلد حرّ. نحن في بلد حرّ. هنا حرّية الكلمة، حرّية المعتقد، الحرّية الشخصيّة، عيشي ماما، عيشي.

عندما عاد في المساء، متهدّل الشفتين والكتفين، عرفت ما سيحدث في المرحلة المقبلة دون أن يخبرها. غير أنه فاجأها مرّة أخرى، وأخرى، وأخرى. ففي كل مرّة يرفضون له عملاً بعد أن يمضي الأشهر ساهراً ومدخّناً، ثم ينطلق مع الثنائي مايكل وريتشارد وأحياناً ينضمّ إليهم سامر، فيقدّم فكرة، أو يكتب بعض المقاطع، ثم يتوجّهون إلى أحد بارات منطقتهم، أو يهبطون إلى «الويست إند» فيعود بعزيمة أقوى. لاحظت أن سامر ومؤنس يعبران عن نفسيهما، أو عن أحدهما على نحو ما في كلّ أسطوانة. في مشروع «لا بلد. لا مدينة. لا أحد»، كان صوت مغنّي الراب يصرخ:

أنت هنا

فوقك السماء، نعم.

تحتك الأرض، لا.

أنت في لا بلد، نعم.

أنت في بلدك، لا.

مدينة أكبر منك يا رجل.

مدينة أقوى منك يا رجل.

تضربك كل لحظة، نعم.

تقتلك كل لحظة، لا.

أنت لا أحد يا رجل.

أنت أسود أو أبيض.

أفريكانو أو أنجلوساكسانو.

أنت أنت، نعم.

أنت هو، لا.

ولأنهم قالوا له إنهم يريدون شيئاً أقوى، أكثر إثارة، راحت قسوة الكلمات تقوى. ففي أسطوانة «اسمعوا واعرفوا» كان الراب يقول «كلّ الممنوع مسموح. الشرطي يأخذ الكانابيس منك ويدخنه. السجّان كان سجيناً تاب فترةً. تحكمنا أميركا بالكوكا وهي محكومة بالكوكايين، لماذا أدفع الضرائب والملكة لا؟ لماذا أعمل وأموت؟».

وفي شهر يونيو / حزيران كانت متيقّنة تماماً من أن مؤنس سيحقّق حلمه في أسطوانة جديدة اسمها «اسمي مشروع» سهر الشقيقان ليلة كاملة لتشذيبها، قالا فيها:

لا عائلة لا تعريف.

أنت أنا واحد.

اسمنا مشروع.
مشروعك مشروعي يا رجل.
مشروع للحبّ، مشروع للكره.
مشروع للفشل والفشل والفشل.
مشروع لأذهب وأعود.
أذهب لأكون وأعود لأكون.

****

هل يذكر مؤنس كلّ هذه المشاريع؟ كيف تراه يذكرها؟ ولماذا خبّأتها هديل سالم عليّ في طيّات ذاكرتها؟ لماذا تريد استرجاعها؟ هل لتعرف متى بدأ تحوّل مؤنس نحوها؟

صحيح، متى بدأ هذا التحوّل؟ هل كان قبل الاقتراب من سارة، ابنة يوسف كامان، أم بعده؟ هل تديّن سارة الذي تضعه بين هلالين، كما تشرح لي وليوسف، هو الذي أيقظ في رأسه وقلبه وروحه كل ما خبّأه من فتات إيمان قديم؟ إيمان أمّه مثلاً؟، الذي يتخفّى مثل طفل خجول. لماذا كان يتخفّى؟ وما الذي أرادت هديل أن تحققه بعيداً عنه؟ أو حين لعبت لعبة الإخفاء، بين أن تكون مسلمة، سافرة الوضوح، سافرة الانتماء، وبين أن تكون سيّدة عصرية، لها إيمانها الشخصي، لكنها مع ذلك تحترم كلّ الأديان؟

ذلك اليوم، كان ردّها العنيف لمؤنس، يبعد أيّ اقتراب لذلك الطفل الخجول «المؤمن» الذي يقبع داخلها، فقد نشبت كلماتها مثل مخالب قطّة. أرادت أن تخنق كلّ شيء جميل يشدّها إلى ذلك الطفل الخجول. «أنت تخنقني. تخنقني». صاحت مواجهةً مؤنس الذي عاد ينبّهها. لا داعي يا أمّي لاستقبال أيّ رجل عندما تكونين بمفردك في المنزل. تستطيعين التريّث قليلاً ريثما أعود، أنا أو سامر. صاحت: حتّى ساعي البريد؟ حتى الكهربائي؟

أمسك بكفيها وأجلسها محاولاً تهدئتها بإجابة تفضح صوته المتهدّج:

ساعي البريد يسلمّ إليك الرسائل لدى عتبة الباب، هو يبقى في الخارج وأنت في الداخل. هذا الوضع لا بأس به ما دمت محتشمة، أما الكهربائي، فيصعد الطبقات، يدخل الغرف، أي يقتحم خصوصيتك.

عادت إلى الصياح، عن أي خصوصيّة تتحدّث؟ هذا رجل يأتي لإصلاح التلفزيون الذي تعشقه أنت وأخوك، يصلح مفتاح الضوء الذي كاد يصعقنا بالتيّار. كان يفاجئها حين يجيب بهدوء. لا بأس يا أمّي، كل هذا لا بأس، وإذا كان من الضرورة حضوره فاتركي باب البيت مفتوحاً.

اليوم، تبتسم وهي تستحضر كلّ هذه «الوصايا». أرادها أن تعيش التناقض الصارخ. الكهربائي الإنكليزي يعتبر إغلاقه باب البيت الذي يدخله، سلوكاً مؤدّباً، بل ليس لائقاً ترك باب مدخل بيت مفتوحاً. كيف ستشرح له؟ وماذا عن تلك الرياح الكفيلة إغلاق أبواب ونوافذ بعنف يشبه صفعة؟ هل تغافله وتهبط بسرعة لتفتح الباب وتسنده بحجر أو بأحذية؟ وماذا يعني الباب المفتوح في مدخل بيت على الطريقة الإنكليزية، تتوزّع غرفه في الطبقات العليا؟

أنت يا مؤنس، تترك الجوهر وتأتي إلى القشور. تلك كانت عبارتها التي تنهي فيها نقاشاً لا يصل إلاّ إلى سدّ منيع، سدّ يقوده رفضها، مخاوفها، إحساسها بالاختناق.

اليوم، تضيف عبارة أخرى إلى كل ما سبق:

هو هروبها أيضاً.

الرسالة (١)

لم أردك يا أمّي أن تقرئي رسالتي إلاّ الآن. وأنا أراك الآن بقلبي، تجلسين في غرفتك بالفندق، وأعرف أن أوّل شيء ستفعلينه هو قراءة رسالتي، بعد ثماني ساعات من الطيران بين لندن ودبي. لهذا طلبت منك أن تتصلي بنا، أوّلاً، لأطمئن أنا وأخي سامر عنك، ثم تقرئين الرسالة. لا أعرف يا أمّي أن أكتب رسائل، أو أعبّر عن نفسي، فطوال عمري كنت أعبّر بالصراخ. الراب كان أفضل ما عبّرت به عن صراخي. دائماً كنت تقولين لي لا تصرخ، ولكن أنت الوحيدة التي تعرف لماذا أريد أن أصرخ. لا في وجهك، بل في وجه أبي والعالم. لم تتركي لي فرصة يا أمّي لأعرفه، لأنك جعلت منه شخصاً غير إنساني. طوال عمرك تقولين كم كان رائعاً، يحبّكما، يعبدكما، يهتمّ بنا، يعطف علينا، جعلته يا أمّي تمثالاً، فلم أحسّ نحوه بشيء. لم تقولي إنه كان يتركك ويتركنا ليهتمّ بالحزب الذي كان ينتمي إليه. أنا لا يهمّني إذا كان حزبياً أو صديقاً لأحزاب. كل ما يهمّني أن... أقصد كلّ ما كان يهمّني أن أعرف، أنه كان يزعل مثلاً أو يغضب، أو يقصّر نحوك ونحونا. ولكن أنت لا تعترفين، وكنت تظنّين أنك بهذا تقدّمين لنا نموذجاً رائعاً. لا يا أمّي. سامحيني، أنا لا أعارضك أو أتّهمك، حاشا، فأنت أحبّ الناس في الوجود. أنت كلّ شيء بالنسبة إلي، أنت الملكة، وأنت الآمرة الناهية في حياتي. أعطيتني أنا وسامر كلّ حياتك وجهدك، وحملتنا من بلد إلى آخر خوفاً علينا وحماية لنا.

لا أعرف يا أمّي لماذا أكتب لك هذه الرسالة، ولم أفكّر أن أكتب لك، ولكن. ولكن شعرت أنّي أريد أن أعبّر عن كل شيء لم تسمح لي الظروف السابقة أن أعبّر عنه. وأنت تعرفين أنّي لا أعبّر إلا بالصراخ (آه قلت لك هذا الكلام أليس كذلك؟) مثلما يعبّر سامر بالموسيقى. الله ابتلاك يا أمّي بابنين شيطانين يعذبانك. أعرف أنك ستقولين لا. وستبكين وأنت تفكرين فينا وبابتعادك عنا للمرّة الأولى في حياتك وحياتنا. أتذكرين يا أمّي كم كنت تخافين ابتعادي أنا وسامر عندما حاولنا إقناعك أن نسكن وحدنا في غرفة في السكن

الجامعي؟ لم تتخيّلي أن نترك غرفتينا. ونبقي لك ثيابنا ورائحتنا كما قلت، الآن كبرنا يا أمّي، وها أنت تتركين ثيابك ورائحتك في البيت. سامر في بيته منذ سنة، بعد أن ظلّ يقنعك سنتين، فكيف أقنعتنا أنت في أسبوع؟ أحلّفك يا أمّي أن تجيبي قريباً، ليس على الهاتف، بل في رسالة، هل سافرت إلى دبي من أجل «المال»؟ وهل تظنّين أن مشروع البزنس الذي بدأناه لن ينجح، مثل مشاريعي السابقة؟ هل تظنّين يا أمّي أن مشروع البزنس سيكون أسطوانة راب أخرى، لا تطعمنا خبزاً مع أنك تعرفين مدى قدرتي على أن أعمل وأكسب. هل تذكرين عملي في العطل والإجازات، مشاريعي التجارية الصغيرة التي كنت تخشين أن أتهوّر بها، كم بكيت وتوسّلتُ إليك لتأخذي الجنيهات فأشعر أني أصبحت رجلاً.

سامحيني، أريد أن أقول لك كل شيء. كل شيء. لأوّل مرّة في حياتي أشعر أنه ينبغي لي أن أعترف لك بكل ما لم تساعدني الظروف على الاعتراف به. حبّي لك، تعلّقي بك، اعترافي بجميلك، أريد أن أقبّل يديك وجبينك وأقول لك افعلي ما يحلو لك يا أروع أمّ في الدنيا. ابقي في «دبي» إنْ شئت، واكتشفي عالماً آخر تريدين اكتشافه. العمل كما تقولين لنا هو الحياة، وهو الركيزة، وبعدها يأتي كل شيء، ومنها ينطلق كل شيء. أنا الآن أعمل، ومشروعنا يمضي بسرعة وقوة، وسنجني من خلاله الأرباح بإذن الله... لكني أعرف كم تحبّين العمل!

اعملي يا أمّي، وكافحي كما شئت، ولكن أحلّفك بالله عزّ وجلّ أن تفكري لحظة: لماذا تريدين العمل؟ لماذا تستمرين في الكفاح؟ ماذا تريدين أن تحقّقي بعد أن كبرت أنا وسامر؟ سامر سيتزوج ساندرا وقد أقنعته بأن الزواج ستر وتكليف، وأريد أيضاً أن أقنعك أنت أيضاً، تزوّجي يا أمّي، تزوّجي، اختاري زوجاً أهلاً لك، يكرّمك، ويحترمك، ويخاف الله، ويحبّ رسوله.

رجاءً، لا تقولي إن مؤنس يريد الآن أن يرتاح مني. لا يا أمّي، فكلّ السنين التي مضت لم أستطع فيها أن أعبّر لك عن كيف أفكر فيك، الآن جاء الوقت، وسبحان الله، كلّ شيء

نصيب، وها أنا أقول لك بكلّ إخلاص، إنّك أقرب وأغلى إنسان في حياتي، ولا يمكن أن أنسى شتى المواقف الرائعة التي وقفتها معي، أنت تعبت، تعبت كثيراً يا أمّي لتربيني مع أخي سامر أحسن تربية، وداومت على تقديم محبّة لا تقاس، ولا يعادلها شيء، وبرغم أني قمت بتصرفات خاطئة في السنوات الماضية، فلم أحسّ بأيّ نوع من الكراهية من قبلك، وحتّى عندما كنت أخفي عنك أشياء كثيرة، كنت أعرف كم كنت تتعذّبين، والآن أقول لك إني لم أتضايق من كل تصرّفاتك عندما كنت تلحّين لتعرفي ما أخفي، كلّ غضبي الذي كنت أعبّر لك عنه بصراخي ورفضي ومغادرة البيت، لم يؤثر في محبّتي لك، واقتناعي بأنك تتصرّفين من أجلي، ومن أجل أن أكون أفضل. وقد نجحت يا أمّي، وها أنا والحمد لله قد تبت إلى الله تعالى، وهذا بفضلك، وكم أريد الآن أن أصارحك بكلّ شيء حتى تطمئني، وتعرفي أن كلّ هواجسك كانت في محلّها، وكلّ ما كنت تخافين منه عليّ كنت محقّة فيه. لقد عرفت بنات كثيرات يا أمّي، وفعلت مساوئ كثيرة، وعشت سنوات عديدة من الأخطاء والضياع، ولم أحسّ بأيّ نوع من الكراهية لديك، بل بقيت ورائي لكي أكون ناجحاً وسويّاً، حتى بسعادتك ضحّيت من أجلي، ومن أجل سامر، وأودّ لو أن الأيام تعود بي لكي أستبدل كلّ سوء تعامل قمت به نحوك إلى فترة مرح وحنان.

إني آسف يا أمّي على كلّ ما بدر مني، على غيابي ساعات طويلة عن البيت دون أن أخبرك، على إحضاري بنات إلى الصالون في الطابق السفلي أثناء غيابك، على قيادة سيارات أصدقائي قبل أن أحصل على الرخصة، على شربي الخمر، وتجربتي تدخين كل أنواع الدخان، المسموحة يا أمّي، والممنوعة. كنت بعيداً من الله، كان الشيطان يوسوس، حتى في شأن الاقتناعات التي تركها لنا أبي، أراها الآن وسوسة شيطان يا أمّي، وسامحيني إذا قلت هذا، فأنا أعلم مدى المكانة التي تريدين لأبي أن يبقى فيها، وأعلم كم تتمنين أن أعتبره مثلما يقول لك رفاقه «شهيد الوطن».

ولكن، أيّ وطن يا أمّي! لا تخدعك الكلمات الرنّانة، الفارغة، التي تسقط أمام أصغر امتحان يضعه الله سبحانه وتعالى في طريقنا. ولقد امتحنني الله سبحانه وتعالى وفتح لي

ذراعيه أخيراً، فلا شيء يبقى لنا يا أمّي إلا وجه ربّنا ذي الجلال والإكرام. ولكن أيضاً، لا تخافي وتقولي «مؤنس تدروش» فالعمل تكليف يا أمي، والنجاح عبادة، لقد قال الرسول، صلّى الله عليه وسلم: «يحبّ الله إذا امرؤ عمل عملاً أن يتقن عمله».

وأنا أعتبر العمل عبادة، وحبّك عبادة، وطاعتك بما يرضي الله عبادة، وهذا لم يحدث فجأة كما تظنّين أو يظنّ أصدقاؤنا ومعارفنا، حتى سامر اقتنع أخيراً بعد حديث مطوّل لي معه، أنّي على حقّ، وقال لي حرفياً «أدع لي يا مؤنس أن يهديني الله كما هداك».

ماذا أخبرك يا أمّي؟ ومن أين أبدأ؟ أنا أعلم أني أبكيك الآن، وأنّك ترينني من بين دموعك طفلاً صغيراً «ملعوناً» منذ طفولتي، أتذكرين هروبي من البيت ليلاً؟ كيف كنت أضع المخدّة بالطول وأغطيها باللحاف لتحسبي أني أغطّ في النوم؟ كنت أتسلل من النافذة كي أسهر مع أصدقائي، كم أنكرت أني أدخّن، وأنت تواجهينني بالرائحة وأعقاب السجائر في الجارور الأخير من منضدتي الصغيرة؟ كم كنت غبيّاً يا أميّ، وأحسب أنك لن تفتحي ذلك الجارور لأنّه يحوي أغراضاً لا تُستعمل. الآن أعلم حقّاً أن (قلب الأم دليلها) كما كنت تقولين لي دائماً.

ومع كل اكتشافاتك، سواء في مجال الدخان أو السرقات الصغيرة، لم تحسّسيني لحظة واحدة أنك تكرهينني، أو أنك تنفرين مني، كنت تقولين لي دائماً (أنا أنفر من تصرفاتك) ولا أدري لماذا كنت أفعل ذلك. هذا أيضاً نصيب وامتحان، لا أعرف تماماً إن كان كذلك. عندما أفكّر الآن في تصرفاتي تلك، أقول (كانت أيّام الجاهلية)، أنت أيضاً كنت وراء تذكيري بالعودة إلى الله سبحانه وتعالى والتوبة، لا أنسى يا أمّي ذات يوم، عندما غبت عن البيت يومين كاملين، ولم أتّصل بك، كان عمري خمسة عشر عاماً، واتّصلت بك أم مايكل وريتشارد، تسألك أيضاً عنهما، عندما عدت في الصباح، كانت الساعة السابعة تقريباً، وظننت أنك نائمة، ففتحت الباب ودخلت بهدوء، هل أخبرك الآن، وبعد تلك السنوات الطويلة كيف رأيتك، وماذا أحسست؟ كان ظهرك إلى الباب، وكنت في الصالون ساجدة، وأمامك سجّادة الصلاة وتجهشين بالبكاء والدعاء، كم كرهت نفسي

يا أمّي في تلك اللحظة، والغريب أنّي تضايقت منك جداً، أيضاً في تلك اللحظة، لم أرد أن أسبب لك كل هذا الأذى، ولم أخبرك يومذاك، بل صرخت في وجهك كعادتي، وقلت إني حرّ، وإني لم أعد طفلاً، تمنّيت لو أنك صفعتني بدلاً من أن تدعي الله كي يحميني ويعيدني سالماً.

أعترف لك أنّي في ذلك اليوم وبعد أن دخلت الحمام بكيت، وأعترف لك للمرّة الأولى أنّي صلّيت في غرفتي بعد ذلك، ودعوت الله أن يهديني ويجعلني أهدأ ولا أعذّبك.

أنت يا أمّي من علّمني الصلاة، أتذكرين كيف كنت تجلسينني أنا وسامر أمامك عندما كنا صغاراً، وتطلبين أن نردّد الآيات وراءك؟ لماذا كنت تفعلين ذلك؟ وعندما كنت أسألك لماذا تصلّين أياماً وتتوقّفين أياماً أخرى، كنت تقولين أدعو الله أن يهدينا جميعاً. إنه الشيطان يا حبيبي. هذا الشيطان غلبناه اليوم يا أمّي، غلبته أنا على كلّ حال، أما أنت فقد غلبته قبلي بكثير، ولا تظنّي أنه يغلبك وأنت لم تضعي الحجاب بعد، بل أرى أنك غلبته بتعليمنا أن نمشي على الصراط المستقيم، وبروحك التي تخاف الله وتسعى لإرضائه، إن شاء الله.

آه يا أمّي، كم أتمنّى الآن لو أنّي لا أكتب لك هذه الرسالة، بل أجلس معك، نتحادث بدلاً من أن تسافري، رجاءً لا تنزعجي، ولا تشعري بالذنب، هذه مرحلة لا بدّ منها، وأنا أعرف أنك تقومين بها من أجلي، من أجل أن أكبر وأتّكل على نفسي، وأصبح مثل سامر، مثل سامر. أقولها لك الآن بوضوح الشمس، وأطمئنك، فلن يبعدني شيء عن سامر، وكم خفت علينا أن نتباعد خاصة عندما كنت أغتاظ من تصرفاته السليمة،آه يا أمّي، كم غضبت وقاطعته، لكنّك كم علّمتنا معنى التقارب والتلاحم، وكم تحايلت ليتأثّر كل منا بأحلى ما لدى الآخر كما كنت تردّدين. الآن اطمئني، أصبحت مثل سامر، أتحمّل مسؤولية كاملة، ولن أخذلك يا أمّي، فأنت تتركين لي زاداً من المحبّة والعطاء والفهم لا ينتهي مدى الحياة.

****

حوار (١)

كلّما أدارت أسطوانة شوبان «مختارات من نوكتورن» يتراءى لها وجه سامر، الأبيض، الطفولي، بشعره المموّج بالشقرة. ينساب في رأسها على إيقاعات هادئة، مبكية بما تحمله من تهويمات الأصوات والروائح والإيقاعات. أنامل سامر البيض الرشيقة، كأنها بحركاتها الرقيقة تتنفس، جانب وجهه بأنفه الروماني الذي يحمل جينات والده، لتتردد صورته كل لحظة، عبق «الديوديران» الذي لا يغيّره منذ كان في الخامسة عشرة، رشاقته، غمازتاه، قمصانه الأنيقة دوماً، المكويّة بمهارة فائقة، تشبه مهارته في العزف على الأورغ، وأحياناً على الغيتار.

كم مرّة جلست السيّدة هديل قبالة ابنها الأكبر سامر، في حوار مهمّ، مصيريّ، كما يحدث لها مع مؤنس كلّ يوم تقريباً؟

عندما أسألها، أثناء كتابتي هذه الرواية، طالبة منها الوفاء بالوعد الذي قطعته لي، أيّ بمساعدتي، إلى أقصى حدّ، أجدها تنقل لي حوارات مبتورة، لا تخلو من دفء، أو من عمق أحياناً، لكني لا أجد فيها ذلك الضجيج الذي تستطيع نقله ببساطة وسلاسة، حين يتعلّق الأمر بحواراتها مع مؤنس. مع مؤنس تقول الحوارات المصيرية كلّ يوم تقريباً، فكلّ أمور مؤنس شديدة الخطورة والأهمية، وتتطلّب اجتماعات عاجلة.

لكنّها سرعان ما تعترف: «هل تعلمين أن كلّ رأي أو نصيحة أو تحذير نقلته لمؤنس، كان مرجعي سامر؟ لا أحد يعرف هذه الحقيقة. معظم المقربين من عائلتنا، وبينهم أقارب وأصدقاء حميمون، يظنّون أن هناك ابتعاداً بين سامر وبيني، لا يدركون حبل السرّة الذي لم ينقطع بيننا، هناك «ثيليباتي» عجيب بيننا، يتعلق كثيراً بحالتنا النفسية، مزاجيتنا، حتى في وعكاتنا الصحية العابرة».

أذكرها بأدب أني أحتاج إلى أن تطلعني على حواراتها مع سامر، لا أن تنساق في اعترافاتها. فهناك فصل في روايتي يتحدّث عن الحوارات، أذكّرها بتركيز شديد على كلمة «حوارات» وأعيدها، فتعتذر وتبدأ:

ربّما كان الحوار الأخير بيننا قبل سفري بساعات. كان مؤنس غائباً، أظنّ أنّه ذهب ليتفحص زيت السيارة ومحرّكها، قبل ذهابنا إلى المطار، جاء سامر شاحباً، صمته هذه المرّة كان ثقيلاً، أحسسته من خلال عينيه الذابلتين.

بدأ حوارنا بكلمة واحدة، قالها لي: هاربة؟

ثم صمت، وقال: هذه المرّة أيضاً؟

قلت له متصنّعة اللامبالاة: هاربة منكم طبعاً.

قال: يا ليت. صمتنا متشاغلين بحركة قدمه وهي تطرق إيقاعات سريعة، وبحركة يدي وهي تطوي بسرعة منشفة صغيرة، تركها مؤنس في الصالة. سألني: هل تريدينني أن أعود؟

ـ تعود! أنت، من أين؟

ـ من واترلو

ـ وما دخل واترلو في سفري؟

ـ أقصد من الشقّة هناك، من بقائي مع . . .

ـ ماذا تقول؟ أنت تخلط الأوراق. ما دخل واترلو والبنت و. . .

ـ إذاً ماذا؟ ماذا يدور في رأسك يا ماما؟

لا شيء يا حبيبي، فرصة. . . ألا تحب أن أحسّن وضعي المالي؟

ـ ألا أستطيع أنا ومؤنس أن نساعدك؟

ـ فيم؟

ـ في كل شيء. . . في أقساط البيت، في مصروفك. . .

ـ هذا سابق لأوانه يا حبيبي. «لا تخاف ذاك اليوم جاي.. قابل مو راح أحتاجكم».

كنت أتوقّع أن يقترب مني، وهو يرى دموعي قد طفرت، ولعثمت صوتي وكلماتي، لكني فوجئت ببكائه، لا، بل نحيبه. خبّأ وجهه بكفيه وراح يبكي ويبكي بصوت خافت وحرقة.

****

لا أريد أن أنقل إليكم الصورة التي وضعتها السيدة هديل لي في نهاية ذلك الحوار،
فهي ستصبح على الورق مشهداً ميلودرامياً قادماً من فيلم هندي، وهي مصطلحات
وتعليقات أقرأها أحياناً، وتسبب لي إرباكاً فظيعاً، يشبه تلويحة عصا، أو تحذيراً بمعنى
«قد أعذر من أنذر» فليتخيّل إذاً كلّ منكم ذلك المشهد كما يهوى. في كلّ حال، ذلك
الحوار، بين سامر وأمّه، يعكس لي شيئاً من شخصية لم تستطع السيدة هديل، لسبب ما،
أن تنقلها إلينا بدقّة أنشدها، لأنها تحسّه أكثر ممّا تفهمه «كما كرّرت أكثر من مرّة» يبدو لي
أن بينهما لغة مشتركة، هي لغة الصمت. مع ذلك، كان يهمّني أن أعرف شيئاً عن حواراتها
مع سامر التي ذكرتها أو أسلوبه الخفي في توجيهها كما قالت، وهل كان لها دور ما في
التحوّل الذي طرأ على مؤنس، والذي أنوي استكماله في الفصول المقبلة.

****

٩٠

حوار (٢)

ـ ما رأيك يا سامر، لو أني أتزوج؟

ـ معقول؟ كنت عملتيها قبل؟

ـ لا، صحيح. مو مزاح.

ـ هذا حقك يا ماما.

ـ طيّب مو تسألني منو؟

ـ وليش أسأل؟

ـ يعني ممكن «هيتشي» توافق على طول؟

ـ ويعني معقول أن تسيئي الاختيار بعد هالعمر؟

ـ شو قصدك؟

ـ والله مو قصدي. يعني أقصد ست محترمة ناضجة مثل أمي الوردة.

ـ اسكت. اسكت خلاص.

ـ لا، صحيح. شنو القصة؟

ـ هي فكرة يا ابني مو قصة...

ـ طيب شنو الفكرة؟

ـ اسمع هسه جد. هل من الضروري أن أتزوج شخصاً من ديننا نفسه؟

ـ ولويش السؤال؟

ـ يعني. قصدي.

ـ مو أنتي all ready تزوّجت من غير دينك؟

ـ آني، إيمتى؟

ـ يامه، على حساب هذا الزمن، يكون زواجك من أبويا، الله يرحمه، من غير دينك.

ـ أرجوك سامر، قلتلك ما راح أمزح.

ـ وآني ما أمزح، شنو! نسيتي أنه أبويا شيعي، وأنتي سُنية!

ـ أوف هسه وقتها؟

ـ إذا حسبناها كما يحسبونها ربعك اليوم، بيطلع أبويا من دين مختلف. وحتى أثبتلك كلامي تعالي معايا على الإنترنت. شوفي واسمعي قصص الرفض والتحريم بنفسك.

ـ يا لطيف يا ستّار.

ـ شو محسبة. إحنا في زمن الارتداد يامه.

ـ يعني لو كانت الفكرة الزواج من مسيحي...

ـ في هذه الحالة أمامك اختياران. إما أن تتزوجيه وتنكري أصلك العراقي والعربي تماماً، وإما أن يعلن إسلامه، وتضعيه في هذه الحالة بين أيدي أمينة ليتوب ويعود إلى الحق.. وعنيت بهذا يا أمي الحبيبة أن يتبنّاه أخي العزيز، الداعية مؤنس اليادري.

****

حوار (٣)

ـ ماما، إنتي وين يامه؟
ـ أنا هنا سامر حبيبي.. كنت أصلّي.
ـ تقبّل الله.
ـ منّا ومنك حبيبي.
ـ شو تقولين؟ رح نروح الليلة عالكونسريت؟
ـ طبعاً. مو اتفقنا!
ـ خالة ناديا تريد تجي ويانا.
ـ طبعاً. مو متفقين؟ وللا غيرت رأيك؟
ـ لا والله.
ـ سامر، أعرف مو وقت الكلام بهالموضوع. بس...
ـ بس شنو؟ قولي... يالله بسرعة.
ـ ماكو زعل؟
ـ ماكو زعل.
ـ ألاحظ أنّك توقّفت عن الصلاة، أنت يا ولدي مو كنت تصلّي من قبل؟
ـ أدري.
ـ شنو القصّة؟
ـ يعني، ماكو شي... حارجع إن شاء الله.
ـ أنت لا تحتاج تنبيه أو نصيحة سموري. يا معوّد إنت إللي تنصحنا وترشدنا.
ـ أدري يامه، أدري.
ـ أوعدني يامه.
ـ ماما لا تصيرين مثل عجايز الأفلام العربي. قلت لك سأحاول. والله يهدينا جميعاً.

ـ بس الصلاة واجب.

ـ يعني الصلاة وحدها واجب؟

ـ لا طبعاً، بس.

ـ لا بس ولا شي. تريدين الصراحة. أنا أحياناً، يعني كثير من المرّات أصلّي على طريقتي.

ـ أستغفر الله. يا ابني الصلاة واحدة.

ـ ألا يقولون كلّ شيخ وله طريقة؟

ـ بلى، ولكن هل أنت شيخ؟

ـ المهمّ. اسمعي. تريدين الصراحة؟ أحياناً أشرد أثناء الصلاة. أنسى إذا كنت أدّيت ركعة أو أكثر. الشيخ مؤنس طبعاً أفتاها لي، وقال لي في حال الشكّ، أعتبر أني أدّيت الركعة. حتى لو كنت لم أؤدها، وهذا يؤكد أن ديننا يسر لا عسر.

ـ عظيم وين المشكلة عاد؟

ـ المشكلة في الوضوء.

ـ يمكنك الوضوء بنصف كأس ماء. إقرأ الكتب أو اسمع المشايخ على التلفزيون. هذا أيضاً يدخل في ترشيد الاستهلاك.

ـ يعني يامه ألا يمكنني أن أصلّي بطريقة أخرى؟

ـ أستغفر الله العظيم. روح ابني استغفر ربك.

ـ قصدي أني أصلّي دائماً. دائماً يا أمي. عندما أتأمّل اللوحات أقول سبحان الله. عندما أسوق السيارة وأتوقّف عند منظر طبيعي رائع أخشع وأسبّح بعظمة ربي، لا أشعر يا أمّي أن صلاتي هي فقط في هذه المواعيد الخمسة. أنا قصدي أعلم أنها فريضة منزلة. أنا مؤمن بهذا. إطمئني ولكن...

ـ لا تكمل أرجوك. لا أريد أن أحمل ذنبك. ولا قدرة لي على الإيضاح. أنا يا ابني أبسط من هذا الوضع الذي وضعتني فيه. أن أصلي صلواتي الخمس كما تعلّمت، كما تعوّدت.

ـ ولماذا تقولون لنا إذاً إن الصلاة عبادة لا عادة؟

ـ أستغفر الله العظيم من كلّ أمر عظيم. الله يهديك يا ابني. الله يهديك.

✳ ✳ ✳ ✳ ✳ ✳ ✳ ✳ ✳ ✳ ✳

حوار (٤)

ـ هل ستتزوّج ساندرا؟

ـ لماذا تسألين هذا السؤال؟

ـ لأنك ببقائك معها من دون زواج ترتكب الحرام يا ابني.

ـ ماما، قدّمي لي تعريفك للزواج رجاءً.

ـ إنه إيجاب وقبول وإعلان وتوثيق.

ـ كلّ هذا موجود وقمنا به.

ـ على سُنّة الله ورسوله؟

ـ ماذا تقصدين «على سُنّة الله ورسوله»؟

ـ أقصد زواج... زواج... زواجنا... يعني بالمركز الإسلامي بجامع ريجنت...

ـ وماذا عن الزواج في مركز المقاطعة؟ يعني على الطريقة الإنكليزية.. مو إحنا إنكليز؟

ـ أخوك مؤنس يقول هذا التوثيق إضافي، وليس أساسياً.

ـ وأنت ماذا تقولين؟

ـ أنا، والله ما أدري.

ـ ماما لا تزعلين. أنت أمام مؤنس تصبحين مثل الطفلة. أين أفكارك النيّرة؟ أين مواجهاتك؟ أين اقتناعك بأنك إذا لم ترتكبي الخطأ فلا تهتمّين بأحد؟

ـ مقاييس الخطأ اختلفت الآن يا سامر.

ـ كيف؟

ـ زمان كان العهد بين إنسان وآخر بالكلمة. الآن بالتسجيل والمحامين، وبنود جزائية، ويا ليتنا من دون مشاكل.

ـ ها أنت تقولينها بنفسك.. يعني الجلوس بين يدَي أحد مشايخ مسجد ريجنت

ستريت سيجعل حياتي مع ساندرا سمناً على عسل؟

ـ لا.. لكن يحلّل وجودكما تحت سقف واحد.

– أيّ سقف يامه.. إنتي وين عايشة؟ ألم تسمعي بزواج الفراند والمسيار والمسفار والمطيار؟

– شنو هالخزعبلات؟

–خزعبلات؟ الفتاوى يامه قاعدة تزخ مثل المطر. أصحابي كلّهم يريدون مثل هذه الزيجات الطيّارة.

–وشنو تفرق هادي عن الزواج. أقصد زواجنا إحنا بالنيشان والعقد والحقوق والبيت.

–هذا كله مو موجود. يعني كافي أيّ ورقة من أيّ مركز هنا، وكلّ جماعة تعترف بأوراق معيّنة وفتاوى معيّنة.

– يعني.

– يعني رجعنا لمبدأ الإشهار والقبول علماً بأن الإنكليز لا يعترفون بأوراقنا هذه. لكنّهم يعترفون بالمساكنة بين الطرفين.

–أف، دوختني. مع ذلك يظلّ يا إبني الحلال حلال والحرام حرام. الشيخ وحده هو اللي يحلّل وجودك معها في بيت واحد.

ـ وإذا كانت كل مؤسسات الدولة هنا لا تعترف بهذه الوثيقة التي تتحدّثون عنها، فما العمل؟

ـ تكون قمت بواجبك، وكفى بالله وكيلاً.

ـ بصراحة. غريب أمركم يا أمّي.

****

حوار (٥)

تكرر هذا الحوار بمختلف الصور والأماكن، وإيقاعات الصوت. وكمثل الحوارات السابقة جمع بين هديل سالم علي، وابنها البكر سامر. كان ذلك يوم عيد ميلاده السادس عشر. بعد أن حصل على شهادة A Level أراد أن يغادر مدرسته التي يرافقه إليها شقيقه مؤنس، إلى كلية «كنغستون». عرفت من لعثمة صوته، وتردده أن مؤنس هو صاحب الفكرة، وهو يخطط ليلتحق بأخيه في الكلية العام المقبل. سامر أراد درس الموسيقى، فكّر في الدراما، ويحبّ التمثيل أيضاً، وقد برع في مشهدين من «الملك لير» لشكسبير، و«دايفد كوبرفيلر» لتشارلز ديكنز، على مسرح المدرسة في احتفالات فصلية، وفي نهاية العام. مع ذلك لم تقتنع هديل بالفكرة، واكتشفت بسرعة أن خلف الستار، وفي قاع المشهد يقف مؤنس مثل مايسترو. لم تصدّق في البداية قوّة تأثير الأخ الأصغر في الأكبر، لكنّها صدّقت بعد فترة أنّها أقوى من الإثنين، وأن الترمّل والوحدة والغربة، والكفاح الحقيقي من أجل لقمة العيش «عبارة غير إنشائية تماماً» لم تخفت من قوّتها وتأثيرها.

قالت لا، يعني لا، وتذكّرت حواراتها مع يوسف، عندما يرجعان من نزهتهما الشهرية، أو نصف الشهرية، تلك المعارك التي ينتصران فيها على الأبناء.

تلك الفترة، كانت الحوارات بين مؤنس وسارة رقيقة، خافتة، تشبه مقدّمات موسيقية هادئة يحبّها سامر.

سامر أيضاً لم تكن حواراته في تلك الفترة قد نضجت. ففي عيد ميلاده السادس عشر، عندما بدأ قوياً ومتحمّساً محاولاً إقناع أمّه بمشروع «الكلية»، سرعان ما تراجع بعد كلمات حاسمة منها.

ـ لن تدخل الكلية، لا أنت ولا أخوك، لا اليوم ولا غداً، ولا العام المقبل، ستكملان الـ O Level في المدرسة، ستعتادان النظام والانضباط هناك. في المدرسة من يعتني بكما، يراقب دراستكما أو حاجاتكما. الكلية فوضى، فوضى، فوضى. كانت تريد أن تقفل كوّة

صغيرة في رأسها، شرّعت دفّتها بدفقة هواء عاصف في الذاكرة: التحاقها بمعهد الفنون الجميلة في بغداد، الذي يشبه الـ College في لندن. لم تصبر حتى تلتحق بالجامعة. لحقت بموهبتها في الرسم والتخطيط، وأرادت الحياة العملية قبل أوانها، لا تريد لولديها الآن طريقاً مشابهاً. أقفلت الكوّة بسرعة، وتجاهلت عملها البسيط في قسم الإعلانات في إحدى الصحف الرسمية، ثم انتقالها إلى إذاعة «صوت الجماهير»، كانت تقترب من الثالثة والعشرين عندما التقت ماجد اليادري الذي ارتبطت به بعد شهور من حوار عاصف دار بينهما.

كان في زيارة مع مجموعة من الباحثين إلى الإذاعة، أرسلها مديرها بدلاً من زميلة غائبة، لتحصل على ملخص لما سيدور في الندوة التي سيشاركون فيها كي تعدّها ضمن لائحة إعلانات الإذاعة. عندما دخلت القاعة سألت عن المتحدث باسم الندوة، فأشار ثلاثة إلى ماجد. فوجئت بنظرته الساخرة. كان يجلس مسترخياً ولم يعمد حتى إلى الإيحاء بتعديل جلسته لدى دخولها. كادت تسأله: هل تستخفّ بي؟ أنا ابنة سالم علي الذي عرفته أسواق الشورجة أباً عن جدّ، منذ انخراط عائلته في ثورة العشرين؟ هي تتشبث بأبيها واسم عائلتها كلّما أحسّت بخوف مبهم، أو بمواجهة غير متكافئة كهذه التي جمعتها في صالة الانتظار في الطبقة الأرضية في إذاعة «صوت الجماهير» في منطقة الكرادة في بغداد.

حوار غريب بدأ بكسل وهو يخبرها، دون أن يخفي ضيقاً لم تفهمه، عن الخطوط العامة للندوة، وكانت، كما تذكر، حول كتاب المؤرّخ العراقي علي الوردي. عندما انتهت من تسجيل النقاط، قالت شكراً، وحاولت الخروج، فأوقفها صوته الساخر: رجاءً اطلبي لنا قهوة أو شاياً. يبدو الجماعة سيجعلوننا ننتظر إلى ما شاء الله.

ما الذي جعلها تنتفض لتوقظ مشاعر كبرياء غريبة ومحتدمة؟ هو لم يطلب منها أن تعدّ لهم القهوة والشاي، بل طلب منها أن تطلب لهم فحسب. ما الذي قبع في رأسها وحواسها ليقود الحوار إلى ما يشبه العداء والعراك؟

ـ هل تريد قهوة أستاذ؟

ـ يعني، قهوة أو شاي، لا فرق.

ـ وتريدون أن تشربوه هنا؟

فوجئ بصوت مرتبك، لكنه حاد. اللهجة تكاد تصفع لهجته الساخرة، ثم سمعها تردد بما يشبه التأنيب: في هذه الحالة أفضل أن أدعوكم أنا بنفسي إلى قهوة أو شاي. ماذا تحبّ أستاذ أن تشرب؟ وأنت؟ وحضرتك؟

جالت بعينيها على وجوه الباحثين الأربعة، الذين تحوّلوا في لحظة، إلى أطفال أربكتهم نظرات مرطّبة بدموع، وصوت مخنوق.

عادت بعد عشر دقائق، يلحق بها عامل المقهى الصغير في الإذاعة. قالت بتحدٍّ «هادي الضيافة مو على حسابكم ولا على حساب الإذاعة بل على حسابي. أنتم ضيوفنا. هلا بيكم». ثم أضافت، وهي تنظر إلى ماجد اليادري، ولا ترى إلا عينين عسليتين واسعتين، وابتسامة شاحبة حول شفتين رقيقتين: المرّة المقبلة أرجو إذا أردت قهوة أو شاياً، أن تستدعي الساعي مباشرة.

حوار سخيف، قصير، مبتور، لكنه كما يبدو، كان يأتمر بنفسين جيّاشتين، تأتمران بدورهما بما يسمّى القسمة والنصيب، وهو المفهوم الذي تؤكّده هديل سالم عليّ في معظم حواراتنا، أثناء إعدادي هذه الرواية. وفي حوار آخر لي معها، أخبرتني عن حوار آخر أيضاً دار على الهاتف، بينها وبين ماجد اليادري، وصفته بأنه أقصر حوار في العالم، إذ قال لها: هل يمكن أن تطلبي لي ولك قهوة أو شاياً في مطعم الشموع، فسألته متى؟ فقال بسرعة: غداً الساعة الثانية، بعد الظهر.

قالت: التقينا يوم الجمعة، وتزوّجنا يوم الخميس بعد ثلاثة أشهر من ذلك اللقاء، وأنجبنا سامر بعد عام، ومؤنس بعد سامر بعام ونصف العام، ورحل ماجد اليادري عن حياتي الواقعية بعد سبعة أعوام من زواجنا.

سألتها: ماذا تقصدين بحياتك الواقعية؟

قالت: أقصد وجوده بالصورة والصوت واللون، لأنه بعد ذلك عاد إلى حياتي بأشكال

مختلفة. ففي كل المحطّات، وهي قليلة على كلّ حال، عندما كنت أُنهك بتربية الولدين، وتعاندني الظروف، وتخيفني الأوضاع السياسية والأمنية، كنت أفكر، غصباً عني طبعاً، برجل يساندني، فأكتشف أني أبحث عن مستحيل، أو عن ظلّ لماجد اليادري. ما من «مرشح» لكي أتزوّجه، إلا كنت أجد فيه شيئاً ما يشبهه، خصلة شعر، حركة يد، نوعاً من المزاح، أو أن يكون «المرشح» نقيضه تماماً، وفي كلتا الحالتين كان الفشل، وأحياناً الفشل السريع، ينهي كل مشروع، ربما قبل أن يبدأ. وسألتها: ماذا أخذ الولدان منها ومن والدهما؟ فأجابت بعبارتها الشهيرة: «والله ما أدري». ثم اكتشفت، كما يكتشف يوسف كامان، بأن مدى معرفتها يفوق بكثير هذا الشعار الذي تحمله خوفاً أو حماية أو صدّاً لاقتحام تتوقّعه. هي تدري كيف امتصّت أذنا سامر إيقاعات الموسيقى المختلفة التي كثيراً ما انسابت في أجواء كل البيوت التي عاشوا فيها، إلى أن التحق بمعهد الموسيقى والباليه في بغداد، قبل أن تقرّر الهروب إلى لندن، بعد أن تمّ التضييق على أفراد من عائلة ماجد اليادري، بسبب انتماءاتهم السياسية القديمة من جهة، وبقائهم على الحياد، من كل الأطراف التي بدأت تتنازع سلطات كبيرة وصغيرة، سواء في المجال السياسي أو في المجال الطائفي أو في المجال الحزبي.

****

حوار (٦)

كنت أريد في هذا الحوار أن أجمع تفاصيل أخرى عن تحوّلات عاشتها هديل سالم علي، فماذا مثلاً عن انتمائها السياسي؟

ـ والله لا أدري، صدّقيني. أنا بنت تاجر بالشورجة، أي نعم، كان تاجراً كبيراً، لكنه بقسم من جيناته الكردية، كان يريد المسالمة وتجارته وعائلته فقط. صدّقي أنه كان ينهمك بـ «الدولمة» و«الباتشا»، (أكلات عراقية شهيرة) أكثر من انهماكه بمقتل عبد الكريم قاسم، أو انقلاب البعثيين على الشيوعيين، ومع ذلك لم يسلم من شرّ الجميع.

ـ وإلى من كنت تميلين في صباك؟ أعني إلى أيّ فريق سياسي؟

ـ ماكو أحد، ربما كان يعجبني شكل أحد السياسيين.. مثلاً مثل صدام حسين «في البداية طبعاً» أو عبد الخالق السامرائي، لما كانوا يحكون عنه.

ـ وماذا عن تديّنك؟

ـ في بيتنا، عندما كنّا نسكن في الكرّادة الشرقية، لم يكن أحد يصلّي. ألم أخبرك أن جدّتي لأمّي مسيحية من صيدنايا؟ لكن أمّي كانت تصلّي مثل قريباتنا، وجاراتنا، وتزور كربلاء والنجف والكاظمية.

ـ ألم تصلي في طفولتك البتة؟

ـ بلى بلى.. صلّيت مدّة، الغريب أني تأثّرت في مرحلة بجارة سكنت في حيّنا فترة قصيرة، ثم انتقلت مع زوجها إلى منطقة أخرى. كانت مصريّة، وتعلّمت منها ومن زوجها السوداني مواقيت الصلاة. كنت أجلس معهما وألاعب طفلتهما، فيقولان لي: هيّا، وقت الصلاة. ثم قالا لي إنه إذا لبست أثواباً بأكمام طويلة، ولبست جوارب سميكة تحت الثوب، يكون ذلك أفضل، وأكون قد أطعت الله سبحانه وتعالى. لم يكونا مقتنعين بالعباءات السود التي نرتديها، وكانت المرأة تقول لي إن هذا شرك بالله.

ـ لكن هذا التأثير خفّ أو تلاشى، أليس كذلك؟

ـ في الحقيقة نعم، الغريب أيضاً أني تأثّرت بالذهاب إلى الكنيسة مع جيراننا التلكيف، الذين حدثتك عنهم من قبل، وبالمربية التي أصلها فرنسي وكانت تعيش في كردستان، وأيضاً أيام كنا نسافر إلى لبنان أثناء الصيف، وأذكر هذا مثل الحلم، لأني كنت صغيرة جداً. فقد أردت أن أصبح راهبة.

ـ راهبة، معقول؟

ـ معقول ونص. أذكر أننا كنّا نصطاف في بلدة نسيت اسمها، ربما ريفون، أو.. أو سوق الغرب. لا أذكر تماماً، ورأيت الراهبات بملابسهنّ الزرق أو السود، والطرحات على الرؤوس. كن مثل الملائكة، وكنت أرى البنات الصغيرات يركضن ويقبّلن أياديهنّ. وفي العيد، لا أدري أيّ عيد، كنّ يسرن في موكب. أخبرتني البنات اللواتي كنت ألعب معهنّ أن الراهبة لا تتزوّج، وأنّها ترتدي هذه الملابس النظيفة الجميلة طوال الوقت، وتصلّي طوال اليوم، ولا تأكل إلا قليلاً، فقلت لأمّي إنّي أريد أن أصبح راهبة، فضحكت وقالت: على شرط أن أبقى في لبنان وحدي، ويعودوا مع أبي وإخوتي إلى العراق، فخفت.

****

حوار (٧)

كلّما أردت المعرفة، وحاولت الولوج أكثر فأكثر في عالم هديل سالم علي، عبر حوارات مباشرة معها من جهة، وعبر حوارات أخرى ووثائق من ولديها ومعارفها، شعرت أني أغوص في رمال متحرّكة، تسحبني إلى طبقات سحيقة، ولكن من دون جدوى، هل أستطيع أن ألتقط لحظة حاسمة، عاصفة، أو مدمّرة، نقلت تلك السيّدة من أسلوب حياة وعادات، نقول عنها «عصرية ومكتسبة» إلى اتجاه آخر، ماذا أقول عنه، اعتزال؟ اكتشاف؟ عودة إلى جذور ساحقة في مناطق اللاوعي؟

مهلاً، ها هي قد أخبرتني أنها كانت على نحو ما مأخوذة بدعوة غامضة، دعوة يمكن أن أسمّيها روحيّة أو نفسية، أو هو احتياج إلى إيمان يهدهد المخاوف. وإذا كان هناك تأثير بمثل تلك القوة التي أحسبها أو أفترضها، فما هو تأثير ماجد اليادري في تحوّلها نحو اتجاه مغاير تماماً، منذ أن تعرفت عليه ثم تزوّجا. زهاء سبع سنوات من حياتها كانت كما تقول، صاخبة بالانطلاق، والموسيقى، والأفلام، والأغنيات، والتدخين، والمشروبات أيضاً.

ـ بلى، تقول وتطلب مني أن لا أخبر سامر ومؤنس بهذا الماضي، لئلاّ يُحرجهما. لكنّها تستدرك بعد دقائق لتقول: بل هما يعرفان، ويدركان. نعم، كنت أعدّ صينية المازات لزوجي ماجد، وأشاركه في ارتشاف الكأس. أحياناً كنت أجاريه بمتعة وسباق. وفي أحيان أخرى كان قلبي يغوص في حزن لا أفهمه، وخوف رهيب، وصوت في رأسي يحذّرني أن ما نفعله حرام. حرام. حرام.

ـ هل كنت تصارحين زوجك بذلك؟

ـ طبعاً، كنت لا أخفي عنه شيئاً، وكان يسخر ويقول لي «هلا بالحجيّة، دعواتك بمليون دينار». كان يسخر منّي أيضاً عندما أصلّي، أو أصوم.

ـ وماذا عن بقية أفراد عائلته، وعائلتك أيضاً؟

ـ عائلتي، يعني أقاربنا، معظمهم في البصرة وبعضهم في الشمال، وعائلته خليط من

البشر. منهم من يجاريه ويفوقه في الشراب والتدخين، ومنهم من يشبه أفراد عائلتي، أيّ بالصلاة بين وقت وآخر، وقراءة القرآن أحياناً، وزيارة الأضرحة.

ـ وماذا عن كونك من عائلة سُنيّة، وماجد اليادري من عائلة شيعية؟

ـ نحن لم ننتبه لهذا، ولم نعش هذا التعريف، الآن إذا سألتني كيف تزوجت وأين، وهل كنّا نتحدّث عن أمكنة أو أضرحة سنية أو شيعية، فأقول لك لا، البتة. ربّما أنا كنت جاهلة، لا أدري، والله لا أدري، ولم نذكر هذه الأمور طوال حياتنا.

****

الرسالة (٢)

بماذا أذكّرك، وأذكّرك، وأذكّرك؟ أنا أيضاً أريد أن أذكّر نفسي لكي أعرفها، لأني أعرف نفسي جيّداً، بل لتعرفيني أكثر وتطمئني.

لقد تعبت كثيراً يا أمّي، وأنا من أتعبك، لا سامر.

سامر اتّخذ قراراً واحداً في حياته، ربّما ما زلت تقولين عنه إنه القرار الخطأ، لكنه بسيط. أما قراراتي التي اتخذتها، وسبّبت لك المتاعب والآلام، قرار الذهاب إلى الـ College فقد أضعت فصلاً كاملاً ثم عدت نادماً مثل الـ «توتو»، فيما سمع سامر كلامك، وبقي في مدرسته كما أردت. أنا كنت أريد أن أجرّب كلّ شيء، كم جرّبت من أمور؟ بعلمك أو خفية عنك، وكم كنت أكتشف «مثل الحمار» أني كنت مخطئاً، عندما اخترت لأوّل مرّة في حياتي تجربة العمل الأولى Work experience ماذا قلت لي؟ ألم تنهني عن الذهاب إلى مصنع الصباغة؟ قلت لي إني أصغر من أن أكون في أجواء العمل تلك، ولم أسمع نصيحتك، وذهبت، وعدت بعد يومين إليك بوجه منتفخ. لم أصدق نفسي وأنا أحول إلى نسخة طبق الأصل من بطل «الجميلة والوحش». غاصت عيناي، وأصبح وجهي أكبر من حجمه بخمس مرات على الأقل، وامتلأ بالحبوب. كان قلبي يبكي يا أمّي وأنا أراك تتمتمين بالدعاء، وأنت تطلبين التاكسي كي ينقلنا إلى الـ G. P. أتذكّر كيف أرادت الطبيبة طمأنتك أكثر مني، وكيف قالت لك أنت المصابة أكثر من ابنك. عندما سمعت تلك العبارة، عاهدت نفسي على أن لا أسبب لك أيّة متاعب أو مصائب، ولكن هيهات. فبعد أسبوعين، شاركت صديقي في سرقة غبية من الحديقة العامة، حملنا أحذية ثلاثة أولاد كانوا تركوها أمام مقعد وراحوا يتمشّون حفاة، وركضنا بها وعندما اكتشفونا، وأخذوا يصيحون أسرعنا نرميها في البحيرة الصغيرة. لماذا كنت أفعل ذلك؟ لماذا وضعتك في ذلك الموقف المحرج، عندما اتّصلوا بك من المحافظة يلفتون نظرك إلى التجاوزات التي كنت أقوم بها.

لم تشعريني للحظة أنك كنت تنفرين مني. كنت تبكين. تصيحين بي قليلاً، ثم تهدّئين من روعك وروعي، وتبدئين بإفهامي، وكم كنت أضيق بنصائحك، لن أسامح نفسي يا أمّي، لن أسامحها أبداً وأنا أتّهمك بأنك السبب لما أقوم به، وأنك لم تربّيني كما يجب، بل أنا ربّيت نفسي، مزّقت قلبك يا أمّي، ولم أرتدع، ذهبت إلى الـ Pop قبل أن أكمل الخامسة عشرة، وكان شكلي يسمح لي بأن أقول إني أكبر من عمري. لكن تصرّفاتي كانت تفضحني، هل تسامحينني الآن إذا علمت أن الأسبوعين اللذين أمضيتهما بعيداً (على أني زعلان) وبقيت، حسب علمك وقتذاك، في بيت سامر، لم يكونا بسبب الزعل؟ بل بسبب طيشي ومخالفاتي، كان عليّ أن أمضي أسبوعين في أعمال للمحافظة تحت المراقبة، بسبب سكوتي عن قول الحقيقة، ومساعدة صديقي عندما تشاجر مع شاب من حيّ آخر، وضرب رأسه بزجاجة بيرة فارغة، لو أني أخبرتك يومذاك كيف جاءت سيارة الشرطة، وكيف ذهبنا إلى المركز، وأخذوا أقوالنا، لكان يُغمى عليك.

الآن أريد أن أقول لك كلّ هذا، وأطلب مغفرتك بعد أن طلبتها وما زلت أطلبها من الله عزّ وجلّ. الله ربّ العرش العظيم، هو الذي أنقذني بفضل دعائك لي. كم حكاية ورواية يمكن أن أحكيها لك ولن تصدقي لو أن غريباً يقولها لك عن ابنك، فلن تصدقي، وستصرين على القول (أعرفه، إنه طائش قليلاً، ملعون، لكن قلبه طيّب). وها هو صاحب القلب الطيّب يا أمّي يكشف لك كلّ أوراقه، يريد أن يتطهّر كلياً ويصفو.

****

يوميّات سارة

الجمعة / ... يونيو / حزيران

الشجرة التي تزهر براعم ورديّة في هذا الشهر من كلّ عام، تجعلني بمزاج طيّب، أراها من نافذة غرفتي المطلّة على مدخل البيت، بفرح خفيّ حين أتأمّلها، وبابا بدأ يدرك هذا ويستغلّني، جارنا Next Door يتضايق من البراعم، فهي تثير لديه حساسيّة الربيع High fever أشعر نحوه بتأنيب الضمير، وفكرت للحظة أن أطلب من بابا قطع الشجرة وغرس أخرى، شجرة كرز مثل التي زرعها في حديقته، لكني تراجعت ونسيت الأمر كلّه.

اتّصلت بمؤنس أكثر من مرّة، فكان الردّ الآلي يجيبني. لماذا لم يتّصل، مع أنه اعتاد أن يردّ لي المكالمة بعد دقائق، أو نصف ساعة على الأكثر. هذا عندما لا يكون زعلاناً أو يتقمّص دور بابا.

عندما اتّصل الساعة الثالثة، قال إنه كان في المسجد، ثم انهمك بعد الصلاة بمناقشة أمور مع إخوة، قال Brother فسألته هل له إخوة غير سامر؟ فضحك وقال: بل إخوة في الإسلام. قلت بيني وبين نفسي (آه، إنها الحقيقة إذن، أنا ومؤنس عند مفترق الطرق). لا أعرف لماذا بدأت أفكر أخيراً في ذلك، لم يتغيّر مؤنس إلى أسوأ، بل العكس، أصبح أكثر حناناً ووداً، ولكني بدأت أحسّ أن كلّ الكلام عبارة عن مقدّمات لتصل إلى الاتّجاه الرئيسي والحقيقي، وهو: هل أصبح مسلمة أم لا؟ وماذا عن أطفالنا بعد الزواج؟

سألت مؤنس عن النقاش مع His Brothers فقال إنها موضوعات مختلفة، أهمّها حصانة النفس من الكبائر، لم أفهم exactly ماذا يقصد. هو يقرأ الآن كتابين، أحدهما كما فهمت، عن الخطايا التي سنعاقب عليها بالدخول إلى جهنم، والخطايا التي يمكن أن يسامحنا الربّ عنها. ذكرته أنه قال لي إن الله غفور رحيم، وهو يقبل التوبة حتى من الـ... الفتاة التي She makes love. وهناك حكاية عن واحدة اعترفت بذلك للرسول الكريم، فطلب منها أن تستغفر ربّها، ولا تعلن خطيئتها... My god ...etc. البنات اللواتي

يصبحن مثل مريم المجدلية. حكيت لمؤنس حكاية مريم المجدلية، فاستمع ولم يعلّق. لا أحبّ أن يطول الحديث بيننا عن الدين والممنوع والحرام. لكنه يطول أحياناً، وأبقى أتحدّث عن مؤنس في تلك الأمور مرغمة، لأني أحبّ أن أبقى معه.

****

الأحد / ... يونيو / حزيران

أمضيت كلّ فترة ما بعد الظهر مع مؤنس، ذهبنا مع أخيه سامر وساندرا إلى كونسرت في مسرح صغير في «تويكنغام». وكان سامر يشارك في العزف، وصفقنا له. كان هو رائعاً وساندرا مسحورة. رأيت مؤنس يمسح عينيه مرّتين، هل كان يخفي دمعة فرح؟ حتى أنا دمعت عيناي لأني أحببت مشاركة سامر، فأنا أحبّه لأنه شقيق مؤنس، وأشعر بهذا حقّاً، وهما أيضاً. سامر وساندرا يحبّاننا جدّاً. لكن سامر يضيق فجأة في كلمة عابرة، يقولها مؤنس ولو بالمزاح، عندما يقول له متى تتوب وتلتحق بي وبالإخوة؟ فيطلب منه سامر أن يذهب ليلعب الآن لأنّ الإخوة يشتغلون بالسياسة وليس بالدين، قال له: Nothing to do with Islam هنا This is a politic. اليوم اتّفقت مع ساندرا على أن لا نترك لهما مجال البحث في مثل هذه الأمور، ونجحنا.

أراد مؤنس أن يأخذنا إلى مطعم إيراني، قال إنه يستطيع هناك أن يأكل اللحم الحلال. ولم أفهم لماذا هذا الإصرار. فقبل أشهر كنّا نذهب إلى ستيك هاوس وماكدونالد، ونأكل كلّ أنواع اللحوم، فما الذي حدث؟ قال مؤنس إنه تاب، وسيشرح لي كلّ شيء عندما نكون وحدنا.

في المطعم كان الجوّ جميلاً جداً، ورائحة الخبز الـ Fresh رائعة، والأرز بالزعفران، أكل مؤنس طبقين عارمين من المشويات. أظن أنه بسبب ذلك نعس ولم يتشاجر معي!

****

الثلاثاء / ... يونيو / حزيران

لم أعرف إذا كان بابا يريدني أن أتزوّج مؤنس، هو لا يخفي إعجابه به، لكنه لا يتحدث معي البتة بشكل مباشر عن موضوع الزواج. دائماً يركّز على إكمالي دراستي ومستقبلي المهني، يريدني أن أعمل في الأمم المتحدة، أو أدرّس في الجامعة. مؤنس يلمح إلى أنه يفضّل زوجة تبقى في البيت، لكنها يمكن أن تعمل Part time بشكل لا يؤثر في اهتمامها به. هو لا يريد زوجة تساعده، يقول إنه المسؤول عن مصاريف البيت، والرجل هو «الولي»، وأفهمني أن معناها sponsor ، هذا الموضوع لا أتوقّف عنده كثيراً، أشعر أني أستطيع إقناع مؤنس، هو عنيد Its true. ومع ذلك يستمع لي، عندما يكون هادئاً، اكتشفت أنه Very good listener.

بابا يفّسر كل التعاليم الدينية بأنها حكمة وموعظة من أناس عظام، أرسلهم الله للبشرية كي تستقيم الأرض. شرح لي هذه الكلمة بمعنى Positive way. اليوم قرأت في الكتاب المقدّس عن بداية التكوين، وتحادثت قليلاً مع مؤنس عن ذلك، فأكد أنها موجودة في القرآن الكريم، وقال إنه يستطيع أن يأتي لي بأبحاث تؤكد أن الإنجيل تنبأ بمجيء الإسلام ورسوله.

سألت بابا لماذا لم يكن يتحدّث مع ماما عن هذه الأمور، فسكت، ثم قال إنه كان لديهما Some more importan subjects أريد أن أتذكّر منذ متى بدأ الحديث مع مؤنس يتّجه إلى تلك الأمور؟

****

الخميس / ... يونيو / حزيران

زعلت جدّاً جدّاً من مؤنس. حتّى الآن لم أفهم لماذا يجب أن نتحدّث في سبعة موضوعات فقط only Seven topics. قال إذا لم نرتبط رسمياً، أيّ شرعاً، فلا لزوم بعد اليوم لكل هذه الخرجات، وقال إنه قرّر أن يتحدّث معي في هذه الموضوعات السبعة

فقط، وهي: الأكل، والجامعة، والدين، والأخبار العامة، والكتب، ونسيت... نسيت لأنّي تضايقت جدّاً، أي أننا لن نستطيع أن نتحدّث عن أحلامنا ومشاريع المستقبل، كل أمر Personal سيكون مكروهاً ومرفوضاً، ومؤنس قرّر أن يتوب بالفعل كما قال لي. عندما غضبت طلبت منه أن يخبرني عن سرّ كلّ هذا التحوّل، وهدّدته إذا لم أعرف كل شيء Everything وقلتها ثلاث مرّات، فسيقع فراق دائم إذاً.

قلت له مؤكد أن هناك سرّاً خطيراً وراء كلّ هذا. لا يمكن أن تأتي الأمور وتصبح هكذا بدون سبب، بدون دوافع، يا مؤنس This unbelievable. فقال نعم، نعم، وكرّرها ثلاث مرّات أيضاً، هناك سرّ أكيد، هناك سبب. وقد أخفاه عن كلّ الناس، لا أحد يعرفه، حتى أمّه، وحتى سامر.

قلت يجب أن أعرفه وإلاّ.. لم يدعني أكمل، ووعدني أن يخبرني كلّ شيء غداً.

Promise

قال Promise

Oh my God أريد أن أعرف كل شيء، كل شيء، متى يأتي غداً؟ متى؟ متى؟ متى؟

When? When? When? When?

****

الرسالة (٣)

الآن أصل إلى ما وعدت نفسي طويلاً أن لا أخبرك عنه، إلاّ بعد أن أصفو تماماً وأتطهّر من كل أخطائي، أعلم أن ليس هناك أيّ إنسان معصوم من الخطأ. لكنّي منذ ذلك اليوم وأنا أحاول، وسأظل أحاول إلى آخر وقت لي إن شاء الله. ماذا أخبرك يا أحبّ إنسان في الوجود، وكيف يطاوعني قلبي أن أؤلمك؟ لكني عاهدت نفسي، وكفى بالله وكيلاً. الغريب يا أمّي أن ما حدث في تلك الليلة كان رهيباً أيضاً، فأنت نفسك حدّثتني كثيراً عن تلك الليلة، وعن اتّصالاتك المجنونة، وموبايلي المغلق. كانت اللحظة رهيبة فعلاً، ونسخر منها عندما تحدث في الأفلام، لكنها حدثت لنا، أنت وأنا، وصديقي ريتشارد. هل أخبرك الآن أن ريتشارد منذ ذلك اليوم بدأ أيضاً يفكر في التوبة. لكنّه ضعيف. وأنا أدعو له بالهداية.

كنا انطلقنا في سيارته إلى برمانغهام من أجل المشاركة في حفل للراب، وتقديم أنفسنا لوكالة قالوا لنا إنها تهتمّ بالشباب، وخاصة خليط البيض والسود، كما نفعل في فريقنا. كنا تأخّرنا لأن السيارة كانت مع أمّه، وكان علينا انتظارها إلى أن عادت متأخّرة نحو أربعين دقيقة. انطلقنا إلىA3 ثم إلى الـM25 بسرعة أسماها ريتشارد سرعة الضوء. كنت أسوق أنا في البداية، ثم خشينا أن تصوّرنا كاميرات الرادار، وكما تعلمين فلم يكن لدي إجازة سوق بعد. آه كان ذلك في العام الماضي. هل أذكّرك باليوم؟ التاسع عشر من مارس / آذار. المطر كان توقف قليلاً، ثم عاد للزخّ بشكل لا تستطيع مسّاحات الزجاج أن تلحق به.

وصلنا إلى الـ Junction 16 عندما كانت الساعة تشير إلى الحادية عشرة ليلاً، طمأنني ريتشارد أن الحفل سيبدأ في الواحدة، وسيبقى إلى الصباح، وقال إن الـ Agent لن يكون مستعداً للحديث معنا قبل الصباح. كان ريتشارد يسوق وأنا أقرأ الراب، ونדير أحياناً الموسيقى من الـ C. D ونصرخ ونضحك، وسأعترف لك بكل صراحة وصدق أننا دخنّا

أيضاً سيجارة Cannabis. بمرور الوقت خفّ مرور السيارات، وشعرنا أن الطريق أصبحت لنا، قطعنا مسافة نحو ٢٠ ميلاً، ونحن نكاد نكون السيّارة الوحيدة. مزاجنا يطير مثل الطيور. نغنّي ونضحك ونكّت. وفجأة لم نشعر إلا بضوء ساطع رهيب يواجهنا ويعمي عيوننا، فصرخ ريتشارد Jesus ماذا يحدث؟ أما أنا فسمعت صوتي يقول بسم الله، بسم الله. كان الضوء يسيطر على عينَيَّ ورأسي ووجهي، ثم شعرت بجبل أسود يسقط فوق رأسَينا، ووجدت وجهي بين يدي، وأنا أحني رأسي بسرعة، ثم أنظر بطرف عيني ناحية ريتشارد. أين ريتشارد؟ لم أجده، ولم أعرف أين أنا، وأين أصبحنا. كنت أصبحت على جانبي الأيمن، وباب السيارة في الأعلى، وليس هناك طريق، بل حافة الطريق.

ماما، رجاءً لا تبكي يا حبيبتي، إني أرى دموعك بقلبي، وأتخيّلك لا تستطيعين إكمال هذه الرسالة، ماذا أفعل حقّاً؟ أريد أن أتوقّف عن إخبارك، لكني لا أستطيع.

ذلك اليوم، وفي الساعة الثانية والنصف ليلاً، حين كنت تتصلين بي كالمجنونة (كما أخبرتني في ما بعد) كنت مع ريتشارد داخل أنقاض سيارته. لحظات لم نستطع أن نحسبها عندما استطعنا رؤية السيّارة الأخرى التي انقضّت علينا، وصاحبها يخرج وهو يقترب منا ليطمئن علينا، للحظة شعرت أني في عالم آخر، لا، بل وجدت نفسي في عالم آخر. قلت لريتشارد أنا متّ يا ريتشارد، وأنت؟ قال أنا ميت. أنا ميت. قلت أين نحن؟ وكيف نتحدّث؟ هل هذه هي الآخرة؟ هل نحن في الآخرة؟ وجدت نفسي أتحدّث بالعربية، وريتشارد لا يفهم شيئاً، بل يردّد فقط .We are dead men.. This true its finish

ساعدنا الرجل على الخروج من السيّارة، فزحفنا إلى الخارج من النافذة.

الموبايل بقي ساعات داخل السيّارة، قبل أن نتنبه إلى ما حدث. كان سائق السيّارة التي اصطدمت بنا قد شعر بنعاس، فغفا ولم يجد نفسه إلا وهو يدور بسيّارته في الاتجاه المعاكس للهاي واي. هكذا فاجأتنا أنوار سيّارته وحدث ما حدث. قال الرجل إن ما حصل معجزة، ومن المستحيل أن ينجو أحد من اصطدام كهذا. اتفقنا أن لا نتصل بالشرطة، فقد كان ذلك يعني أن أسجل عنواني لأعيّشك في دوامة جديدة من اتصالات الشرطة،

ورسائل طلب حضوري لمتابعة التحقيق. اتّفقنا أن نقول إن السيارة انحرفت، وأننا تفاهمنا بشأن الإصلاحات، خاصة أننا لم نصب بأذى.

ماذا أقول لك بعد عن هذا الحادث؟ يوم ١٩ مارس / آذار. كان يوم مولدي الجديد. عندما حكيت ما حدث للشيخ الذي ألجأ إليه أحياناً في المسجد، قال إنها رؤية، وهي نذير. لقد تطهّرت بإذن الله من آثامي السابقة، وعلي الآن أن أبدأ من جديد، مسلماً حنيفاً أتقي الله ولا أعصي أمره. قال لي إنها فرصة عمري أعطيت لي من دون ضرر. وهذه نعمة عليّ أن أصونها بعينيَّ. أجل يا أمّي، لقد شهدت لحظة آخرتي. لحظة لو متّ فيها لكنت سأصلى بنار جهنم، لكن الله غفور رحيم. ألم أقل لك؟ بل أنت التي تقولينها لي، وقلتها مئات، بل آلاف المرات، تصوّري يا أمّي لو كنت متّ وأنا أدخّن وأشرب المحرّمات، وألتقي الفتيات، وأقيم العلاقات، وأكتب التفاهات والفضائح؟ لقد أوقفني ربي سبحانه وتعالى قبل أن أغوص أكثر. وفي تلك الظلمة، في الطريق السريع، شعرت أني سأبدأ بالمشي على الصراط المستقيم، وشعرت أني أملك قوّة هائلة ولن أقع.

أين كنت يا أمّي في تلك اللحظة؟ كنت أفكّر فيك، وأقول الحمد لله إنك لم تري ما حدث. ولكن هيهات، فقد كنت ترينه بقلبك. كان موبايلي داخل السيارة يسجل ٩ مكالمات بصوتك المرتجف في تلك الليلة. (مؤنس حبيبي.. طمئني يا ابني.. قلبي يأكلني و...) سامحيني يا أمّي، لا أستطيع أن أستعيد مكالماتك تلك، وسامحيني لأني لم أعد إلى البيت إلاّ بعد يومين، وبعد أن خفت الرضوض، لأخبرك أني سقطت من سلم بيت مايكل وريتشارد.

آه يا أمّي، كذبات مفضوحة كانت، ولكن زمنها انتهى. منذ ذلك اليوم، ولد مؤنس الجديد، لقد أعطاني ربّي سبحانه وتعالى فرصة التوبة، التوبة الحقيقية، وأراني عاقبة الضلالة، فكيف يمكنني يا أمّي بعد هذا، أن لا أتوب وأفرح بتوبتي، وأدعو كلّ من أحبّه في هذه الدنيا إلى مثل هذه التوبة؟

****

الفصل الثالث

مـواجـهـات
وتـحـوّلات

أربعة احتمالات

كلّما عادت هديل سالم علي من لقاء مع يوسف كامان، سواء أحضور أمسية كان، أم حفلاً موسيقياً، أو نزهة «أحدية» في أروقة «الساوث بانك» وعلى ضفافه، واجهتها نفسها بأسئلة تبدأ بماذا تريدين، وتنتهي بـ إلى أين؟

ذلك اليوم، كانت المواجهة حادّ، صارخة، مزعجة، تطالبها بإجابة تصفها بما يشبه موقف المشاركين في برنامج «من يريد أن يصبح مليونيراً؟». لماذا تريد الزواج من يوسف كامان؟ وقت الإجابة محدد بالثواني، عليها أن تختار الإجابة الصحيحة، كما يحدث في البرنامج نفسه الذي تدمن مشاهدته، وتمنح نفسها كل أسبوع جوائز وهمية إذ تطلق إجابتها الصحيحة، وهي مسترخية في صالون بيتها، تنتظر كمتسولة هاتفاً من سامر، أو زيارة خاطفة من مؤنس، (لفظ المتسولة قالته لي هديل سالم علي حرفياً، وأتذكّره الآن وأنا ألخّص سلسلة الأحاديث والحوارات معها في هذا الفصل من الرواية).

الاحتمالات الأربعة التي وضعتها لإجابتها كانت كالآتي:

١ ـ كي تستقر وتشعر بالأمان.

٢ ـ كي تنسى أحداث العراق التي تنزف روحها وقلبها مثلما ينزف بلدها وأهلها.

٣ ـ كي لا يشعر سامر ومؤنس أنها عبء عليهما.

٤ ـ لأنها ترتاح في صحبة يوسف كامان.

أربعة احتمالات، عليها أن تجد من بينها الإجابة الصحيحة. كيف؟ إذا كان عليها أن تحذف إجابتين، فأي الأرقام تختار؟ ربّما الرقم ٢ أوّلاً، فما دخل أحداث العراق بزواجها؟

تقول لي، إنها «ياما» أمضت ليالي طويلة في بكاء هستيري، كان العراق يتكوّم في رأسها مثل قنبلة، ثم يتفجر شظايا تنغرز في قلبها وأحشائها. هي تشعر أنها خسرت وطناً

وأهلاً وحياة كاملة، لا تستطيع ، مثل صديقتها نادية، أن تحلل أوضاع العراق بهدوء، لتصل إلى دوامة من الحيرة، بل تردّد أمامها وأمام كلّ مواجهة «والله ما أدري». هي لا تدري هل كان الأميركيون أحسن من صدام حسين، ولا تدري هل كانت حكومة الائتلاف أفضل من حكومة التكنوقراط، ولا تدري من الأفضل لحكم العراق، شخص مثل شلبي، أم علاوي، أم المالكي؟ يا إلهي (تقول لي) هل يستطيع الزواج أن ينسيني هذا البلاء الذي ينغرز سكيناً في قلب كل عراقي وعراقية ولو بأشكال مختلفة؟ بعضهم يلوم الله، أستغفر الله العظيم، على هذا البلاء، وبعضهم يهرب باللعنات، وبعضهم بالتعصّب. أما هي ونادية، وقلّة من أصحابها، فيعيشون صدمة إعادة الاكتشاف، كانت ونادية قد رحبتا بدخول الأميركيين إلى بغداد، وأكدتا لكل من لامهما على هذا الترحيب، أن الأميركيين سيأتون بالديمقراطية، كانت تفنّد حجج قدوم الأميركيين، مضيفة إليها أحلامها: «يا جماعة من مصلحة الأميركيين أن تتحسن أحوال العراق، هم يستفيدون منه أكثر في السلم لا في الحرب. نعم، هم يريدون النفط، أعني سيضعون يدهم عليه بشكل آمن بدون حرب وخراب وتدمير». لكنها وصديقتها اكتشفتا أن الأميركيين لا يعرفون ماذا يريدون، أو ـ كما صحّحت لها نادية ـ يعرفون لكنّهم مثل «زعران صغار» يتصرّفون بطيش وتهوّر وغرور.

هل يخلصها الزواج من يوسف كامان من كلّ هذه الدوامة التي تنطلق بسرعة الضوء من بغداد والبصرة والموصل وصلاح الدين، إلى كينغستون وساوث بانك وريتشموند؟ كيف لا يستطيع كلّ هذا الوقار الإنكليزي، والنظام، والهدوء، واللياقة، واللباقة، أن تزيح غبار الانفجارات والتقاتل من رأسها، ورأس صديقتها، ومن لسانيهما؟

حين تتمشّى مع نادية على ضفاف الرافد الرحب لنهر التايمز الذي يزنّر منطقة كينغستون ويفصلها عن غابات قصر «هامبتون كورت»، تبدوان مثل سيدتين إنكليزيتين، بأناقتهما البسيطة، وخطواتهما النشيطة، خاصة حين تتفقان على التحاور باللغة الانكليزية، لتنشيط ذاكرتيهما ولسانيهما. لا أحد من المتسوّقين والمتسوّقات الذين يستريحون أثناء فترة التسوّق بين المقاهي المنتشرة على تلك الضفة، يستطيع أن يخمّن أن أحاديث هاتين

السيدتين يدور في دوّامة صدام حسين، وبوش، وبلير، وما يحدث في المنطقة الخضراء والنجف، و«المثلث السُنّي». هما ترفضان تماماً التسميات الجديدة. تتساءلان فجأة في إحدى نزهاتهما: هل يعقل بعد هذا العمر أن نتساءل عن مذهبَينا؟ تردّدان، وتختلط تساؤلاتهما بضحكات مرّة، من السُنّية والشيعية؟ تتوقّف نادية عن السير، وتقول بحسم: هديل، كفى، من الآن إلى افتراقنا هذا اليوم، ممنوع الحديث عن أحداث العراق.

في ذلك اليوم، يوم المواجهة، أو ليلة المواجهة، كما صحّحتها لي، فكّرت بعد أن حذفت الإجابتين: الرقم (٢) أحداث العراق، والرقم (١) كي تستقر وتشعر بالأمان، أن تعمد، على غرار برنامجها المفضل، إلى «استشارة صديق»، فكرت أن تستشير نادية، لكنها تذكّرت أن نادية كثيراً ما شجّعتها على الزواج، بل حاولت أحياناً وبطرق غير مباشرة، أن تعرّفها إلى بعض العراقيين، ممن يعيشون ظروفاً مشابهة لظروفها، فربّما «حصل النصيب» كما تقول نادية، مع أن نادية، كما تؤكد لها، تعتبر التجربة، وخوضها، جزءاً من النصيب، وترى أن القرار على نحو ما يملكه الإنسان، أي أن الإنسان ليس مسيّراً في بعض قراراته.

نادية تعرف يوسف كامان، لكن هديل تنبهت إلى أنها لم تدخله مرّة واحدة في قائمة الذين ترشحهم للزواج بها، أو تشجّعها على فتح الباب أمامهم لمشروع زواج محتمل، هل لأنه مسيحي؟ هل لأنه من أصل لبناني؟ وجدت نفسها ستذهب بعيداً في احتمالات مختلفة، فاكتفت باعتبار الأمر سهواً لا أكثر، وعادت تفكر في احتمال الإجابة الصحيحة.

نعم، إنها الرقم (٤)، فهي ترتاح جدّاً عندما تكون بصحبة يوسف، هو يعيد لها إحساسها الخفي بليونة مشاعر افتقدتها. تجد نفسها أكثر إشراقاً، ويخفّ شيء من انطفاء نظرتها. تصفو بشرتها أيضاً. نعم، هذا ما اكتشفته ذات لحظة، حين استأذنت يوسف في إحدى قاعات «الساوث بانك»، وذهبت إلى الحمّام. فاجأها وجه جديد، مشرق، وطيف حمرة يحوم حول خدّين شاحبين، شعرت أنها أصبحت أكثر خفّة، وأكثر حماسةً للأكل والكلام. إنها إذاً الإجابة الصحيحة، الراحة، الحاجة إلى الأمان، الرفقة، المشاركة. لكنها

انتفضت حالما راحت تفتت عبارة المشاركة، سوف يشاركها هذا الرجل الغريب في كل شيء، كل شيء. لن يكون اللقاء في المعارض والمطاعم والمتاحف، أو في دور السينما والمقاهي، والسهرات النادرة عند أصدقاء نادرين، بل سيكون رفيق اليوم كلّه، وشريك الحاجات كلها، ستراه في الصالة، والمطبخ، وغرفة النوم، في الحمّام أيضاً، قبالة المرآة، وعند المغسلة. سوف تكتشف شراكة حضور تقاسمها كل هذا الفضاء، وماذا في هذا؟ ألا يقاسمها مؤنس وسامر هذا الفضاء أيضاً؟ ألم يكونا يقاسمانها؟ سعال هذا ونحنحة ذاك. رائحة عرق مؤنس في كل قميص، بصقة سامر وكثيراً ما تؤنبه عليها، الغازات المضحكة التي يطلقون عليها اسم «القذائف» المنطلقة من أحدهما، في الحمّام وخارجه، الشخير، الجوارب المتسخة، شعيرات الذقن الطويلة التي تشكّ في بشرتها، مثل دبابيس، عندما تقبّل أحد ولديها، فتتبعها دائماً بعبارة «صاير متطرف ولدي؟». هل سيشاركها يوسف كامان في كلّ هذا؟ هل تحتمل حركة في فضاء تريده أحياناً ساكناً وخامداً مثل حواسها؟ نحنحة أو بصقة، أو رائحة تتصاعد لدى الدخول إلى الحمّام! شخير، أو طريقة ترتيب لا تطيقها حتى من ولديها؟ أين يصبح الشعور بالأمان وتفاصيل مثل هذه تتدحرج مثل كرة في رأسها، فتصطدم بذكريات مبتورة، تتوارى بين طيات وعي ولا وعي (هذه عبارات المؤلفة، لا هديل سالم علي، التي عبرت عنها بطريقة أخرى تماماً، لكنها أكثر واقعية وعملية).

سألتها حين راحت تتلعثم أمام تلك الاعترافات، ألم تعش حياة كاملة مع زوج شاركها في فضاءاتها؟ (كلمة فضاء تعود إلى هديل لا إلى المؤلّفة) ماذا قالت؟

أستطيع أن أوجز شرحها في الآتي:

الماضي يسدل ستاره ليحجب نفسه في مرحلة، وماضيها مع ماجد اليادري حُجب في مراحل مختلفة، حتى كاد يتلاشى. حين تفكر فيه الآن ـ كما تقول ـ تبدو مثل متفرجة. لم تكن كما الآن، وهذا أمر طبيعي، أقول لها، فكلّنا نتغيّر ونتحوّل. بمعنى آخر نتطوّر، فما المشكلة؟ المشكلة لدى هديل سالم علي، هي في تحويلها ذلك الماضي إلى كنز ضائع،

تبحث عنه باستماتة برغم علمها أنها لن تجده. تسحب من رأسها خيالات جيّاشة للحظات وتحاول أن تلبسها وجوهاً جديدة، وأسماء، فتكتشف أنها أقنعة هزيلة. هذا الكلام يشبه إلى حدّ كبير تهويماتها حين تحاول أن تشرح لي كيف تنسى وتتذكّر ماضيها مع سالم اليادري معاً، هي تذكره كفكرة، كطيف، لكن ما إن يتجسد كإنسان رأته ذات يوم في حمّام أو غرفة نوم، أو في لحظة شراهة أو تجشؤ أو سكر أو قيء، حتى تسرع إلى رفع السدّ وإلقاء صندوق الذكريات، أيّ كنزها الخفي، في قاع بئر فيصبح نقطة أكثر غموضاً في صحراء شاسعة.

هنا لا يمكن التعبير إلا بهذا الأسلوب، ذلك أننا عندما نكوّم كلمات واعترافات وتفاصيل على لسانها، فإننا نصل إلى تناقض لا يطاق، لدى امرأة تمشي على حبل، هي تتمنّى من جهة أن تسقط لتستريح، لكنها تتابع خطواتها المرتجفة على ذلك الحبل المعلّق بمهارة. لذلك لم أصدّقها تماماً حين راحت تسرد احتمالات إجابتها عن سؤال المواجهة، في ذلك اليوم الذي تابعت فيه سيرها على حبلها المعلّق بمهارة غريبة، أدهشتني تماماً، حتى أنني أعلنت لها عدم قدرتي على تفسير ما حدث. وها أنا أعلن هذا الفشل أمامكم أيضاً. ربّما أدافع قليلاً فأقول إن الكاتب ليس محللاً نفسياً، مع أن تعريفات كثيرة تطالبه بأن يكون مؤرّخاً ومحللاً وموسوعي المعارف، فيما أنا أفضّل في تعريفي البسيط أن أمنحه صفة «الحادس»، فحدسي مثلاً كمؤلفة هذه الرواية، أنبأني أن يوم المواجهة الذي عاشته هديل سالم علي، لم يكن إلا يوم هروبها لمواجهات أخرى، قد تكون أكبر وأعمق. هذا الحدس هو الذي سينبئ عن تطورات مقبلة، سريعة أحياناً، ولاهثة أحياناً أخرى، فهي حين أقفلت السماعة قائلة ليوسف كامان إنها ستكمل مكالماتها لأنها تلقت اتّصالاً من شقيقها في فرنسا، كانت المكالمة من فرنسا بالفعل، لكنها لم تكن من شقيقها، بل من صاحب الوكالة الإعلانية «مسيو جان»، وتضمّنت الحوار الآتي بينهما:

ـ كيف صحة أستاذتنا؟

ـ الحمد لله مسيو جان، خير! مو عادتك تتصل بهالوقت.

ـ مفاجأة سارة على كل حال.

ـ خير!

ـ مشروعنا سيبدأ وبأسرع ممّا تصوّرت.

ـ المشروع مال دبي؟

ـ طبعاً، هل أنت مستعدة للسفر؟

ـ وين؟

ـ ولو شو عم نحكي من الصبح. طبعاً على دبي مش هنولولو.

ـ لا، صحيح، إحجي جدّ!

ـ والله عم «بحشي» جدّ.

ـ مسيو جان، قول إحجي، تشي، مو شي!

ـ هلق نحكي أو نحشي كلّه واحد مدام هديل، المهمّ خلّينا بالجدّ.

ـ والجدّ شو يقول؟

ـ يقول يا طويلة العمر، أن الشركة زادت لك مبلغ العرض، ورح توفّر لك بيت كمان هونيك.

ـ صدق!

ـ أي والله صدق، وحياة كل شي حلو بالعراق صدق.

ـ أنت شتقول! هادا الحلفان بيضحك.

ـ ليش؟

ـ لأن ما في شي حلو في العراق. قصدي ما عاد فيه شي حلو بالعراق.

ـ المهم خلّينا بدبي الحلوة.

ـ دبي حلوة صحيح؟

ـ بتاخد العقل، يعني فيكي تعتبريها نسخة صغيرة من لندن، ما عدا طقسها.

ـ أحسن، الحرّ أحسن، والله اشتقت لحر العراق.

ـ يعني أوكي؟

ـ بالك.. أوكي على شو؟

ـ أوكي على السفر.

ـ متى؟

ـ الجمعة أو السبت.

ـ يعني بعد خمسة أيام.

ـ تماماً.

ـ معقول؟

ـ يا ست هديل، هيدا موعد أوّل، يعني يمكن نلتقي هونيك مع الشباب اللي حايكونوا معك، ومنخلص اجتماعاتنا الأوّلية خلال ثلاثة أيام، وبعدين بترجعي وبترتبي أمورك خلال أسبوعين للانتقال أوكي؟

وجدت نفسها تقول أوكي، كرّرتها مرّتين، وأقفلت السماعة، لتتحوّل في اللحظة التالية إلى تمثال جامد النظرات، كأنها تجلس في قفص أو في حفرة، ترى سدّاً أبيض أو أسود. يثقل جسمها فتتحرك ببطء بين غرفتها في الطبقة العليا، لتهبط كآلة إلى الصالة وغرفة الطعام والمطبخ، ثم لتعاود الصعود والهبوط والتحرّك وسط الغرف، تحمل سماعة الهاتف لتعاود اتّصالها بيوسف كامان، فلا تجد في رأسها كلاماً للحظة، ثم تجد سيلاً منه ينهال كالحجارة في الذاكرة، لكنه لا يصل إلى لسانها، كأن الكلام يتكدّس ويختلط حتى يفقد معناه.

ثم تتساءل ماذا تقول له وهو ينتظر مكالمتها؟ بل تساءلت هل كان بإمكانه بعد فترة أن يلتحق بها. حوّلته خلال دقائق إلى دمية، أو إلى إنسان آلي، يمكنه أن يطوي ظروفه وابنته ويضعهما في حقيبة ليرافقها في رحلة سعادة إلى بلد بعيد.

عندما كانت تحاول أن تشرح لي الكثير عن تفاصيل ذلك اليوم، كنت لا أصل معها إلاّ أنها سيّدة متناقضة، ضائعة، حائرة، لا تعرف ماذا تريد، وتترك لأهوائها أن تقودها حيناً، ثم

لخيالها وأوهامها أن يقوداها أحياناً أخرى. قالت لي: ومن منّا لا يود أن يتبع أهواءه أو أحلامه؟

في حوار آخر، اكتشفت أنها أجرت مكالمة سريعة في ذلك اليوم مع يوسف كامان، قالت له فيها إنها ستضطر إلى السفر لاكتشاف إمكان عملهما معاً هناك، وبشكل عابر، قالت إن التغيير والابتعاد عن الأبناء بعض الوقت سيكونان أمراً إيجابياً، خاصة أن سارة، ابنته، ستلتحق بجامعة «كانت» أي أنها في كل الأحوال لن تكون معه يومياً، كذلك سامر، ابنها، إنه في الواقع يعيش في بيت مستقلّ، فيما مؤنس يفضل أن يجرّب الحياة وحيداً، كما أسرّ لها، وألمحت بشكل ذكي وبمهارة أيضاً، إلى أنه يعدّ نفسه لارتباط لا بد أن يسعد «عائلتيهما الصغيرتين».

بالطبع، لم يفهم يوسف من كلماتها المنمّقة (كما وصفها لي في ما بعد) حقيقة ما يدور في ذهنها، وهو ما كان يحيّره، ويجعله يحاول فكّ رموز أحجية في كل لقاء بينهما، غير أن المؤكد لديه أن إحساسها به، وإعجابها أيضاً، واطمئنانها له، أمور لا يمكن تجاهلها، بل هي تصله واضحة كالشمس.

عيب يوسف كامان، كما يبدو لي، بعد استماعي إليه مرّات عديدة، أنه، بمقدار ما هديل ماهرة في التحايل على المواجهات، بمقدار ما هو يتريّث في إلقاء سؤال صريح ومباشر لا يحتمل إجابة ملتوية. ألم يكن تلك الليلة قد حسم أمره تماماً بشأن مشروع الزواج، أم أنه كان ينتظر بادرة منها، تقوده ليطرح سؤاله المباشر؟

كان يجب أن يكون هناك لقاء آخر بينهما، كي نستطيع الإمساك بخيوط ما حدث، وفكّ رموز الأحجية.

هذا ما حدث حقّاً، ولكن، بعد زمن، أيّ بعد فوات الأوان لاستكمال الحكاية.

أليست المواجهة هي نهايات وبدايات أيضاً.

****

١٢٤

من بعيد

متى وقفت هديل سالم علي قبالة المرآة، ممسكة أحد إيشارباتها الحرير الملونة، وحاولت أن تلفّ به رأسها؟ كنت أريد أن ألتقط ذلك التاريخ بدقّة، لأحاول وصله بتحوّلات لدى ابنيها مؤنس وسامر أو أحدهما، ولبلدها أيضاً، كما تقول، إذ تؤكد لي أن معظم تحوّلات حياتها الشخصية ارتبطت على نحو ما، وغامض أيضاً، بتحوّلات سياسية. تتذكّر حادثة اقتحام الحرس الثوري من البعثيين مدينة الحلّة لإقفال مقار الحزب الشيوعي، والتي تزامنت مع ولادتها لسامر، ثم محاولات تهجير الأكراد من منطقة صلاح الدين في الشمال، وإصابة سامر بالتأتأة التي كانت تعبّر عن خوفه المبهم. كذلك يوم سقط مؤنس من سريره، حين لم يكن يتجاوز العام الأول من عمره، ورفع بيديه جلباب نومه ليغطي به وجهه. فصاحت جدّته «على وين يا ولدي تريد تهجولنا» كانت تلك الحركة تفسّر في المعتقدات الشعبية العراقية نذيراً بسفر مفاجئ أو ترحيل، وهو ما حدث في اليوم نفسه حين تمّ اقتحام كلّ بيوت عائلات الأكراد التي كانت منتشرة في حيّهم.

كان لا بدّ لي أن أوقف السيّدة هديل عن هذه الاستطرادات والتداعيات التي تضرّ بسير روايتي. فكلّ ما أردت العمل عليه ينضوي تحت عنوان واضح ومحدّد «حجاب يكشف». أي أنني أريد الانطلاق من حجابها فحسب، ولا شأن لي بمسار يطلق العنان لرحلة حياة تسقطنا معاً في دوّامة بلا نهاية. غير أنه لا بدّ لي من الاعتراف بأنها كانت تصحّح لي كلّما واجهتها بهذا تحديداً. تقول لي بلهجتها العراقية المحبّبة «مو إنتي يا معودة تريدين تكشفيني؟ مو هذا كشف؟ كلّه كشف، لعاد الكشف شلون يكون؟ كلمتين والسلام عليكم؟»

لا تعلم السيّدة هديل سالم علي، إلى ماذا سيقودنا معاً هذا الكشف. فهي في كلّ مرحلة، أو طيّة، تفتح أبواباً ودهاليز تعيدني إلى نقطة حسبت أني انتهيت منها وانطلقت إلى مرحلة تالية، ففي البناء الأول الذي وضعته، كان معمار روايتي يعتمد على الانطلاق

من يوم انتقالها إلى دبي، وارتدائها الحجاب. وكان لا بأس في العودة قليلاً إلى تحوّلات أدّت إلى معرفتها بيوسف كامان، وكذلك توازي علاقة أخرى بدأت بين مؤنس ابنها، وسارة، ابنة يوسف، للانطلاق مجدّداً إلى ما بعد الحجاب. أي ما يمكن حجابها أن يكشفه لي من تحوّلات في حياتها، وعلاقاتها، ومشاعرها، وأحلامها، وأمنياتها. غير أن الحوارات معها، ومعظم الجلسات كانت تفضي إلى جلسات مربكة، تجعلني أؤكد اعترافي مسبقاً بصعوبة إمكان بناء قوي لرواية يمكنها أن تعيش طويلاً كما أحلم وأتمنّى. بل إنني وقد وصلت في الكتابة إلى هذه المرحلة، أخشى أن أتراجع في اللحظات الأخيرة وأتوقّف عن نشرها، بدواعي الخوف من الاعتداء على القرّاء بعمل إبداعي فاشل. ولأني خشيت هذا التحوّل «الشخصي» أيضاً سارعت في الأمس، واتّصلت بمديرة الدار الناشرة، السيّدة دينا، وأكّدت لها أن كتابي سيكون جاهزاً خلال الأسبوعين المقبلين. كنت أريد ألا أسحب نفسي إلى تحوّلات تبعدني عن هدفي الرئيسي، أو تثبط عزيمتي وإصراري على اكتشاف ما حدث حقّاً لهديل سالم علي، التي لسوء حظها، وقع عليها الاختيار لتكون شخصية في هذه الرواية، ممّا يدفعني لاستطراد أخير أحذر فيه أصدقاء وصديقات آخرين، من إمكان تحوّلهم إلى شخصيات في روايات مقبلة.

أعود إلى سؤالي: متى كانت المرّة الأولى التي فكرت هديل سالم علي (عملياً) في ارتداء الحجاب؟

ذات ليلة، بل ذات فجر بعيد، كان زوجها ماجد اليادري في اجتماع مهمّ. كانوا يحاولون استقطابه ليصبح حزبياً، وقد وجد نفسه بين كماشتين. أصدقاؤه البعثيّون يضغطون عليه من جهة، وأصدقاؤه الشيوعيون يتجاذبونه من جهة أخرى. في ذلك اليوم، كان عليه أن يجيب المسؤول الحزبي في مؤسسة التراث التابعة لوزارة الإعلام، حيث يعمل، عن موافقته على الانتماء وتحديد العناصر التي ستؤطر التزامه وبدء مشاركته في اجتماعات أنصار الحزب. في ذلك الفجر كانت أمضت ساعات الليل بين كوابيس تهاجمها في إغفاءات متقطّعة، وأرق يثقل على أنفاسها. فكّرت للحظة أن تصلّي وتدعو

ربّها أن يحدث أمراً غريباً، فينتهي الاجتماع بدون إلزام ماجد. بل تمنّت أن تحدث معجزة تصيب السائل بالخرس مثلاً، أو بالسكتة، فينشغل الآخرون به وينسون ماجد. فكّرت أيضاً في نذر تلتزمه بوضع الفوطة وارتداء العباءة. لم يكن الحجاب في تلك الفترة على النحو الذي هو عليه الآن، بأغطية رأس ملوّنة، تعقدها الشّابات خلف العنق، أو تلفّها إحداهن حول الوجه بألوانها وأقمشتها المختلفة. هي الفوطة والعباءة السوداء، فحسب، ترتديها نساء طاعنات في العمر، من أهلها وأقاربها وجيرانها، هي الصبيّة اليانعة في ذلك الزمن، كانت تنطلق مع «البنات» من عائلة ماجد وعائلتها بالأثواب الملوّنة، يتبعن موضة العصر التي تصل دائماً متأخّرة عاماً أو أكثر عن بيروت والقاهرة.

في ذلك الفجر، فكّرت في ذلك النذر، أن ترتدي الفوطة والعباءة إذا ما عاد ماجد سالماً من أي التزام، لكنّها خافت، كأنها تدرك ضعفها وتراجعها حالما تعود الأمور إلى طبيعتها. وفي مرحلة ثانية بدأ ماجد يعبّر عن هروبه من كلّ ما ألزم نفسه به مرغماً، من تحايل في مواعيد الانتظام باجتماعات أنصار الحزب، أو بالدفاع عن نفسه أمام حجارة الاتّهامات الملقاة على رأسه وفي وجهه في السهرات مع أصدقائه الشيوعيين، تزيدها قسوة وضراوة، كؤوس العرق أو البيرة التي يتجرعونها بمرارة في محاولة انفعالية لنسيان ما يحدث من تحوّلات في العلاقات البعثيّة - الشيوعيّة بعد قيام الجبهة الوطنية. حينذاك كانت هديل سالم علي، كثيراً ما تجد نفسها أمام سجّادة الصلاة. تصلّي وتصلّي وتعاود السجود والركوع في حالة تتخبّط بين الذهول والنسيان. لا تدري أحياناً هل كانت أدّت ركعتين أو ثلاثاً، تستعيذ بربّها من شيطان رجيم يقتحم رأسها ويلعثم لسانها، فتطرده بترديد يرفع من صوتها، كأنه يذكّرها، أنها هنا، في لحظة عصيبة، لا تستنجد إلا بخالقها وحده، فهو منقذها، وهو حاميها، وهو من سيسيّر شؤونها، تجد نفسها صافية الأفكار وواضحة المطالب في دعائها، لا يحدث هنا شرود أو مجال لوسوسة شيطان، تصبح المناجاة مثل الماء، يا ربّ ويا ربّ ويا ربّ يسرّ لي هذا وحلّ لي ذاك، أبعد هذا وقرّب ذاك، تغسل دموعها تشوش أفكارها، ويرتاح لسانها وهو يعبّر عن خوالجها. تفكّر للحظة

أن تنذر نفسها لالتزام ما، لكنها ما إن تفكر في التزام صعب، كارتداء الفوطة أو الذهاب إلى الحجّ، أو التبرّع الشهري للوقف في النجف، أو التزام زيارة الكاظم أسبوعياً، حتى تتراجع وتختار ما لا تخاف أن لا تلتزمه، كتوزيع الأرغفة، أو إعطاء الصدقات، أو التعهّد بقراءة ثلاث سور من القرآن الكريم.

تقول لي: لا أستطيع أن أختار لك أحداثاً معيّنة، فالأمور متداخلة. ثم كأنها تتذكّر شيئاً فتنبّه نفسها وتنبّهني: «على فكرة، حتّى الآن، لا أعتقد أن حجابي هو تتويج لمراحل. يعني، وصول إلى اقتناع شامل بأن بدايتي الصحّ من هنا، أو أن التحوّلات أوصلتني إلى هنا».

هكذا، عندما تنبّهني بين فصل وآخر من روايتي، تعيدني إلى نقطة البداية، أو نقطة الدوّامة، وأبدأ من جديد، وأيضاً وأيضاً في محاولة العثور على جسور تلك التحولات التي عاشتها حقّاً، أو التي وضعتها في رأسي، بحثاً عن ركائز لروايتي.

****

عندما كنت أتصفّح أوراقاً ووثائق ومذكرات تجمّعت لدي أخيراً، من الأبطال الحقيقيين لهذه الرواية، عثرت على ملاحظة كنت دوّنتها بعد حوار مع هديل سالم علي، قالت فيه إن ما سيكشف لي حقّاً ما أريد أن أكشفه من حجابها، هو الأحداث نفسها، وطلبت مني أن لا أكثر من الأسئلة، بل أدعها تروي أحداثاً مختلفة، يمكنني في ما بعد أن أربط أحدها بالآخر لأستشف تحوّلاً أساسياً قد يكون مفيداً لي ولقرائي.

بحثت بعد ذلك في ملف الأحداث، فعثرت على الأحداث الآتية:

عندما عاد زوجها ماجد، في يوم صعب آخر من أيام استدعائه لاستقطاب حزبي، أخبرها أن الأمور ليست على تلك الدرجة من الخطورة، وأن هناك كوادر عليا في الحزب مقتنعة بضرورة وجود عناصر «مستقلة» يستفيدون منها في واجهة الديمقراطية، وأن ماجد وآخرين يمكنهم أن يلعبوا مثل هذه الأدوار.

ذلك الصباح شعرت أن الله استجاب دعاءها، وأن مخاوفها من إلزام زوجها أو محاصرته، أو حتى تهديده، لم تكن إلا وسوسة شيطان رجيم، فالله جلّ جلاله، رحيم بعباده، وهي وزوجها وولداها يريدون مرضاته. صحيح أن ماجد يشرب الخمر، ولا يلتزم صلاة أو عبادة، لكنّه يا ربّي يا غفور يا رحيم، تعرف طيبة قلبه ونصاعة نيّاته، إنه لا يؤذي عصفوراً، وليس فيه إلاّ لسان سليط أحياناً. حتى عندما يسخر من لجوئها إلى الصلاة والصوم، فهي تعرف جيّداً أنه مؤمن داخله، وأنه بكى ذات يوم وهما في زيارة للنجف، حين ارتبك حملها، وتعرّضت لاحتمالات الإجهاض بسامر. بل إن ماجد ربط شريطاً أخضر في مرقد الإمام، ناذراً زيارة أخرى عندما تتمّ الولادة بسلام. إلا أنه لم يف نذره، واضطرت مع أمّها وأمّه إلى أن يذهبن سبع مرات إلى النجف، متوسّلات أمام الضريح أن يغفر الله له تلك الزلّة.

ماجد، رحمه الله، كان يبكي أيضاً عندما يجلس مع الرجال يستمعون إلى بكائيات مقتل الإمامين، علي والحسين، عليهما السلام. وذات يوم، حين كانوا في زيارة بيت أحد أصدقائه للمشاركة في حضور تلاوة عزاء، أطلّت مع بنات صاحب البيت خفية إلى حيث يجلس الرجال، وفوجئت وهي تراه وسط جلسة اللطم. كان يشارك الرجال في النواح وضرب الصدر، منغمراً في طقس، شرحه لها في ما بعد، بأنه تطهير. قال إن ذلك لا علاقة له بأيّ تديّن، هذا طقس تخليص النفس والارتقاء، حكى لها عن اليوغا والصوفية، والديانات القديمة الساحقة، لكنها في سرّها كانت مقتنعة أن بذرة الإيمان مغروسة في وجدان زوج شاب متهوّر، يكابر ويطلب الغفران، وهو ما حدث عندما أسلم ماجد الروح، إثر حادث الاصطدام الغامض، الذي تعرّض له، فجاءوا به إلى بيته قبل عشر دقائق من احتضاره. همس أمامهم بالشهادة وهو يلفظ أنفاسه الأخيرة.

حدث آخر، روته لي، وأجده بين أوراقي، بل هو أكثر من حدث، عندما كانت تضع الفوطة على رأسها، لدى ذهابها إلى عزاء أو زيارة ضريح، كانت تشعر بسكينة غامضة، يناقضها توتّرها لرؤية وجهها مؤطّراً بذلك السواد. تقول: أرى نفسي إنسانة أخرى، أكبر

فجأة عشر سنوات، لكني من الداخل أكون مطمئنة، مهيّأة للوقوف بين يدَيّ الله عزّ وجلّ، كنت أفكر أحياناً، هل يشبه غطاء الرأس ما نرتديه من ملابس خاصة أو مميّزة عندما نريد أن نذهب إلى زيارة أشخاص مهمّين؟ حتى مديرنا في الإذاعة، عندما يكون لدي اجتماع معه، أو مع مديرين من الوزارة، أحرص على أن يكون هندامي أنيقاً إلى أقصى حدّ، ثم تضيف: يقال «لكل مقام مقال»، فهل لكل مقام شكل للقاء؟ لماذا لا نصلّي إلاّ عندما نغطي شعرنا ونرتدي اللباس الذي يصل إلى أطراف أصابع أقدامنا؟ ألا يتقبّلنا الله بملابسنا العادية؟

لكنها تسرع وتستدرك: أستغفر الله، أستغفر الله. وتطلب مني أن لا أذكر ذلك في روايتي. أخاف، تقول لي، إذ ترى ملايين التعليقات في مواقع الإنترنت، في موضوعات الإيمان والتديّن، ومنها ما يصل إلى تعصّب مروّع. تتمنّى، كما تقول، أن يُتاح لها السؤال ببساطة، فأشجعها وأحاول طمأنة مخاوفها، مؤكدةً أن لدينا اليوم الكثير من علمائنا الكرام ذوي النظرة المعتدلة، والأفق الواسع، والمعرفة العميقة، يستقبلون السؤال برحابة وتفهّم، ويعذرون كل تخبّط أو حيرة. وأرفض أن أجاريها بالذهاب إلى مواقع وتعليقات تحمل سياط الإدانة والترهيب. بل أفعل ذلك، أحياناً فقط، أثناء إعداد روايتي، لمجرد الاكتشاف، فأكتشف سذاجة وغلوّاً، لكنهما لا يخيفانني، وأتمنّى أن لا يخيفا بطلتي الجميلة الساذجة.

****

الغرفة

حاولوا أن تعرفوا أولادكم عن طريق غرفهم، لا عن طريق كلامهم. تلك توصية السيّدة هديل سالم علي التي وعدتها بإيرادها في الرواية، علماً بأني أفضّل للأحداث أن تلعب مثل هذا الدور، وما يزعجني في كثير من الأعمال الإبداعية، التلفزيونية خاصةً، أن التوصيات والحكم والمواعظ، تكاد تتغلب على الحدث، أو هي تقتحمه لتطوّقه بتلك الوصايا... ما علينا.

هذا الصباح، مخصّص للكتابة عن غرفة مؤنس، تلك الغرفة التي تحوّلت أيضاً مثل صاحبها، من حجم «البوكس» أيّ أصغر غرفة في البيوت الإنكليزية، إلى «ماستر بيدروم» أيّ الغرفة الرئيسية التي يلتحق بها حمام خاص.

ما زالت السيدة هديل تحتفظ بآثار تلك الغرف، كادت تحملها معها إلى دبي، لتشتمّ عبرها روائح حبل السرّة، التي ما زالت تتناوب البثّ بين أحشائها ونبضها، وأطياف ذكريات مع ولديها، تحضر مثل حكايات سحرية بين لحظات التأمّل أو التنهّد، وأحياناً بين لحظات العمل، كلّما توافرت لها دقائق استراحة بين مهمة وأخرى. الغريب أن ذلك الزخم من الاحتضان الذي يكاد يصبح حالة مرضية لدى البعض، كان خلاف ذلك، يوفّر لهديل سالم علي نبعاً من الإيحاءات توظّفها في عملها، كما تؤكد لي. فغالبية الإعلانات التي صممتها، ووضعت لها شعارات، كانت حصيلة أكوام من ذكريات أو صور تتعلق بولديها والأماكن التي عاشت فيها. وكعادتي عندما أحاول تصحيح مسار انفلاتاتها بعد سؤالي عن حدث أو لحظة تحوّل، سارعتُ في هذا الفصل أعيدها إلى غرفة مؤنس، التي اتفقنا على تقديمها عنصراً أساسياً من عناصر هذه الرواية المستعصية.

آه، غرفة مؤنس، تقول ثم تسحبني متفوّقة على كل قيادة ماهرة لي. في منزلنا الأول في منطقة «تولوورث» قبل أن ننتقل إلى كينغستون، كانت بوكساً كما قلت لك. سرير مؤنس قياس ٧٥ x ١٩٠ كان ينحشر ويمتد سنتيمترات قليلة إلى ما بعد حاجز الباب،

بحيث لم نكن نستطيع إغلاق الباب تماماً. هذا كان يزعج مؤنس كثيراً. كان في الثانية عشرة من عمره يومذاك، ولم أكن أفهم لماذا يصرّ على ضرورة تغيير الغرفة، يتذرّع بأنها ضيّقة، ولا مكان لكتبه فيها، ثم يتذرّع بأنه لا يستطيع التركيز في مذاكرة دروسه، لأن أصوات المكنسة الكهربائية، أو صوت قرقعة الصحون أثناء عملي في المطبخ تزعجه. ذات يوم عدت من عملي لأجد غرفة بدون سرير، وقبل أن أغضب، وأبدأ «موّالي» كما يصفه، أدخلني الغرفة وأغلق الباب، وفتح سريراً جديداً، يمكن أن يُفرد فيسدّ الباب، ويستطيع الجلوس عليه والنوم بهدوء، كما قال، ثم يرفعه ويطويه ويسنده إلى الحائط، مما يوفر له مساحة يستطيع أن يمارس فيها تمارينه الرياضية، في رفع الأثقال، أو الاشتغال على «مؤلفاته الموسيقية»، كما قلت له بسخرية.

هل استطاعت هديل سالم علي أن تعرف ابنها مؤنس اليادري بشكل أكبر أو أعمق من خلال تلك الغرفة، كما أرادت أن توحي لي ولكم؟ وأين كان سامر في تلك الفترة؟ هل كانت له غرفة أكبر في ذلك البيت، «الذي كرهته كره العمى» كما قالت؟

التفاصيل مملّة إلى حدّ ما في هذا الشأن، فماذا يمكن أن نجد ما يغري في أوصاف الغرفة؟

غير أن السيّدة هديل سالم علي، التي كثيراً ما تحوّلت إلى محقّق وكلب بوليسي (تلك كلماتها الحرفية) ستجد الكثير. «أي نعم» غرفة سامر كانت أكبر، لكنها واضحة، مرتبة، أنيقة. كلّ شيء فيها يجب أن يعود إلى مكانه على الفور، كان سامر يرتّب سريره أيضاً، لكنه يكره مسح الغبار والكنس، يرهقه تنشّق الغبار، ويرعبه صوت المكنسة الكهربائية، التي كانت تتحوّل بين يدَيّ مؤنس إلى أوركسترا كاملة، يطلق فيها العنان لصوته الأجشّ في إلقاء إيقاعات الراب العنيفة، وكثيراً ما يتوقف عن كنس غرفته وغرفة أخيه، تاركاً صوت «الهوفر» يلعلع، ليسجل مقاطع من أغنية راب جديدة يؤلّفها.

«الصبر، الصبر. ـ تقول لي ـ لا تخافين. جاييك الكلام عن «قبّة حبيبي مؤنس. أنا بس حبيت يعني أحكيلك شوي عنهم. والله ما أدري، يمكن آني هم أحب أحتشي لنفسي

عنهم.. شو مدريني» ثم تتابع: المهمّ، كنت عندما يذهبان إلى المدرسة، أدخل غرفتيهما، خاصة في العطلة، لأقوم بالترتيب. أما التنظيف الكبير فأتركه ليوم العطلة الأسبوعية، الأحد تحديداً، عندما يذهبان إلى «البارك» ليلعبا كرة القدم. في الغرفة «البوكس» وجدت ذات يوم صورة من جريدة أو مجلة، لم تستوقفني، لكني عندما قمت بالتنظيف الكبير، رأيت عدداً من المجلات، أسقطها مؤنس خلف سريره، كانت محشورة بين السرير والحائط، فاجأتني، كانت مجلات «بلاي بوي» والمجلاّت التي نَصفُها بـ «الجنس الرخيص»، صور عارية، وقبلات وأوضاع ماجنة، وأعضاء جنسية مقرفة. يا إلهي ما أقرفها، وولدي يحشرها وراء سريره، وأمام السرير القرآن الكريم، والأدعية التي وضعتها له تشجيعاً على قراءة آيات قبل النوم، خاصة خلال الامتحانات. ذات يوم وجدت أيضاً كيساً كبيراً مملوءاً بتيشرتات وقمصان جديدة، وكيساً آخر مملوءاً بالنظّارات. قال مؤنس إنه بدأ يدبّر أموره في بيع ألبسة وإكسسوارات، خاصة أنها غير موجودة في المتاجر، يحصل هو وصديقاه الإنكليزيان عليها من محلّ في «بورتوبيللو» وآخر في «كوفن غاردن» ويبيعونها للشباب الذين لا يستطيعون دفع أثمانها الباهظة في المحال المعروفة. إنها تجارة حلال، يقول لي، ويحاول إقناعي فأسكت على مضض.

أصبحت أنبش الغرفة في غيابه لأعثر على دلائل تقودني لأعرف ماذا يفعل ومن يعاشر. وكنت في كل مرّة أكتشف دليلاً، سرعان ما يأخذني من خلاله إلى دوّامة من التبريرات والشرح، الذي لا أفهمه. لكني برغم ذلك أستفيد، وأتعرّف عليه أكثر، مع أن هذه المعرفة توجع، لأنها لا تقدّم ولا تؤخّر، ففي كلّ تلك السنوات كان يتسرّب من بين يدَيّ كالماء. أجد زجاجات خمر فارغة في أكياس وسخة بين الملابس. أجد أنواعاً من التبغ بروائح عنيفة، أجد مجلات العري والبلاي بوي وأفلام البورنو، أرقام هواتف وملابس نسائية داخلية، قطع صغيرة قليلة، لكنها عندما تتجمع في رأسي تقول لي الكثير. هل ينبغي للأمهات أن يعرفن كل هذه الأسرار؟ وماذا بوسعهن أن يقلن لهؤلاء الذكور الفحول؟ وهم يتحوّلون مثل انفجارات لا يمكن الاقتراب منها؟ كيف أقول له عن مجلات العري

وقلّة الأدب؟ ولماذا يتطلّع إلى هؤلاء المنحرفين الذين، أستغفر الله، أستغفر الله، هم مقرفون إلى درجة تكاد تسبب لي القيء. بل إني تقيّأت ذات يوم، عندما حاولت إغلاق الكومبيوتر في غرفته، وإذ بصور من فيلم من ذلك النوع، تتحرّك أمام عينَيّ، ولم أعرف كيف أوقفها أو ألغيها، فما كان مني إلاّ أن نزعت شريط الكومبيوتر من المفتاح الرئيسي في الحائط.

سامر، كان مثلي، بغرفته وتحرّكه واختياراته، رومانسي إلى أقصى حدّ، يحتفظ بلوحة ضخمة في غرفته لفتاة الأحلام كما يصفها، فتاة لا تعرفين إذا كانت طفلة أو امرأة، لها عينا أنثى بديعة الجمال، ونظرة طفلة حائرة، شقراء، مثل سامر، ابتسامتها الرقيقة تشبه ابتسامته، إنها لوحة زيتية، ظلّت سنوات طويلة لدينا، ولم تتغيّر نظرتنا إليها، في كل مرّة كنت وسامر نراها جديدة، وطازجة، وتكاد تتكلم. الغريب أن الرسّام، وليتني أعرف اسمه، رسم جزءاً من جسمها. هبط بفرشاته إلى العنق وأعلى الصدر، وهناك راح يموه الخطوط، فلم ندرِ هل هي طفلة في لحظة تحوّلها إلى أنثى أم أنثى تخبئ ملامح ثديين بزغا فجأة؟

تلك اللوحة كانت على نحو ما تعيد السيّدة هديل سالم علي، إلى طفولتها البعيدة، هي تكاد تعكس تحوّلاتها أيضاً، كما نبهتها إلى ذلك فقالت «يمكن». هل كانت لها غرفة هي أيضاً؟ وهل استطاع أهلها أن يعرفوها أكثر من خلال غرفتها؟ تضحك وتردّد «غرف شنو وقبب شنو». كنا ننحشر نحن الأخوات الثلاث في قبّة واحدة، يتكدّس فيها كلّ شيء، الفراش الذي نستعمله عندما يأتي الضيوف، والهدايا التي تأتينا في المناسبات، والهدايا التي تشتريها أمّي وتخبئها لتقدّمها عند الحاجة، وصناديق أوراق أبي، وبعض البضاعة في متجره بالشورجة، يعني كانت غرفة عبارة عن مخزن». ثم تضيف: يا حبيبتي، ذلك زمن وهذا زمن. أخواتي رحمهن الله، لم يكنّ مثلي أيضاً. أختان لم تعرفا الأمومة، ماتتا بالسرطان، ويقال إن مرض السرطان انتشر منذ حرب الأكراد في الشمال، وزاد عند غزو العراق، وحتى بعد مجيء الأميركيين، على كل حال، دعونا في حديث الغرف كما

تريدين وتهددين في كل مرّة أريد أن أقول لك أشياء أخرى، مع أنها في نظري، وصدقيني، من صلب الموضوع. على كلّ حال أنت حرّة، وقد وعدتك مثلما نفعل في المحكمة، بقول الحقيقة، ولا شيء غير الحقيقة.

****

عندما يغلق مؤنس باب غرفته في النهار، ولا يعلو صوت الموسيقى، يكون حزيناً، بسبب زعله من فتاة تعرّف عليها، وعندما يغلق باب غرفته، ويتصاعد جحيم من ألحان الراب، يكون شجاره مع أحد أصدقائه قد وصل إلى درجة العراك بالأيدي، أو ما قبل ذلك بثوانٍ. وعندما ينام بالتيشيرت الذي كان يرتديه، يكون قد أثقل في شرب البيرة، وعندما يستيقظ مضطرب المزاج ولا يغادر غرفته ساعات، يكون قد قرّر عدم الذهاب إلى الجامعة، ومثل هذا القرار يصدره لأسباب مختلفة. أمّا عندما يرنّ الموبايل ولا يردّ على من يطلبه، تكون الأمور مع البنات قد وصلت إلى طريق مسدود، تلك الاستنتاجات وغيرها، توصلت إليها هديل إثر سنوات من معايشتها ومراقبتها مسرح أحداث غرفة ابنها مؤنس. فعلى هذا المسرح وقعت وتقع أحداث عنيفة. إنها من نوع المسرحيات الصاخبة، نتف وشظايا ممّا تجده لدى تنيسي ويليامز وفيتزجيرالد. أما في غرفة سامر فتنساب الأناقة مع الجمال، مخبئة نوعاً من الشخصيات لا يمكن اكتشافها بسهولة، قد نظنّ أنها واضحة وبسيطة، لكنها في اعتقادي (أنا المؤلفة) تخدعنا بتلك القشور الجميلة. إنها تخبئ أنيابها على نحو غامض، ليس من الضرورة لتنقض على الآخرين من خلالها، بل ربّما لتنقض على نفسها. هذا هو استنتاجي حتّى هذه اللحظة. والسيّدة هديل سالم علي، تضيء لي غرفتي ولديها، سامر ومؤنس، فأجد عكس ما تجده، أجد شيئاً من وضوح الرؤية عندما نتفحّص غرفة مؤنس، فيما تتشابك ألوان الإضاءة وتتموّه خلف تلك البساطة الخادعة، التي نجدها في غرفة كل من سامر ووالدته. هديل قالت إن سامر يشبهها، وأكاد أصدّقها، وأقتنع إلى حد ما بهذا التوصيف، لكني أضيف إليه، إنهما

يتشابهان من حيث الغموض والالتباس، يتعيّن عليّ أن أبذل الكثير من الجهد لأستطيع رفع بعض طيّاته.

****

كانت غرف البيت في منطقة «تولوورث» صغيرة قليلاً، وليس هناك غرفة نوم رئيسية، على غرار الغرف التي وجدت في البيت الآخر، عندما انتقلت هديل سالم علي مع ولديها إلى «كينغستون». فغرفة النوم هذه تميّزت بأناقتها واحتوائها خزائن حائط على امتداد الجدار، ممّا جعلها تستوعب كل الأغراض الصغيرة، التي كانت منثورة بين أدراج المناضد الجانبية للسرير، وكذلك ملفّات الدراسة الجامعية، التي احتفظ بها كلّ من سامر ومؤنس، وظلّت هديل حريصة عليها حرصها على أبسط الذكريات التي حملتها معها من العراق، وتتعلّق بأبيها وأمّها، وزوجها على وجه الخصوص. لوحة الفتاة الجميلة الحزينة التي تنقّلت بين أغراض سامر في غرفه، حُملت أخيراً إلى شقّته مع صديقته في واترلو، هذا ما أحزن السيّدة هديل تماماً إلى درجة أزعجتني فيها وهي تسهب في الحديث عن تلك المشاعر، كأنها فقدت ثروة. وما أحزنها أكثر أنها لم تستطع تخيّل مكان اللوحة في البيت الذي انتقل إليه سامر. هي لم تذهب البتة إلى تلك الشقّة، ولم تر غرفته. أصرّت على أنها لن تذهب إلا بعد أن يذهب سامر وساندرا إلى المركز الإسلامي، ويعلنان ارتباطهما الشرعي. عندئذ صاح بها سامر من غرفته في كينغستون، وهو يلملم أغراضاً تبقّت له وأراد حملها إلى شقّته الجديدة، قال إنها لا تعدل في تعاملها بينه وبين مؤنس، فهي شديدة الحساب له، فيما تدلل مؤنس، وكأنه ما زال طفلاً، أخطاؤه أكثر من أخطائي بمليون مرّة، قال لها. فقالت بتحدٍّ «مثل إيش؟» ولما عدّد الراب والبنات والخمر، قالت متحدّية: لكنه لا يقفل عليه بابا بالحرام. فصاح وكاد يحطّم زجاجة عطر فارغة يحبّها جداً، ويحتفظ بها منذ أهدتها هديل إليه في عيد ميلاده الخامس عشر، غريب أمرك يا يمه. ما هو الحرام في نظرك، هل يمكنك تعريفه لي؟

ثم قال مستغلاً صمتها، أنتم تريدون كل شيء بالسرّ، «جوه العبا» يعني مؤنس يروح مع بنات ويزنون في السيارات، هذا ما كو شي.. أما أن أعيش بصراحة ووضوح مع بنت أحبّها وأحترمها فهذا حرام. معقول يا أمي، يا متعلمة، يا مثقفة؟ ثم ردّد: للمرّة المليون لن أضحك على نفسي بزواج الفراند والخزعبلات..

كانت تريد أن تروي له ما قرأته عن المرأة الزانية التي ذهبت تعترف للرسول الكريم، فطلب منها أن تسكت وتستغفر ربها في سرّها، لكنها أدركت أنه سيقود الحوار مرّة أخرى إلى حيث يبدآنه في كل مرّة. لا جدوى. تمتمت وراحت تساعده في لملمة أغراض غرفته، تلك الغرفة التي لن يعود إليها إلا ضيفاً لنصف يوم، أو لأيام قليلة تسافر فيها ساندرا، إلا أنه أمضى فيها ثلاثة أيام كاملة عندما اتّصلت به هديل ذات يوم وقالت له: سأسافر إلى دبي.

****

هل استوقفكم كما استوقفني هذا الذي تردّده وردّدته لنا السيدة هديل سالم علي أكثر من مرّة؟ أعني موقفها من العلاقة الصريحة بين ابنها سامر وصديقته ساندرا؟ ففي كلّ اتّجاه أحاول تحديده لها لاستكمال مسار هذه الرواية، تعود بي في الفصول الخاصة بها وبسامر، إلى تلك النقطة، كأنها دُملة تحاول أن تفقأها أمامنا، أليس هناك جوانب أخرى من تلك العلاقة؟ في هذا الجزء (الغرفة) أريدها أن تدخل إلى غرفة سامر، تخرج لي ولكم أيضاً، ما بدأته معنا بتأكيد مقولة (اعرفوا أولادكم من خلال غرفهم) فماذا عن غرفة سامر، غير تلك اللوحة التي حفظنا درسها؟

يحتفظ سامر، تقول، بكتب وأشرطة، ومجلات موسيقى، وديكور، ومن الكتب نجد لديه القرآن والكتاب المقدّس، وصحيح البخاري (استعاره من مؤنس في السنوات الأخيرة) لديه أيضاً مجموعة من الروايات يتشارك وأمّه في قراءتها، ومنها ما يصدر حديثاً كروايات جائزة البوكر، بالإضافة إلى كلاسيكيات جين أوستن، ورواية لجين ريتز أعارتها

لها صديقتها نادية فأعجبتها، ولما قرأها سامر وأعجبته، لم تتردد «خالة نادية» من إهدائها إليه. كلّ هذا حسن، لكنه لا ينقل لي أيّة سمات أو ملامح. لا بل إني أنشد حفريات. سرّ غامض مثلاً في حياة سامر، إثر علاقة بأب رحل فجأة، حين كان الطفل في السادسة. هل تأثّر سامر برحيل والده المفجع؟ ماذا يحتفظ له بغرفته؟

الوحيد الذي رفض مشاركتنا في هذه الرواية هو سامر، حتى أنه رفض مجرد النقاش في «الموضوع» كما قال لأمّه. وفي المراحل التالية، عندما بدأت اجتماعات عملية مع جميع الأطراف، أي هديل ومؤنس من جهة، ويوسف وسارة من جهة أخرى، كان المتمرّد الوحيد هو سامر، الذي تذرّع أولاً بارتباطه بمشروع حفلات مع محافظات منطقة «ساري» ثم بمرافقة ساندرا في رحلتها إلى اسكتلندا. أفهمني أخيراً بشكل مؤدّب، أنه لا يستحسن فكرة تحويله إلى شخصية روائية على الإطلاق، قائلاً إن ذلك يزعجه، إذ قد يكتشف ما لا يودّ أن يعرفه في شخصيته، كما أن علاقته بي قد تخدش، لأنه سيلومني على تخمينات أو أحكام أو إقحام خيال لا بد منه في أي عمل روائي.

سامر فنان يعرف اللعبة جيداً، كما يبدو لي، لهذا يتحفّظ عن إمكان تحويله إلى تجربة. إنه يعيش التجارب ويختبرها، يبدو أنه زهرة برية تستعصي على القطف، ومع ذلك سأحاول في مراحل تالية، فمن يدري؟

****

اجتماعات

لم يحدث هذا الأمر هكذا فجأة، تقول السيّدة هديل سالم علي، ربما تطلّب سنوات، بل المؤكّد أنه تطلب سنوات «شو مدريني» الزمن بالنسبة إليّ له قياس مختلف، عندما تعيدينني لاكتشاف التحوّل الذي أصاب ولديّ، مؤنس على وجه الخصوص، ربّما اضطرب في الحساب، علاقتنا كانت تشبه أغاني الراب التي يؤلفها. بلى، كان يعبّر عنها بتلك الأغنيات، لم أكن أفهم تماماً ما يقصد، ولكني كنت أحسّ، إنه إحساس الأم، أمر عادي، اسألي كل الأمّهات وسوف تكتشفين العجائب.

مؤنس لم يشهد اجتماعات أبيه في بغداد. كان صغيراً جداً، لم يعِها، لكنه منذ سنوات، عندما أصبحنا صديقين. أخبرني أنه في الثالثة من عمره طُبعت في رأسه صورة لا يستطيع أحد محوها، هو لا يعرف الحادثة، لكنه رأى والده في الصالة فيما كنا كلنا نائمين في الطبقة العليا، كان معه مجموعة من الرجال، بعضهم يعرفهم، أقول له حتماً أنك تعرفهم، فمن يأتي إلى بيتنا غير أصدقاء أبيك؟ يقول لا، ليس أصدقاؤه فقط، كان هناك آخرون، فعندما هبط من الطبقة العليا، سمعهم يتحادثون، وفي اللحظة نفسها، حين كان يريد الدخول إلى الصالة ليجلس في حضن أبيه، كما يفعل في بعض الليالي، عندما يغافلني أنا ومؤنس عندما نكون نائمينَ، فيهبط متدلّلاً على أبيه، في تلك اللحظة، رنّ جرس الباب، وأطلّ أحد من خلال ستارة واجهة الصالة الزجاجية التي تطلّ على الحديقة والباب الخارجي للبيت، وقال: مصعب، مصعب، هذه سيّارته، أعرفها. مؤنس دخل عندئذ إلى الصالة، ورأى أوراقاً تُلمّ على عجل، ورأى أباه ماجد يسرع إلى القنينة ويصب منها في الكؤوس، ثم يضحك ويدير شريط فيروز، ثم عندما دخل مصعب حمله وداعبه بقسوة، وشدّ له أذنيه قائلاً له «حتى تصير رجّال». أدرك بعدها مؤنس، أيّ بعد سنوات طويلة، أن ذلك كان اجتماعاً لأبيه، أراد أن يعرف مع من؟ وكيف؟ وكلّما كبر أكثر حاول إكمال الصورة، لماذا يجلس الأصدقاء حول أوراق وأسماء؟ لماذا يخافون ويرتبكون من صديق

يعرفهم ويخفون عنه أمراً؟ لم يتسنَّ لمؤنس أن يعيش أجواء العراق في تلك الفترة، عندما بدأت الحرب بين البعثيين والشيوعيين، لكنه يعرف الآن أنها كانت حرباً بين أصدقاء وإخوة، ثم انسحبت إلى أجواء العائلة الواحدة، عندما بدأت الحرب العراقية الإيرانية.

لا تدري هديل كيف ولماذا التصقت تلك الصورة وحدها في رأس مؤنس. كانت كما أخبرها مؤشراً أدرك منه أن أباه لم يستطع أن يكون مع أحد ضدّ أحد، وأنه مسالم أكثر ممّا يجب، قد يستقبل الحزبيين ويساعدهم، لكنه لا يرتبط بهم، ذلك الحكم أخافها، وخشيت أن تساور الهواجس ولديها، فيحقدان على وطن أفقدهما أباهما من دون سبب معروف أو مبرر.

راحت بعد ذلك ترقب بصمت أحياناً وبتوجّس، كيف يمكن مؤنس وسامر أن يعيشا علاقتهما بالعراق، من خلال تلك الصور المبتورة، أو حكاياتها وحكايات بعض الأصدقاء، أو حتى الكتب؟ ماذا لصق في ذاكرتيهما؟ وماذا يعني لهما الوطن، كوجود، كفكرة، كانتماء.

(هذه الأسئلة بدأت أشجّع هديل سالم علي، على طرحها لأعرف من خلالها درجة من تلك العلاقة، ثم لأحاول استكمالها من خلال حوارات مباشرة مع مؤنس، أو من خلال أوراقه أو رسالته، «تلك الرسالة وحدها يمكن أن تكون رواية»).

هديل نفسها لم تكتشف أن لزوجها ماجد اليادري، اجتماعات سريّة من النوع الحزبي أو السياسي. كانت تعرف انغماره في شؤون البحث، خاصةً التراثية، وهو في رأيها، محلّل ومفكّر أكثر منه سياسياً، ظلّ طويلاً يعتقد أن بإمكان فئة من المثقّفين العراقيين أن تلعب دوراً في ميزان القوى، فتنقل المعارف وتحافظ على التراث، وتفيد البلاد إلى أمد بعيد، لا إلى فترة سياسية محدودة، غير أنه في العراق ـ تقول لي ـ تفكير الإنسان يبقى في اتجاه، والأوضاع السياسية تسحبه في اتجاهات أخرى، رغماً عنه في كثير من الأحيان.

ولكن ماذا عندما يغادر ذلك الإنسان العراق، ألا يصبح حرّاً؟ ألا يستطيع أن ينأى بنفسه عن كل التيّارات؟ وهل تفرض عليه هويّته أن يرتبط بوطنه؟ ما هو الارتباط؟ ما الانتماء؟ ماذا تعني لي تلك الرقعة من الأرض التي ولد فيها أهلي؟ هل يجب أن أزور قبر أبي ليعلم

أني أحبّه وأبكي عليه؟ ألا أستطيع أن أحمله في قلبي وأضعه بالفعل داخل عينيّ فأراه كلما أريد وبأسهل السبل؟

مثل هذه الاكتشافات والتساؤلات لدى مؤنس وسامر، تطلّبت اجتماعات كثيرة كما يبدو، وكانت تراوح بين المهمّة والأقل أهميّة. فاجتماعات هديل سالم علي مع ولديها، أثناء تنشئتها لهما في لندن، لم تكن تنجح في تحريض يجيش دواخلها لاشتياق عنيف ومبك للبلد الذي ينزف، كما يحدث لها. غير أن اجتماعات أخرى، برفقة نادية وزوجها الأكاديمي رافد السلمان، كانت أكثر جدوى، وتشويقاً أيضاً لحوار مع رافد، الذي لم ينجب، والذي كان يغدق على الصبيين من معارفه وكتبه واقتراحاته ما يجعله يشعر بالاطمئنان بأن «بلدنا» بخير، ما دامت تلك الذرية من الأجيال المقبلة، ستكون مثقفة واعية. لا تعيد دوّامة من يحبّ العراق ويذوب فيه حنيناً، بالأسلوب الانفعالي الذي يعبّر عن نفسه بالكؤوس أو الدموع أو القصائد، بل بأسلوب آخر هو وجود العراقي نفسه، كإنسان واعٍ مثقّف، فوق أيّ أرض. تلك فلسفة رافد ينقلها بأساليب مختلفة، كلّما جمعه لقاء بالعائلة الصغيرة الصديقة التي يحبّها ويفخر بها.

كان مؤنس يتململ في تلك الاجتماعات، هناك حادث اصطدام في رأسه يودّ أن ينتشل ضحاياه (كما عبّر لي). في البداية لم يكن يستطيع إيضاح وجهة نظره، كانت مشوّشة. علاقته بالعراق عبارة عن صور مبتورة وأحاسيس يريد أن يفهمها. يرى حديقة وصنبور مياه، وهو في حضن أبيه في سيّارة إلى النجف. يرى قبب المساجد المذهبة. يرى عائلة تتحلّق حول التلفزيون. مشادات كلامية وعراك بين أقارب، كؤوس فارغة، ورائحة عفنة، وانزعاج أمّه التي تعبّر عنه بحركة ودمعة وعمليات تنظيف دائمة لبيت لا يحتاج إلى تنظيف (طبعاً هذه الملاحظة الأخيرة أدركها في ما بعد)، وأدرك معها أن كلّ الصور التي يختزنها ويضيف إليها خلاصات الكلام في اجتماعاته مع أمّه، أو في منزل «خالة نادية وعمّو رافد» لا تستطيع أن تجعل الوطن قلادة يطوّق بها عنقه، أو حلماً يشده للعودة، أو حنيناً ثملاً أو باكياً لأرغفة التنوّر و- وماعون تبسي الباذنجان والدولمة، لا يستطيع أن يفهمه حين يجتمع

معارفهم في بيتهم أو في بيوت أصدقائهم من العراقيين.

لم يحمل مؤنس وسامر من بلدهما غير لهجة عراقية هجينة، بدأت تضعف وتشحب كلّما كبرا، لتختلط أكثر فأكثر باللغة الإنجليزية التي اعتاداها، وتسربت إلى لسانيهما، ثم إلى تفكيرهما عبر سنوات الدراسة ومع الأصدقاء، وظلّت اللهجة العراقية لغتهما الوحيدة التي يتحدثّان بها مع أمّهما، وهذه أيضاً سرعان ما اقتحمتها التعابير الإنكليزية لتنسحب بدورها إلى لسان أمّهما، ففي اجتماعاتهم العائلية، أصبح خليط اللغتين هو السائد، بنسبة تكبر لمصلحة اللغة الإنكليزية على لسان الولدين، وتقلّ لدى الأم بسبب عدم راحتها في استخدام تلك التعابير من جهة، وبسبب اللكنة التي يسخر منها سامر ويلفت نظرها إلى أنها غير مضطرة إليها، فيما يشجعها مؤنس مصراً على أنها ستفيدها في علاقاتها ومعاملاتها.

مضحكة كانت بعض الاجتماعات بين هذا الثلاثي، خاصة عندما تعقد تحت عناوين، مثل: تأخّر مؤنس في السهر، سواء في البيت أو ليرى أصدقاءه، عدم الحضور أحياناً في موعد العشاء المحدد الذي تعتبره هديل مقدّساً، عدم التزام سامر بالاتصال الهاتفي كلّما تأخّر عن موعد عودته إلى البيت، أو اتّصال مؤنس في اللحظات الأخيرة بعد طول انتظار له، قائلاً إنه يعتذر عن عدم الحضور، حتى أنهم أطلقوا عليه تعريف «تلفن عيّاش» وهي أغنية مشهورة لزياد الرحباني. تخطيط لشراء ستائر جديدة لغرفة سامر أو لغرفة مؤنس، اتّفاق على مصروف أسبوعي يلتزمه الجميع. كانت هذه الاجتماعات مهمّة وضرورية، كما تراها هديل، ومضحكة في نظر سامر، فيما يعتبرها مؤنس فرصة يعبر بها عن طاعته لوالدته، في الوقت الذي يعصيها في أمور كثيرة أخرى.

لكن اجتماعاته الأخرى، كانت قد بدأت منذ بلوغه الثالثة عشرة، بعضها كان سرياً جدّاً، اكتشف فيها ما جعله يلخّص كلّ ذلك بعبارة أطلقها في وجه أمّه، في لحظة غضب ندم عليها كثيراً في ما بعد وهي « أنا ربيت نفسي بنفسي».

أعتقد أنني سأشوه تفاصيل تلك الاجتماعات، إذا حاولت نقلها إليكم عبر أسلوبي الخاص في السرد أو التلخيص، لهذا، أفضل أن أنقلها مباشرة عبر جزء آخر من رسالة مؤنس.

الرسالة (٤)

كنت خائفة عليّ كثيراً يا أمّي، وكنت محقّة. مع أنني كنت أخالفك وأقول لك دائماً إنك مخطئة، وإنك تعيشين في الأوهام، عندما كنت تهبطين من غرفة نومك والساعة تشي إلى الثانية ليلاً، بحجّة أنك تريدين كأس ماء من المطبخ. كنت أكون في اجتماع مع مايكل وريتشارد، وأحياناً مع أولاد لا تعرفينهم. كم كنت حريصة أن لا تحرجيني أمامهم، فتسرعين إلى المطبخ، وأنا أعرف أن قلبك يقول لك إن شيئاً «غير مظبوط» يحدث، وبالفعل يا أمّي، كانت هناك أشياء كثيرة غير مظبوطة، ربّما أخجل أن أعترف لك بها، لكنك لست بحاجة إلى ذلك لأنك تعرفينني، كنت تحسينها وأراها في الصباح من خلال نظراتك المُحبّة والعاتبة معاً، فكيف يمكن مايكل أن يترك بنطلونه الجينز في الصالة بدون سبب؟ كنت تطوين ملابسنا المرمية على الكنبات وأنت تحدّثين نفسك، وأنا أتصنّع النوم على الكنبة. أتذكرين كيف حاولت أن تفهميني الحياة كما قلت لي بخجل، عندما اجتمعت بي وبسامر ذات يوم، وقلت إن من الصعب على الأم أن تشرح لولديها، لكنك متيقّنة من ذكائنا وحسن تصرّفنا. وذات يوم اجتمع معنا «عمّو رافد» وراح يحدّثنا عن اكتشافات الجسد والغريزة، أحسست، بل علمت أنك كنت وراء ذلك، وأنك طلبت منه، أو من خالة نادية أن «يفهمنا الحياة». المسكين كان يتحدّث بخجل، ولا يدري أني وسامر سبقناه في التعلّم، لا تظنّي يا أمّي أني عاطل أو ماجن، بالعكس، يبدو أن الله حماني من البداية، برغم كل ما فعلت. أذكر أيضاً اجتماعك المهمّ والخطير بي وبسامر ذات يوم. قلت لنا إنك تلاحظين اتّصالات كثيرة تأتي إلى تلفوناتنا، من البنات، كان ذلك اجتماعاً مصيرياً بالنسبة إليك، وقلت إنك لن تكرّري ذلك الأمر مرّة أخرى لأنه يصبح «مايع وفطير». قلت لنا أن نعرف من البنات ما نشاء، ولكن إيانا ثم إيانا، أن نضحك على بنت وأن «نفتح» إحدى البنات.

الكلمة، أفلتت منك كما قلت، لكنك أكّدت أنها صحيحة وخطيرة، علّمتنا يا أمّي أن لا نخدع بنات الناس، بل أيّ بنت، مهما كان رأينا فيها. المهمّ أن نكون صادقين، لا نعد

بالزواج إذا كنا لسنا متأكدين، ولا نختلي بطريقة تفقدنا رشدنا. في ذلك الاجتماع كنت تناقضين أقوالك يا أمّي، وكنت أعرف كم أنت خجولة ومرتبكة، فمن جهة تقولين لنا أن نكون حذرين ولا نختلي بالفتيات، ومن جهة أخرى تقولين إننا لا بدّ أن نحتاط كي لا نفقد البنت شرفها. بصراحة كانت كلماتك مضحكة، وفيما كان سامر يقهقه ويسخر، كنت أؤنبه وأنا أكتم ضحكتي، كم أشرت بشكل يشبه الأفلام الكوميدية إلى الـ «كاندوم» وبطريقة ملتوية، وبإشارات أردت منها أن نفهم كيف نتصرّف، كم أحببتك يا أمّي في ذلك الاجتماع، الذي لم تعودي البتة إلى ما دار فيه، إلا أنك ظللت تحذريننا بطريقتك الطريفة والبسيطة كلما أحسست أو سمعت أن لدى أحد منّا موعداً مع فتاة.

آه يا أمّي الحبيبة، ما أروعك، حين أتذكّر كلّ تلك السنوات الآن، وأراك مبتعدة بعد أن ربّيتني أحسن تربية، ووثقت بي لأعتمد على نفسي وتفخرين بي، أحار كيف كان بإمكانك أن تمنحينا كلّ تلك الكنوز، ما من صغيرة أو كبيرة إلا أحسست بها ونبّهت إليها، وكأن الله وهبك أكثر من عينين، وأكثر من قلب، لكي تستطيعي أن تغدقي علينا تلك الرعاية والحب.

هل تذكرين اجتماعك بي ذات يوم، قبل مرحلة الفتيات، لتحدّثيني بطريقتك المتوارية أيضاً، عن علاقتي بشباب لا ترتاحين إليهم؟ تقولين يبدون كالغلمان، وكنت أفهم ما تقصدين، لكني أتجاهل وأكابر، ها أنا أقول لك يا أمّي إنك كنت على حق، أعرف أنك خفت ذات يوم أن أكون Gay، وبدأت تتوتّرين وتنفرين من كل صديق، يبدو لك ناعماً أو يصغرني بالعمر، حتى أنك طردت ذات يوم صديق مايكل، وأخبرت أمّه بأسلوبك المؤدب والمتسائل. كنت محقّة يا أمّي، وقد اعترفت لك بذلك قبل اليوم، أتذكرين متى؟ أتذكرين ما أصابني بعد حادث السوبر ماركت؟ أعلم أنك لا تحبين تلك الذكرى بالذات، وكم قلت إنه يجب علينا دفنها إلى الأبد، أعلم أنها تعذّبك ولكنّي الآن، وللمرّة الأولى والأخيرة، أريد أن أذكّرك بها، وأذكّر نفسي أيضاً، لأن هذه الرسالة خاتمة لتلك المرحلة، وبداية جديدة، بداية ناصعة إن شاء الله، لكلينا يا أمّي، أنا وأنت، وإن شاء الله ينضمّ إلينا سامر، وقريباً، بإذنه تعالى.

أوّل مرّة حضر البوليس إلى بيتنا يا أمّي، كنت خائفة من أن تصابي بنوبة قلبية وأنت ترين ثلاثة من رجال الشرطة يرنّون الجرس ويسألون عني، هم أنفسهم قالوا لي ذلك عندما ذهبت إلى المركز للتحقيق. أنت تعرفين ابنك جيّداً، قلت لهم، لا يمكن أن يسرق، وبالفعل، أنا يومذاك لم أسرق يا أمّي، لكني تستّرت على السارق، مايكل خطف الـ "C.Ds" من رفّ السوبر ماركت، ثم عاد ليرجعها بحجّة أنها غير مناسبة، هكذا كان يفعل بين حين وآخر، يدخل أحد المتاجر ويستل قميصاً أو مجلة أو معلّبات أو بوكس تشوكليت، ثم يعود إلى أحد حواجز الدفع ويطلب إعادتها وإرجاع ثمنها إليه، وعندما يطلبون الفاتورة، يفتّش جيوبه بطريقة مرتبكة، ثم يعتذر بأدب وهو يريهم فواتير أخرى مختلفة، بأنه ربما سقطت الفاتورة ولم ينتبه لذلك. كان يتدرّب على التفتيش وإسقاط الفواتير أمامنا في البيت، وكنّا نضحك ونسخر منه قائلين إنه لا بدّ أن يقع ذات يوم، لا أدري يا أمي كيف استطاع أن يقنعني، لم أكن محتاجاً إلى الـ "C.D" أو إلى أيّ شيء آخر، فقد كنت تأتين لنا بكل ما نريده وأكثر، وحتى في البداية، عندما كنت تأخذين من الـ "Council" مساعدة أسبوعية باسمنا "Child benefit" كنت تسلمينها إلينا كلّها، وتقولين «هذا حقّكم» وعليّ أن أوفّر لكم الباقي، لم أكن محتاجاً إلى المال، لكنّي في تلك الفترة ربّما كنت أحتاج إلى المغامرة، وسامحيني يا أمّي على هذه الكلمة، فأنا لا أريد أن أبرّر تصرّفاتي تلك، بل أعترف أمام الله وأمامك بأنّي مخطئ، لكني أريد أن أفهم، الآن وفي هذه المرحلة من حياتي، وبعيداً عنك، لماذا كنت أتصرّف هكذا؟ قلت لك إنه زمن الجاهلية، نعم، زمن الجاهلية الذي دفعني إلى أن ألعب دور المؤازر لمايكل، فأقف بقربه عند حاجز الدفع، حاملين أسطوانات ومجلات ومعلبات، قائلاً بثقة تضاهي ثقة مايكل وحماسته، إني كنت معه عندما اشتراها، وإني أنا السبب ربما في ضياع الفاتورة لأنه قد تركها معي.

أيّ شيطان ركب رأسي لأؤلف تلك المسرحيّة التي انتهت بمهزلة، فلأوّل مرة منذ أن بدأ مايكل يقوم بعمليات السطو المضحكة تلك، يقع، ويتّصل موظف حاجز الدفع

برئيسه، ليتّصل ذلك فوراً بالـ "Security" ويتحفّظون عن «المشتريات» ويأخذون عنواني وعنوان مايكل، ليتّصل بك البوليس بتلك الطريقة التي كادت تصيبك بنوبة قلبية، أمضيت ساعات في مركز الشرطة، وأنا داخل غرفة التحقيق، أتمنّى أن تنشقّ الأرض وتبتلعني، أفرط وأبكي فيعلم المحقّق أني ما زلت طفلاً، فيحذّرني ويقول لي إني سأظلّ تحت المراقبة وسألتزم الحضور للتوقيع لدى سلطة المحافظة طوال ستة أشهر، بعدها، لم أع أني أصبت بانهيار عصبي. أنت أدركت ذلك فوراً عندما بدأت أخاف أن أخرج من البيت، وأطلب منك أيضاً أن لا تخرجي، وأقول لك إنهم يتربّصون بنا وسوف يقتلوننا، وأنهم يراقبونني من كل زاوية، بل إنهم يبلغونني إنذارات عبر الهاتف وحتى التلفزيون.

أدركت بقوة إحساسك بي، وبحرصك عليّ أنّي في خطر، ولم تقولي لي. وعندما صحبتني إلى العيادة لم أدرك أنها عيادة نفسية، بل قلت إنها فحوص لا بدّ منها إذا كنت سأنتقل من الجامعة إلى جامعة أخرى. أجل، كنت في السنة الأولى، أريد أن أحقّق لك حلمك بالنجاح والتفوّق، أصبح عالماً مرموقاً وأنا أدرس تقنية المعلومات، وها أنا أحقّقه لك بالسطو على المتاجر مع رفاق السوء.

كنت أريد البطولة الأخرى يا أمّي، السريعة، أو أني كنت أريد المغامرة، لا أعرف تماماً، ويبدو لي أن كثرة التحليل غير مفيدة، بل مضرّة، لأنها ربّما تبرر لي ما كنت أفعله، علماً بأني يجب أن أعترف، وها أنا أعترف، أنه لم يكن لدي أيّ تبرير، فكيف يمكن لفتى مثلي، يعيش عيشة مرتّبة، منظّمة، مع أمّ تحبّه، وبلد يوفّر له كل ما يتمنّاه، أن يمشي في طريق الخطأ؟ لماذا لم يفعل ذلك سامر مثلاً؟ لماذا انغمر في الموسيقى والعزف، وأمضى سنوات الدراسة بطريقة معقولة أفرحت قلبك وأراحتك، برغم تحفّظك قليلاً عن اختياره الموسيقى التي لا توفّر له دخلاً ثابتاً أو وضعاً مستقراً؟ مع ذلك كنت تردّدين دائماً أن لا شيء مستقراً ومضموناً في هذا الزمن، لأنه يكفي أن نعمل ما نحبّه، و نعيش يوماً بيوم، ونسعى لتأمين رزقنا، وندعو الله أن يمنحنا أياماً أفضل.

تلك دعواتك التي فعلت فعلها، سواء في العيادة حين أدركت تماماً أني مصاب

بالاكتئاب، أو لاحقاً حين ساعدتني على الخروج من هذه النكبة.، كنت تصحبينني كل يوم لنتمشّى على ضفّة النهر في كينغستون، تحاولين أن لا تتحدّثي إلا بالأمور الحلوة، تذكّرينني بطفولتي وكلماتي، والطرائف التي تبعد عني الخوف، وعندما كنت أرتجف وأقول لك إن هناك رجلاً يلاحقنا، وإنه سينقضّ الآن ويحملني إلى مركز الشرطة، ويدّعي أني أخالف الأنظمة في المشي، كنت تواجهينني بقوة، تقفين وتقولين لي: انتظر، سوف أذهب إلى هذا الرجل بنفسي، كنت تحاولين أن تصدميني لتوقظيني، ولأرى أن لا أحد يمشي خلفنا، وليس هناك إلا أطفال يلعبون، آه يا أمّي كم عذّبتك في تلك النزهات، وكم كنت قوية ورائعة وأنت تتبعين كل الوسائل لأخرج من محنتي، وكم فرحت عندما بدأت الغشاوة تتقشع تدريجاً، والاختصاصي النفسي يؤكّد لك حسن تصرّفك ويساعدك على تحمّلي.

أذكر يومذاك تماماً، عندما اعترفت لك بأني اكتشفت جسدي مع مايكل، كنت بحاجة إلى أن أقول لك شيئاً، كل ما يخيفني ويتعبني، تلك الليلة عندما لمسني مايكل، وشعوري وأنا أكتشف تيّارات الكهرباء تسري في، ثم نفوري الذي أعلمني عن احتياجي إلى بنت، بنت وليس أداة، هل أخبرتك أيضاً عن تحرّش خادمة جيرانكم في بغداد بي، حين كنت طفلاً؟ عندما تركتموني معها وذهبتم إلى النجف، أجلستني في حضنها وطلبت مني أن أتحرّك، راحت تعلّمني حركة... آه... آه.. ماذا أقول؟ ولمن أحكي؟

العفو العفو يا أروع أمّ، أدري أنّي حكيت لك ذلك، وأدري كم طمأنتني بكلمات قليلة لكنها واضحة، كل الناس تعيش تجارب سريّة، قلت لي، لكن الدرس بعد الاكتشاف هو المهمّ، المهم هو الدرس وليس الاكتشاف نفسه، لأنه إذا لم نخرج بعبرة أو دروس فسوف ننساق في الخطأ.

كان يجب أن أكوّم أخطائي السابقة كلّها وأكتشف قائمة الدروس التي خرجت منها، لكني كلّما كنت أحاول أن أفعل «بين الأيام» أكتشف أني لم أكن ناجحاً بما يكفي، ولم أكن ذكياً أيضاً، لأني كثيراً ما كرّرت الأخطاء، ما عدا تلك الخطيرة، أو، لأكن صريحاً ربّما

تلك الخطيرة أيضاً، والتعلّم جاء بعد ذلك مثلما قال سامر، عندما اعترفنا بقوّة تربيتك لنا، فأنت الأصل وأنت الحارسة الأساسية التي حمتنا حتى من أنفسنا.

ذات يوم، وكنت عذّبتك كثيراً بعودتي إلى السهر والتأخّر، وعدم التزامي الوعود التي قطعتها لك، ومنها تغيّبي عن كثير من محاضرات الجامعة، ذهبت إلى المسجد يوم الجمعة، وبعد الصلاة والخطبة جلست مع الشيخ أستشيره في أموري، وما إن بدأت، حتى انهرت أمامه ببكائي.. كنت مرعوباً من تخلي ربي عني، فلقد منحني أكثر من فرصة للتوبة، لكني كل مرة أضيعها، وهذا ما يجعلني أشعر أني أسقط في حفرة عميقة، والله يتخلي عني، ولا شفاعة لي.. إن أكثر ما يخشاه العاصي، هو ما وصلت إليه، أي فقدان فرصتي للتوبة النصوح، لكن الشيخ طمأنني وأخبرني أن الله خلق الإنسان ضعيفاً، واستشهد بآيات لم أكن مطلعاً عليها، أخبرني أيضاً عن أحاديث الرسول عليه الصلاة السلام، والخلفاء الراشدين، وقال إن الجماعة هي التي تمنح الفرد قوّته، وأنه لا يمكنني محاربة نفسي إذا لم أتكئ على إخوة، فالإخوة هم كالبنيان المرصوص، والتزامنا معاً التعاليم، يمنحنا قوة خارقة. بل إني سأخجل من نفسي عندما أرتكب المعصية، وأرى كلّ من ألتقيه ينكرها وينهاني عنها، أحسست براحة، وبدأت منذ ذلك اليوم ألتقي مثل هؤلاء الإخوة الذين أخبرني الشيخ عنهم. نتحدّث في أمور كثيرة، نطرح مخاوفنا من الرذيلة التي تحيط بنا، وبدأت أسمع عن حلول. فأن أكون ضعيفاً فهذا أمر مبرّر، فكيف لا أكون ضعيفاً وسط تلك المغريات؟ لم أتساءل يومذاك، هل كل الناس ينبغي أن يكونوا ضعافاً؟ وهل كل الذين أراهم يرتكبون المعاصي والأخطاء، فقط لأن ما يدور حولهم يجذبهم؟

الحقيقة يا أمّي أني كنت مأخوذاً بالكلام والحماسة والتفسير السريع، وخاصة عندما بدأت تلك الاجتماعات تتوجّه إلى القراءة والنقاش، اقترح علي بعض الإخوة أن أقرأ كتاب «الكبائر»، ثم البخاري، وبعض الكتب التي دهشت عندما بدأت تجدينها في غرفتي، إلى جانب أسطوانات الراب والمجلات التي علمت أنك رأيتها، لأنك لم تنتبهي عندما تركتها خلف السرير كما كانت، كنت قد نظّفت ذلك المكان ولم تتركيه متّسخاً كما

كان! (هل تعلمين أنك محقّقة فاشلة يا ماما؟) في تلك الفترة، لا أدري هل كنت استطعت أن تكتشفي ما يحدث لي حقّاً. أعلم أنك كنت تشعرين ذلك، بغموض، وتتعذّبين، وذات يوم صارحت سامر بشيء من هواجسك فاجتمع معي وحاول استدراجي، فلم يتلق إلا الهواء، فهكذا هو مؤنس، لا أحد يعرفه أو يستطيع اكتشافه إلا أنت يا ستّ الكلّ، ولا يتمنّى مؤنس شيئاً في الدنيا إلا أن يعود طفلاً إلى حضنك.

لم أستطع أن أقول هذا للإخوة الذين بدأت ألتقيهم، بل هم بدأوا يرونني أكبر ممّا أنا عليه. كانوا يدهشون من قدرتي على استيعاب الكتب التي أقرأها وأناقشهم فيها، قرأت وألححت عليك لتقرئي معي تاريخ الدولة العثمانية، الخلافة، النووي، الخلفاء الراشدين، تاريخ صلاح الدين... لا أريد أن أوجع رأسك مرّة أخرى بتذكيرك بها، فكثيراً ما لوّعتك بهذا النقاش. كم فرضت عليك أن تقرئي ما أقرأ، وأطلب أن نناقشه في اجتماع خاص؟ حينذاك بدأت أنا نفسي أقرّر الاجتماعات وأحدّد مواعيدها. نلتقي في الجامع بعد الصلاة، ثم في بيت أحد الإخوة يوم الثلاثاء، نتحدّث عن أوضاع فلسطين والعراق وأفغانستان والباكستان، ينضمّ إلينا إخوة آخرون، وتبدأ الاجتماعات تأخذ منحى آخر، ففي كلّ مرّة كان الأفق يتّسع أمامنا، نكتشف أننا نذهب إلى الأصل، إلى الأمّة الإسلاميّة الغائبة، إلى الخلافة، بدأت أقتنع أن هذا التشرذم الذي نعيشه في بلاد العرب والمسلمين ليس إلاّ بسبب ضياع الخلافة، بدأنا في اجتماعاتنا نعاود هذه الأحاديث، وأخ منا يحكي عن ماضينا العريق، ماضي الفتوحات وانتصار الإسلام، حين كان السلام يعمّ العالم، فمن هنا يبدأ الإصلاح. من هنا تعود القوّة إلينا، تعود عبر الأمّة والخلافة ليتظلّل كلّ فرد منا بها. بدأت أقرأ كتيبات ومنشورات، كنت في البداية أقرأها بالإنكليزية، ثم بدأنا نشارك في إعادة طبعها باللغتين الإنكليزية والعربية، نقدمها لجيلك يا أمّي كي يعود إلى رشده، وكنت كلّما اطلعت على أحدها، سألتني، من هم هؤلاء الذين يريدون أخذنا إلى الماضي؟ وكم دافعت أمامك عن هذا الماضي الذي كنت أسمعه من ألسنتهم وكنت أحلم به، حتى أني تمنّيت لو لم أولد في هذا الزمن، هناك، كانت الأمور واضحة، الدين

واضح، التعاليم واضحة، كل الناس يتبعون الخليفة ويعرفون ربّهم ويطيعونه ورسوله، الآن أضحك وأنا أتذكر كم كنت ساذجاً، وكم أضفت من أحلامي وأمنياتي إلى ما كان يقال، وعندما كنت تخافين علي، وتحذّرينني من أن أكون التحقت بجماعة إرهابية أو أنهم استدرجوني، كنت أغتاظ وأدافع، لا أدري لماذا سمّم الإعلام أفكارك أنت وجيلك يا أمّي، حتى خالة نادية وعمّو رافد وأصدقائهما كلّهم، كلّكم يا أمّي كنتم في اجتماعاتكم تنهالون بالأحكام على هؤلاء «المتطرّفين»، تقولون متطرّفين ولا تعرفون تماماً ماذا يفعلون، كيف يفكّرون، تطلقون أحكامكم، لا أقصدك شخصيّاً يا أمّي، بل أقصد من يحيطون بك، وما تأثّرت أنت أيضاً به من أفكارهم. كنت أحاول أن أنقل لك الصورة كاملة، كي تطمئني. فليس هناك ما يخيف. فهؤلاء الشباب الذين كنت أجتمع بهم، أصلحوا من أمري، أفهموني قوّة الحلال، أنت كنت تفهمينني ذلك بطريقتك، لكنهم أوصلوا لي الوصايا بطريقتهم وطريقتي، بلغتنا نحن الشباب يا أمّي، فمهما حاولت أن أنفتح بالحديث أمامك، وقد فعلت هذا عندما كنت مصاباً بالاكتئاب، فلا أستطيع ذلك دائماً. لا أستطيع أن أشرح لك تفاصيل عن وسوسة الشيطان، والبنات اللواتي يقفزن إلى السيارة، واللواتي نضعف أمامهن، فنحبّهن ونكرههن في اللحظة نفسها، لأننا نلحق بهن بسبب الشيطان، ثم نهرب خوفاً من العقاب. مع الشباب كنت أكثر انفتاحاً، وكان الشيخ يتفهّم كلّ خطأ ويدعو لنا بالتوبة. يشجّعنا على الصلاة والإكثار منها، وعلى الصوم، لهذا بدأت أقول لك منذ أن أصبحت في التاسعة عشرة أني أريد الزواج، وأفضل أن أرتبط بعلاقة واحدة تستمر طوال الحياة، كنت تحسبينني رومانسياً مثل سامر، لكنك اكتشفت بعد ذلك أني كنت خائفاً من نفسي، ولم يردعني في تلك الفترة إلاّ تلك الاجتماعات مع الشباب. لكن ما يضايقني أنها أخذت تتحول، وانتقلنا إلى مرحلة ثانية بدأنا نناقش فيها أخطاء الآخرين. فهناك جماعات كثيرة تريد أن تحتكر الإسلام، وتحاول أن تكون الناطق الرسمي له. هناك من يجمع التبرّعات، ومن ينشئ المساجد، ومن يتوجّه إلينا في الجامعات ليدافع عن حقوقنا، علماً بأن كلّ الجامعات في بريطانيا تخصّص مكاناً للصلاة،

ليس من الضروري أن يكون مسجداً، بل مكان نظيف وطاهر نستطيع أن نؤدّي فيه الصلاة، وكنا نفعل ذلك في جامعة كينغستون وجامعة كينكس كوليج. وفي أحد الاجتماعات اقترح إخوة أن نتبنّى فكرة المطالبة برفع الأذان في الكلّيات والمدارس. وكنت ممن وجدوا أنها فكرة غير مهمّة، لكنهم دافعوا بالقول إنه بهذه الطريقة يمكننا أن نثبت وجود ديننا في تلك الأماكن، وندافع عن حقوقنا كمسلمين.

مؤنس ابنك يا أمّي، لم يكن يحبّ تلك المهمّات. لكنه اقتنع بها بعض الوقت، ربّما بسبب الحماسة أو تأثير الأكثرية ممن يحيطون بي، الآن أدرك كلّ هذا. أكتشف الفرق بين الإيمان والعمل السياسي. فليست الدعوة كلّها سياسية، وليس كلّ من راح يحدّثكم عن الدين، يريد أن يقلب الكون أو يخرّبه. أنا نفسي اكتشفت الفروق، وتعرّفت إلى شباب مثلي، يريدون العيش بطاعة لله، وليس للهيمنة والتفرّد، أنا محظوظ يا أمّي لأنك فهمتني، عرفت كم أحتاج إلى الالتصاق بفرائضي كي أحمي نفسي من هذا الشيطان الذي يوسوس لنا كل لحظة، خاصة من كان ضعيفاً مثلي. لقد اخترت طريقي وابتعدت عن كل مالا يقنعني وما لا طاقة لي به. لم أعد أشعر بالخوف أو التردّد، إيماني علّمني الصدق والجرأة والكلمة الطيّبة والصراحة، وعلّمني أن أكتشف قدراتي وماذا أريد حقاً من دون أن أؤذي نفسي، أو أؤذيك، وكما خفت عليّ من أن أذهب إلى الجهاد في أفغانستان، أو العراق، عرفت أنا أيضاً، أن جهاد النفس هو ما أحتاج إليه، وأن ما يندفع إليه بعض الإخوة ممن كنت ألقاهم، لا علاقة له بي وبما اخترته واقتنعت به، بعد قراءة وتفكير. هذا لا يعني أني ضد إخواني في فلسطين والعراق الذين يقاومون الحصار والاحتلال، لكن قدري شاء أن أكون هنا، وهنا أريد أن أكون شاباً مسلماً، يطيع الله ورسوله، يعتزّ بدينه وعقيدته السمحة، وينشىء عائلة على البر والتقوى. أريد أن تكوني فخورة بي، مثلما أريد أن أنجح في عملي، دون أن أبتعد عن رفاقي من الانكليز أو غيرهم، لكن هذا لا يعني أن أرافقهم إلى أماكن حرمها ديني، بل أريدهم أن يعرفوا كم أن ديننا عظيم ورائع، من خلال تعاملي، أي صدقي وسمو أخلاقي. ونحن لا ندرك الأمور وصوابها إلاّ عندما نبتعد عنها،

تلك أيضاً كانت حكمتك وقد تعلّمتها منك. وها أنت بابتعادك ستدركين أكثر معاني ما مرّ بنا، وما كنت فيه وما أصبحت عليه. في تلك الاجتماعات، كنت في البداية مستمعاً وأخاً مطيعاً، ثم عندما بدأت أواظب، وأقرأ (ولو قليلاً) اكتشفت أننا ندور في الدائرة نفسها، بل وجدت أن الدائرة تضيق. فهناك جماعات لا تتبع السُنّة وعلينا أن نرفضها. وهناك جماعات لا تؤمن بالجهاد وعلينا أن نقنعها. وهناك جماعات تنادي بالخلافة لأنها الحلّ الأمثل للمسلمين على وجه الأرض، وهذه علينا أن نتّحد بها ونقوّيها، كيف؟ بمزيد من اجتماعات واستقطاب عناصر، وإقناع من حولنا، الأهل والأقارب والأصدقاء بقوة عقيدتنا، وباستعادة الخلافة والإمبراطورية الإسلامية التي كانت تحكم العالم.

هل تذكرين كيف كنت تضحكين وتقولين لي ما هذا الكلام الكبير؟ كنت أظنّ أنه ما إن تعم الخلافة حتى نتخلّص من كل العيوب، فيقلع الناس عن شرب الخمر لأنه محرّم، وسيدفع الجميع زكاة أموالهم إلى بيت المال ليوزّعه الخليفة على المحتاجين، وسيكون هناك جيش إسلامي موحّد يدعو إلى العقيدة السمحة، ويمكن أصحاب الديانات الأخرى أن يظلّوا على ديانتهم، ولكن عليهم فقط أن يدفعوا الجزية، أسننشئ لهم معابد وكنائس؟ كما كنت تسألينني، وكنت أقول لك، بالطبع لا، يمكنهم فقط أن يمارسوا عبادتهم في بيوتهم أو يعتنقوا الإسلام، وهذا أفضل لهم، وعندما كنت تقولين لي، كيف يسمح الأوروبيون اليوم للمسلمين أن يبنوا المساجد ويمارسوا عبادتهم في «بلاد الكفار» كما نطلق عليها، كنت لا أجد جواباً، وعندما أصل إلى تلك النقطة، كنت أغتاظ وأتّهمك بالعلمانية، هل تذكرين؟

الآن، أتذكّر كلّ هذا وأقول لك: شكراً يا أروع أمّ. شكراً لأنك أزحت غشاوة الجهل والتطرّف عن عينيّ، بحكمتك وصبرك ومراقبتك، وها هو ابنك الحبيب مؤنس، يكتشف بنفسه ما أردت إبلاغه إليه، ويا له من درس.

****

أماكن الخيال

أخبرني يوسف كامان نقلاً عن ابنته سارة، أنها أطلقت تسمية «أماكن الخيال» على بعض المناطق التي زارتها. فحتّى كتابة هذه الرواية، لم يسمح لها بالسفر وحدها غير مرّة واحدة، وكانت إلى الفاتيكان، لمدة أربعة أيام، كان يتّصل بها أربع مرّات في اليوم (من دون مبالغة) كما قال.

عندما وقفت سارة أمام كنيسة القديس بطرس في الساحة الرئيسية الضخمة، التي تؤطر مباني الكاتدرائيات حيث إقامة البابا والأساقفة والرهبان، من مساعدين وموظّفين في أصغر دولة في العالم، أرادت أن تنقل مشاعرها إلى والدها. كانت تتخبّط، يقول لي. فهي وضعت نفسها في مغامرة غير مأمونة العواقب، منذ أن فتح لها مؤنس اليادري بوابة العودة إلى ذلك الطريق. يوسف كامان تخيّل ابنته تدير ظهرها له وتمضي إلى بعيد، ثم تخيّلها في يوم آخر، ما زالت تواجهه لكنها تبتعد خطوات عكسية، تكون قريبة ثم تمشي إلى الخلف لتبتعد إلى أن تتلاشى.

لماذا يخاف يوسف كامان من الأديان؟ وجّهت إليه هذا السؤال، بعد مواجهة معه إثر مونولوج طويل عن سارة، إلى أن همس في النهاية «لن يأخذ أحد مني سارة، وإن أخذها أحد، أو أخذت هي نفسها، سوف أتخيلها من جديد، وأعيدها».

مصرّ يوسف كامان على خياله، وهو يمضي معه أوقاتاً طويلة كما يبدو، أثناء قيادته لسيارة كما يقول، وعندما يخلد إلى فراشه، حتى أثناء الطهو الذي يقوم به بمزاج طيّب، يستطيع أن يعيش خيالاً خصباً، ولكن من دون أماكن، عكس ابنته سارة التي تضع خيالها في بؤرة المكان الذي تكون فيه لتنطلق منه، أخبرته كثيراً عن الفاتيكان، هناك، عندما جلست على أول مقعد من مقاعد كنيسة القديس بطرس، ثم ركعت قبالة جبروت جمال النحت (كما وصفته) لم تعد تدري كيف تستطيع روعة الرخام الثقيل والمهيب، أن تستحضر لها العهود، كأنها في حضرة آدم، وداوود وموسى... تخيّلت أنّها تحلّق لتصبح

فراشة تحطّ على كتف تمثال المسيح، وعندما تجوّلت بين منحوتات مايكل أنجلو ورسومه تلك التحف التي تزين سقف كاتدرائية سيستين، وقبّة كنيسة القديس بطرس، ثم في أرجاء مختلفة، كانت تكتشف حروب المنافسة على أماكن الخيال، كما أسمتها، بين دافنشي ومايكل أنجلو ورافييل. هناك، في المتحف المهيب، أطلقت عبارتها (إنه مكان الخيال) حيث يشعر الإنسان بخفّة، فيذوب جسمه لتحلّق روحه، مبتعدة إلى تلك الأرواح، حتى الرخام، حين تضع أناملها على كتف أو ساعد أو أطراف أصابع، تشعر ببرودة الحياة لا برودة الموت، برودة تتنفّس، كما تتنفّس ألوان اللوحات والجداريات والأسقف والجدران المذّهبة، هذا ما تقوله سارة، ويردّده والدها كأنه حفظ الدرس، أو كأنه لقّنه لها، ويصلني أنا التي تحاول نقله إليكم، مؤثّراً، أستطيع أحياناً أن أحسّه وأتنفّسه ويدمع قلبي، دون أن يعني ذلك قدرة على ترجمته إلى لغة هذه الرواية المستعصية.

أعود لأقول، كي لا يبعدني هذا النص عن أماكن الخيال تلك، وقد جذبتني واستهوتني لأعرف عنها الأكثر، أقول إن يوسف كامان، نقل إليّ بأمانة مشاعر سارة لدى زيارتها الفاتيكان، وقد ذكّرته تلك الزيارة بأماكن خياله نفسه التي كان مرتعها لبنان، بلده. غير أن خياله كان يبتعد عن الكنائس. فقد كانت مظلمة كما يراها، كئيبة أحياناً، وفي طفولته عندما كان يضطر إلى مرافقة والديه إلى قدّاس يوم الأحد، كانا يعبران طرقاً ترابية، فيما أهالي القرية يسلم أحدهم على الآخر متوقفاً دقائق طويلة في استراحة تشبه الزيارة ليحصل كلّ منهم على حفنة من أخبار عائلة الآخر. كان يوسف كامان يأمل أن يلتقي عند بوابة الكنيسة، أيام الآحاد تلك، ابنة قريب أو جار، وكان ذلك الأمل يفوق حماسه إلى المناولة، خياله كان يكاد يتجمّد وهو يرقب خشوع أهله وأهالي «الضيعة» أثناء أداء «أبانا الذي في السموات، فليتقدّس اسمك، وليأت ملكوتك...». في تلك اللحظة نفسها التي يمكن أن يتمتم العبارة الأخيرة تكون عيناه تنهلان من جانب وجه «مرتا» ومدارعينها وانسياب أنفها الدقيق وبياض خدّها الصغير وهذه كلها تأسره وتطلق خياله، فيرى أنامله تداعب الجفنين والرموش الكثيفة القصيرة ثم تنسال إلى عظمة الأنف... ويوقظه بعد ذلك ضحك وهمسات أثناء مغادرة المصلّين الكنيسة.

خياله كان ينطلق بعد هذا مثل حصان جامح حين يذهبون إلى بشري ويزورون متحف جبران خليل جبران. كأن جبران كان ملاذه بعيداً عن تلك الدوّامات، رسومه المعلّقة على الجدران، آثار أوراقه وأقلامه، سريره، كلماته، كتبه، يريد أن يقف هناك فحسب، فمن هناك يحلّق في الفكر والفلسفة والفن وكل الديانات كما يقول. يستعيد ويعيد عليّ مقاطع كاملة من «النبي» وأحياناً عبارات من «رمل وزبد». لا يحبّ كثيراً «الأجنحة المتكسرة». وذات يوم، انفرط كل هذا الذي اختزنه أمام هديل سالم علي، فراح يدندن لها «أعطنِ الناي وغنِّ» ولما أسهبت في الحديث عن تحوّلات ابنها مؤنس ذكرها بالبيت الأخير في القصيدة «إنما الناس سطور كتبت لكن بماء».

سألته في إحدى جلسات الحوار معه، لماذا لا يسهب في الحديث عن فترة زواجه بـ «هناء»، فصمت. ثم قال وكأنه يهمس لنفسه إنه يخبّئ كل تلك التفاصيل بين رأسه وقلبه كي يستطيع التزود بها كلّما واجهه خواء وحدته. يقول: عندما أخبرك كل التفاصيل تصبح باردة، لا معنى لها. هناك أشياء كثيرة تبدو للآخرين بسيطة جدّاً، بل تافهة، لكنها عندما تتعلّق بمن نحبّهم تصبح أيقونات، تماماً كما يحدث لنا عندما نتذكّر طرائف حدثت لنا في المدرسة عندما كنا صغاراً. ألا يحدث لك أن تتذكّري حادثة ما وقعت في الصفّ أو في الملعب في مدرستك الابتدائية، ومع رفيقاتك؟ أو رفيقة معينة؟ عندما تستحضرين ذلك، أؤكد أن فرحك يكون كبيراً وعميقاً داخلك. ولكن عندما تحاولين أن تنقلي تلك الحياة إلى الآخرين، تبرد، تصبح مثل الثلج، ويذوب معناها. هناك ما يبقى خارج أيّ لغة إلا لغة النفس، ربما هذا ما اقترب منه جبران، أو حاول الاقتراب منه. إنه سرّ أمكنة الخيال.

أعترف إذاً أني فشلت في تضمين روايتي تلك الفترة من حياة يوسف كامان، وربّما لهذا سيظل هذا ملمحاً ناقصاً في علاقته التالية بهديل سالم علي. إلا إذا وافقتموني الرأي على أن مراحل حياة الإنسان يمكن أن تكون متتاليات لكل منها بداية ونهاية، وقد تتلاشى أحداث حاملة معها آثارها الواضحة، لتبقى آثاراً من نوع آخر يغذيها خيال ما، على علماء النفس أن يحاولوا اكتشافها من جديد، ولأن السرد في هذه الرواية يحاول أن يوازن بين

الحدث والتحليل والتماهي، فقد تخلّيت عن فكرة التوقّف طويلاً عند علاقة يوسف كامان بزوجته الراحلة هناء، باستثناء ما يضيء لي جوانب من علاقاته المقبلة، أي التي يمكن هذه الرواية أن تستوعبها.

لذلك، أعود إلى ما أخبرته به سارة عن أماكن خيالها، بل أيضاً أماكن أحلامها، وقد حاولت أن تنطلق مثل مهرة جامحة في فترة قصيرة من حياتها، حالما حصلت على الشهادة الثانوية وتوقّفت عن الدراسة عاماً، قبل الالتحاق بالجامعة، وهو أسلوب سائد بين الطلبة في بريطانيا وبلاد أخرى من العالم، يعتقد فيه من أطلقه أن بإمكان الطالب أن يكتسب من خبرة الحياة في ذلك العام، ما يؤهله أكثر لبدء مرحلة دراسية جديدة. هنا أتذكّر أن هديل سالم علي رفضت تماماً هذا الاعتقاد، ولم تسمح لولديها بالتوقّف عاماً كاملاً، ضاربة لهما أمثلة مستقاة مما حدث لأبناء صديقاتها وأصدقائها، انطلقوا منذ ذلك العام «المشؤوم» الذي توقّفوا فيه عن الدراسة إلى المجهول، فقد أخذتهم مباهج الحياة وأغراهم الاسترخاء.

ربّما لو كانت هديل في تلك الفترة من حياة سارة على علاقة متينة بوالدها، لاقترحت عليه ألا يسمح لها بالتوقّف عن الدراسة، فهي سخيّة في بثّ نصائحها ونقل تجاربها إلى المحيطين بها، وتوزيعها كما تقول مثل وصفات جاهزة. وعندما أقول لها إنها بهذا تحرج الآخرين، فمنهم من لا يستطيع مثلاً أن يتّخذ قرارات «فورية» كالتي تتّخذها، أو أنه غير مقتنع بأسلوبها، فإنها تضحك بطيبة أو سذاجة وتردّد: «شو مدريني.. على كل أنا أقول ما عندي، واللي ما يريدونه يرمونه بالزبل».

يوسف كامان، كان يستمع بإصغاء إلى كل ما تقوله هديل سالم علي وابنته سارة، وكذلك جانيت، لكن انسجامه كان يختلف بدرجاته وطرق تعبيره. فهو حين كان يقفز معانقاً ابنته لدى انطلاقها في حكاية طريفة أو مشاكسة، ليقرص خدّها أو يمسح بيديه خصلات شعرها، ثم يسيران متعانقين إلى المطبخ أو الشرفة، كان يكتفي أن يربت بأطراف أصابعه وبخفة شديدة كتف هديل، عندما تنطلق بمثل تلك الحكايات والطرائف،

فيما لا يتردّد في توجيه ضربة «بوكس» خفيفة بقبضته إلى حضن جانيت وهي منطلقة بقهقهاتها وشتائمها.

فاجأته عندما انطلق يروي لي كلّ ذلك، أو عندما استطاع أن يتغلّب على خطّ سير روايتي فيسحبني إلى دهاليز أخرى: لماذا لا تحدّثني بوضوح وتستكمل معي ما بدأته في هذا الفصل. ألم أقل لك إني أكتب الآن عن «أماكن الخيال» وقد بدأت تحكي لي عن مغامرات سارة في هذا الفصل؟ فما الذي حدث لتعيدني إليك، وإلى هديل سالم علي؟ ألم نتفق منذ البداية على أنه سيكون هناك متسع لأبطالنا الصغار؟ فلماذا هذا التعسّف والهيمنة، كأن الأبطال الكبار، وأنت يا سيّد يوسف منهم، يريدون الاستحواذ على كل شيء. حتى في السياسة والأدب والنقد والفن، تحاولون أن تفعلوا لروايتي ما يفعله أولئك «الديناصورات» في حياتنا (هذه التسمية أطلقتها زميلة تعمل في الصحافة على مجموعة من الكتّاب والمحررين الذين ظلّوا طوال أكثر من نصف قرن ينتشرون في واجهات المؤسسات، مشكّلين فيها سدّاً أمام الأجيال الجديدة التي بدأت تتخرج في كليات الإعلام والصحافة، باحثة عن فرصة في الانطلاق والوجود).

لن أسمح ليوسف كامان وهديل سالم علي أن يلعبا دور أولئك الديناصورات في روايتي. أريد أن أبعد التجاعيد وأتلقى الولادات الجديدة الطازجة. أذهب إلى سارة، غجرية القوام والشعر والعينين اللوزيتين، وإلى مؤنس الذي يتجسّد الآن مثل أدونيس الشاب في خيالي، أو «الفريدو» في أوبرا «لاترافيتيا» لفيردي، التي شاهدتها أخيراً، بقامته الممشوقة، وشعره المنسدل على جبينه، الكثيف والمربّع في قصة توقفه عند مفترق الطفولة والرجولة. لكني لا أريد لخيالي أن يعمل أكثر، بل أريد لخيال سارة أن يعبّر عن نفسه، فما هو المكان الآخر الذي كان مسرحاً لخيالها وأخبرت به يوسف كامان لينقله إليّ، مرغماً كما يبدو، أو محرجاً، لأنه كان أكّد لي أنه لم يسمح لابنته بالسفر إلا مرّة واحدة، وعندما واجهته بأنها سافرت مرّتين، علّل ذلك بأن الرحلة الثانية كانت مدرسيّة بحت.

****

هل تعلمون أن سارة كامان ذهبت إلى أميركا؟ نعم. في ذلك العام، وفي الفترة التي تلت لقاءها الأول بمؤنس، ذلك اللقاء العابر عندما أوصل يوسف هديل إلى بيتها إثر مشاركتها في ندوة عالمية عن الفنون والإعلان، واستقبلها مؤنس عند الباب، ذلك اللقاء سبق لقاءهما الحاسم في منزل نادية الجماسي، لكن كلّ ذلك غير مهمّ، وهو تطويل لا لزوم له، ولا أدري لماذا عاد يوسف كامان يقحمنا به، فما نريد أن نعرفه الآن هو عن رحلة سارة إلى أميركا، وهل هذه الزيارة ستكون مفيدة لأحداث هذه الرواية، وهل سأحسن توظيفها؟

يبدو حقّاً أني سأتماهى مع بطلتي لأقول إني لا أدري، وأن بإمكانكم أن تأخذوا من هذه الرواية ما تريدون، وتلقون بما تبقى في النفايات. ذلك أن ما يحدث لي، يشبه على نحو ما، ما حدث لسارة مثلاً، فهي ذهبت إلى كاليفورنيا في رحلة اكتشاف سياحية، فوجدت نفسها تبثّ كل ما اختزنته في خيالها من أحلام بالشهرة والنجاح والتفوّق. يقول يوسف إنه ذهل وهي تنقل إليه مواجهاتها وتحوّلها هناك، وهي وجدت نفسها في مقاطعة هوليوود، بل لم تجد نفسها، لأن هدفها كان الوصول إلى هناك. فعندما أخبرتها «إيستر» عن تلك الرحلة التي هي فرصة العمر، ولن تحدث إلا مرّة واحدة، ومخصصة لمن تحبّ من الطالبات في مدرستهما حيث كل أنواع الفنون، ابتداء من الرسم والتصميم وانتهاء بالتمثيل والغناء، راح خيال كل منهما يحلّق كنسر يريد أن ينقض على كل التفاصيل. هنا لا أرى ضرورة لنقل تفاصيل ترتيب الرحلة بمصاريفها التي حسبها يوسف بدقّة، مضيفاً بنداً للطوارئ والاتّصالات العاجلة إذا ما تعطّل الموبايل لسبب ما، أو مرافقته لها (من بعيد بالطبع لأنها كانت برفقة زميلاتها وثلاث مشرفات في المدرسة) وكم كان مشهده مضحكاً وهو يقود سيارته خلف الحافلة الصغيرة التي تقلهن فيضيع المسار عند مفترقات الطرق وقبل الوصول إلى مطار هيثرو.

كلّ هذا لا يهمّ أيضاً، فما ينطلق في خيال سارة يوسف كامان، وما أخبرت به والدها، ثم مؤنس اليادري في وقت لاحق، يقول عن حالة تستحق في اعتقادي التأمّل، فما الذي يربط مثلاً بين زيارتها إلى الفاتيكان وزيارتها إلى بولفار الأحلام في كاليفورنيا؟

اسمه كما تقول «سانسيت بولفار» وقد تمشّت فيه مع إيستر وصديقات المدرسة والمشرفات، وهن يستمعن إلى شرح الدليل، لامتداده عشرة كيلومترات بفنادقه ومطاعمه وشركات الإنتاج ومتاجر صيحات الموضة، ولوجوده الرمزي كبولفار الأحلام المحطّمة أيضاً. فهنا أيضاً يقولون لها، يجيء كلّ من يحلم بالنجاح والمجد، وقد تصادفه لحظة حظّ مبهجة فينام على حلم ويصحو على بطولة تطلقه إلى عالم الشهرة، وقد تطوّقه أيام الحظ العاثر فيمضي عمره باحثاً عن فرصة، آملاً بفرصة، مستميتاً للحصول على فرصة، وقد يدفع لأجلها الكثير من القيم والمبادئ، وقد يصبح ماجناً أو شاذاً أو مدمناً أو صبيّاً لمنتج أو مخرج، ولا يلتقط إلا الوهم، إلى أن يعثر على نفسه في النهاية، إنساناً محطّماً، يسقط مثلما تسقط نهاية الشارع في المحيط.

صدقوني أن هاتين الزيارتين إلى كل من الفاتيكان و«سانسيت بولفار» حدثتا حقّاً (أي في الواقع لا في الرواية فحسب)، بل هما فجّتان لواقعيتهما، وقد تردّدت كثيراً أمام فكرة إيرادهما في هذه الرواية، لأنّي توقّعت - ومازلت أتوقّع - أن أتّهم بالافتعال، وسيقول قائل إني لم أحسن توظيف الرمز هنا، إذ لا بد من أني قصدت إبراز العلاقة التي تعصف في عصرنا، بين الروحانيات (الفاتيكان) والحسيّات (هوليوود وصناعة السينما وفنون الغناء والموسيقى). أنا نفسي، وجدت أني أفكر في ذلك، رغماً عني، عندما علمت بزيارة سارة يوسف كامان إلى هذين المكانين. توقّفت حائرة بين التزامي نقل حقائق وعدت أبطالي ووعدتكم بها، وبين حرصي على إنجاز عمل روائي يتطلّب مواصفات دقيقة في مواد أنابيب الاختبار وعمليات التصفية.

ربّما أفشل في ناحية ما، فليكن، أقول لنفسي ويبدو أني لن أتراجع، ولن أمحو كلمة من هذا العمل الذي أردت فيه الكشف، والمزيد من الكشف.

لماذا؟

صدقوني. لا أدري.

****

أن تتمشّى في «سانسيت بولفار»، ذلك الشارع الذي كان النواة الأولى لهوليوود، منذ أن انطلق من مزرعة صغيرة كانت تقبع في بقعة منه، رجل اسمه سيسيل دي ميل، محوّلاً حظيرة الحيوانات إلى أوّل استوديو لتصوير الأفلام السينمائية، كان على سارة يوسف كامان، أن تحكي الكثير عن تلك الرحلة في مرحلة تالية إلى مؤنس اليادري، تنقل إليه تحوّلها من حالمة إلى خائفة، كانت فكرة أن تصبح مصمّمة ملابس في المسرح والسينما قد استهوتها بعض الوقت، وافترضت، أو تخيّلت أن بإمكانها أن تلتقي في تلك الفترة القصيرة التي لم تتجاوز الأسبوع، مخرجاً أو نجمة وتعرض عليها تصاميمها التي تجدها زميلاتها غريبة ومضحكة. تخيّلت أن ذلك سيحدث كما فقرات برامج الألعاب السحرية التي يقدّمها دايفيد كوبرفيلد، أو كيث باري وألغازه، تحدث حركة سحرية ما، فتجد أمامها جوليا روبرتس التي سحرتها ملابسها في «بريتي ويمن» و«العروس الهاربة»، و«كلوزر»، أو تجد مادونا تقدم استعراضاً وهي ترتدي أحد قمصانها. هي أيضاً تستطيع تصميم ملابس رجالية، وكم غيرت من «ستايل» والدها عندما كانت في السابعة عشرة. هنا، في «سانسيت بولفار» تخيّلت أن بإمكانها أن تلتقي ريتشارد غير، ودنزل واشنطن، الذي يحبّه كل من والدها ومؤنس، لكنها لم تلتق إلا سياحاً، وسكارى. وعلى امتداد البولفار، كانت الدليلة السياحية لا تذكر إلاّ أسماء فنادق سيئة السمعة، ومقاهٍ كان أشهر نجوم هوليوود، كمارلين مونرو، يلتقون فيها عشاقهم، أو فيللات انتقلت ملكيتها من نجم إلى آخر، إلى أن وصلوا إلى مكان توقّفت سارة أمامه طويلاً، مصطدمة بخيالها في منطقة أرعدت قلبها. كان اسم المكان «حديقة الله»، "Garden of ALLAH" وكان صوت الدليلة يتلاشى بعيداً وهي تقدّم المكان كنموذج صارخ لفنادق البولفار ذات السمعة السيئة.

الله، الله. كيف يمكن ذلك المكان أن يحمل هذا الاسم المقدّس؟ وكيف قادتها ذكرى زيارتها إلى مواجهة جديدة أخرى مع مؤنس اليادري، لم تكن تتوقّع تطوّرها وعواقبها.

****

«قال متى الرسول عن المسيح الرسول إنه قال: طوبى للودعاء لأنهم سيرثون الله، للحزانى لأنهم سيحزنون، للجياع والعطاشى إلى الحبّ لأنهم سيشبعون. طوبى للرحماء، لأنهم سيرحمون، طوبى لأنقياء القلوب، إنهم أبناء الله. طوبى للمضطهدين من أجل البرّ، لأن لهم ملكوت السماء. طوبى لكم إذا عيّروكم واضطهدوكم وافتروا عليكم، افرحوا وابتهجوا الآن، فأجركم عظيم في السموات. فهكذا اضطهدوا الأنبياء من قبلكم حقّاً، والأمان لجميعكم. المجد لك يا رب».

يستمر القسّ في خطبته داخل كنيسة سانت مايكل في كامدن. في تلك اللحظة تتململ سارة ملتفتة، فيما يحيط بوالدها عدد من الشبّان، كانوا أقاموا هذا القداس ترحّماً على أحد أبناء بلدتهم في لبنان بعد سماعهم نبأ وفاته.

لم تقل سارة لوالدها أن مؤنس وعدها بالمرور بالكنيسة قبيل انتهاء القداس. كانت توقّعت عدم حضوره وتعلّله بعد ذلك بأسباب واهية، وخشيت أن تجد نفسها أمام والدها في موقف ضعف، لا يتقبّله أيّ منهما، لكنها حسب تململ داخلها تكاد تتقبل عذر مؤنس المتوقّع، هذا ما اعترفت له به، وهو اعتراف وصل إلى أمّه هديل سالم علي في لحظة دفاع وإعلان ثقة بمشاعر سارة، عندما اتهمته أمّه أنه لا يأبه لها، وأنه سيضيعها بتردّده أو عدم مصارحته بكل هواجسه.

ذلك اليوم، عندما أطل مؤنس متوجّساً، اختار أن يقف قرب الباب الضخم الذي يفصل مدخل الكنيسة عن القاعة، كأنه يريد الهرب بين لحظة وأخرى، سارة أحسّت بدخوله حتى من دون أن تراه، إذ التفتت نحو الباب في اللحظة نفسها التي أصبح فيها هناك، انتهزت أوّل فرصة بدأت فيها طقوس التبخير فتسللت إلى الممر الجانبي وأسرعت بخفّة نحوه، خطر لها أنه سيمسك بيدها ويخرجان توّاً، لكنه أومأ إليها أن انتظري. أرادت أن تسأله عن مشاعره، مخاوفه، أفكاره. إلا أن صمته كان قوياً وعميقاً كما أحسّت، وهو أيضاً. وهذا ما عبرت عنه في مذكراتها، وبكلمات قليلة لوالدها. خلال تلك اللحظات كانت قد انطلقت بخيالها أثناء وقوفهما إلى كنيسة أخرى ومناسبة أخرى، صممت مشهدها

خلال ثوان فإذا بها العروس بفستان زفافها الأبيض، وحرصت حتى في الخيال أن يكون محتشماً، مقفل الياقة وبأكمام طويلة، ثم وضعت مؤنس ببدلة نيلية تعرف أنه يفضّل هذا اللون، وسارت به نحو والدها الذي بارك زواجهما بقبلة لها ومصافحة لمؤنس، فيما أرشدها ليقفا أمام القسّ. رأت في خيالها ذلك القسّ نفسه الذي يتلو الآن مراسم العزاء، يباركهما ويطرح عليها سؤال عمرها: هل ترضين بمؤنس اليادري زوجاً لك في السرّاء والضرّاء؟

عندما جلسا بعد ذلك في مقهى كوستا في واترلو، حيث سينطلق مؤنس من هناك لزيارة أخيه سامر، لم تخبره عن لحظات الخيال تلك. شعرت أن بعض أماكن الخيال لن يكون لمؤنس وجود فيها، حاولت أن تبعد تلك الصورة، فواجهها مؤنس بسؤال: Were are you? قالت : I am here ثم صمتت قليلاً لتقول: كنت أفكر في الله، بكلمة الله، الربّ، المخلّص، قال لها: الربّ هو الله والمخلّص هو المسيح، أليس هذا ما يقوله الإنجيل؟ قالت «حتماً، ولكني كنت أفكر بكلمة الله، من أين جاءت؟ وكيف وصلت إلى أميركا؟».

مؤنس دهش، فأيّ سرعة لأفكارها تقودها إلى أميركا دفعة واحدة، ولماذا أميركا بخاصة؟ قالت إنها لا تدري لماذا تذكّرت زيارتها قبل عامين إلى كاليفورنيا ورؤيتها اسم الله على أحد الفنادق. مؤنس قال إنه أمر عادي، ويمكن الكلمة هناك ألا تعني الله بالفعل، فكلمة الله عندما تترجم إلى الإنكليزية تصبح God أليس كذلك؟

ـ حتماً، تقول سارة وهي تحاول التهرّب من لحظة خيالها الجامحة، في تصوير نفسها عروساً لمؤنس داخل الكنيسة، فتقع في حفرة نقاشها لوجود كلمة الله في أميركا، أيّ عالم يأخذها إليه مؤنس اليادري؟ تحسّ أحياناً باختناق، هي تريد الانطلاق، المزاح، المداعبة، تريد رومانسية تجعلها تحلّق لتصبح في فيلم أو كليب أغنية، ومع ذلك، فهي أيضاً لا تريد عصيان الربّ. إنها تعرف حدود الانطلاق تماماً. وصايا والدها في هذا المجال مضحكة. فهو راح ذات يوم يتصنّع حديثاً عن مفهوم العذرية في الغرب، وتطوّره ليصل إلى أن العادات الشرقية النابعة من حفاظ الفتاة على عفافها هو الأفضل، وأثبت عبر التاريخ أن

الالتزام بذلك يحمي الفتاة من دوّامة علاقات قد لا تعي البنت الصغيرة عواقبها. كل هذه المحاضرة وسواها التي كانت تقال بأساليب مختلفة، قبيل مغادرتها إلى موعد أو نزهة مع أصدقائها، تخبرنا سارة في مذكّراتها أنها تستطيع اختصارها بعبارة واحدة، هي: إياك يا ابنتي أن تفقدي عذريّتك، فهي شرفك. ها هو والدها، العلماني، العصري، المتحضّر، يعود إلى ما تنهى عنه كلّ الأديان. لا تزن، لا ترتكب الخطيئة. الزاني والزانية يرجمان. كلّهم يخافون على شرف بناتهم، وهي تعلم ذلك جيّداً، ولها نقاشات صارخة مفتوحة مع إيستر ومونيكا، وزميلات أخريات. إيستر توافقها الرأي، فديانتها اليهودية تنهاها أيضاً عن التفريط بعذريّتها، لكن مونيكا تفاهمت مع أمّها على الحذر ليس أكثر، أيّ أنها إذا وجدت من يمكن أن تطمئن له، وتنسجم معه فلا بأس من علاقة، فهذا طبيعي، لكن عليها أن تحتاط، فالحبّ وفعل الحبّ أمر، وأن تصبح حاملاً في هذا العمر الطري، فهو أمر آخر.

لا تستطيع سارة أن تناقش مثل هذه الأمور مع مؤنس، فهنا يتحوّل الحديث إلى إيحاءات وفراغات تجعل منه أمراً مضحكاً وأحجيات، غير أن مؤنس صريح في أمر واحد، وهو يكفي من وجهة نظره ليكون أساساً لعلاقة دائمة، أن تكون الفتاة ذات أخلاق حميدة، أي أن تكون من دون علاقات، ولم يمسّها أحد. تقول سارة: أي «بلا دنس». ويعودان معاً إلى دوّامة حديث الديانات ومقارناتها.

يوم العزاء في كنيسة كامدن، استمر الحوار بينهما حول كلمة الله ثلاث ساعات. ليس هذا فحسب، بل تحوّل إلى مباراة. على امتداد الأسابيع التالية كان كلّ منهما يتزود بمعلومات جديدة، يحصل عليها عبر بحث مثابر على الإنترنت، ويكوّمها كأدوات نزال أمام خصمه. هذا ما نخلص إليه بعد قراءة العديد من مذكّرات سارة، وفقرات من أحاديث مؤنس، مع أمّه، ومع المؤلفة، بالإضافة إلى المعلومات التي يقدمها إلينا كل من هديل سالم علي ويوسف كامان.

لقد ظلّ هذان الثنائيان حريصين حتى اللحظات الأخيرة، على فوز كلّ من مؤنس وسارة بعلاقة دائمة. ولا أعرف، وقد التقيتهما مراراً، وفي حالات مختلفة، لاستكمال

فصول هذه الرواية، إذا كانا بإصرارهما هذا ينشدان تعويضاً عن خسارتهما في الارتباط.

ينبغي أن أعترف أن شيئاً غامضاً حال دون وصولي إلى الحسم في هذا الشأن، ولعلّي لهذا ربّما سأختار النهايات المفتوحة، وهي على كل حال أسلوب متبع في كتابات روايات عصرية، وبعض النقاد يعتبرها تميّزاً، فهل سأحظى بمثل تلك الشهادة؟

****

المكان: مقهى ستاربكس/ كوينز رود.
اليوم: السبت/... سبتمبر/أيلول.
الحوار: بين سارة ومؤنس.

تبدو سارة متألّقة ببشرة صافية تلفت نظر مؤنس فيمازحها قائلاً إنها لا بد قد التهمت كل الـ fresh cream فتضحك وتطلب منه أن لا يحوّل اجتماعهما اليوم إلى مزاح. فهي مستعدة تماماً للمبارزة ومتيقّنة من التفوّق.

مؤنس: يا الله.. هيّا إذاً.

سارة: خائف؟

مؤنس: أخاف؟ أنا يا عزيزتي لا أخاف إلا من ربّ العالمين.

سارة: إذاً هيا، قلْ لي يا بطل ما أصل كلمة «الله» وأين ذكرت للمرّة الأولى؟

مؤنس: أعتقد أنها ذكرت في العهد القديم، والحديث أيضاً. كانوا يقولون «ألوهيم»، والمقصود هو الله، أما إلهيم، فهي إضافة كانت متبعة في تلك العهود.

سارة: هل أنت متأكّد؟

مؤنس: طبعاً، هذا ما قرأناه في مصادر مختلفة.

سارة: لكن المسيحيين يقولون إن ألوهيم هو إله آخر، وليس «الله» الذي ذكر في القرآن.

مؤنس: من قال لك ذلك؟

سارة: قرأته في الإنترنت.

مؤنس: ذلك مصدر غير موثوق به.

سارة: وكيف نتأكّد؟

مؤنس: أنا أؤكّد لك ذلك.

سارة: هل أصبحت أنت مرجعاً دينياً؟

مؤنس: لا لزوم لذلك This is Common sense

سارة: ربّما، لا أدري، لكن ما قرأته يخيفني.

مؤنس: ما الذي يخيفك.

سارة: أشياء مثل أن إله المسلمين هو غير إله المسيحيين واليهود، مع أن الجميع يقولون، حتى أنت وبابا، إن إلهنا واحد، وأن الأديان أتت ليكمل بعضها بعضاً.

مؤنس: سارة، بعض هؤلاء الذين تقرئين لهم في الإنترنت يعملون في السياسة، وليسوا مراجع دينية.

سارة: وما هدفهم؟

مؤنس: يريدون السيطرة لا أكثر ولا أقلّ. كلّ فئة تريد أن تسيطر. تعتقد أنها بأسلوبها هذا تحجز لها مكاناً في السلطة.

سارة: أيّ سلطة؟

مؤنس: أياً تكن السلطة. أعني النفوذ انطلاقاً من وجود تلك الفئة كجمعية معترف بها، تتقاضى الأموال والمعونات، وتجمع مريدين، فيصبح لها وجود تمارس من خلاله وجودها على الأرض كقوّة يحسب لها حساب في ميزان القوى، سواء من خلال الحكومات، أو المؤسسات المدنية، أو حتى المجتمع البسيط المؤلف من الناس العاديين. وكثيرون منهم يتاجرون بالمبادئ، ويحرّفون الكثير من الحقائق، وخاصة في الدين. انتبهي ودققي لتكتشفي الفروق بين مواقع واضحة ذات مرجعية ويمكن أن نثق بها، وبين سيول مندسّة أو جاهلة هدفها الهيمنة والنفوذ.

سارة: ذلك مخيف.

مؤنس: ذلك واقع، يا للأسف.

سارة: طيّب.. وماذا نفعل نحن؟

مؤنس: وما دخلنا نحن؟

سارة: يعني، نتبع أي فئة؟

مؤنس: اتبعي اقتناعاتك الشخصية.

سارة: أنا مقتنعة بك.

مؤنس: إذاً لا مشكلة.

سارة: بل هناك مشكلة.

مؤنس: ما هي؟

سارة: المشكلة في اقتناعاتك أنت.

مؤنس: أنا أيضاً مقتنع بك.

سارة: إذاً لا مبارزة اليوم.

مؤنس: من قال ذلك؟ هذا هو الأمر الوحيد الذي لا يقنعني أبداً.

✳ ✳ ✳ ✳ ✳ ✳ ✳ ✳ ✳ ✳ ✳

المكان: ريجنت بارك (الحديقة خلف المسجد).

اليوم: الجمعة... الساعة الثالثة بعد الظهر... /سبتمبر/أيلول.

ينسدل إيشارب خفيف على كتفي سارة، يبدو وكأنه كان قبل لحظات يلتفّ حول رأسها وعنقها. تجلس برفقة مؤنس على أحد مقاعد الحديقة.

مـؤنس: قولي بكل صراحة. بكل صدق. بكل جرأة، ماذا شعرت بعد دخولك المسجد؟

سارة: لا أدري.

مؤنس: Is it true.

سارة: I don't Know شيء غريب.

مؤنس: وما الغرابة؟

سارة: حاولت أن أجري مقارنة.

مؤنس: مقارنة؟

سارة: أقارن بين شعوري داخل الكنيسة ولدى زيارتي الآن المسجد.

مؤنس: هل وجدت فرقاً كبيراً؟

سارة: الفرق ربما في الشكل. أعني المكان. أعني الديكور.

مؤنس: لم أفهم.

سارة: أقصد الجو This is totally different. ربّما تضايقت في البداية لأنّ عليّ أن أنزع حذائي وأغطّي شعري، لكني شعرت بعد ذلك براحة وخفّة.

مؤنس: وماذا أيضاً؟

سارة: بحثت عن صور وتماثيل ومذبح فلم أجد.

مؤنس: طبعاً لن تجدي. الصور في الإسلام حرام.

سارة: لكنّي رأيت صوراً في مسجد آخر.

مؤنس: لا يمكن.

سارة: بلى. أقصد في مركز إسلامي آخر. كان هناك صور لمشايخ.

مؤنس: ومن أخذك إلى هناك؟

سارة: بابا. كان لديه موعد مع أحد معارفه. وجدت صوراً قالوا لي إنها للسيد الحسين

أو... لا أذكر، وهناك صور أخرى. هي على كل حال جميلة.

مؤنس: سارة، لا أحب الخوض في هذه الأمور.

سارة: لماذا؟

مؤنس: لأنها من دون جدوى، فماذا يعني رؤيتك صوراً وتماثيل... أنا أسألك عن

شعورك، عن قدسية المكان عن...

سارة: أعلم لماذا زعلت؟

مؤنس: لأنك تحاولين أن تجدي فروقاً من لا شيء.

سارة: لا أقصد أن أجد فروقاً، أنا أحكي لك مشاعري As it is.

مؤنس: هذه ليست مشاعر. أعني ما قلته ليس عن المشاعر، بل أقوال بلا معنى.

سارة: هل تقصد أن تقول إني أقول كلاماً بلا معنى؟

مؤنس: لم أقل ذلك يا إلهي ما الذي حملني إلى هذا العراك.

سارة: هذا ليس عراكاً. إننا نتحدّث. أردت أن أسألك عن حقيقة الصور. هل الصورة حرام؟

مؤنس: المسألة ليست بهذه السطحية. باختصار، تصوير الرسل والخلفاء الراشدين،

أي تجسيدهم حرام، هذا أمر متّفق عليه، حسب فهمي، والله أعلم.

سارة: وبقيّة الصور؟

مؤنس: هناك خلاف عليها، بعضهم يعتبر أن أيّ تصوير هو محاولة لمحاكاة الخلق،

والخلق لا يخلقه إلا الخالق، أيّ الله سبحانه وتعالى.

سارة: وماذا عن تعليم الرسم؟ كيف يتعلّم الأطفال الطبيعة والحيوانات وأعضاء

الجسم إن لم نرسمها لهم؟

مؤنس: ذكّرتني بحواراتي مع أخي سامر. إنه مثلك يحاجج إلى درجة لا تطاق.

سارة: صحيح. أنا يهمّني أن أعرف كيف تفكر أنت؟

مؤنس: أنا الآن أطلع على كل الاجتهادات، ولا بدّ أن أختار. هذا هو غنى الإسلام ورحابته.

سارة: يعني لن تمنع أطفالك عن الرسم في المستقبل؟

مؤنس: لغرض التعلّم والاستفادة، طبعاً لا.

سارة: ولغرض الفن؟

مؤنس: لكلّ حادث حديث. اسمعي. هذا لا يسمح لك أن تصفيني بالمتعصّب أو المتشدّد.

سارة: لم أقل ذلك . . . I love you..don,t forget that

مؤنس: lovely

سارة: لم تخبرني عن الصور. الصور التي رأيتها.

مؤنس: انظري إلى أين وصلنا. هذا لا يطاق حقّاً.

سارة:. Don't worried . سأصلح الأمر حالاً.

مؤنس: كيف؟

سارة: سأسكت!

مؤنس: هل هذا حلّ؟

سارة: ما هو الحلّ إذاً؟ أن أكذب عليك.

مؤنس: هل عدنا؟ من طلب منك أن تكذبي عليّ.

سارة: أوه مؤنس، هذا لا يطاق.

مؤنس: بالفعل. فلنعدْ أحسن.

سارة: sure.

****

المكان: المركز السينمائي في ساوث بانك/ المقهى.
الوقت: الساعة السابعة مساء/... نوفمبر/تشرين الثاني.

لم يكن روّاد المقهى كثراً، والأحاديث بين الجالسين كانت تسمع مثل وشوشات. فما الذي جعل مؤنس وسارة بين هؤلاء؟ نفهم أن يوسف كامان أعطى ابنته التذكرتين بعد اعتذار هديل سالم علي عن مرافقته لمشاهدة الفيلم.

جلست سارة إلى طاولة مستديرة صغيرة تنتظر، فيما عاد مؤنس بعد قليل يحمل إليها فنجان الكابتشينو ولنفسه كأس عصير البرتقال الطازج، دون أن ينسى قطع المافين الصغيرة، فسارة، كأمّه، تعشق هذه الحلوى.

مؤنس: يا سبحان الله. لو لم تكن تلك مصادفة حقّاً لخمنت أنك تتآمرين عليّ باصطحابي لمشاهدة هذا الفيلم.

سارة: هذا لأنك سيئ النيّة.

مؤنس: لا يهم. ولكنه فيلم عجيب. لا أكاد أصدق أنه حقيقي.

سارة: ما هو غير الحقيقي؟

مؤنس: كل شيء. ابتداءً من مؤلف الرواية الذي يبحثون عنه وانتهاء بالرواية نفسها (ينظر إلى الكتيب بيده) علي ونينو... علي ونينو. قصّة الحب الخالدة في الثلاثينيات.

سارة: طبعاً أراد أبي وأمّك مشاهدة هذا الفيلم من الناحية السياسية كما يبدو. فأحداث أذربيجان والثورة البلشفية وهروب الكاتب إلى إيطاليا وعلاقته بموسوليني، هذه كلّها تفتح شهيتهما للنقاش.

مؤنس: ونحن، ماذا تعتقدين أن نناقش في هذا الفيلم؟

سارة: قصة الحب طبعاً. بين علي المسلم ونينو المسيحية.

مؤنس: أنت تتفهين الأمور أحياناً.

سارة: لماذا؟ أليست كلّ الحكاية مبنية على هذه القصة. أرأيت كيف أخافها انغماره في طقوس تعذيب النفس في ذكرى كربلاء؟

مؤنس: وهل رأيت كيف أخافه تصرّفها عندما سافرا إلى باريس وأصبح سفيراً وراحت ترقص مع الآخرين في الحفلات وتشرب الخمر؟

سارة: مع ذلك التقيا أخيراً.. وعاشا حياتهما..

مؤنس: إلى أن...

سارة: إلى أن To be honest لم يعجبني هذا الاتجاه في ما بعد.

مؤنس: هل رأيت؟ الرومانسية لا تنتهي إلا بالفواجع.

سارة: بل قل الحروب لا تأتي إلا بالفواجع. فنينو وعلي كانا سمناً على عسل، مع أنه أذربيجاني مسلم، وهي جورجية أرثوذوكسية، والمشاكل لم تكن قائمة بينهما، بل عندما وقعت الحرب العالمية الأولى، فهرب أبوه إلى بلاد فارس. هناك عاد إلى طقوس عاشوراء التي كرهتها نينو، وبسبب الحرب أيضاً ذهبا إلى باريس.

مؤنس: بل قولي بسبب السياسة، فعلي ذهب ليصبح سفيراً.

سارة: هذا أمر جيّد.

مؤنس: لكنه ورّطه في تقاليد مختلفة.

سارة: لهذا لم يستطع تحمل نينو وهي تراقص الآخرين برغم أنه كان يفعل ذلك أيضاً.

مؤنس: كان مرغماً.

سارة: مع ذلك منعها ولم يمنع نفسه.

مؤنس: وماذا بوسعه أن يفعل، وهو محكوم بعمله.

سارة: وهي محكومة به!

مؤنس: That is right الرجال قوّامون على النساء.

سارة: لا يهمّ. المأساة هي المهمّة. فالنهاية فاجعة برغم حبّهما وتفاهمهما وطاعة نينو لعلي.

١٧٢

مؤنس: لهذا أقول إن السياسة هي سبب المآسي. فها هما عادا إلى فارس. لست واثقاً هل عادا إلى فارس أم إلى أذربيجان؟

سارة: لم أنتبه تماماً أنا أيضاً. لكن علي يذهب إلى الحرب ليدافع عن أفغانستان كما أظن. وهناك يقتل.

مؤنس: هناك يموت شهيداً.

سارة: No big different

مؤنس: بل هناك فرق.

سارة: أيّ فرق. لقد مات. مات وانتهى الأمر.

مؤنس: يا عزيزتي هناك فرق بين أن نموت هكذا وأن نموت شهداء.

سارة: هل تريد أن تموت شهيداً؟

مؤنس: يا ليت!

سارة: What are you going to say?

مؤنس: أقول إن الشهادة حلم كلّ مؤمن. وأنا أتمنّى أن أستشهد في فلسطين أو أفغانستان.

سارة: ولماذا لا تقول العراق؟ أليست بلدك؟ أعني your native country?

مؤنس: طيب لا تزعلي. والعراق أيضاً!

سارة: أنت تمزح.

مؤنس: ولماذا أمزح؟ هذه حقيقة.

سارة: أوه مؤنس.

مؤنس: What?

سارة: Nothing.

مؤنس: لماذا تزعلين بسرعة؟

سارة: لم أزعل، فوجئت فقط.

مؤنس: فوجئتِ بما أقول أم بما شاهدناه في الفيلم؟

سارة: بالإثنين.

مؤنس: ما رأيك لو نظلّ مع الفيلم؟ أليس هذا أفضل؟

سارة: صحيح "Documentary" في النهاية فاجأني أيضاً، فحتى الآن لا أحد يعرف حقيقة هذا المؤلف.

مؤنس: أعتقد أنه قربان سعيد بالفعل.

سارة: ولكن قربان سعيد اسمه الـ ... أعني His pen Name

مؤنس: طيّب هل تظنّين حقّاً أنه اليهودي ليف نسيمباوم؟

سارة: لمَ لا؟

مؤنس: لأنه لا يمكن أن يكون يهودياً ويطلب أن يدفن في اتجاه الكعبة ويوضع على قبره نسخة من القرآن الكريم.

سارة: أين كان ذلك؟ أين دفن؟ ذكّرني.

مؤنس: هل نسيت هكذا بسرعة. دفن في إيطاليا.

سارة: أعرف. ولكن أين؟ نسيت اسم البلد.

مؤنس: إنها بوزيتانو التي تقع على ساحل أمالفي جنوب إيطاليا.

سارة: مؤنس.. أنت تغشّ، أنت تتطلّع إلى الكتيّب!

مؤنس: بصراحة هذا الـ Documentary في النهاية أزعجني، هلكونا بين الكتب والمؤرخين والذهاب إلى ألمانيا ولقاء تلك البارونة التي تعرفه. طيب ماذا يهمّ إن كان اسمه قربان سعيد أو أسد بك أو حتى ليف نسيمباوم.

سارة: خطرت لي فكرة أن يكون قد تخفّى باسم يهودي.

مؤنس: ولماذا يفعل ذلك؟ ولماذا لا يكون العكس؟

سارة: يعني أن يكون يهودياً وتخفّى باسم مسلم؟

مؤنس: لا أقصد.

سارة: ماذا إذاً؟

مؤنس: أمر محيّر. المهم بالنسبة إليّ أنه مات مسلماً والقرآن الكريم عند قبره. ما أحلاها من ميتة.

✳ ✳ ✳ ✳ ✳ ✳ ✳ ✳ ✳ ✳ ✳

من... وعن...

١ ـ من نادية الجماسي وزوجها رافد السلمان عن هديل سالم علي

نحن أيضاً فوجئنا بأنها ارتدت الحجاب. حتماً أن ذلك كان بسبب ابنها، بل من المرجّح جداً أن يكون وراء ذلك. الغريب (من تكتب لك هي نادية، لكني أكتب باسمي وباسم رافد بناء على طلبك، وقد يكتب لك رافد منفرداً عن مؤنس إن أردت) الغريب كما قلت، أني التقيتها لدى زيارتها لندن، بعد ذهابها إلى دبي. كان ذلك بعد نحو عام من انتقالها. اتّصلت بي فجأة وقالت إنها ستمضي أربعة أيام لا أكثر، وقد جاءت بمهمّة عمل، التقينا كما نفعل دائماً في المركز التجاري في كينغستون، لم أنتبه إلى أنها في البداية تضع قبعة. كانت «كاسكيت» وكثيراً ما شجعتها على ارتدائها في الشتاء كما أفعل، فهي تحمي الرأس من البرد. لم ألاحظ أنها تلفّ شعرها تحت الكاسكيت بغطاء قطني. نبّهتني إلى ذلك فيما بعد صديقة مشتركة لنا، أكّدت لي أن هديل تحجّبت وانتهى الأمر، ما زلت مذهولة. لماذا أنكرت ذلك أمامي؟ جلسنا طويلاً وتمشّينا على ضفة النهر كما كنا نفعل، تناولنا الغداء، واستعدنا ذكريات كثيرة، ولم تذكر البتة حجابها، أذكر أني سألتها بشكل عابر، هل تحجبت، فقالت لا. أذكر عبارتها تماماً، لكني يومذاك لم أتوقّف عندها، لأننا كنا نتحدّث عن دبي، والحياة هناك. كنت زرت تلك المدينة مرّة واحدة أثناء انعقاد مؤتمر عن العراق، ورأيتها نسخة مصغرة من لندن، هالني عمرانها والرخاء، لكني حزنت لأحوال العمّال الصغار الذين يعملون في ظروف صعبة ويتقاضون القليل، فيما نسمع عن رواتب خيالية يتقاضاها من يتعاقد مع إحدى الشركات هناك. هديل أنكرت ذلك، وأخبرتني أن الكثير من الشركات توفّر للعمّال السكن والأكل والعلاج. كما أن رواتب الشركات العربية ليست خيالية كما نظن. راتبها يوازي ما كانت تتقاضاه في لندن. فصاحب الشركة هو نفسه، وما تستفيد منه الآن هو أنها لا تدفع نسبة من راتبها لمصلحة الضرائب.

(ملاحظة: لا تخافي يا عزيزتي، سأظلّ أحافظ على ما تريدين معرفته عن حجاب هديل). لقد أردت الإشارة إلى تلك الزيارة لأنها كما يبدو كانت تتويجاً لمرحلة مرّت بها، مرحلة طويلة إلى حد ما، ربّما امتدت عامين أو ثلاثة، وانعكست على نحو ما أيضاً على علاقتنا. وعندما خرجت ورافد بتلك النتيجة، وهو أن التأثّر الأكبر لتحوّلها ذاك، كان عبر ابنها مؤنس، لم نكن مخطئين. وجاء سؤالك لنا اليوم ليساعدنا على تأكيد هذا الاستنتاج، إذ يجب علينا إيماناً منا بذكر الحقائق، التي كنا أحد أطرافها، أن نؤكد بعض الأحداث التي وقعت، والتي شهدناها عبر علاقتنا بهديل وولديها.

كنا نلتقي دائماً، منذ أن انتقلت من ضيافتنا إلى بيتها الأوّل في «تولوورث». وكانت لا تتردّد في تقديم النبيذ الذي يحبّه رافد. أصدقاؤنا المشتركون كانوا يأتون إليها أيضاً، ومنهم من يحمل مشروبه معه. كان مؤنس يقدم إليهم الثلج، أذكر ذلك جيّداً، فقد أسقط قطعاً منه ذات يوم على ثوبي، وارتبك واعتذر.

شجرة الميلاد أيضاً كانت تزيّن صالون هديل، وكم تفننت بتقديم ديك الحبش عندما كانت تدعونا بحماسة لنسهر معهم يوم «الكريسماس»، أي ليلة الرابع والعشرين من ديسمبر / كانون الأول، لم تكن تشاطر أصدقاءها الشراب. كانت اعترفت لي أنها فعلت ذلك أحياناً في السابق، مع زوجها ماجد، وكانت تحرص أن لا تدع ماجد يخبر أحداً بالأمر، مع ذلك كانت تصلي، رأيتها في بيتنا عندما وصلت هاربة من العراق، تصلي وتبكي وتزيد في الدعاء. وقد أثّر فيّ منظرها، عندما كانت تلفّ رأسها بمنديل أبيض. قالت إنها تحمله معها منذ سنوات بعيدة جداً، وتحافظ عليه، لأنه من شقيقتها الكبرى.

لا أعرف إذا كانت هديل عاشت حياة متناقضة، فأنا ممن يعتقدون أن الإنسان ضعيف جداً، وهو يحاول أن يحمي ضعفه بالدين، أو العقيدة، أو الانتماء القومي أو الإثني، أو حتى من خلال الرياضات الروحية، كاليوغا، والعودة إلى الطبيعة إلخ... نقاشي مع هديل في هذه الأمور كان غنياً جدّاً، لكن اختلافنا كان فقط على ممارستها طقوساً لا أراها ضرورية، كالصوم مثلاً. أداء الصلاة مسألة كنت أفهمها وأتفهّمها، لكن الصوم، يبدو لي

تعذيباً للنفس، وأرجو أن لا يغضب مني أحد، علماً بأني أتوقّع سيلاً من المحاكمات سيطوقني عند نشر روايتك. عبارة واحدة سأدافع بها عن نفسي، هي: هناك طرق عديدة نحاول أن نسلكها للوصول إلى إله واحد.

****

٢ ـ من رافد السلمان عن مؤنس اليادري

كنت، وما زلت، أسمّيه العبقري الصغير. فمنذ طفولته ظلّ يستوقفني بالتماعة عينين ذكيتين، وكلام لا يخلو من حكمة. أمضيت معه ومع شقيقه سهرات عديدة، برفقة أمّهما، تلك السيدة الفاضلة التي عاشت من أجل تربيتهما تربية صالحة. كانت على نحو ما تذكّرني بأمّي التي عاشت تضحية مماثلة لتربيتي مع أشقائي الثلاثة. عندما بدأ مؤنس يهتم بقراءات معيّنة، أخبرت أمّه بشكل غير مباشر أنه يعيش تحولاً لافتاً. في البداية لم تكن تستهويه القراءات، وكنت ألحظ ذلك لدى شقيقه سامر، وكنت وزوجتي نادية نقترح عليه كتباً مختلفة لقراءتها. مؤنس كان يملّ الأدب، ويجد فيه مضيعة للوقت. ذات يوم أفهمته أننا نستطيع أن نعرف العالم ونفهمه من خلال الأدب. فأصرّ على أن الأدب جاء لمتعة الناس وإلهائهم عن واقعهم. كان يهتمّ بالتاريخ، قرأ أثناء دراسته أكثر من المواد المقرّرة. أذكر أنه في مرحلة دراسته المتوسطة اهتمّ بشكسبير، واكتشف كما قال أنه يلخّص التاريخ والأدب، وكان المقرر أن يراجعوا «الملك لير» فقط، وجزءاً من «ماكبث»، لكنه استعار من مكتبتنا «هاملت» و«عطيل»، وطلب ذات يوم جزءاً من مجلد الأعمال الكاملة، وقال لي بلهجته المحبّبة التي يختلط فيها العراقي بالفلسطيني، مع مفردات إنكليزية ينطقها بشكل سليم تماماً، إنه لن يدّعي أنه سيقرأها كلها بل سيقلبها وسيحاول أن يكتشف أكثر ما يمكن.

يعجبني فيه وضوحه، حتى عناده يلفتني، فهو ينبئ عن شخص ذي مبدأ، المؤسف أن تأثيرنا فيه لم يكن كبيراً، أو بحجم ما كنت أتوقعه، إذ كنت أتوقّع له أن يتحوّل إلى الأدب،

أو النقد، لكنه اختار مساراً آخر، بدأنا نلحظه منذ توقّف عن الاهتمام بالأحداث التي تحيط بنا، أعني ما يحدث في العراق على وجه الخصوص، كذلك بشؤون الحياة في لندن. أعتقد أنه تأثّر على نحو ما بجماعات إسلامية مختلفة كما بدا لي. ظل لفترة يسألني عن تاريخ الخلفاء الراشدين، وتقهقر الإمبراطورية الإسلامية. أخبرته أن معظم تاريخنا الإسلامي شهد، يا للأسف، فترات دموية، ومعظم الخلفاء الراشدين قتلوا، أو تمّ التآمر عليهم. لكنه كان يتجاوز الحقائق بأحلامه، حتى عندما طلبت منه أن يقرأ تاريخ العراق جيّداً، ويتفهم منعرجات تحوّل الخلافة الأموية والعباسية، كان «يشطح» بالخيال، ويرى أن خلاص العالم لن يكون إلا عبر عودة الإمبراطورية الإسلامية.

بدأت ألحظ رفضه، أو لأقل ابتعاده عن أيّ طقوس أو ذكرى حول كربلاء وعاشوراء.

كان دمثاً إلى درجة لا يريد فيها أن يجرح شقيقه سامر، ولاحظت ذلك من خلال تصرّفات صغيرة، لكنها كانت موحية بالنسبة إليّ، أنا من أعتبر نفسي والداً روحياً، أو لأقل «جداً روحياً» لهما.

لا أريد أن أتوقف طويلاً عند تلك الفروق، التي كنت ألحظها، كي لا يؤخذ ما أقوله محملاً يفوق حدوده، لكني وددت الإشارة إليه احتراماً للحقائق، فقد لفت انتباهي في إحدى السنوات أن مؤنس يحتفل بعيد الفطر، فيما يستمر شقيقه سامر في صوم اليوم الأخير من رمضان.

أمهما عللت ذلك بأن سامر يتبع التقليد الشيعي، وهو يلتزم ما يمليه عليه شيخه، أي من خلال المركز الديني الجعفري في بيرمنغهام، بينما يتبع مؤنس مبدأ السنّة، أي يلتحق بما يحدده المركز الإسلامي في لندن.

وأنت؟ عندما سألت الأم المسكينة، كنت أودّ المزاح، لأني أعلم من خلال زوجتي نادية حيرتها وتأرجحها بين الولدين.

أود الإشارة أيضاً إلى أن شيئاً ما طرأ على تلك العلاقة بيننا، بمعنى أنه حدث شيء من التباعد، لم نعرف أسبابه، أو دوافعه، حتى أننا ظننا أننا تصرّفنا دون قصد ما أزعج هذه

العائلة الصغيرة الطيبة، فابتعد أفرادها عنا، ونحن نعتبرهم من أقرب الناس إلينا. ثمة ما طرأ، وإني على يقين من ذلك، إذ لطالما التحقت السيدة هديل بجلسات كانت تضمنا وأصدقاء مشتركين، ونمضي أوقاتاً ممتعة في أحاديث شائعة محورها الموسيقى، والأفلام، والمسرح، وعالم الإعلان الذي تبدع فيه السيدة هديل، وتنتقده انتقادات لمّاحة، وكثيراً ما كان مؤنس وسامر ينضمان إلينا، وتنتهي السهرة، أو الأمسية، بعزف جميل لسامر على البيانو في بيتنا. لكنهم تباعدوا، وبدأنا نستمع إلى اعتذارات غير مقنعة أحياناً، ثم صارحني مؤنس ذات يوم بأنه يفضل عندما نلتقي، في بيتنا أو بيتهم أن لا يكون هناك وجود لأي كحول، قال إنه أصبح ملتزماً الآن ولا يودّ أن يخالف تعاليم دينه، لم أستطع مناقشته بتطور نزول الآيات الكريمة التي تنهى عن شرب الخمر، والتحديد الدقيق بين ما يسكر وما لا يسكر. فهو اتخذ قراره وكان حاسماً كما يبدو، لذلك خمّنت أن تباعد والدته أيضاً كان لتلك الأسباب، فهي لم تشأ إحراجه، إلى أن تأكّد لنا ذلك بعد أن صارحت والدته زوجتي نادية، أن مؤنس مقتنع بضرورة عدم وجودها في أي مجلس تُقدّم فيه الخمر. والحقيقة أني قلت له ذات يوم ممازحاً، كأنك تتهمنا بالسكر والعربدة، أو حتى بالإدمان، علماً بأننا وزوّارنا نكتفي برشف كأس طوال السهرة، وفي أحيان كثيرة لا نكملها، فلماذا هذا الإصرار؟ إلا أني احترمت إجابته، وهي أن الأمر مسألة مبدأ، ولا تؤثر في أصالة وعمق أي علاقة تجمعنا.

أخيراً، الكلام يا عزيزتي الكاتبة، وأنت سيّدة من يعلم ذلك، يبقى هباءً، فيما الوقائع تسجل التاريخ الحقيقي، وتشير هنا إلى تحول لافت طرأ على كل من السيّدة هديل سالم علي وابنها المصون مؤنس اليادري.

****

الفصل الرابع
دبي

إهداء

إلى «غنى»

«سميرة»

«فوزية»

«ندى»

«منى»

«غسان»

«آن ماري»

«كاثي»

«كلير»

رحلة هديل سالم علي

لا، لم يكن حجاباً ذلك الشال الحريري الذي كنت ألفّ به رأسي في ذلك الصباح، رأيت نفسي أمام مرآة غرفتي في بيتنا في كينغستون مثل بنازير بوتو، مقدّمة شعري تظهر فوق جبيني، كلّ ما تغيّر هو اختفاء تلك الغرّة التي أحبّها. كان ذلك صباح اليوم الذي سأسافر فيه إلى دبي.

الصباح الباكر، لسعة البرد والحزن، صوت مؤنس الذي يأتي مرتجفاً وناعساً من غرفته، وسينهض خلال لحظات، سيّارة سامر أمام الباب الخارجي على غير عادتها، وقد غسلاها ورتباها كما قالا لتليق بي. سامر كان في المطبخ، ظهره إلى الباب ويرتشف قهوته، ثم سمعت صوت الدشّ في الحمام، فأدركت أن مؤنس أصبح هناك. صوت الدش يتسلل إلى المطبخ ولا أسمع غناء مؤنس المعتاد. بعد ذلك أتحرّك كالمسحورة. يحملان الحقائب وهما يفتعلان المرح. لسعة البرد أمام باب بيتي، ثم الطريق، قال سامر إنه سيسلك الطريق الأقرب إلى المطار. مؤنس قال إنها الطرق التي أحبها، أي التي تطلّ على بيوت الضواحي والحدائق وأطراف الغابات. في السيّارة راح يعلّمني الدعاء الذي سيرافقني طوال أيامي في دبي. «بسم الله الذي لا يعلو مع اسمه شيء في السموات ولا في الأرض وهو السميع العليم». قال هذا الدعاء يا أمّي يحميك من أيّ شرّ أو عائق طوال اليوم، وسوف ترين تأثيره حالاً.

غصّتي كانت جافّة، وعلى لساني كلمات حمقاء تكاد تطلق نفسها لتقول لهما لا أريد أن أسافر، فلنرجع حالاً، أخرج منديلاً من حقيبتي لأمنع دمعة، فأرى طرف رسالة مؤنس التي طلب أن لا أفتحها إلا بعد وصولي. بعد ذلك يكون مطار هيثرو وذلك الازدحام، كأن دعاء مؤنس ترجم على الفور، فإذا بنا نرى موظّفاً، عند حاجز وزن الحقائب وتسليمها،

كنت أتأهّب لدفع رسوم إضافية، فالحقائب الثلاث تتجاوز الوزن المخصص، لكني أسمع الموظّف يقول: لا بأس، هذا شهر الخيرات والعمل الحسن، يقولها بالإنكليزية فيردّ مؤنس، بارك الله بك، ثم يقول Brother. يمرر الموظّف حقائبي بوزنها الزائد إلى الممر المتحرك عند طرف الحاجز ولا يطالب برسوم إضافية، أبتعد عن مؤنس وسامر بخفّة.

كنا في اليوم الحادي والعشرين من شهر رمضان، وكانا صائمين.

****

أنا في مطار دبي

الساعة تقترب من الحادية عشرة ليلاً، عندما أغادره، أتلقى أول صفعة لزجة، كأني هبطت من الطائرة إلى حمام دافئ رطب، لم أتوقّع ضخامة المباني وأناقتها وفخامتها. لسنوات طويلة حسبت مطار هيثرو هو أضخم مطار في العالم. رؤيتي له بعد مغادرتي مطار صدام حسين في بغداد، كانت تشبه من أصبح في حضن أمّه. (رجاءً اكتبي هذا عني ولا تسخري منه، فأنا لست بأديبة، لكنك تستطيعين أن تكتشفي كل ما أحسّ به، كلّ شيء، حتى ما لا أريد أن أقوله أشعر أني بحاجة إلى أن أقوله لك).

كان عليّ أن أقطع مسافات رأيتها شاسعة من مبنى إلى آخر في هذا المطار الذي يشبه مدينة، كي أصل إلى أحد اللوالب المتحركة التي تعرض حقائب المسافرين.

بحثت خارج المطار عمن أرسله «مسيو جان» لاستقبالي ونقلي إلى الفندق. توقّعت أنه يحمل لافتة، لكني لم أجد شيئاً، وجدت عاملاً يهرع نحوي، بدا لي هندياً أو باكستانياً، ونبّهني إلى الوجوه التي بدأت ألاحظها، إنها خليط عجيب، كل العالم والأمم هنا، لم أكن أجد مثل هذا الخليط في لندن. ربّما لم أكن أحسّ به لسبب ما، مع أنه موجود. أما هنا، هنا، فشأن آخر، لعله الروائح، لعله الرطوبة، لعله الوجوه الشاحبة، لا أدري! ربما أكتشف ذلك في ما بعد. في تلك اللحظات، كان هدفي أن أجد أحداً أرسله «مسيو جان»، أو أجده هو نفسه، لأنه كان طمأنني أنهم رتبوا كل شيء، وأني أستطيع أن أغمض عينَيّ في مطار دبي هم يستطيعون التعرّف عليّ. الآن، لا أغمض عينَيّ، ولا أحد يتعرّف عليّ، أين ذلك الموظّف؟ أين مسيو جان؟ العامل الهندي أو الباكستاني يدفع عني العربة فيريحني، وعندما أصل إلى آخر منطقة من صالة المغادرة، أجد نفسي خارج المبنى الزجاجي، هنا، يتصاعد بخار خفي، حرارة تشتعل في مكان ما وتبثّ ما يشبه غلالة رطبة وساخنة، الغريب أني لا أشعر بأيّ ضيق، لا أدري، هل كان الاكتشاف أقوى من المشاعر، وهل هذا ما أرادته حقّاً هديل سالم علي؟

****

نحن في الطريق، في سيّارة أنيقة ونظيفة، سائق «مسيو جان» اسمه محمود، هندي من منطقة في الهند أسمع عنها للمرّة الأولى، «كارلا». ثم أكتشف في الأيام التالية أنها هنا أشهر من نار على علم، وأن معظم أبناء تلك المنطقة يعملون في دبي، إنهم الهنود المسلمون، يقابلهم الهنود الكاثوليك، لكن هؤلاء أكثر عدداً، وأوفر علماً وثروة، كما يقول «محمود». «فكارلا» كانت وما زالت منطقة مهملة في الهند، (قلت في نفسي سوف أتحرّى ذلك في ما بعد لأكتشف المعلومات الصحيحة)، ولم أرد أن يستطرد في حديثه، لأني أريد اكتشاف هذا السحر الذي وجدت نفسي فيه.

لا تسأليني هنا عن رسالة مؤنس. ففي تلك اللحظات، أيّ خلال الطريق من مطار دبي إلى الفندق الذي يقع في «قرية المعرفة» كنت أصبحت أليس في بلاد العجائب. أخبرتك أني أمضيت السنوات الكثيرة الماضية، ما يقرب من تسعة عشر عاماً في لندن، قبلها كنت سجينة في العراق مثل ملايين العراقيين. ما أعرفه عن رحلاتنا إلى لبنان عندما كنا صغاراً صار يشبه الحلم. عدا ذلك فالبلدان العربية أعرفها بالصور والكتب. بلدان الخليج لم يكن لها مكان في رأسي. كنا نعتبرها مناجم الثراء للبنانيين والأجانب في الدرجة الأولى. كذلك سادت فوق ألسنتنا في تعريفها، في الماضي موضة عبارة «البترو دولار»، ولا أدري من أطلقها على ألسنة السياسيين والمثقفين المعارضين، وكان زوجي ماجد، رحمه الله، أحد متداولي تلك الموضة.

شعرت أني جاهلة على نحو ما. فلم أحاول قبل وصولي أن أعرف أكثر عن هذه المدينة العجيبة التي تتناثر بمجوهراتها أمامي في تلك اللحظات، ناطحات سحابها مشكوكة بتطريز عجيب من الأضواء، ولسعة اللزوجة ابتعدت عندما كنت في السيّارة، وعندما وصلنا إلى الفندق، اسمه «توليب إن»، بدا للوهلة الأولى، أنيقاً جدّاً، فحسب ما شرح لي مسيو جان أنه فندق متواضع، وتأهّبت لرؤية نمط من فنادق «النوم والفطور»، «باد آند براكفاست» في لندن والضواحي، إلا أني رأيته يشبه الهيلتون، أما الغرفة فهي جناح، إنها أكبر من بيتي في لندن!

أعوام كثيرة مضت، لم أر بلاطاً ورحابة، اعتاد نظري «الكاربيت» والبيوت الضيقة المنمنمة، «الكومباكت»، التي تنقلت فيها، أيضاً بيوت أصدقائنا التي لا تصل مساحة صالوناتها إلى ربع مساحة الغرفة. أما أرضية الرخام، وخزائن المرايا في المدخل الذي يشكل غرفة أخرى، والحمام الذي يفوق حجم مطبخي بمرتين، فحدثي ولا حرج.

نعم، كنت مأخوذة، وأنقل هذا السحر المسترخي إلى مؤنس وسامر في مكالمة مطوّلة وصفت لهما كل تلك المزايا بدقّة شديدة وإسهاب، حتى قال سامر: أراهن على أن أمّي لن تعود أبداً إلى لندن.

****

كلام الليل يمحوه النهار، استيقظت على غصّة، وجهي منتفخ، صوتي مختنف، كوابيس لاحقتني خلال إغفاءات متقطّعة. كلّ تلك الدهشة تلاشت بعد قراءتي رسالة مؤنس في الساعات الأخيرة قبل نومي. أذكر أنها كانت الثانية ليلاً، بعدها تطلّعت إلى الساعة وكانت الرابعة. كنت أقفز بين فقرات الرسالة، مثل مجنونة، أضيف إلى السطور ما يعيدني إلى أيام ومراحل، لم يكن ذلك يشبه شريطاً سينمائياً، بل حجارة تضرب رأسي، وبراكين تندلع في جوفي.

الآن، في الصباح، عند الامتحان يكرم المرء أو يهان، ماذا سأفعل بهذا الشال الذي لفّ شعري مثل بنازير بوتو ثم عاد ينسدل رويداً رويداً ليحيط بعنقي وكتفي؟ هل سأضعه الآن لأهبط وألتقي مسيو جان في الساعة الثانية عشرة ظهراً؟ هل كل النساء محجّبات هنا؟ سؤال «فطير» (سخيف) لأني رأيت الدنيا كلّها تجتمع في المطار، ثم في مراكز التسوّق والمكاتب والفنادق، الشعر المكشوف، والصدر المفتوح، والحجاب، والنقاب، وأزياء لم أرها في حياتي، مزركشة وملونة، وتلتفّ حول الوجوه، فأخمّن أنها ملابس البنغلاديشيات والفيلبينيات المسلمات. لا أشعر أني سأصبح مثل هؤلاء، وأجفل أمام مرتديات النقاب. أما المتّشحات بالسواد فيعدن بي إلى بغداد، لكنهن هنا أكثر أناقة.

العباءة تصبح معطفاً فاخراً ينساب على الجسم، إضافة إلى منديل حريري أسود يلتفّ برشاقة حول الوجه. يلفتني أن شعر كلّ منهن طويل كما يبدو، وهو يُعقد بطريقة ذيل الحصان تحت المنديل، لينساب الحرير الأسود بعد ذلك مكوناً شكلاً بديعاً يمتد من أعلى الرأس من الخلف، لينسدل حول العنق والكتفين، (لاحقاً علمت عن انتشار موضة عقد الشعر تحت الحجاب بعقدة خاصة هي عبارة عن وردة ضخمة من الساتان المنشّى أو قماش التفتا). كل ما رأيته أجمل بكثير من ذلك الإيشارب الملوّن الذي اختاره لي مؤنس لألفّه حول رأسي، حتى بدا تشبيهي له بإيشارب بنازير بوتو يظلم هذا الأخير، إذ بدا في ذلك الصباح وأنا أضعه بعد أن ارتديت بدلتي العنابية لا علاقة له قط بها. لم أكن أنا هديل. لم أشعر أني تلك التي تواجهني في المرآة. إنها امرأة أخرى، ولم أفكر عندئذ في الجمال والأناقة، بل في شيء أعمق من ذلك، أحسّه ولا أدركه. أريد أن أكون نفسي، وكلمات مؤنس تضرب رأسي. إننا نتغيّر يا أمّي، لست أنت الآن كما قبل عشرين سنة، قبل ثلاثين، قبل عشر سنوات، فلمَ المكابرة؟

****

لم أضع الإيشارب، وهبطت إلى صالة الاستقبال في الفندق، ومضيت مع «مسيو جان» إلى مكتب صغير، قال إنه استأجره في أحد مباني المدينة الإعلامية التي تقع بالقرب من قرية المعرفة. نحن على أطراف دبي، يقول لي، ولسنا في دبي، كانت السيّارة بعد ذلك تصل بنا خلال دقائق إلى مبنى ضخم أنيق، مقارنة بالعمارة التي كان فيها مكتبنا في «كامدن» بلندن. كل ما يحيط بنا جديد ولمّاع، لكنه ينهض وسط بقع من صحراء وورش عمل. أرى عمارات ضخمة ترتفع، إلا أنها تطلّ على ما أسمّيه الخراب، ثم أكتشف بمرور الأيام أنه ليس خراباً، بل ورشة جديدة تبدأ لتطلّ على خراب آخر يتحوّل. كلمة «خراب» بعد ذلك توارت عن لساني، وإذ بي أجد نفسي في ورش تتوالد بين شهر وآخر، لا بل بين أسبوع وآخر، لا بل بين يوم وآخر، ولا أحد حولها وفي الطرق إليها إلا العمّال، بملابسهم

الصفر أو الخاكية أو البنية، وخوذاتهم الحديد التي لونها بلون البذلة، تحيط بي كلما تنقلت من منطقة إلى أخرى بحثاً عن شقّة مناسبة.

أكتشف واحات باهرة من الجمال، مناطق سكنية تتخفّى فيللاتها بطرزها الشرقية الجميلة بين الأشجار، تتقدّمها مساحات تلال الحشائش، بخضرتها المهندمة بدقّة، وتغرقني بالمقارنات بينها وبين بيوت لندن المغسولة بالبرد والمطر، تعيدني إلى فيللات بغداد في القادسية والمنصور.

أخبرني مسيو جان أن بإمكاني البقاء في الفندق طوال شهر إلى أن أعثر على شقّة. وفي المكتب أكتشف أن حصّتنا من تلك البناية العملاقة، ليست إلا غرفتين ملحقتين بمؤسسة ضخمة للإعلانات، ترتبط بدورها بشركة متعددة الجنسيات مقرّها الرئيسي في نيويورك، سيعمل معي موظّفان ومُحاسِبة، ومساعد مكتب يتولّى البريد والتنظيف.

أتنبّه إلى المكان الذي بدأت أعمل فيه. سأكون وسط مدينة صغيرة عجيبة أخرى. مبان فخمة وأنيقة ترتفع بثماني طبقات أو أقلّ، وتتوزّع بين شوارع مؤطّرة بالنخيل وساحات النوافير الصغيرة، تخترقها بحيرة هادئة تنساب بشكل هندسي أنيق بين المباني، لتشيع انتعاشاً نفسياً مريحاً. بعد ذلك، أكتشف كيف يتكوّم عالم التسوّق والإعلان والصحافة والفضائيات في هذه البقعة الصغيرة. بشر من نوع آخر، يحرّكون إيقاعها بسرعة مذهلة. يتناثرون أحياناً بين السيّارات في الباحات الخارجية، ويتدفقون في المطاعم الفاخرة التي تحتلّ كل الطبقات الأرضية من العمارات كافة، خليط من الإنكليز والألمان والعرب والفرنسيين والكنديين، والهنود والباكستانيين وجنسيّات عديدة لا أعرفها. يتلقّون ويبثّون أخبار العالم، يحرّكون أسواق الإعلان والإعلام بعواصف من مكالمات الموبايل، ورسائل البريد الإلكتروني، والمؤتمرات، والحفلات، والاجتماعات الصغيرة والكبيرة.

«هناك فصلان في دبي يا سيّدتي: فصل الصيف، وفصل جهنم»، عبارة يكرّرها السائق محمود مراراً، مع أننا كنّا في شهر نوفمبر / تشرين الثاني، مع ذلك حاولت إجراء المقارنات بين هذا المناخ الذي بدأت أعيشه، ومناخ بغداد الذي عشته في الماضي. لا

أستطيع استحضار مناخ لندن الذي أهواه إلى هنا. ذلك يشعرني بالحزن، يعيد دموعي فتنهمر فجأة وأُحرج أمام المُحاسِبة التي تتوقّف عند مكتبي قائلة: هل أصبت أنت أيضاً بالحساسيّة؟ لا تستطيع أن تفتح رأسي وتكتشف ما يدور، كأني أصبح أربع أو خمس «هديلات»، واحدة تعمل في شركة «مسيو جان» للإعلانات، التي تحمل الآن اسم وكالة «مرحبا»، وأخرى أمّ يندلع في قلبها كل حبّ العالم إلى ولدين لم تحمل معها منهما إلا صورهما عندما كانا طفلين، كأنها لا تريد إلا ذلك الشوق المستحيل، وثالثة تتأمّل مدينة عجيبة ترى نفسها بين شوارعها وأناسها فتحاول أن تصبح واحدة منهم فلا تقدر، ورابعة تتّصل بين أسبوع وآخر بيوسف كامان، تقول كلاماً لا تعنيه، وتتلقّى منه مكالمات هاتفية أو «مسجات» على هاتفها الموبايل فتسعد بها، وتفكر في تنظيم رحلة له يزورها فيها ليتفقا على كل شيء، لكنها لا تفعل، وسادسة تختار شقّة ظريفة في منطقة سكنية راقية قريبة من مكان عملها، وتغرق نفسها كلّ يوم، بعد ساعات العمل، في إعدادها وشراء أثاث وأدوات وكأنها ستقطن فيها إلى الأبد.

تتبعثر كل هذه «الهديلات» في رأسي وتسير بي كأني تحت قوّة تنويم مغناطيسي.

لماذا أنا هنا؟ ماذا أفعل؟ ماذا أريد؟ وهل ستمضي بي الحياة لأنها يجب أن تمضي كما يقال؟ وكيف؟ وإلى أين؟

****

أكتشف أني مصابة بالاكتئاب، وأن ما يحدث لي يشبه إلى حد كبير ما حدث لمؤنس. لهذا أحتاج إلى «هديل الأم» أو أحتاج إلى ابني، أريد ولدي، أريد مؤنس أو سامر، أريد أن أبكي وأبكي وأبكي، ولكن، ماذا يحدث فجأة، وإلى أين ينحرف بنا محمود في هذه السيّارة اللعينة. أجد نفسي أميل بقوة، لأصبح ممددة على جانبي عند مقعد السيّارة الخلفي، أسمع السائق محمود يرطن بلهجته الهندية، لهجة «كارلا» التي تتكوّن من حروف غريبة، كأنها أرقام، أعوذ بالله، من هذا الذي يحدث، ثوان قليلة يصطدم بها

جانب السيارة بعجلات شاحنة تشبه المبنى، يصطدم رأسي بباب السيّارة، يرتمي محمود إلى المقعد الأمامي الذي يجاور مقعده، يظلّ حزام الأمان محيطاً بصدره، يتوقّف تفكيري، وأرى بعد قليل وجهاً غريباً يطلّ من خلف الزجاج، ثم رجلاً يقف إلى جانبه وبيده موبايل يتحدّث منه، أشعر بدوار وخرس، أعلم أنه حادث اصطدام، أتلمس دماء عند أنفي وأشعر بمرارة في حلقي، لا أغيب عن الوعي، فأنا أرى كلّ ما يحدث، لكنّي لا أقوى على السير أو الحراك، فأغمض عينَيّ، وأرى رجال شرطة وسيّارة إسعاف، ونقّالة، وطريقاً يتسع لنا، وكلمات أننا نتوجّه إلى مستشفى في الكرهود.

****

كنا في شهر فبراير / شباط، لا أذكر اليوم بالتحديد. عندما أطلت مرة أخرى إلى مكتبنا، اسمها «دينا»، كانت جميلة على نحو لا أستطيع وصفه، باسمة كأنّها ملاك، قلت لها ذلك فضحكت، ضآلتها تشبهني، لكنها أطول مني، ولا يرتخي غطاء رأسها الملوّن عند رأسها أو يتهدّل، بل هو مربوط بإحكام، يلتفّ فوق شريط قطني عريض يضمّ شعرها ويخبئه، ليربط خلف عنقها بعقدة تشبه الوردة، غجرية أنيقة بهندام راقٍ ومريح، تقترب مني لتقول: هل تذكرينني؟ كيف لا أذكرها، وقد كانت ملاكي الحارس في المستشفى في حادث الاصطدام الذي وقع لي قبل شهرين. كنت في المرحلة النهائية من إعداد الشقّة التي استأجرتها حين وقع الحادث المشؤوم، قلت لها «ربّ ضارّة نافعة، فلولا الحادث والذهاب إلى المستشفى، لما التقينا». قالت: بل كان يجب أن نلتقي، إنه قدر، هو الذي ينفّذ ما كتب على الجبين. أدهشتني، إذ لا تبدو «متدروشة» كما كلماتها، لم أعتد مثل تلك الكلمات، برغم أننا كنا نتداول بعضها في بيتنا، ككلمات النصيب والمكتوب. إلا أن هذه السيّدة الرقيقة الشفّافة تلفظها بنبرة غريبة، غامضة، كأنها ساحرة أو اختصاصية نفسية حملها القدر إليّ في لحظة حاسمة، أعني في فترة حاسمة. المرّة الأولى عندما فتحت عيني في اليوم الأول في المستشفى وجدتها تتأهب لمغادرة الغرفة، والمرّة الثانية سأحكي لك

عنها في ما بعد. سريرها كان في الجانب الثاني من الغرفة الرحبة الأنيقة، وكانت قد أمضت أياماً قالت إنها أجرت فحوصاً نتائجها «الحمد لله»، لم أرد أن أتطفّل عليها فأسألها عن نوع تلك الفحوص، كنت أضيق بمن يفعل ذلك، تعلّمت في لندن معنى الفرق بين أن يكون المرء مهتماً وبين أن يكون متطفّلاً. هناك شعرة تفصل بين سؤال الاطمئنان والمشاركة، وبين سؤال الحشرية لاكتشاف معلومة ما، وتدويرها مهما تكن تافهة. لذا كان يوسف يضيق بالعرب الذين يعيشون حولنا في لندن، لاعتيادهم تدوير معلومات عن خصوصيات تصبح على ألسنتهم فضائح، وكنت أوافقه في كثير من الأحيان، حتى أصبحت مثله، برغم أني كنت على وشك أن أصبح من تلك الفئة، لولا تلك الانتباهة ومراقبة النفس. نحن نتهم الآخرين أحياناً ولا ننتبه إلى أننا نقوم بمثل أفعالهم. لندن علّمتني الكثير، فماذا ستعلّمني دبي؟

وما الذي سأتعلّمه من «دينا»؟

****

ذلك اليوم، عندما نقلتنا سيارة الإسعاف إلى المستشفى الكبير في منطقة «كرهود» اكتشفت عالماً آخر. لم نمكث طويلاً في ردهة الانتظار. فقد دفعوني في عربة إلى ردهة النساء، ولم أعد أعرف أين أصبح السائق. كانت الدماء تنسال من أنفي. لم أعرف كثافتها، لأني لم أكن أستطيع أن أفتح عينَيّ، هناك كما يبدو جرح آخر أصاب عيني اليسرى، لكنني شعرت بدماء في حلقي، أحسست طعمها وعندما بصقتها خفت.

في تلك اللحظة، لم يبق مني سوى طفلة تدعو أن لا تموت بعيداً عن ولديها. كذلك تمنّيت أن لا أموت، ليس خشية من الموت، فحسب، بل خشية على ولديّ من الصدمة. وأكذب إن قلت لك إني لم أعد أخاف الموت الآن. الآن تغيّرت، نعم، ربما أصبحت ألجأ من خوفي إلى من يستطيع وحده أن يريحني. لم يعد ابني أو أحد ولديّ، ولم تعد الموسيقى أو السينما أو المعارض، بل اقتناعي العميق بأني كلّما اقتربت من ربي عزّ وجلّ،

شعرت باقترابه أكثر فأكثر، بحمايته، بحنانه، بقوته الهائلة التي تنزل برداً وسلاماً على قلبي.

قد تكون هذه كلمات أقولها لك وأنا في حالة تأمّل بحالي وأحوالي، وقد لا تقنعك وأنت تكوّمين أمامي كلّ هذه الأسئلة والوثائق. في كلّ حال، أقول لك ما أشعر به حقّاً، وأزيد بأن تلك المشاعر لا تبقى على درجة واحدة من القوة أو العمق أو الاستمرار. إنها تتناثر، تختفي أحياناً فأبحث عنها من خلال صلاة أو دعاء، هي تبتعد أيضاً لأني أكون منهمكة بعملي الذي يأخذ مني في هذه المدينة وقتاً طويلاً، وقتاً أكثر وأصعب ممّا كنت أتوقع.

ذلك اليوم، في المستشفى، عندما أحسست أني أكاد أبتلع دمي، شعرت برعب، تخيّلت أني أصبت بنزيف داخلي، وأن كبدي الآن يلفظ أنفاسه، وستتوقف الدماء في فمي لتعلن نهايتي. لا أريد أن أموت في هذه المدينة، ولا في أيّ مدينة أخرى. أريد أن أموت في بيتي، بشكل هادئ، ومريح لولدي في الدرجة الأولى ولي. لا أريد أن أقلقهما فيتركا أشغالهما ويأتيا إليّ.

ضحك الطبيب وهو يقول لي إن هذه الهواجس لا داعي لها، فكبدي على ما يرام، وتلك الدماء، ليست إلا قطرات سالت إلى الحلقوم بسبب انسداد في الجيوب الأنفية. يبدو أن الجيوب الأنفية لديك ملتهبة، أو كانت ملتهبة قبل حادث الاصطدام، قال الطبيب. ثم طمأنني إلى أن ليس هناك كسور في جسمي، لكنه طلب إبقائي يوماً واحداً للتثبّت من توقف نزيف الأنف، ولإجراء كيّ بسيط إن اقتضى الأمر ذلك.

في اليوم التالي، أو في صباح اليوم التالي، تراءت لي مثل ملاك، كانت على وشك مغادرة الغرفة التي ألحقوني بها بعد استئذانها، لعدم توافر غرفة شاغرة تلك الليلة. كانت ابتسامتها مطمئنة، وصوتها يحجب ضجيجاً بدأ يتسلل من الممر، فيما حركة الممرضات والأطباء تبدو سريعة ومرحة بين الغرف.

كان المكان نظيفاً وأنيقاً، وعندما غادرت، لمحت ردهة الاستقبال الكبرى مكتظّة، كأني

وسط ميدان في عالم لم أره من قبل، كل أبناء العالم يتجمّعون هنا، ولأوّل مرّة أرى مجموعة من النساء متّشحات بالسواد تماماً، لم يكن نقاباً ما يضعنه، بل مناديل سوداً رقيقة تنسدل من الرأس على الوجه كلّه، يجب أن أعترف لك أن منظرهن أجفلني، أحسست بضيق، بشيء من الاختناق. رجاءً لا تظنّي أو يظنّ أحد ممن سيقرأ روايتك (هذا إن كنت ستذكرين ذلك) أني أتنكّر لهذه التقاليد، لا. ففي العراق، كما أخبرتك، كانت غالبية النساء يختفين خلف العباءات السود، وقد ذكرتني هؤلاء النسوة بمجموعات العراقيات بعباءاتهن حين ننظر إليهن من ظهورهن، تصوّري لقطة سينمائية لعشرات العباءات المنسدلة من الرأس إلى القدمين وهي تمشي مبتعدة، وأنت تتطلعين إليها من الخلف، هل تستطيعين أن تتعرفي على أمّك أو أختك من بينهن؟ ذات يوم، كان طفل صغير في سوق الكاظمية أو النجف، لم أعد أذكر المكان تماماً، يركض باكياً خلف مجموعة نساء مرتديات العباءات، فيشد ذيل عباءة كلّ واحدة منهن صارخاً: ماما، ماما، لكنه يكتشف أنها ليست أمّه.

هنا، أيضاً، سأرى مثل هذا المشهد في ما بعد، وبعد خروجي من المستشفى، في أحد مراكز التسوّق، والطفل يشدّ ذيل ثوب امرأة منقَّبة ووجهه الصغير مغطّى بالدموع، فيما المرأة ترفع طرف نقابها وتقول له بلطف، لست أمّك يا حبيبي.

لماذا أقول لك كلّ هذا؟

صحيح، لماذا أقوله؟ هل لأنك سألتني فقط، متى وكيف وأين قررت أن أضع الحجاب، وأي حجاب؟

****

إنها «دينا»، هي التي أصبحت بالنسبة إلي رمزاً لدبي، كأنها تختصرها بمعاني التحرّر والالتزام، التي أكتشفها لديها، أو أكتشف أنها تطمح إليها. عرفت أنها تعمل في شركة تسويق وعلاقات عامة مجاورة لمكتبنا. هي مسؤولة عن التنسيق لإعداد ونشر وبثّ

إعلانات مجموعة من الشركات، ومنها شركتنا، متعاقدة مع قنوات تلفزيونية ومحطّات إذاعية في دبي. إنها كتلة رقيقة من الحماسة الهادئ، تشبهني، قالت المحاسبة في وكالتنا، وسألتني هل هي أختي، كأنّها لم تر عينيها الخضراوين، وبشرتها النقية، وشقرتها التي تبدو من خلال حاجبين رقيقين وحبّات نمش محبّبة حول خديها، تصغرني بسنوات كثيرة، ربما خمس عشرة سنة أو أكثر. قلت لها إنها مثل أختي، أو هي أخت التقيتها بعد فراق. لم أخبرها عن وفاة شقيقتي الصغرى بالسرطان، فكرت أنها قد تجفل، لكن من جفلت هي أنا، حين علمت بعد فترة حقيقة الفحوص التي كانت تجريها في المستشفى لمّا التقينا أوّل مرّة. كانت تتعلّق بتوجّس طبيبها، قالت بعدئذٍ ببساطة أذهلتني: المرض في بدايته، وسيطروا عليه عند صدري، هنا، صدري الأيمن فقط، والحمد لله على كل شيء.

كيف كان بإمكاني أن أخبرها عن أختي نجاة التي كان أسقطها المرض نفسه في بغداد قبل سنوات؟

في تلك الليلة سألت نفسي، هل تكون أختي؟ هببت من نومي مذعورة أستغفر ربي وأصلّي ركعتين.

****

ما تضعه دينا على رأسها ليس حجاباً. فلأوّل مرّة أرى حجاباً كهذا. لم يكن يشبه أغطية الرأس التي تضعها فتيات ونساء مصريات. كان على نحو ما يذكّرني بصور قديمة، ظلّت كالأحلام في ذاكرتي. إنهن أولئك القرويات في مصايف لبنان عندما كنا نزورها وسبق أن حدثتك عنها. مناديل الرأس تلك كانت تعقد من خلف العنق وتُظهر نصف الأذن، حيث تتدلى الأقراط بحريّة. كذلك ينسحب المنديل أحياناً عن مقدمة الرأس ليظهر الشعر واضحاً. دينا تعقده على نحو مختلف، فهي تخبئ مقدّمة رأسها وأذنيها بالشريط القطني العريض. قالت لي إن اسمه (حطّة) وهو سائد في سوريا. وهذا الشريط عندما تغطيه بالمنديل الحريري الملوّن يختفي تماماً، أو يظهر من طرف رفيع جدّاً يزيد من جماله

وأناقته. أما تحت الأذن فهي تشكله بدبوس يصله بالياقة العالية لبلوزات ترتديها دائماً، تحت الستر أو الفساتين أو الكنزات القطنية. هل تعرف دينا ماذا فعلت بي وهي تضع على مكتبي بعد أسبوع، كدسة من «الحطّات» الملوّنة، مع عبارة« ليس كل ما يعلم يقال، وهذا الجمال ليس حكراً على المحجّبات». يومذاك سألت نفسي هل تتواطأ مع ابني؟ لكنها لا تعرفه، فما هذا الذي يحدث لي في هذا الفضاء العجيب؟

تتحدّث دينا بلهجة بيضاء، وكلامها خليط من الفرنسية والإنكليزية. تخبرني أن والدتها كندية ووالدها من أصل لبناني، لكنه أمضى طفولته ومطلع شبابه في أميركا حيث التقى أمّها وتزوجا وعاشا في الخليج. عمل والدها، طوال حياته حتى وفاته، مستشاراً تجارياً لأحد كبار الشيوخ، كان يرحل معه إلى منطقة فيشي في فرنسا حيث كان الشيخ يخضع لعلاج طويل، كان قد أصبح بعد تلك السنوات مستشاره ومدير أعماله وساعده الأيمن، هو المتحدّث باسمه والمندوب عنه في الاجتماعات والحفلات. دينا أمضت طفولتها في فيشي، ومع خليط لغة أمّها وأبيها، الذي كان يدور في بيتهم اكتسبت لكنة غريبة ولهجة عربية بيضاء، الآن هي متزوجة لديها ثلاثة أبناء، زوجها أردني من أمّ لبنانية.

هل أجد في خليط ذرية دينا، ما يشبهني، وما أعيشه من مواجهات وتحوّلات؟ كيف هي علاقتها بأمّها المسيحية؟ هل زوجها مسلم؟ هل تعيش مثلي، داخلياً، هذا الازدحام والاصطدام؟ لم يكن ما يدور بيننا يتجاوز التحيّات الحارّة والسؤال عن الأهل، وتقديم المساعدة لي بتعريفي على اسم مطعم أو متجر أو تنبيه إلى أساليب التعامل، أو ذكر معلومات عن دبي التي خبرتها عبر سنوات طويلة، منذ أن كانت تزورها زيارات سنوية في طفولتها.

فكرت في أساليب مختلفة لسؤالها عن هذه المناديل الملوّنة التي تجعل منها نجمة من نوع خاص في المبنى الذي يمتلئ بموظّفات أجنبيات، وعربيات نحسبهن أجنبيات، بملابسهن القصيرة، المفتوحة. أرى بعض المحجبات، لكنهن قليلات، يتوزعن في بعض المكاتب، فمنهن من ترتدي الحجاب السائد الذي يلتفّ حول الرأس فيؤطر الوجه ثم

ينسدل بطيات حول الكتفين، وقد يبدو الحجاب مستغرباً بالنسبة إليّ عندما ترتدي إحداهن بنطلون الجينز الضيّق، وتكتفي ببلوزة أضيق منه تتوقّف عند الخصر، لكنني أعجب أيضاً بأخريات وهن يرتدين السترات الطويلة الأنيقة فوق بنطلونات واسعة، فيبدو الحجاب عندئذ مكملاً متوّجاً لأناقة مريحة.

كنت كلّما توقّفت بنظرة، أو استعدت تأملاً لي لحجاب تضعه إحداهن، يصلني صوت مؤنس، وأعود إلى رسالته، إنه يطلب مني بوضوح وبتحديد أن أبدأ الرحلة، يقول إن لدي الفرصة جاهزة الآن، في دبي. فهنا، كلّ النساء محجبات، مع أني أكتشف العكس، ففي المبنى الذي أعمل فيه، أكاد أعدهن على أصابع اليد، غير أن العدد يكبر عندما أكون في أحد مراكز التسوّق. مع ذلك، حاولت ذات يوم اكتشاف المظهر الطاغي للنساء في هذه المدينة، هل هو الحجاب أم السفور، فكانت النتيجة دوّامة أوقعت نفسي فيها، إذ كلّما عددت مجموعات من خليط ما، عربيات أو أجنبيات بملابس عصرية، عادية أو مكشوفة، أو مبالغ في عريها، خلُصت إلى طغيانها، وفاجأتني موجة، وأحياناً موجات، من مجموعات أخرى، ينتشر الحجاب بمختلف أشكاله وأنواعه على رؤوس نسائها.

يصبح المركز التجاري عندها مثل بحر تتدفّق موجاته باندفاعات مختلفة، لترتد وتعاود حركتها الرتيبة واللانهائية. (الفقرة الأخيرة ملخّص وضعته المؤلفة لشرح ووصف طويلين على لسان هديل سالم علي).

****

كنت كلّما شعرت بأسى، أو لفّني حزن غامض، يرافقني منذ سنوات، وقد تصاعد أخيراً، منذ أن أصبحت حكاية الارتباط بيوسف كامان تقترب من نهايتها. أذهب إلى السينما، أو أرافق صديقتي نادية إلى مسرح، أو أجلس ساعات طويلة أستمع إلى الموسيقى. لم أكن أحب حينذاك سماع الأغنيات، وأعجب لمن يزيد أحزانه أحزاناً بسماعه نواح الأغنيات. الغناء بالنسبة إليّ حالة فرح، حتى حين يعبّر عن أحزان أو

انكسار فإن قلوبنا تصبح عصافير. على الأقل هذا ما أشعر به، غير أني مع السنوات أصبحت أميل إلى الموسيقى، فهي لغة في ذاتها، ولا أدري من أين اكتسبتُ هذه الحاجة، لا يهمّ، أعرف أن هذا لا يهمّك، آه، تريدين فقط أن أحكي لك عن حجابي، آه، آه، والله لا أدري، من أين أبدأ وإلى أين سأنتهي، بصراحة، أنا أخاف، «بلى.. بلى» أخاف، هذه هي الكلمة الصحيحة، أخاف منك، مما ستكتبينه عني، أخاف من المتشددين، أوّلهم ربّما ابني مؤنس، بلى، مؤنس، عندما أخبرته أني سأحكي لك الحكاية، وعندما وافق بنفسه كما قلت لي، طلب مني أن أقدّم الصورة الناصعة، الإيجابية. يعني أن أكون خير داعية، وأحاول أن أؤثر بدوري في الأخريات ممن لم يضعن الحجاب بعد. لكني قلت له لست داعية، وإليك أقول، ربّما لن أفيدك، إذا كنت تريدين أن تقدّمي في كتابك صورة للمرأة المسلمة، وحتى، كما تقولين، تريدين أن تكتبي رواية. فأنا لا أصلح لأن أكون بطلة. أنا أقلّ من ذلك بكثير، أنا... يا ويلي، أيّ ورطة وضعت نفسي فيها، أرجو أن لا تغضبي مني وتتهميني، كما يتهمني سامر أحياناً، بأني ألفّ وأدور، وأترك الآخر حائراً يأخذ من كلامي ما يريد، فيما لا يكون الحقيقة، ما رأيك لو أحكي لك عن حجاب «دينا» بدلاً من الكلام على حجابي؟

«إي بلي»، دينا ربّما تفيدك أكثر، هذه المرأة عجيبة، ما زلت لا أستطيع رؤيتها إلا كملاك، ككائن بجناحين وصوت رخيم. الآن يمكن أن أحكي لك عن لقائي الثاني معها. الغريب أنها كانت في إجازة، لكنّها مرّت ذلك اليوم بمكتبنا مصادفة، وجدت نفسي بعد دقائق من تحيّتها لي أبكي بين يديها، وأقول لها إني رأيتها في الحلم، برغم أني كنت قرّرت في الصباح أن لا أحكي لها حلمي، لأنه انتهى نهاية أزعجتني. مع ذلك، فثمة شيء غريب لديها، شيء يشبه المغناطيس، ما إن تطل في باحة الطبقة الرابعة حيث مكتبنا حتى يقترب منها الكبير والصغير، يحييها أو يمازحها، وهي، بدورها، تطلق ابتسامة تمتصّ أي كثافة حزينة أو مزعجة.

ذلك الصباح، اقتربت من مكتبي تطمئن علي، وقالت بلغتها التي تمزج الفرنسية

بالإنكليزية: لا أعرف ما الذي جاء بي اليوم إلى هنا. كلّ شيء على ما يرام، قلت لها، تماماً، سألتني فجأة، ما بي؟ قالت إن على لساني كلاماً، وهي تكاد تسمعه، أخافتني ملاحظتها، ووجدت نفسي أحكي لها الحلم، كنت حلمت بها في الأمس، كانت تقف على تلّ، عباءتها ملوّنة، وتتطاير أطراف كميّها على كتفيها، إيشاربها معقود خلف عنقها بإحكام، وطيّاته تحلّق أيضاً، مثل مروحة تستقطب نسمات منعشة، كنت أحاول الصعود إلى التلّ، وكنا في الحلم في دبي، ولكن لا أثر للسخونة والرطوبة. نسيم منعش يشبه نسمات لندن قبل أن تشتدّ برودتها. قلت لها في الحلم، أريد أن أضع مثل هذا الغطاء، ولكن ليس على رأسي! سألتني، أين تريدين أن تضعيه؟ قلت لا أدري، ثم تذكّرت أني أريد أن أضعه في خزانتي، لا أدري لماذا. ربّما لأستعمله عندما أكون مع مؤنس، قالت لا يهمّ. يمكنك أن تضعيه في خزانتك، ثم قالت، على كل حال أنا لم أضعه، فقد وجدته هكذا فجأة، يغطي رأسي ويمسح على رأسي مثل كف أمي التي ماتت وأنا صغيرة. ثم قالت، هو يستطيع أن يأتي لأي إنسان، لكل من يطلبه، ليس مطلوب منك أن تأتي إلي كي أضعه لك، أطلبيه بنفسك. قلت: لكني لا أستطيع ذلك، لا أعرف، ولا أعرف من أين... قاطعتني: هل تعرفين ماذا تريدين؟ قلت أريد أن تساعديني، أن أصل إليك، عندما مدّت يدها تساعدني كي أصعد إلى التلّ، لم أستطع، وقعت، في تلك اللحظة استيقظت، حالة الوقوع هذه كانت تنتابني في أحلامي، أستيقظ في اللحظة نفسها، أي قبل أن أرتطم بالأرض. تلك الحالة تجعل قلبي يصبح مثل الهواء، وأبحث في اللحظة التالية عن تنهيدة عميقة فلا أحققها.

ذلك الصباح، حكيت لدينا كلّ هذا، فقالت إن خيالي مروّع، ثم قالت، لهذا جاء بك مسيو جان. فإعلاناتكم ما شاء الله أصبحت «نمبر وان» في المبنى، ثم ذكّرتني فجأة، هل إعلان العطر الجديد الذي استخدمنا فيه تلاً من غيوم ويداً رقيقة ترتفع كأنها تريد التقاطه، كان من وحي هذا الحلم؟ ثم ضحكت وقالت، لماذا ترينني يا عزيزتي في أحلامك فقط، ولا تدخلينني في إعلاناتكم؟

أرادت أن تفتت حالتي تلك، التي كانت تشدّني إلى ما أستطيع أن أقول عنه جنوناً، نعم، حالة أصبح فيها بين الحقيقة والخيال معاً، أتراءى لنفسي بتكوينات وتهويمات مخيفة، سامر كان يقول عنها إنها نتيجة سوء هضم. ومؤنس يقول إنها حربي الداخلية على وساوس الشيطان، فماذا تقول دينا الآن؟ هي تستطيع أن تلقي بي فجأة، مثل ما يحدث في الحلم، من التلّ الذي أراه في الواقع، تعطيني كدسة من مواعيد تسليم عدد من الإعلانات، وتطلب من خيالي أن ينطلق منها وإليها، وتغرقني بجداول عمل يومي يتطلب متابعة ودقّة، متجاهلة تماماً دموعي وصوتي المختنق، بل أكثر من ذلك، تلقي حكمها السريع فتمنع دمعتي من المغادرة وتعيد دوزنة صوتي.

ثلاثة أيام، ظللتُ أستعيد صوراً مختلفة من حلمي الذي كان يتكرّر بزوايا مختلفة، لكنه مصرّ على استحضارها هي، هي وليس أي أحد آخر.

في ما بعد، ربّما بعد نحو شهر من ذلك الحلم، قالت لي أخيراً، وبعد أسبوع من أحاديث متقطعة عن الأحلام والحجاب وذبذبتي بين القبول والرفض: أنا يا حبيبتي، وقعت في حبّه، فلا تسأليني أكثر من ذلك.

****

أمنيات دينا

اعتذرت هذا الصباح من السيّدة هديل سالم علي، عن عدم حضوري إلى الموعد الذي اتفقنا عليه، للعمل على فصل من روايتي عنوانه «الإغواء»، لأنها أحالتني، ربّما من دون أن تدري أو تقصد، على السيّدة دينا، فمن هي تلك السيّدة التي تصرّ هديل سالم علي على تصويرها بطريقة شائقة، لكنها غامضة، ولهذا تظل بالنسبة إليّ، ناقصة، لا أستطيع أن أكتشف إلى أي مدى أمكنها، أو ما زال يمكنها، أن تؤثر في بطلتي.

الأمانة التي اعتمدها في كتابة هذه الرواية، تقول إني حصلت على موافقة السيّدة دينا الجمال لتقديم نفسها في هذا العمل، وشرح علاقتها بالسيّدة هديل سالم علي، خاصة من ناحية تحجّب هذه الأخيرة، وقد حدّدت ذلك بدقة، خوفاً من أن تقودني شخصية أخرى إلى دهاليز تبعدني عن الهدف.

في الجلسة الأولى دار بيننا الحوار الآتي (اعتذرت خلاله أني أبدو مثل محققة، لكن دينا فاجأتني برقّة لافتة تلمّست من خلالها قوة تأثيرها في شخصية تعيش لحظة حاسمة من الضعف والتوق إلى إنقاذ).

* لابد أن أشكر لك كرمك بإعطائي هذا الوقت. أعرف أن برنامج عملك اليومي مزدحم، فكما فهمت من السيّدة هديل سالم علي، أنت مديرة فرع الخليج العربي في شركتكم؟

- لا يهمّك، أنا جاهزة، بصراحة، أستطيع أن أتحدّث معك في الوقت الذي أتابع فيه، بالموبايل طبعاً، إدارة أربع أو خمس عمليات إعلانية.

* من أين نبدأ؟

- تريدين أن تعرفي كيف تعرّفت على هديل؟ ألم تخبرك عن المستشفى؟ ثم اكتشفنا أننا نعمل في المبنى نفسه قبل أن نكتشف أن جزءاً من عملي يرتبط بالشركة التي تعمل فيها؟

* بل أريد أولاً أن أعرف كيف تعرفت على نفسك أو على دينا الأخرى.

- الأولى هي الأظبط، أيّ كيف تعرّفت على نفسي، لأن الثانية لم أكن أنا.

* اشرحي لنا.

- أنا يا حبيبتي كنت في عالم آخر، عالم عصري، أخذني إلى كل ما يحبّه قلبك من موبقات.

* تقولين ذلك بصراحة!

- بل بوضوح، لماذا أخفي؟ هذا ما حدث حقّاً.

* ماذا تعنين بالموبقات؟

- أعني، المايوه، البيكيني، ملابس الديكولتيه، التنورة التي تصل إلى أعلى الفخذ، الرقص، مغازلة الشبان...

* ماذا كان شعورك عندما كنت في تلك الحالات؟

- فرحة. أنطلق مثل الفراشة، إلى المراقص والمقاهي، «جروب» من البنات والشبّان يبدأ كبيراً عندما ننطلق في أكثر من سيّارة إلى مكان ما، ثم ينتهي آخر السهرة على طريقة «كل الأحبّة اثنين اثنين».

* هل سألت نفسك لماذا كنت تفعلين ذلك؟

- لم يكن لدينا الوقت، كنت ما زلت في المدرسة، وبعد أوقات الدراسة كنا، نحن البنات، ندخل معارك مثل من ستستطيع هذا اليوم أن تسقط فلاناً أو فلاناً في هواها، لعب، كنا نلعب.

* هل كان أهلك يسمحون لك بالخروج ليلاً؟

- أنا عشت في أوروبا، بين فرنسا وسويسرا، عالم آخر، وقوانين أخرى، لم أعش في بلد أبي، علماً أني عرفت بعد ذلك أن هناك الكثير من البنات في لبنان يعشن هذا الانطلاق، ليس في لبنان فحسب، بل في مصر والخليج ومعظم البلدان تقريباً، وبصراحة، سواء في العلن أو في السر.

* كيف كانت علاقتك بأمّك؟ فهمت أنها توفّيت حين كنت طفلة.

– لا، أمي توفيت عندما كان عمري سبع عشرة سنة. هي خلطة سويسرية كندية، أيضاً كانت من عائلة أرستقراطية، وهذه العائلات لها عالمها. أمّي كانت منهمكة في علاقاتها تلك، لكنها لم تحرمني البتة حنانها واهتمامها. عندما سافرت للدراسة في باريس، كانت تتصل بي يومياً. حتماً أنه لم يخطر لها أني سأختار هذا الطريق، حياتي وحياتها كانتا مختلفتين تماماً، هي في السهرات والحفلات ولعب البريدج، وأنا بين الدراسة والمقاهي والنوادي.

* أنت وحيدتها كما فهمت.

– نعم.

* ماذا عن والدك؟

– توفّي قبل خمس سنوات. كنت قد تحجّبت قبل ثلاثة أيام من وفاته، وكأنه اطمأن عليّ، هكذا أحسست.

* هل كان حجابك بسبب الزواج؟ أعني، هل أحسست أن شاباً محافظاً على نحو ما، مثل ابن السيّدة هديل سالم علي مثلاً، قد يمكن أن يختارك زوجة، فقررت أن تقتربي منه، أو وجدت أنه لا يمكن تحقيق مثل هذه الغاية إلا عبر الحجاب؟

– أبداً. أبداً، من قال لك ذلك؟

* لا أحد، أنا فقط أخمّن.

– الحكاية يا سيّدتي، قصّة حبّ، حبّ عنيف، عميق، رهيب، قولي ما تشائين، ورجاءً اكتبي ذلك، ليس الحب هو البنت للشاب فقط، هناك حب عظمة آخر، وأنا ذات يوم وقعت فيه، وقعت في حبّ الرسول صلّى الله عليه وسلم، هذا هو الرجل الذي أخذ بيدي، أراني الطريق المستقيم، أنقذني من نفسي ومن طيشي وجنوني، أفهمني أن الطريق إلى صلاح النفس ليس صعباً، بل هو جميل، فتّان، أحلى بكثير من هذا «الرقص والقفش» الذي أعيشه، ماذا أريد؟ ماذا كنت أريد؟ أن أجعل كل شخص ينظر إليّ لأن يعجب بي؟ أن أختال بجمالي وفتنتي ودلالي؟ أن أرقص على نغمات الموسيقى الصاخبة؟ ولماذا كلّ

هذا؟ وما هو هدفي؟ أن أنتهي من معركة لأدخل أخرى؟ وماذا بعد؟

* ماذا بعد؟ ما الذي اكتشفته؟ وأين؟ وكيف؟

- سألتني إذا كان هدفي كان الزواج. أقول إن زوجي اختارني وأنا كنت ما زلت في ذلك العالم، لم يكن مثلنا تماماً، أي من «الجروب» بل كان شاباً في بداية حياته العملية، مديراً للحسابات الخاصة في مصرف دولي. المهم التقينا مصادفة في إحدى السهرات، وجاملني بالضحك والرقص، لكنه طلب مني في نهاية السهرة أن نتحدّث جدّياً في اليوم التالي، وعندما التقينا، حكى لي عن الحبّ من أوّل نظرة، ولم تكن حكاية جديدة بالنسبة إليّ، لكن إحساسي وحدسي قالا لي إنه صادق، وقد تزوجنا بعد ستة أشهر.

* هل زوجك متديّن؟

- كان إنساناً عادياً، يعني لم يكن مهووساً بالسهر ولم يكن متشدداً، كان يصلي أحياناً، ويصوم طبعاً، يعني مثل كثيرين.

* وماذا كان موقفه من ملابسك وانطلاقك.

- هو انطلق من مشاعر غيرة، فأخذ يطلب مني أن أخفف الماكياج، أو أضع شالاً فوق فساتيني. أشياء من هذا النوع لا أكثر.

* أليس هذا غريباً.

- وما الغرابة؟

* يجب أن يكون قد حدث شيء ما، حدث أو شخص أو... لا أدري تماماً. أنت تعرفين أكثر، فما هي نقطة التحوّل التي عشتها من النقيض إلى النقيض؟

- اسمحي لي أن أقول إن من يعتقد ذلك يكون مخطئاً، نحن نخلق بأرواح هائمة، وكلّ روح تعيش لتبحث عن ملاذها. هناك أكثر من ملاذ، قد نجد بعضها في الحياة الدنيا، وقد نجد بعضها الآخر في الآخرة.

* لكن هذه المشاعر لم تكن قد راودتك قبل ذلك؟

- ربّما كنت أهرب منها.

* هل يمكننا القول إنك اكتشفت التوبة؟

- قصدك كما نقرأ عن الفنانات؟ يعني الراقصة الفلانية أو النجمة الفلانية التي تابت وتحجّبت.

* لم أفكر في ذلك.

- بالنسبة إليّ، لم يكن الأمر توبة، فأنا كما ترين ما زلت صغيرة. هل تعلمين أن عمري ثلاث وثلاثون سنة.

* ذكرت قبل قليل تعلقك بالرسول الكريم صلى الله عليه وسلم، لكني أودّ أن أتعرّف على تلك اللحظة التي شعرت فيها بذلك الاحتياج، وما الذي اكتشفته بعد ذلك، وكيف؟

- لم يحدث لي مثلما أقرأ عن آخرين مثلاً، أصيبوا بمرض، أو وقعت لهم حوادث أصبحوا فيها بين الحياة والموت. بالنسبة إليّ جاء الأمر مثل «كرج المي». كنا في اليوم الثالث من رمضان وقالت إحدى صديقاتنا إن هناك دعوة لسماع مدائح في الرسول، كما سيجيء يوسف إسلام، وكنا في ذلك الوقت في فرنسا، أهلي ما زالوا يعيشون في «فيشي» وأنا في باريس، في السنة النهائية من دراستي في معهد إدارة الأعمال. كنت أعيش مع صديقتين في شقّة في باريس، يملكها الشيخ الذي يعمل لديه والدي.

* ما الذي كان يدفعك وصديقاتك للذهاب إلى هذا النوع من الحفلات؟

- مجرد تغيير، كنا أيضاً نسمع أن يوسف إسلام شاب وسيم جدّاً، وأردنا أن نراه.

* ماذا حدث في تلك الليلة؟

- لم يحدث شيء يذكر. لم يحدث لي مثلما يحدث في الأفلام، أيّ أني استمعت إلى المدائح والغناء، وبكيت واكتشفت ضياعنا. بالعكس، في البداية تضايقت، أوّلاً لأنه كان عليّ أن أغطي شعري، والمعطف الخفيف الذي وضعته على كتفي كان مزعجاً، لأنه كان طويلاً وعريضاً، ثم إن الإنشاد لم يؤثر فيّ للوهلة الأولى. لكني في نهاية السهرة اشتريت الـ C.D. بعدها بيومين أو ثلاثة، أدرت الـ C.D بالغلط، إذ كان مع مجموعة ولم أنتبه إلى ذلك. هنا، سمعت الغناء بشكل مختلف، ليس هذا فقط، كان الـ C.D يتضمّن مديحاً وحديثاً، ثم إنشاداً

ليوسف إسلام، وأذاناً، وذكر الصوت أنه أذان الفجر. صدّقيني لم أكن سمعت في حياتي أذاناً على تلك الطريقة. لا أعرف كيف أصفها لك، يجب أن تسمعيه لتعرفي. الغريب أيضاً أن هذا الـ C.D ضاع بعد ذلك، والأغرب أني لمّا حكيت عنه لهديل استماتت كي تحصل عليه، وظلتّ كلّ يوم تسألني وتتوسّل إليّ أن أجده كي تنسخه. ولكن من دون فائدة، ضاع وخلص، لكنه بقي في أذني، ذلك الدعاء والأذان والإنشاد. بقي لاصقاً في أذني، تعرفين؟ مثل الإعلانات التي نبثّها على القنوات. هذا اختصاصي، نحن نعرف أنه كلما زدنا من دقائق البثّ التصق الإعلان في أذهان المشاهدين وآذانهم. نحن نعرف أن ذلك يضايقهم، بل يزعجهم، لكنه يصبح جزءاً منهم، وكم التقيت أشخاصاً، يعني من مستوى مديرين وما فوق، يردّدون من دون أن يشعروا، نغمة من إعلان، أو كلمات استقرت في وعيهم بسبب تكرار عرضها ورؤيتهم لها.

* لكن الـ C.D الذي تتحدّثين عنه لم تسمعيه كثيراً بحسب ما فهمت منك؟

– بل في البداية سمعته كثيراً، أحياناً بسبب الكسل، فأنا منذ أن أفتح عينَيّ، أكبس الهاي فاي الموجود قرب سريري، وفي تلك الفترة، كان C.D المدائح هو الموجود.

* ألم تخشي أن تكون نزوة كما يحدث عندما نتعلّق بأغنية جديدة، نظلّ نردّدها ونسعى لسماعها إلى أن نسأم ثم نتعلق بأغنية جديدة أخرى؟ هذا هو السائد في سوق الفنون.

– صحيح، لكن شيئاً ما حدث لي، ولم يحدث فجأة، بل استغرقت فترة، لأني انطلقت من اللحاق بالنغمات إلى الإصغاء إلى الكلام. من هنا، تنبهت إلى حبّ من نوع آخر من أغاني الحبّ، لم تعد تصل إلى نصف ربع ما يصل من المديح، ليس هذا فقط، فمناجاة الحبيب الذي نسهر الليل من أجل عينيه ونبكي لهجره أخذت تذوب أمام حبّ لا أعرف كيف أصفه لك. مثلاً نحن نحبّ من يقدّم لنا وردة، أو يهتمّ بنا، أو يطلبنا للزواج، وعلينا أن نردّ إليه هذا الاهتمام بمثله. فماذا عمن أحبّنا ويحبّنا لوجه الله تعالى؟ كلّ يوم، كنت أكتشف المزيد من خصال الرسول الأعظم. لقد ألهمه الله عزّ وجلّ ليدرك فلسفة الحياة الدنيا والآخرة، وأنزل عليه القرآن الكريم، لكنه لم يحتفظ بهذا الكنز لنفسه، بل أحبنا لله وفي الله ونقل إلينا كلّ هذا الكنز، وقال لنا اغرفوا منه لتسعدوا، لا أريد منكم شيئاً إلا طاعة الله عزّ وجلّ. الرسول الكريم

أعطانا ولم يأخذ منا، تحمّل لينير لنا الصراط المستقيم، هداانا إلى طريق حب الله واللجوء إليه وحده، كيف وأنا أكتشف كلّ هذا، ألا أقع في حبّه وتصغر جميع الأمور الأخرى في عينيّ؟ من خلاله اطّلعت على الحبّ الحقيقي، على صفاء القلب والروح، فهمت لماذا خلقني الله في هذه الحياة، وكيف يجب أن يكون سعيي، لم أصل من خلال هذا الحبّ إلى ما يشيعه البعض بأننا نكره الحياة الدنيا ونحبّ الآخرة، بل على العكس، فأنا تعلّمت أن حتّى متعتي في هذه الدنيا هي تكليف، وأصبحت أتمتّع بها، بحبّ زوجي وأبنائي الثلاثة، والرزق الذي يهبه الله تعالى لنا، وواجباتنا نحو الله وديننا وأنفسنا. مقابل كلّ هذا ما الذي طالبنا به؟ أن نصلي ونتوكّل على الله وندعو للرسول الكريم؟ أن نزكّي؟ ألا نشعر بسعادة ونحن نفرح الآخرين بأموال فائضة عن حاجتنا نعرف أنهم محرومون منها، وأن الله سبب وجودنا لمساعدتهم وإسعادهم؟ أن نصوم؟ ألا نشعر بتلك البهجة ونحن نرضي الله ورسوله بذلك الواجب الجميل، ونتدرّب على قوّة الإرادة ونسيطر على شهواتنا ونشارك آخرين لا نعرفهم ونشعر في ذلك الشهر أنهم جزء من عائلتنا؟ أن نحجّ عندما نستطيع؟ ألم يخبرك كلّ إنسان زار الأماكن المقدّسة بشعوره الرهيب وهو يشعر أنه ولد من جديد؟ ماذا أريد أكثر من ذلك؟ كل ما أكتشفه من واجبات، هو في النهاية متعة وسعادة وفرح ما بعده فرح. أنا اكتشفت هذا ليس بالكلام، بل بالتطبيق، فكلّما التزمت واجباً، شعرت أني مرتاحة أكثر فأكثر. أكتشف أن الكلام مع الشبّان سخيف ومقرف، وأن الحاجة للحصول على نظرة إعجاب تافهة أمام شعوري برضا الله سبحانه وتعالى علي وعلى سلوكي ومظهري.

* هل قمت بكلّ هذا قبل أن تضعي الحجاب؟

- نعم. واستمر ذلك سنة أو أكثر، وضعت خلالها الحجاب أكثر من مرّة ثم خلعته.

* لماذا؟

- كنت أتضايق، أشعر باختناق، أشعر أحياناً أن شكلي ليس كما اعتدته، وأن المنديل غريب عن بقية الملابس، مع أني لم أعد أرتدي الملابس القصيرة أو المكشوفة.

* ومتى اتّخذت قرار الاستمرار في ارتدائه؟

– لم أتخذ القرار، بل اكتشفت الأمر هكذا ببساطة. فذات يوم، وقفت قبالة المرآة وجرّبت أشكالاً مختلفة لربط الحجاب فوق رأسي. ما كان يضايقني هو أن ألفّه بتلك الطريقة التي تحيط بوجهي ثم يرتفع طرف منه ليلتفّ مرتين. هذه الطريقة كانت تضايقني، كما أني لا أحبّ ذلك الشكل. بصراحة، كان يذكّرني بالعجائز اللواتي أراهن في بعض القرى. لا أشعر أني أنتمي إليهن. رجاءً افهميني هذا ليس ترفّعاً أو إنكاراً، بل العكس، أنا أحترمهن جدّاً، وأحترم جميع الفئات التي تضع الحجاب بالشكل الذي اعتادته، أو الذي تفهم أنه الطريقة الصحيحة، أيّ الطريقة الشرعية.

* وماذا عن حجابك؟

– اكتشفت أن هناك أكثر من طريقة شرعية، ومن يقول لي إن هذا خطأ سأحيله على الشيوخ الأفاضل الذين استشرتهم. المهمّ أني في ذلك الصباح، وعندما عقدت حجابي بتلك الطريقة، رأيت نفسي جميلة، وبقي عليّ أن أبحث عن طريقة لأغطّي بها عنقي. هكذا اكتشفت طريقة ارتداء البلوزات ذات الياقات العالية، وهي موضة على كلّ حال.

* أيّ أنك ظللت على نحو ما تحرصين على أن تظهري جمالك وأناقتك.

– وما الذي يمنع ؟ علماً أني أتحفّظ عن كلمة، إظهار. لماذا لا تقولين اعتناء مثلاً؟

* عفواً، لا أريد مناقشتك في مفهوم الحجاب. فليس هذا من أهداف روايتي، لكنّي أريد أن أفهم، كيف تفهم امرأة مسلمة مثلك ومثل السيدة هديل سالم علي معنى ارتدائها للحجاب. هل هو عادة أم موضة أم قناعة عميقة بالتزام ديني وروحي؟

– اقتناع طبعاً، إيمان، إنه أمر منزّل في القرآن الكريم، لكن ذلك لا ينفي أن أبحث عن الجميل وأن أكون جميلة وأنيقة.

* في عيون من؟

– في عينَيّ أنا أوّلاً، قبولي لنفسي هو المهمّ، وهو الذي يمنحني راحة وطاقة. أفهم ماذا تقصدين من سؤالك، فهل تريدين أن تسأليني ما الذي تغيّر فيّ منذ كنت أنشد نظرات الإعجاب؟

* تماماً.

– عظيم. المفهوم هو الذي تغيّر. لقد تعلّمت الكثير من التزامي وحبّي لله ورسوله. عندما وضعت الحجاب كنت أفكر. لقد أعطاني الله سبحانه وتعالى كلّ شيء، منحني هذه الحياة ومتعها ووعدني بآخرة أحلى منها وأفضل، ولم يفرض عليّ ما لا أطيقه. فماذا يعني أن أغطي رأسي؟

* ولكن ألا تعتقدين أن من أهداف وضع الحجاب درء الفتنة والتعفّف؟

– طبعاً. لكن هناك فرقاً أيضاً بين النظرة التي تشتهي والنظرة التي تحترم.

* وهل اكتشفت ذلك الفرق؟

– طبعاً. قبل حجابي والتزامي، كنت طائشة، أحصي تلك النظرات التي تعرّيني أكثر ممّا كنت أكون عارية وأعتبرها فوزاً.

* والآن؟

– الآن، الثياب والحجاب هما السدّ.

* هل يعني ذلك أن النظرات ابتعدت عنك؟

– بل قولي تغيرت، لم تعد النظرة وحشية، غريزية، بل أصبحت محترمة، لا تجرؤ على البحلقة أو التعدّي بطريقة وقحة.

* وما الذي تهدفين إليه من حرصك على جمال الحجاب والملابس الأنيقة والاهتمام بالموضة رغم كلّ هذا الالتزام؟

– ليس هناك أيّ هدف، هذا جزء منّي. باختصار عندما أشعر أني مطوقة بمثل هذه الأسئلة، وهي أسئلة تواجهني بها حتّى نفسي، أجد نفسي أقول: إن الله جميل ويحبّ الجمال. وكفى بالله وكيلاً.

(ملاحظة: اشتغلت المؤلفة على هذا الحوار بسبب لهجة السيّدة دينا الجمال، التي كانت خليطاً من الفرنسية والإنكليزية ولهجات عربية مختلفة).

زيارة يوسف كامان

أخبرني يوسف كامان أنه كان متضايقاً إلى درجة الألم والندم، عندما وجد نفسه قد أصبح في دبي. قال إن الزيارة لم تستغرق أكثر من ثلاثة أيام، لكنها بدت ثلاثة قرون، رحلة مكثفة، فظيعة، يقول، أراد من خلالها أن يضع النقاط على الحروف، ساعدته الظروف ليرافق معرضاً للوحات سلفادور دالي، شارك فيها متحف كولبانكيان، وأقيم في حفل افتتاح نادي الغولف في دبي، التابع لمجموعة فنادق «فور سيزنز»، لم يقل لابنته سارة أنه سيلتقي هديل. أخبرها أن الزيارة قصيرة جداً وقد لا تسمح له بلقائها. كان يريد أن يتهرّب من مرحلة صار لا بد أن تحسم، كذلك لم يتّصل بمؤنس ليسأله إن كان يريد هل يرسل شيئاً ما إلى والدته، أحسّ أنه مثقل بتشابكات تضيق أنفاسه، يريد أن يفكّ عقداً تتكوّم ولا يستطيع أن يمسك بطرف خيط واحد منها، تركته هديل سالم علي في حالة لم يعد يمكنه توصيفها. فلو أنها اعترفت أن العلاقة لم تكتمل بينهما، من حيث المكان المناسب والوقت المناسب والشخص المناسب، لتفهم الأمر وأنهاه. ولو أنها اعتذرت بطريقتها المؤدبة والمحببة التي يعرفها، ولكن بوضوح، لأمكن تلك الصداقة بينهما أن تنمو في اتّجاه آخر، وأيضاً لو أنها تقول له تعالَ يا عزيزي لنفقأ هذا الدمل الذي ينمو بشكل مخيف فوق قلبَي ولدينا، لهوّنت القلق والغيظ، عليه وعليها، لكن كلماتها، مثل سياسيي أهل بلدها الذين يقولون ولا يقولون، ومثل الأميركيين الذين يقولون ولا يفعلون.

وهو، يوسف كامان، قد تعب إلى درجة أخافته، فقد كان يشعر بحاجة إلى البكاء كطفل صغير، ولم يتردّد في أن يبوح لي بهذا. قال إذا كنت أتوخى الصدق بالفعل، فعليّ أن أفهم وأفهم (بضمّ الألف وكسر الهاء) الآخرين عن دمعة الرجال وطفولة قلوبهم، إنه يستحق في هذه المرحلة في حياته أن يرتاح ويريح، هو واثق بقدراته على إراحة هديل، فلماذا تميّع الأمور؟

على كل حال، ها هو الآن في دبي، عليه أن يجلس معها جلسة واضحة، تتضمن جدول أعمال محدداً: إلى أين تسير حكاية مؤنس وسارة؟ وما هو قرارها النهائي (سيصرّ: النهائي) بشأن زواجهما، إن هي ما زالت مقتنعة بمسألة الزواج أصلاً، فهو بالطبع لا يستجدي هذه الأمور، ولن يستجديها. كل ما هنالك أنه يشعر في قرارة نفسه أنها تميل إليه، وأنه عندما يكونان معاً يصبح للوقت إيقاع مختلف، كأنه يسدل طقساً خفياً من النشاط والحيوية. يقول لي يوسف كامان بعد صمت: لا أتردّد في القول إنه الحبّ، ولكن كما تعرفين، فالحبّ بالنسبة إلى إنسان مثلي، لا بدّ أن يكون عاقلاً ومقنعاً، أيّ أنه لم يعد هناك من قدرة على السهر تحت ضوء القمر، أو التفكير ليل نهار في الحبيب، بل هي لحظات، تومض بين ساعات اليوم، ربّما تعبّر عن وجودها بلمحات أو حركات أو كلمات لطيفة أتذكّرها، حاجة خاطفة إلى إجراء مكالمة تلفونية سريعة، أو إرسال «ميسيج» للاطمئنان. هكذا ليس أكثر، وهي؟ أسأله، فيقول: الغريب أن حنانها واضح، محبّب، بل هو حنان كريم لا بدّ أن يسعد أي إنسان، إنه يجعلني أتساءل أحياناً، هل هو من صلب طبيعتها أم هروب مرتبك من الحبّ.

****

التقيا في المطعم الهادئ الذي يطلّ على ملاعب نادي الغولف. كانت قد تجوّلت في المعرض، ولم يستغرق ذلك أكثر من عشرين دقيقة، لقلّة اللوحات وصغر مساحة القاعة. ثم ترافقا إلى مائدة عند آخر الواجهة الزجاجية الضخمة. لم يكن يريد أن يعاتبها بشأن المكالمة الأخيرة، وتهربها من القرار، وكلماتها التي كانت تشبه شبكة الكلمات المتقاطعة. لقد تجاوز هذه المرحلة من عتاب المحبين كما يقولون، وكما كرّر ذلك لنفسه وفي أكثر من لقاء له مع المؤلفة، فهو تجاوز مرحلة التوقّف عند التفاصيل، فما يعنيه في هذه المرحلة من حياته هو الموقف، اتّخاذ القرارات وتنفيذها، وأمامها الآن أكثر من قرار، فإلى أين ستقوده لعبة الدوّامة التي تمارسها معه كلّ مرّة؟ كلمات ووعود، وانغمار في حوار

مثير محوره قضايا بعيدة عنهما، لكنه يحبّها، دون الوصول إلى محطّة تريحه.

هذا ما حدث، فقد امتدّ الحديث عن دبي، عن تلك المدينة العجيبة كما قال، والغنية كما قالت، فذهبا إلى اكتشاف مكنوناتها والتوصّل إلى انطباعات وأحكام، بعيداً عن كل ما كان أعدّه وتسلّح به، ومما كانت تخشاه.

تحدّثا طويلاً، مع عصير الكوكتيل في البداية، إلى طبق المقبلات عند العشاء، عن النشاطات الثقافية في هذه المدينة التي تتوالد كلّ يوم. تذكّر يوسف أنه زارها قبل نحو عشر سنوات، ولم تكن بمثل هذه النضارة والحيوية. قال ضاحكاً إن المدن تشيخ عادة، لكن هذه المدينة تتعامل مع الزمن بأسلوب عكسي، فهي تزداد شباباً كلّما قطعت مرحلة من نموها.

قالت هديل إنها عندما تقارنها بلندن تبدو لها مثل مراهقة تختال بأزيائها الملوّنة الجميلة ومجوهراتها المتنوّعة، حتى لو لم تكن متجانسة، فيما تبدو لندن، مثل امرأة ناضجة، وقورة، تحمل على كتفيها تاريخها العريق، هي لهذا تشتاق إلى لندن كحضن أم، وانتماء، ومرجع، فيما تبدو لها دبي طفلة فاتنة تستدرجها للنشاط والمتعة واللهو.

سألها يوسف هل كان هناك مجال للراحة في دبي، فاكتشفا أن إيقاع العمل لندني أصيل، وقت طويل يمضي في العمل، سواء في العمل أو استكماله في الاتصالات، وآخر قد يمضي في المواصلات حيث يعيش أكثر العاملين في إمارة الشارقة، مما يجعلهم يقضون ثلاث ساعات لقطع مسافة قد لا تستغرق في الحقيقة أكثر من نصف ساعة. هنا، يقول يوسف، المشكلة ليست في بعد المسافات وتعطّل القطارات كما يحدث عندنا، بل في الازدحام كما يبدو. تذكّرا أيضاً، مثلما يحدث في كلّ لقاء بينهما، أحداث بلدها وبلده، أخبرته عن مشاعر الغيظ والحزن والغضب التي تتداخل، عن حروب وانفجارات كلّ يوم في بغداد. وحشرج صوته وهو ينقل إليها القصص البعيدة عن الأخبار المتّصلة بحرب يوليو / تموز في لبنان، الاعتداء الإسرائيلي الوحشي، تداخل البطولات بالخسارات والخلافات. كأن كلاً منهما تمنّى أن يصبح كتفاً تساند الآخر، في زمن ملوّث كما قال، ومجنون كما قالت.

بعد ذلك سكتت هديل، وتشاغلت بالتهام الطعام، وتأمّل ظلمة بدأت تنسدل على الملاعب وتخفي ثلاثة لاعبين يغادرون في اتجاه جانبي إلى استراحة النادي.

لا مفرّ من المواجهة، وقد سعت هديل سالم علي، ربّما من دون وعي منها، إلى التلاعب بالكلمات إلى أقصى درجة تستطيعها، فيما حاول يوسف كامان شنّ الحرب بأسرع ما يمكنه، إلى درجة لا تتيح لها التفكير في خطط، فماذا كانت النتائج؟ وهل كان هناك غالب ومغلوب؟

****

يوسف: لا أعرف بصراحة، من هو الغالب أو من المغلوب. هذه العبارة تذكّرني بالمعادلة اللبنانية المستحيلة «لا غالب ولا مغلوب» التي نعيشها على جميع المستويات: سياسية وطبقية ودينية وعشائرية، مع أن الجميع يعرف أنهم مغلوبون، وأن لا غالب إلا الله في نهاية تلك الدوّامة التي نعيشها عبر التاريخ، منذ أن ولدت، والى أن أموت سأظل أعيش في ذلك الجوّ الرهيب الذي هربت منه وما زال يلاحقني في كل محطّات حياتي، الصراعات اللبنانية بين السياسة والدين ما زالت على حالها. في البداية حسبت أننا بهروبنا، أنا وهناء، نهرب من دبقها. رفضنا كل شيء، وحسبنا أننا نجحنا، لأجد نفسي في محطّة أخرى على مفترق آخر، ينبغي لي أن أبدأ من جديد، وفي اتّجاه آخر. هل بإمكانك أن تتخيّلي ماذا طلبت السيّدة هديل سالم علي. إنها يا عزيزتي سألتني هل بإمكاني أن أصبح مسلماً. هكذا، ببساطة أو بسذاجة تفاجئني، كانت خائفة كما قالت، وممن؟ من ابنها، أيّ أنها، وهي المرأة المثقفة، التي خبرت الدنيا وتجاربها، تخاف من ابن غضّ لم يجد بعدُ خطواته الأولى في الحياة، وعليّ أنا، من قطع أميالاً من القطيعة مع الدين والوطن ومفاهيم التقاتل في هذه الدنيا، أن أذعن لشاب غضّ، لا لشيء، إلا لأنه تنبّه إلى أن تديّنه يحميه من نفسه. طيّب، ومن يحميني أنا منه؟ ولماذا عليّ أن أقدّم كلّ هذه التنازلات؟ أعترف أني غير متمسّك بهويّتي الدينية، فأنا مسيحي في الهويّة والأوراق

الرسمية، لكن مشاعري، طقوسي، عاداتي، تسير في اتّجاه آخر. أنا يا عزيزتي لا أتذكّر الكنيسة أو المسجد أو السينيغوغ إلا حين يشدّني بعضهم إلى نقاش أراه عقيماً، وحتى نقاشي مع ابنتي سارة بشأن البنات اليهوديات لم يكن البتة، ولن يكون، بدافع الديانات واختلافاتها. أنا متحفظ عن الصهيونية العالمية، لا عن الديانة اليهودية، وأنا متحفّظ عن المتطرّفين من المسلمين، وليس عن دين الإسلام. وأنا ضدّ المسيحيين المتهوّرين الذين يريدون عودة التسلّط والتحارب باسم الدين لتحقيق إمبراطوريات مسيحية. إنني يا عزيزتي على مسافة واحدة، ضد هيمنة أيّ دين من الأديان، نعم، أنا مقتنع تماماً، ليس بتعايش الأديان، فهذه فكرة تبدو غامضة أو هلامية، ولكني مع وجودها معاً فيما يشبه الخطوط المتوازية، حتى لو نشأت حواجز بينها وأسوار، أعني حدوداً، مثل الحدود الجغرافية التي تم وضعها، بمعنى اعتراف أحدها بالآخر وبحدوده، وفي الوقت نفسه القبول باختلافه، لا نكذب بعضنا على بعض ونقول إن بالإمكان أن نتعايش، بمعنى أن تتشابك الخطوط من دون مشكلات. هذا خداع، أو خطأ، بل يمكن أن يكون ذلك بشيء من الذكاء والحذر، أنا أتحدّث عنه من الجانب السياسي وجوانب المؤسسات العامة. أما الناس، أنا، وأنت، وهو، وهي، وهم، فهذا شأن آخر. تصوّري إلى أيّ مدى وصلنا؟ صار الحديث عن الدين في حياتنا اليومية قبل حديثنا عن الطعام وشؤون يومنا. تصوّري، قبل الحديث عمّا يمكن أن تكون عليه حياتي مع هديل، وما مدى تفاهمنا على تفاصيل كثيرة تجمعنا، أو يمكن أن نختلف عليها، يقفز سؤال الدين ليكون الفيصل، أيّ أنه إذا كان بإمكاني أن أشهر إسلامي فكلّ شيء يمكن أن يكون على ما يرام، حتى لو كان هذا الإشهار شكلياً، لإرضاء من؟ ليس ضميري أو ربّي أو مجتمعي بل ابن السيدة هديل سالم علي، الشاب الذي يخطو أولى خطواته في الحياة.

هو، هو وليس غيره، ينبغي أن يقرر مصيري، أنا من تجاوز الخمسين وعاش تجارب تكاد تصل إلى ثلاثة أضعاف عمره.

قلت لها لا طبعاً، المسألة مسألة مبدأ، حتى لو كنت متيّماً بها، فما معنى أن يجبرني

شاب على مثل ذلك الوضع ؟ فاجأتني بقولها إنه لا يجبرني، بل لا يعرف شيئاً عن طلبها. هي فقط تحاول أن ترضيه، أو تسترضيه. حينذاك أخبرتها أن المسألة تتطلّب تفكيراً. كنت في تلك اللحظة أفكر أيضاً في سارة ابنتي، وموقفها من الزواج من مؤنس، وتحوّلها هي الأخرى. في الحقيقة، بكل صدق وصراحة أقول لك، إني في تلك اللحظة، وفي الأيام التي تلتها، لم أكن أستطيع أن أحسم أمري، ولم أعرف ماذا أفعل تماماً. بكلمة: ضعت.

****

هديل: لم أكن أعرف ماذا أريد حقاً من يوسف، كنت أحتاج إليه على نحو غامض. أحسّه ولا أدركه، أو أستطيع أن أشرحه، منذ زمن بعيد أجد نفسي كلّما أردت أن أسند رأسي إلى كتف أو صدر أجد الخواء. منذ وفاة ماجد أحسّ أني أفتقد يداً أو ضلعاً توازن جسمي وروحي. يوسف كامان أطلّ على حياتي مثل ملاك أو نسمة، كأني تمنّيت لو كنّا كائنات روحيّة فحسب، فكلّ ما يربط بيننا كان لا علاقة له بأوضاعنا. عندما التقينا في دبي لم أشعر أني كنت هاربة منه، بل شعرت كأن القدر يريد أن يعيده إليّ. ربما كان على قدري أن يمنحني المزيد من الجرأة لأحسن التصرّف، لكنه لم يفعل، كأنه أراد ربّما أن يعطيني شيئاً آخر، من يدري؟ منذ أن بدأت تلك التحوّلات تزيد من إيقاعها في حياتي، أدركت أن عليّ أن أفوّض أمري إلى الله عزّ وجلّ، بل أفوّض إليه أصغر أموري، بدأت أثق بأن العلامات التي تحدّث عنها مؤنس هي الحقيقة. فما الذي جاء بي إلى دبي؟ ولماذا أقفل مسيو جان مكتبه في لندن، حيث أقيم وأعيش، ثم عاد بعد فترة ليفتتحه في دبي، ويدعوني من جديد؟ ولماذا بعث إليّ الله عزّ وجلّ علامة أخرى هي دينا؟ لماذا من كل نساء دبي لم تصطدم بحياتي إلا امرأة تذكّرني بأختي الصغيرة، تعود مجدّداً لتهديني إلى صراط مستقيم؟ بل قبل ذلك لماذا، لماذا أبدل الله حياة مؤنس ابني من حال إلى حال، وقد كدت أيأس من تقويمه؟ وسط كلّ هذه العلامات أين يصبح موقع يوسف كامان؟ وأي علامة ستقودني إليه أو تقوده إليّ؟ وأيّ علامة ستمد جسراً بين ابني وابنته القلقة كما فهمت منه؟

برغم كلّ هذا، وأكثر منه، أقول لك، بكلّ صدق، وصراحة، كنت أتمنّى، بل أسعى إلى أن أتخطّى كل هذا في لقائي بيوسف في دبي. أردت أن يقول لي: نعم، يمكنني أن أصبح مسلماً. لن يتطلّب الأمر أكثر من دقائق، هكذا فعل كثيرون قبله. وكان يمكن أن أضع مؤنس بإزاء واقع آخر، مختلف، أقول له بقوة أن لا خوف على ارتباطي، وأن الزواج يمكن أن يكون على سُنّة الله ورسوله. لكن يوسف غير مقتنع، وقد واجهني بسؤال، بعدما أصبحت عيناه شرارتين غريبتين. أنت، أنت، قال لي، هل أنت مقتنعة بما تقولين؟ مقتنعة به في أعماقك؟

ماذا أقول له؟ أيّ اقتناع وأي هباء. وماذا عن هذا الحجاب الذي سأضعه في المرحلة المقبلة؟ لم أكن أرتدي الحجاب في ذلك اللقاء، كنت ما زلت أجرّب وضعه بين يوم وآخر، وكنت بدأت أخاف، إذ قالت لي دينا إن ذلك لا يجوز، وإنه عليّ أن أنوي بعمق وإيمان، ولا أتذبذب، لأن الله لا يحبّ المتذبذبين.

مشكلة، لماذا يا ربّي اخترتني لأكون في خضم هذه التجربة؟ لماذا أتيت بيوسف كامان وابنته إلى حياتنا؟ ولماذا لم يكن ممكناً أن يكمل ابني مؤنس اكتشاف تجربته من دون أن تدخل تلك العلاقة المحتدمة حياته؟ لماذا مثل هذا الامتحان، وإلى أين؟

****

زيارة مؤنس اليادري

لم أكتف بما روته لي هديل سالم علي ويوسف كامان عن زيارة مؤنس، بل سعيت إلى اكتشاف تفاصيل أخرى من مؤنس نفسه.

* هل أفتح المسجّلة؟ هل أنت مستعد؟

- بالطبع.

* إذاً حدّثني إذن عن أوّل زيارة لك إلى دبي.

- كانت بعد سفر أمي بنحو.. خمسة أشهر، تماماً خمسة أشهر وثلاثة أيام.

* ما سبب الزيارة؟

- ولو؟ أهذا سؤال؟ أمّي... اشتقت إليها.

* فقط؟

- ألا يكفي هذا؟

* ألم يكن هناك دافع آخر؟

- مثل ماذا؟

* مثل اكتشافك لقائها بيوسف كامان وعتابك لها لأنها لم تخبرك، وعتابك لسارة أيضاً.

- من أخبرك؟

* الأطراف الأخرى.

- كانت سحابة عابرة، وماذا يهمّ؟

* ربّما ما تجده أنت غير مهمّ، أجده أنا عكس ذلك لأنه يفيد روايتي. فكما تعلم، الرواية من دون أحداث تفقد الكثير من المتعة، ومن أسسها أيضاً.

- ربما، هذا عالمكم وأنتم تفهمون به أكثر.

* بصراحة، إلى أيّ حدّ كانت زيارة يوسف كامان مزعجة لك؟

- لا أستطيع أن أقول عنه انزعاجاً، ربّما هو شعور من عدم الراحة، هذا كان يحدث لي كلّما فكرت في لقاء أمي مع آخرين.

* والدتك تعمل في مجال الإعلان، هذا يعني أنه لا بدّ من أن تلتقي آخرين.

- أعرف، أعرف، هذا أمر مفروغ منه. ما كنت أشعر به أحياناً أمر آخر.

* ما هو؟ هل توضح لي؟

- منذ أن بدأت أعي حاجة أمّي إلى رجل. هذا صعب اكتشافه. في البداية لم أكن أستطيع تحمّله، بل تصوّره، فمن جهة أحسّ بتضحية أمّي من أجلنا، أنا وأخي. ومن جهة أعرف أن هذا ظلم، فمن حقّها أن تتزوج وتسعد. لكن هل تعلمين أني لم أستطع تقبّل ذلك إلا عندما أخذت أفكر فيه من الناحية الإسلامية.

- كيف؟

* اكتشفت أن ديننا أكثر حريّة وعدالة في كثير من العادات. الدين لا يمنع أمّي من حقّها في الزواج، أكثر من مرة، بل يدفعها إلى ذلك ويطالبها إذا كان بإمكانها، فيما العادات تقف لها في المرصاد. فإما أن تتهمها بأنها مزواجة، أو تتوجّس منها إذا لم تتزوّج.

- أنت عشت في مجتمع غربي، منفتح، فكيف تعرف عن هذه العادات؟

* اسمعي، المجتمعات متشابهة. هناك فروق في بعض التصرفات فقط. أصدقائي الإنكليز يعرفون أيضاً مثل هذه الأقاويل. صحيح أن المرأة لديها حريّة أكبر، لكنها داخل مجتمعها محكومة أيضاً بالعادات. من هنا أقول إن ديننا الإسلامي رؤوف ورحيم بالمرأة.

- حدّثني عن والدتك وليس عن المرأة عموماً.

* ماذا تريدين أن تعرفي أكثر؟

- هناك مرحلة جديدة في علاقتكما بدأت بعد سفرها إلى دبي.

* صحيح.

- رسالتك إليها تؤرخ لتلك المرحلة، أصبحتما كما فهمت صديقين.

* وهل هذا خطأ؟

- البتة، لكن لم أفهم لماذا ظلّت تخشاك على نحو ما ولا تصارحك؟

* من قال هذا؟ هل أخبرتك بذلك؟

- ليس تماماً. لكنّي فهمت، أو شعرت، أن زيارتك لها بعد زيارة يوسف كامان لم تكن في المستوى الذي توقعته.

* في البداية فقط، لكن بعد ذلك تصارحنا في الكثير من الأمور، كما أني كنت مشغولاً ومرتبكاً قليلاً لأني كنت سأجري لقاء في قناة دبي عن مشروعي.

- الراب الإسلامي؟

* كنت سأعلن توقّفي عنه.

- لماذا؟

* لأنّي لم أعد مقتنعاً.

- هل لم تعد مقتنعاً أم أصبحت خائفاً بعد التهديدات التي عرفنا أنك تلقيتها عبر الإنترنت.

* هذه بالونات أو فقاعات. الحقيقة أني اكتشفت أن الغناء واستخدام الآلات الموسيقية أيضاً موضع خلاف بين المذاهب الإسلامية.

- هل تعتبرها حراماً؟

* لا. فما اختلف عليه الفقهاء لا يعتبر حراماً، ربما نعتبره، ونحن نتبع اجتهادات معينة، مكروها. بالنسبة إليّ أصبح الأمر مكروهاً لا أكثر.

- ألا تبالغ؟

* فيمَ؟

- كما سمعنا، فأنت حققت نجاحاً لافتاً في هذا المجال، ونقلت بواسطة فن الراب صورة جميلة وسامية عن دينك.

* سأظلّ أستطيع نقل هذه الصورة في مجالات أخرى، إنه تكليف، أستطيع أن أقوم به في عملي وعلاقتي بأهلي وتربية أبنائي في المستقبل.

– لم تحدّثني عن زيارتك إلى دبي.

* آه دبي. دبي. هذه مدينة عجيبة فعلاً. إنها أوّل مدينة عربية أزورها، عشت طوال حياتي في لندن. أعني بريطانيا، لأن لندن لا تختصر تلك المملكة، وأحياناً أسميها الممالك بتنوّعها ولهجاتها وطبيعتها. على فكرة أمّي تعشق ويلز واسكتلندا. هل تريدين أن أقلّد لك لهجة الإنكليز والإيرلنديين والاسكتلنديين؟ لقد استخدمنا هذه اللهجات في الراب، وحققنا الكثير من النجاح. الناس يحبّون انتماءهم مهما كان، سواء من خلال البلد أو اللغة أو الدين، الانتماء، كما أراه هو عنوان عصرنا هذا.

– أليس عنوان كلّ العصور؟

* بمعناه الضيّق نعم. ولكن الآن، في هذا العصر، فأسمّيه الانتماء الكبير. أي لم نعد ننتمي بقوة إلى الأب، البيت، العائلة، القبيلة، بل الدين في الدرجة الأولى. ثم ربّما البلد، أو قبله اللغة، هذا ما أظن على كل حال.

– أيضاً لم تحدّثني عن زيارتك إلى دبي.

* بل هذه مقدّمة لا بدّ منها. فكل هذا الذي أقوله شعرت به لدى زيارتي دبي، لقد تجلّى بوضوح هنا. فهنا كلّ الدنيا مجتمعة من خلال أبنائها، بدياناتهم وتقاليدهم وعاداتهم وأشغالهم وأنواع ملابسهم. وكلّهم يتحرّكون في بوتقة واحدة، متجانسين ومختلفين في الوقت نفسه. وهناك ملاحظة هي أنك لا تجدين هنا تشابهاً أو تضارباً، هل تعرفين لماذا؟ لأن الجميع على أرض محايدة، أرض يشعرون أنهم يحتاجون إليها ويحبونها، وأنها تقدّم لهم فرص العمل وحقّ البقاء، أيّ الحياة بشرف. أيضاً، أراهم يعيشون معادلة الواجب والحقوق، من أصغر الأشياء إلى أكبرها. هذا أيضاً ما نشعره في لندن، هناك نظام، وإيقاع يحكم هذا النظام، إيقاع من دون نشاز، الكلّ يعترف به ويحترمه كجزء من الضرورة.

– أنت محاضر ممتاز، والدتك لم تخبرنا بذلك.

* هل تريدين المزيد؟

- بل أريد الاختصار إن أمكن، والعودة إلى زيارة والدتك السيّدة هديل سالم علي في دبي، ومصير العلاقة المتشابكة مع ابنة يوسف كامان الآنسة سارة كامان.

* أوكي، هل تسمحين لي قبل ذلك باستراحة قصيرة، وإقفال آلة التسجيل؟

****

- الآن أرجو أن تكون الإجابة، كما أسئلتي، محدّدة ومختصرة قدر الإمكان.

* حاضر.

- لماذا زعلت عندما علمت بزيارة يوسف كامان إلى دبي، وماذا فعلت؟

* أوّلاً لم أزعل. فهناك فرق بين الانزعاج والزعل. وثانياً، أمّي أخبرتني بنفسها، أيّ أنّها لم تخفِ عنّي الأمر وأنا اكتشفته بطريقة أخرى.

- ماذا قلت لها؟

* لا شيء مهماً. أخبرتها أني ما زلت قلقاً عليها، وأني أفضّل لها الزواج، وإذا كانت بالفعل اختارت الزواج من يوسف كامان، فقد يمكننا التحدّث عن إمكانية إسلامه.

- بصراحة. ماذا يحصل إن لم تكن هذه الإمكانية متوافرة؟

* بصراحة أيضاً لا أحبّ التفكير في مثل هذه الإمكانية.

- لماذا؟

* لا أدري. إنها بالنسبة إليّ أمر مفروغ منه. لا يمكن الحديث عن الزواج من دين مختلف.

- لماذا أيضاً؟

* هكذا.

- هل يتوقّف هذا على الوالدة، أم يتعلق بك شخصياً؟

* No comment.

- ولكن يوسف كامان نفسه سبق له الزواج بامرأة مسلمة.

* هذا شأنه، أو شأن تلك المرأة.

- هذا يعني أن هذا الأمر لا يمكنك المساومة عليه.

* المسألة ليست مساومة، إنها مبدأ.

- وماذا لو كان لأمّك موقف مختلف؟

* لا أظن. هل قالت لك ذلك؟

- لا. بل أنا سألتها فقالت إن مسألة الزواج نفسها، بمعزل عن دين يوسف، ليست محسومة بالنسبة إليها.

* هذه هي أمّي وأنا أعرفها جيّداً.

- أيّ أنك تعرف أنّها متردّدة؟

* ليست متردّدة، بل حالة خاصة.

****

زيارة سارة كامان

لم يكن الحديث عن زيارة مؤنس اليادري بعد ذلك برفقة سارة كامان، سهلاً أو واضحاً. كما حاولت أن يكون في جلستي الأولى معه، أي حول تفاصيل زيارة يوسف كامان ولقائه بوالدته. فحين يبدأ الحديث عن سارة فإنه يجري بسرعة لا أستطيع اللحاق بها، ربّما هو التدفّق الطبيعي للشباب، لكنه يقودني أيضاً، على لسان مؤنس اليادري، إلى فروع ومسارب لأجد نفسي وإياكم في دوّامة حقيقية من دهاليز ومقاطع وأسرار. كأننا بإزاء لقطات مبتورة من أكثر من فيلم، يمثلها الأبطال أنفسهم، وفي كل مشهد، تصلنا نتف من الحكاية، عبر بوح ناقص، أو حركة لا تكتمل.

في أوّل أيام الزيارة، كان مؤنس اليادري ينطلق كالصاروخ، بين مراكز التسوّق في دبي، بمتاجرها الضخمة ومطاعمها الأنيقة ومدن ألعابها وممرّاتها التي تشبه الشوارع. كان مركز «ترافورد» في مانشستر هو الأكبر والأضخم بالنسبة إليه، وإذ به يصبح هنا، واحداً من سيل يخوضه بين مركز الإمارات، وابن بطوطة، والقرية العالمية، والفستيفال سيتي، وصحاري، يحلّق كما يصف نفسه مثل نسر منقضاً على ماكدونالدز، والسابواي، وبرغر كينغ، وكل مطاعم الأكل السريع التي حرم نفسه منها في لندن، منذ أن ألزم نفسه بعدم أكل اللحم الحرام، فرحاً بلحومها الحلال مثل طفل، بشهيّة مفتوحة، تُعدي سارة التي تحاول مجاراته بالسرعة والمرح، مبقيةً مساحة في رأسها تتساءل عن آخر لكل هذا الذي يحدث، ولتتسع تلك المساحة كل ليلة، عندما يوصلها إلى فندق مينا السلام في منطقة الجميرة، حيث ستمضي هذا الأسبوع، وهو على كل حال أسبوع عمل يتعلق ببرنامج تدريب أعدّته الجامعة «كنت» التي التحقت بها لدراسة الترجمة الرقمية، قسم إعداد وبرمجة «قواميس ثيذوروس».

لم يتحدّثا في دبي عن الدين، كما قال مؤنس، وكما خمّنت أمّه، ولم يحكِ لها عن ضرورة التزام الموضوعات السبعة التي يتعيّن عليهما الاكتفاء بها، كما يفعل في لندن،

وحين التقيا هديل، بدا الأمر كلقاء أفراد عائلة صغيرة فرحة ومنسجمة، أصابا هديل بعدوى الشهيّة المفتوحة، فانطلقت معهما إلى المطاعم الفخمة الملحقة بفندق كمبينسكي في مركز الإمارات للتسوّق، اختار مؤنس المطعم الصيني، وراح يتلذّذ بتناول شرائح البطّ المقلي، لينطلقوا بعد ذلك إلى ركن صغير من ستار باكس، ثم إلى مثلّجات هايغنداز... ومن مركز الإمارات إلى مدينة الألعاب المائية «الوايلد وادي» في الجميرة، وإلى قناة القصباء في الشارقة، ثم إلى دريم لاند في أم القيوين، يمضون عشرين ساعة متنقّلين كالفراشات، تفترق هديل سالم علي عنهما بعض الساعات لتلتحق بعملها، فيتصلان بها بالموبايل ويغريانها باللقاء في مطعم أو مركز، يتمازحون ويتبادلون المقالب الطريفة، وهديل تتمنّى لو تصاعد انسجامهما وأجبرهما على عقد قرانهما في دبي. تتخيّل أنهم يتّصلون حالاً بيوسف كامان فيأتي في أوّل طائرة، كما يحدث في الأفلام، ويتحلّق الجميع أمام المأذون الشرعي في أيّ مسجد أو محكمة أحوال شخصية، تتناسى جنسيتهم البريطانية وصعوبة تسجيل أيّ زواج في بلد آخر، بمثل ما تحلم به، تبعد عن أفكارها تلك الأمنيات، وتعاود اللقاء بمؤنس وسارة، وتشجعهما على الاتّصال بسامر. تشعر للحظات أن سامر يصبح أحياناً بعيداً، وكأنه لسبب ما لا تعيه، قد اختار مساراً آخر، وأن عليها تقبّله من دون استحواذ أو هيمنة، سواء باسم العائلة أو العقيدة. سألتها لماذا لا يسري مثل هذا المفهوم على مؤنس وسارة، ولماذا تريد أن تعوّض كلّ ما خسرته لدى سامر في حياة مؤنس، التي تودّ أن تفصّلها على قياس وضعته، وأشبعت به ابنها من دون أن يدري؟

لم أستطع إلا أن أخلص إلى مثل هذا الاستنتاج وأنا أرقب سلوك أفراد هذه العائلة، الذين اختاروني، أو اخترتهم، لأكتب عنهم. فبرغم كلّ ما بذلته وما زلت أبذله من جهد لأستكمل فصول هذه الرواية، التي أنهكتني كما يبدو، وما زالت مصرّة على ممارسة لعبة الاستغماء معي، فإن أبطالي يصرّون على التسرّب أو التحوّل إلى منظومة خاصة، لا أقدر على لمسها أو تغيير مسارها إلا ضمن قواعدها الزئبقية المعروفة. هذا بالطبع تبرير أخشى أن يرفضه معظمكم. وأضيف إليه أيضاً عبارة: ماذا عن النقّاد؟ إنه يوم الحساب بالنسبة

إليّ، بل قولوا يوم العقاب، وهو آت لا بدّ منه، فقد سبق السيف العذل، وأعلنت فشلي المسبق في إرضائهم، من دون أن يعني ذلك ترك فرصة واحد في المئة لما هو غير متوقّع.

فمن يدري؟ هناك دائماً في نظرية الاحتمالات منطقة غير متوقّعة، وقد يحلو لي لطمأنة نفسي، أن أضعها في الحسبان، وها أنا أفعل.

* * * * * * * * * *

حجاب (١)

هديل: أوّل مرّة أضعه بشكل رسمي؟

كان حجاباً ذا لون برتقالي. لم أكن حتى تلك اللحظة أسمّيه «حجاباً». كان أحد «إيشارباتي» العريضة التي كنت أتفنن بوضعها حول عنقي، أو كتفي. كما تعلمين كانت موضة في الثمانينيات تمسّكت بها وطوّرتها. بلى، انقلي هذا عن لساني، أنا هديل سالم علي، العبدة الفقيرة لله، مصممة الإعلانات التي انتقلت من وظيفة الموظّفة إلى ذلك المنصب الرفيع في لندن، وحملت منذ ذلك الوقت لقب الـ «مصمّمة»، وعاشت حياتها تجني لقمتها من تلك الموهبة التي وهبها لها الله تعالى. لا تخافي، سأعود حالاً إلى المرّة الأولى التي وضعت فيها الحجاب، على أني أريد إخبارك بكل هذا لتعرفيني أكثر، لتكتبي عني وكأني نفسك، لأنك إن لم تفعلي ذلك، فستظلمينني، ربّما لن يفهم أحد عمق الأسباب التي دفعتني إلى ذلك، خاصة صديقاتي اللواتي ما زلت أخشاهن، إلى أن يقرأن روايتك، وسأعترف لهن بكل شيء بعدها. مع أنهن لن يكن محتاجات إلى إيضاح آخر، فأنت «ستكفّي وتوفّي» أليس كذلك؟

كنت قد حصلت على يوم إجازة من عملي لأمضيه مع مؤنس. نعم، كان ذلك خلال زيارته الأولى. في اليوم الرابع لمجيئه، بعد أن ارتديت ملابسي وتأهبنا للخروج، قال لي فجأة: ماما تذكّرت، سنصعد في الباص السياحي الذي سنتجول فيه في كلّ مناطق دبي، أخبروني أن الهواء سيكون قوياً، ربّما يصيبك بصداع، فما رأيك لو وضعت «الإيشارب»؟ كانت بالطبع حيلة مكشوفة، لكنه أقسم لي أن دافعه هو خوفه علي من الصداع. فهو يعرف هشاشتي من هذه الناحية. ثم قال: ماذا تظنين؟ ألن أرقص من الفرح وأنا أراك في الحجاب؟ ممَ تخافين؟ ألم تجربيه في لندن يوم سفرك؟ سألته: على طريقة بنازير بوتو؟ قال ضاحكاً: صدقيني، بنازير بوتو نفسها ستغير حجابها بعد فترة. انظري إلى ما يحصل في إيران وتركيا، في المغرب والجزائر، في سوريا، الشابات عدن إلى الحجاب، الحجاب

الحقيقي. لقد عدن بإرادتهن من دون ضغوط. قلت له: بل عدن إليه خوفاً من أمثالك، أو تخلّصاً من إلحاحكم. فكرت أن كلّ شيء يعود، مؤنس يخبرني عن عودة الحجاب فيسحب خيطاً من بكرة ملتفّة. يعود بي إلى زمن، إلى عمري، إلى بداية رفض شقيقتي الكبرى ارتداء العباءة، توقّف أمّي وخالاتي عن ارتدائها عندما نذهب إلى مصايف لبنان، تخلّي نساء كثيرات عن فوطة الرأس والاكتفاء بالعباءة، ثم ما عرفنا ورأينا أنه انتشر في لبنان ومصر وسوريا، حين استبدلت النساء المُسنّات غطاء الرأس والوجه الأسود الشفّاف، بالإيشارب الحديث، الذي ما زلت أرتديه إلى الآن، ووصل إلى دينا وسارة والشابات في كل مكان. وها نحن، بعد نصف قرن نعود إلى ما هجرناه وابتعدنا عنه. هدى شعراوي طالبت بالسفور، وكمال أتاتورك أمر برفع النقاب. والآن يعود كل شيء إلى البداية، كل شيء يذهب ويعود، قلت لمؤنس: حتى في حياتنا اليوميّة، كنا نذهب إلى الآبار لجلب الماء إلى بيوتنا. وفي الشمال كانوا يذهبون إلى عيون الماء يملأون منها علب السمن الفارغة وجرار الفخار. ثم وصلت المياه إلى بيوتنا ففرحنا بها وقلنا الحمد لله، وها نحن الآن، في لندن ودبي، وكما أسمع في كثير من البلدان أيضاً، تجلب المياه إلى بيوتنا من جديد. هذه المرّة بطريقة مختلفة. بكسل، هناك من يجلبها من العيون والينابيع ويعبئها في القناني ويحملها لنا، ولكلّ شيء ثمن، أرجو أن لا يزعجك مثل هذا الكلام وتجديه عديم الفائدة، أو تحذفيه من روايتك. على كل حال أنت حرّة، أنا أقول ما أحتاج إلى أن أقوله.

المهمّ أن كلّ هذه الأفكار أخذت تتدافع في رأسي انطلاقاً من عبارة واحدة: كل البنات يعدن إلى الحجاب. غير أن ما وضعته على رأسي في ذلك اليوم، كان إيشاربي البرتقالي، وحرصت أن أعقده من الخلف ثم ألفّ طرفه العريض حول عنقي.

هل أعترف لك بشيء آخر؟ لقد أحسست بالراحة. هل تعلمين لماذا؟ سامحني يا ربّي، لأنّي أريد أن أقول الحقيقة. لقد أخفى طرف الإيشارب تجاعيد عنقي، بدوت قبالة مرآتي أجمل وأكثر نضارة. هل تشعر أخريات بمثل ما شعرت؟ وهل يعاقبني ربّي على مثل هذا الشعور؟

****

حجاب (٢)

هديل: قلت لابني مؤنس إني لن أضعه كلّ يوم، ذلك اليوم الأوّل، أحسّست بصداع من نوع آخر. صحيح أن الهواء كان عالياً جداً أثناء جولة الحافلة السياحية، بل كان عبارة عن عاصفة ساخنة، وكان يمكن الإيشارب أن يحمي رأسي. غير أن ارتباكي بعقده ولفّه حول عنقي، لم يمكّني من وضعه بشكل سليم، إذ كان ينسحب عن رأسي وأجد نفسي مطوّقة العنق به، فيما شعري يتطاير وكأن الهواء سينزعه عن رأسي. وفي كلّ مرّة كان مؤنس يساعدني في وضعه، مما أزعجني أيضاً أني كنت المرأة الوحيدة في الباص التي تضع مثل هذه «الخرقة».

أين العرب؟ سألني مؤنس بدهشة، وهو يرى أننا الوحيدون وسط مجموعة السيّاح الأجانب الذين يملأون مقاعد الباص. قلت له أعتقد أن المقيمين أو الزائرين العرب يعرفون دبي جيّداً وليسوا بحاجة إلى مثل هذه الجولة. في ما بعد اكتشفت أن كثيرين لا يعرفونها، وأن النزهات التي اعتدناها في لندن، إلى الحدائق والمسارح والحفلات الموسيقية، لا تغري إلاّ قلّة من العرب، معظمهم يكتفون بالتجوّل في مراكز التسوّق، حيث قد يحظى بمشاهدة عرض فني مجاني. في ما بعد أيضاً، شرحت لي دينا أن هناك فئات مختلفة تعيش في دبي، أو الشارقة. فالقادمون لا يقدرون على دفع تذاكر الحفلات، إذ ثمن التذكرة يصل أحياناً إلى ثلاثمئة درهم أو خمسمئة. فيما اعتاد آخرون حضور حفلات الغناء العربي، وهي تقام باستمرار وأسعار تذاكرها تناسب مداخيلهم. وهناك فئة لا وقت لديها لأيّ نشاط، فهي تعمل طوال اليوم، لترتاح ساعات قليلة تقضي فيها شؤون البيت والعائلة. لفتتني دينا إلى ألا أكتفي برؤية بريق الفخامة والغلاء، فهناك من يمكن أن نجدهم يتجوّلون في متاجر «البراند» مثل «بوس» أو «كارتييه» أو «هارفي نيكلسون» أو «باريس غاليري» و«داماس» و.. و.. من دون أن يشتروا شيئاً، ثم يكتفون بتناول وجبة في باحة الطعام السريع، أو يلتهمون ساندويتشات الثمانية دراهم. قالت: إنها لذيذة، على كل حال، جرّبيها.

عفواً. أعود إلى الحجاب، بلى. قلت لك إني أصبت بالصداع، وكدت أتراجع عن وعدي لمؤنس بأني سأبدأ بوضعه، ولو في البداية، أي في بداية كلّ يوم، ثم أتركه لشأنه، أيّ أنه إذا تزحزح عن رأسي وهبط إلى عنقي أمكنني أن لا أعيده وأن لا أرتبك، إلى أن أعتاد ذلك وأتعلّم وضعه بشكل محكم، أي بشكل سليم.

استخدم مؤنس معي، سياسة النفس الطويل، غير أني أصررت على أن لا أضع الحجاب في المكتب، بل أكتفي بارتدائه في الخارج.

****

حجاب (٣)

هديل: فجر يوم الجمعة. صحوت على صوت الأذان، صوت غريب، شجي، هدهد أعماقي، كان ينساب من برنامج الأذان الذي أضافه مؤنس إلى الكمبيوتر.

ارتعدت خوفاً، بل رعباً، أليس هذا هو الأذان نفسه الذي كثيراً ما حدّثتني عنه دينا، وحدّثتك أنت أيضاً وقالت إنها أضاعته؟ حسب شرحها فهو الأذان نفسه، بذلك الصوت الحنون الذي يبكيني، والنبرة التي تصلني مثل التودّد، كيف أشرح لك؟ أخاف أن يزعل أحد، أو يحاسبني. كنت كثيراً ما أخاف من صوت الأذان خاصة حين ينطلق فجأة بصوت عال. الصوت يصلني مثل تحذير أو عقاب. لكن هذا الفجر في ذلك اليوم، كان يأتي لي بحنان، بهدهدة، بشعور يقول لي: انهضي لترتاحي، انهضي لتسعدي، انهضي لتجدي باباً يفتح لك خلف آخر. شعور يترجم كلمات ابني مؤنس، كلّما اقتربنا من الله سبحانه وتعالى خطوة اقترب منا عشرات.

كان صوت الأذان يفتح باباً للنسمة، وباباً للنشاط، وباباً للتنفّس والراحة. قمت وتوضّأت وأدّيت صلاة الفجر، أقول لك، لم أنم في حياتي بعد ذلك مثل تلك النومة. فمن الساعة الرابعة تقريباً إلى الساعة الثامنة، موعد استيقاظي كلّ صباح، غفوت وكأني أنام على سحابة. لا تصدّقي أيّ وصف أقوله لك، لأنّه سيظلّ ناقصاً، فكل ما أشعر به هو أكثر بملايين المرات مما أقوله. والغريب أني أصبحت أشعر بتلك الراحة كلّما صلّيت الفجر وعدت إلى النوم. مع أن مؤنس يقول لي بتحبّب يا أمّي، لا تصلّي وتنامي على الفور، امنحي نفسك فرصة قراءة القرآن قليلاً والدعاء، فهذا يطمئن نفسك أكثر. لكني بصراحة، لم أكن أجد في نفسي القوّة والصبر كلّ يوم لأفعل ذلك.

أقول لك أيضاً، إن ذلك الشعور بالراحة والحبور، كان ينسحب على يومي، ففي ساعات العمل، كنت أشعر بخزين عجيب من الارتياح يجعلني أكثر حماسة ونشاطاً وتقبّلاً لكل متاعب العمل.

كان يوم الجمعة ذاك، هو اليوم التاريخي. أسجّل لك فيه أني وضعت حجابي، دون تحفيز من مؤنس، وانطلقنا معاً إلى لقاء سارة. شعرت بأن ثمة تساؤلاً في نظراتها، لكنها لم تقل لي كلمة واحدة. وفي اليوم التالي وجدت نفسي أضع الحجاب، بالطريقة نفسها، وأذهب إلى العمل.

ما فاجأني هو ذلك الاحتفال الذي أحاطني.

هل تصدقين أني بدأت أتلقّى تهانيء عجيبة؟ بنات وشبّان ورجال، بين زميلات وزملاء وأشخاص في المبنى أعرف وجوههم فحسب، بدأوا يقتربون مني في ذلك اليوم، ويرشّون كلمات «مبروك.. مبروك» حولي مثل الورد والأرز. فاجأوني، واختصرت مديرة أحد الأقسام مشاعرهم بقولها: «كلنا نتمنى هذه الهداية، فادعي لنا بها».

****

حجاب (٤)

هديل: أعرف أنك تريدين أحداثاً لا مشاعر، ولكن كيف يمكنني أن أعبر لك عن ذلك من دون استحضار مشاعري؟ كيف أصبحت أرتدي ملابسي وأهتم بأناقتي، وهل تغيّرت الأماكن التي أذهب إليها؟ وما الذي يحدث في داخل كل امرأة مثلي، عاشت سنوات طويلة من عمرها، ربما نصفها أو أكثر، وها هي تنتقل إلى مرحلة أخرى، مختلفة تماماً؟ بالطبع ابني مؤنس يتّهمني بأنّي أضخّم الأمور، وقد اكتشفت بعد زمن أنه على حقّ، إذ إني كنت أشعر بقيود من حديد، لكنها مع الأيام تراخت، كأني كنت أشدها على نفسي من دون داعٍ. لكني أقول لك، وأعترف بصراحة تامة أني ما زلت أشعر بغربة، وأني لم أستطع وضع الحجاب بشكله العلني، الرسمي، عندما ذهبت إلى لندن والتقيت صديقاتي استبدلته بقبعة (الكاسكيت) وتذرّعت بأننا في فصل الشتاء، وأن البرد يمنعني من وضع غطاء رأس رقيق كالذي أضعه في دبي. أيضاً كنت أشعر بحرج في بعض الأماكن عندما أرى نساء ينظرن إلى ملابسي، فأنا ما زلت أرتدي البدلة، بتنورتها الشانيل والسترة الطويلة أو القصيرة، كذلك أرتدي البزّات الأخرى المكونة من البنطلون والجاكيت، ومنها ما هو قصير، أعني الجاكيت بالطبع، التي تصل إلى الخصر.

ثمة نساء في مراكز التسوّق كن يلحظن ملابسي، وأنا نفسي أراها مختلفة. فأنا لا أرتدي العباءة والشيلة، أي الملابس التقليدية الخليجية عموماً، وحجابي ليس كمثل حجاب النساء العربيات اللواتي يتنقلن هنا بملابس عصرية ومناديل تتدلّى حول وجوههن وتغطي أكتافهن وصدورهن كما وصفت لك. رحت أبحث عمن تشبهني، فلا أجد إلا دينا، أحياناً كنت أرى شابات يعقدن حجابهن على نحو يشبه طريقة دينا وطريقتي، لكني أجدهن قلّة. آه. لم أكمل لك ما بدأته عن ملابسي، أي التنورة، كانت في نظر البعض قصيرة، هي تقريباً تصل إلى الكاحل، لكني بدأت ألبس الجوارب النايلون السميكة، لأغطي المساحة المتبقية من الساق. وبدلاً من شعوري بالراحة، أخذت أشعر

بالقلق، وظل يرافقني الشعور بالاختلاف، مع أني أبحث عنه بطبيعتي. دينا تقول إن كل الناس (الفنانون أمثالنا) لا بدّ أن يشعروا بالاختلاف. إنهم أساساً مختلفون. الموهوبون مختلفون. فهل يعرف مؤنس ذلك؟ لا يمكنني الشعور بأني أنتمي إلى هذه الفئة أو الأخرى. لا يمكنني التقيّد بهوية تضعني في قوالب الفرز. في لندن، كنت أشعر بحرّيتي الشخصيّة تماماً. لا فرق بيني وبين أيّ إنسان، رجلاً كان أم امرأة. لكنني هنا، وأنا أضع هذا الغطاء، أكاد أقول لكلّ من لا يضعه: انظر، ها أنا أختلف عنك، لست مثلك ولست مثلي. أنا ملتزمة، أنتمي إلى أولئك النساء اللواتي يغطّين رؤوسهن، ولكن، يا إلهي، حتى بالنسبة إلى هؤلاء لا أشعر بانتماء.

أيضاً كيف يمكنني أن أشعر بانتماء إلى هؤلاء الذين وقفوا في إحدى باحات مطار دبي، عندما كنت أنتظر وصول مؤنس. كانوا مجموعة من الرجال. مظهرهم يؤكد أنهم مسلمون. لا أدري كيف كان بإمكانهم أن يبحلقوا بالنساء بحلقة لافتة، فاضحة، مزعجة، لماذا وحدهم هؤلاء فقط يبحلقون بالسافرات وغير السافرات؟ فكرت هل أني حقّاً أنتمي إليهم كمسلمة أم أنتمي إلى من يغض الطرف ويعامل المرأة، في الشارع، أيّاً تكن، باحترام ووقار؟

****

حجاب (٥)

هديل: هؤلاء النساء المحجّبات اللواتي حدّثتك عنهن في الأمس، كنت أبحث عنهن في الأماكن الأخرى التي أذهب إليها. فقد بدأت أتنبه إلى حفلات موسيقية تُقام، وعروض مسرحية خاطفة تقدّم ليومين أو ثلاثة. أكثرها كلاسيكيات وباليه وأوبرا. وهناك يكون رأسي ورأس دينا، وربما ثلاثة رؤوس أو أربعة على الأكثر مغطاة بالحجاب. الأجانب هم الروّاد الحقيقيون لتلك الحفلات، ونحن بينهم، لا أستطيع أن أصف وجودنا، لأني لا أستطيع إخراج الوصف من مشاعر محتدمة ومتناقضة. بالطبع، فإن دينا كما تقول لي اعتادت ذلك، وهي في سلام عميق مع نفسها إلى درجة تدهشها من ارتباكي الداخلي حين أعلنه لها، أو محاولاتي الدائبة لإحصاء عدد المحجّبات كلّما ذهبنا إلى تلك الحفلات.

لماذا ظللتُ أشعر أني «مختلفة»؟ وظللتُ أشعر أن ثمة من يستغرب وجودي ووجود دينا في تلك الأمكنة؟

****

حجاب (٦)

هديل: ترددت كثيراً قبل حضوري تلك الحفلة، غير أن دينا قالت بحسم: عليك المجيء، لا تحرمي نفسك، «لهم دينهم ولي ديني». ترددي كان بشأن الخمور. علماً أنه من النادر تقديم الخمر في الحفلات، لكننا توقّعنا ذلك، لأن الحفل يقام في أحد الفنادق، وفي الفنادق يسمح بتقديمها.

هل أذهب؟ ماذا عن اتّفاقي مع مؤنس، منذ أن بدأنا نرفض لقاءات مع أصدقائنا تُقدّم فيها الخمور؟ قالت دينا: «بالنسبة إلى اللقاءات الشخصيّة يمكننا الامتناع، ولكن ماذا عمّا تفرضه ضرورات العمل؟ هذا الحفل سيكون تجمعاً للتعارف بين العاملين في شركات الإعلان المختلفة في إطار إعداد لمؤتمر دولي».

كنت أنا ودينا السيّدتين الوحيدتين المحجّبتين. دينا حضرت برفقة زوجها، شعرت أني سأكون متطفلة فابتعدت، أيّ غصّة يمكنني أن أشرحها لك وأنا أجد نفسي مثل يتيمة غريبة ومعزولة. صحيح، لا أحد يعزلني، الجميع مشغولون، يتحلق بعضهم في دوائر تجمع ثلاثة أو أربعة مدعوين. مديرون وإعلاميات ورجال أعمال ونجوم العلاقات العامة كما أسميهم. كؤوسهم في أيديهم والحوارات بين الضحكات تتواصل بانسجام. أضواء القاعة تضفي على المكان جوّاً رومانسياً أحبّه. لكنّي وحيدة إلى درجة البكاء، وهذا الحجاب فوق رأسي، يشدّ على جانبَي عنقي. أريد أن أنساه. أن أنسى أني الوحيدة التي تحمل تلك العلامة. هذه هي هويّتي. لماذا يجب أن أعلنها بهذا الشكل؟ إني واثقة بأن هناك فتيات ونساء كثيرات في هذا الحفل مثلي، لكنهن لا يغطّين شعورهن. مؤنس يقول إن مثل هذا التفكير سيقودني إلى الشرك. الحجاب فرض. ضعي هذا المفهوم في رأسك ترتاحي. فكرت لحظة حين هممت بمغادرة القاعة للتجوّل في أنحاء الفندق، أني أضع هذا المفهوم في رأسي، وأعرف تماماً الآية التي انطلق منها الفقهاء، كذلك بعض ما قرأته وما سمعته عن أحاديث الرسول الكريم. كلها أعرفها ومقتنعة بها. لكن الممارسة شيء

آخر. عليَّ أن أعتاد. هذا ما يجب أن أصل إليه في آخر نقطة من التفكير في هذا الشأن. عندما خرجت من القاعة، كنت أريد التنفّس وإيقاف دموع سخيفة تجتاحني لا أريدها ولا أفهمها، فجأة وجدت نفسي أمام فتاة. ربّما كان عمرها خمسة وعشرين عاماً أو أقلّ، فجأة سألتها: عفواً، هل يمكنني أن أطرح عليك سؤالاً؟ قالت مستغربة: تفضّلي. قلتُ بسرعة: لماذا أنت محجّبة؟ تطلّعت إليَّ مبتسمة، فقلت على الفور: رجاءً لا تحسبي أني مجنونة. أنا في عمر والدتك ربما. لكني أضع هذا الحجاب منذ فترة وجيزة، وأريد أن أفهم، كيف تشعرين؟ ماذا لو لم تكوني محجّبة مثلاً. قالت ضاحكة: يا سبحان الله، لكل إنسان قصّة لا يعرفها الآخر. أنا أيضاً تحجبت قبل عامين فقط. والأمر جاء مصادفة، كنت أعمل في أحد المصارف، وأنا من عائلة منفتحة تماماً، لدي خالتان محجّبتان، لكن غالبية نساء عائلتي متحررات إلى أقصى حد. المهمّ أنني كنت أقدّم أوراقي في أماكن عمل أخرى بحثاً عن وضع وظيفي أفضل وراتب أعلى. وذات يوم اتّصلوا بي من مؤسسة مالية، هي التي أعمل فيها الآن، وفي المقابلة التي أجريتها، سألوني إذا كنت لا أمانع بلبس الحجاب، أو العباءة والشيلة أثناء عملي، على أن أكون حرة بعد انتهاء ساعات العمل وخارج المبنى. وافقت على الفور، فالراتب مُغر تماماً، وهناك فرصة للتقدّم في المنصب الوظيفي. أسرعت في الأيام التالية واشتريت عباءات ومناديل وبدأت أرتديها عند وصولي، وأنزعها حالما أخرج. بمرور الأيام اكتشفت شيئاً غريباً، ففي داخل مبنى العمل كنت أحظى بنظرات احترام وتعامل ودّي يشعرني بالراحة، وكان ذلك يزول تقريباً عندما أتجوّل بعد ذلك سافرة، أو أتعرّض لنظرات لا أحبّها، لأني، لا أخفي عليك، كنت أرتدي أحياناً ملابس مفتوحة. سألتها متى قررت أن تلتزم في ارتداء الحجاب بشكل دائم. فقالت: لم أقرر. حدث الأمر هكذا من تلقاء نفسه، بدأت أذهب إلى العمل وأعود دون أن أحمل ملابسي الأخرى، كذلك بدأت أنتقي ملابس تناسب الحجاب وأراها تعجبني فأرتديها وأظلّ بها. وبمرور الأيام اعتدت ذلك تماماً، وأحببت نفسي أكثر. هل تعلمين أني كنت مصدومة سابقاً وخسرت عريسين، وتعرّضت لخيانات من شبّان وعدوني بالزواج

ثم تراجعوا؟ حجابي حماني وأسعدني وأنا أتفاءل به. الآن أدرك أنه رضا من الله سبحانه وتعالى. عرفت أنها مغربية، وهي سعيدة بما عاشته من تحوّل. مع ذلك، لم تطفئ حكايتها ظمئي، كنت كمن يريد أن يخترق سحباً لا تنتهي من الحيرة. فعندما عدت إلى القاعة بعد جولة في صالونات الفندق، وجدت نفسي أمام صحافية أجنبية، أعتقد أنها إنكليزية، وكنت التقيتها في مؤتمر أو أكثر. أحسست أنها بعيدة. فكرت. ماذا تظنّ بي؟ هل تعرف أني بريطانية الجنسية مثلها؟ هل تظنّ أني لا أحبّ قراءة «الصانداي تايمز» أو أني لا أتابع «سكاي نيوز»؟ كنت قد أصبحت في داخلي متفجّرة بلؤم لا أستطيع فهمه أو السيطرة عليه، كأن الذين حولي أصبحوا يوسف كامان الذي لا يريد أن يفهم أو يقتنع.

عادت إلى رأسي نقاشاتنا الكثيرة، الطويلة، المستعادة بأشكال مختلفة: تاريخنا الإسلامي، الأمويون، العباسيون، عصور الأندلس، ملوك الطوائف، أردية الراهبات التي تطوّرت مع الكنيسة الأرثوذكسية، التفاسير الحديثة للحجاب وتطوّره منذ الفاطميين إلى فاطمة المرنيسي. يا إلهي كم كان رأسي يعصف بكل هذا، فكيف يستطيع هذا الغطاء الرقيق أن يشدّ على هذا كلّه ويحتمله؟ ولماذا أريد أن أجمع الكون لأحشره هناك؟ لم أكن أدرك ما يحدث، لأني وجدت نفسي وجهاً لوجه أمام «باث» الصحافية البريطانية أسألها بأدب: هل أستطيع أن أطرح عليك سؤالاً خاصاً؟ قالت تفضّلي، قلت فجأة: ما أوّل ما يتبادر إلى ذهنك عندما ترين امرأة مثلي؟

أحسست أنها فوجئت، لكنها قالت بلباقة: هل أستطيع أن أعرف سبب السؤال؟ قلت: مسألة شخصية، وبصراحة، أنا أضعه منذ فترة قصيرة وأشعر بشيء من الحيرة أو الارتباك. قالت: غريب، كنت أظنك معتادة ذلك تماماً، فأنت تبدين متمكّنة منه. بل اختيارك هذا الشكل الأنيق والحديث «الفاشن» أعجبنا. كنت قبل قليل أتحدّث مع «جوانا» هل تعرفينها؟ أظن أنك التقيناها في حفل سابق. هززت برأسي وقد سقطت كلماتها على قلبي مثل لحظة توقّف بعد جري طويل. أهكذا ينظرون إليّ إذاً؟ لكني هببت من جديد وقلت: ألا تشعرين بابتعاد ما مثلاً؟ بخوف من أن أكون متزمتة أو إرهابية مثلاً؟ ضحكت وأشارت

بإصبعها إلى وجهي متودّدة: أنت؟ أنت إرهابية؟ إذا كان الإرهابيون على هذا الشاكلة فمرحباً بهم. ثم قالت: بجد، لم يخطر لي هذا، أظن حتى بالنسبة إلى جوانا، نحن فقط ربما نشعر أنك تريدين بعض الخصوصية. يبدو لي أنك خجولة أيضاً بعض الشيء، أليس كذلك؟

عندما اقتربت جوانا، وهي مديرة علاقات عامة، قالت أيضاً إنها معجبة بحجابي وطريقة اختيار الألوان والموديلات، وهي رأتني أكثر من مرّة، وفكرت أن تسألني كيف أعقد تلك المناديل بهذه الطريقة الساحرة. قالت إنها تظنّها طريقة صعبة وتتطلّب دقّة. فوجئت أن ما حشرته في رأسي من تخمينات كان بعيداً تماماً عن رأسَي «باث» و«جوانا»، بل إن جوانا قالت إنها تتعامل مع الحجاب كجزء من اللباس التقليدي، فهناك الساري الهندي، واللباس الأفريقي، والباكستاني، والسكوتلندي أيضاً، ضحكنا كثيراً في تلك الليلة، وكان عليّ أن أشعر أني حصلت على شهادة نجاح.

بالطبع، مؤنس وبّخني كثيراً عندما حكيت له كلّ هذا، وطلب أن لا أضع الحجاب موضع تساؤل أو امتحانات، فهذا حرام. وعليّ كلّما واجهتني الشكوك أو المخاوف أن ألجأ إلى الله سبحانه وتعالى، فأطلب مساعدته. قال: يا أمّي يا حبيبتي، لن يمدّ لك يد العون القوية والسليمة إلا الله، فتوكّلي عليه دائماً وسلّمي أمورك إليه.

****

حجاب (٧)

ما الذي تغيّر؟ نعم، داخلياً، في العمق. هناك في آخر نقطة من الذاكرة وفي آخر نبضة من القلب. ماذا تغيّر في هديل سالم عليّ؟ هل أصبحت وهي تلفّ رأسها بحجاب ملوّن جميل أكثر إيماناً. أكثر تديّناً وأكثر ورعاً؟

هل أبعدها الحجاب عن حبّ الحياة والانطلاق والآمال العريضة بالنجاح والتفوّق؟

لم يحدث شيء في هذا المجال، أقول لك بصراحة. فخوفي من معصية ربّي كانت وستظل مثل وشم في أعماقي وسلوكي. هذه حقيقة يعرفها مؤنس وسامر، واتّضحت لهما ولكلّ من يقترب مني. لكن الغريب أن ما تغيّر شيء مختلف تماماً.

هل أقول لك إني أصبحت أكثر حريّة وأكثر ثقة؟ بل إن الناس الذين حولي هم من تغيّر وليس أنا؟.

بدأت يا سيّدتي العزيزة، وأرجو أن تكوني كمؤلفة دقيقة جداً في مثل حالتي هذه. فهنا أنت في منطقة الخطر، وأنا أقول لك ذلك، لأني كثيراً ما أقرأ عن مشاعر وتصرّفات أجد أن من ينقلها عن المحجّبات، يخطئ، وكثيرون يفهمون الحجاب وكأنه أمر يجب أن يحوّل المرأة إلى تمثال أو شبح.

أقول لهم، وقد اقتنعت بكلّ كلمة تقولها دينا، «حجابنا يا سادة يا كرام فريضة نلتزمها لأن الله سبحانه وتعالى يعرف أكثر منا. ما يفيدنا وما يضرّنا. نحن قاصرون عن معرفة الحدود الشاسعة للفرائض والتعاليم... على كل حال، حتى لا أنطلق كعادتي وأبعدك عن هدفك، أقول إني بدأت ألحظ تغيّراً ما في سلوك الناس، بدقّة أقول: كثير من الناس، وبدقّة أكثر أقول: معظم الناس، خاصة الرجال، يا إلهي، كيف أصف لك النظرات الحانية، المحترمة، المتقبلة، وكأنها تقول، حسناً ما فعلت! نعم، هذا ما أشعر به. أو هذا ما أشعروني به. لطف ودماثة وتودّد، أستطيع أن أقول عنه إنه روحاني. قد يكون هذا بسبب عمري. لكن دينا تقول لي أيضاً إنها تجد الآخرين، منذ أن تحجّبت، يتقرّبون منها على

نحو مختلف، لا يخدش حياءها، ولا يجرؤون على نظرات كانت سابقاً تعريها أكثر ممّا تكون عارية. دينا تضحك كثيراً وهي تفسّر هذه الأمور: «يا حبيبتي من وين بدهم يدخلوا؟ كله صار مسكّر (مسكّر هنا تعني مقفول وليس مسكّر من السكر لا سمح الله).

المهمّ أني أصبحت أجد الترحيب بالنظرة، بالكلمة، بلطف المعاملة، ولكن من جهة أخرى، بدأت أتنبّه إلى تعامل آخر في هذه المدينة. ففي البداية كنت عندما أتجوّل في بعض محال مراكز التسوّق، وأتحدّث باللغة الإنكليزية، ألحظ اهتماماً وحرصاً من كثير من الموظفين والعمّال الصغار. أكتشف أن الزبون الأجنبي يعني لهم أنه الأهم. ربما لا يكون هذا الانطباع صحيحاً تماماً، لكني أقوله لك على سبيل الملاحظة التي تكرّرت أمامي ومعي بأشكال مختلفة. ويمكنك الاستفادة منها بالشكل الذي ترينه مناسباً. المهم أيضاً، أن السائقين عموماً، كانوا الأكثر إظهاراً للتودّد والاحترام منذ أن وضعت حجابي. أما أولئك الذين يقل حرصهم أو تعبيرهم عن المهابة أمام العرب، فأصبحت أستعيد ذلك منهم عندما أتحدث بالإنكليزية.

بصراحة شديدة أقول لك إن تصرّفات بعض العرب هنا فاجأتني، عمالاً كانوا أو زبائن. لم أجد تلك الأسس التي يتمّ التصرّف على أساسها في لندن. أيّ مفهوم الواجب والحقوق. هنا، وجدت اجتهادات مختلفة لهؤلاء العمّال. فهناك موظّفة تجدينها تستقبلك وكأنك في متجر وسط لندن، بأدب وحرص واهتمام، وأخرى تفاجئك بعبوس أو لامبالاة، وترمي بمشترياتك بكل إهمال على منصّة الدفع، وهذا ينسحب على العربيّات والآسيويات معاً، أما في ما يتعلّق بحجابي على وجه الخصوص، فلم أكن أدرك أنه سيكشف كلّ ذلك الغنى، لم أعد أفكّر بحجب الرأس أو الشعر، بل أكتشف كلّ يوم، تواصل الحلقات وتلاحمها، كما يقول لي مؤنس. أصبح أكثر قرباً من خالقي، وأكثر قوّة من ضعفي، حتى في كسلي، تعلّمت كيف يكون طرد الكسل بحركة خفيفة نحو الوضوء، وفي الصلاة، أكتشف كلّ لحظة، كيف يمكنني أن أكشف له تعالى، كل ضعفي وعجزي وألوذ به من مشاكلي وأوهامي، حتى في تفاهات العمل الصغيرة، أصبحت أرى الصورة

ناصعة وواضحة، فأترفّع على قاذورات الزمالات المغمّسة بالنميمة وبما يسمّى مؤامرات الضرب من تحت الحزام. وأيّ ضرب يا عزيزتي والله يمهل ولا يهمل، والرزق الذي كتبه لي سوف يأتيني ولو كان على شفا شفة شخص آخر. أخذت صلاتي تنظّف قلبي من الأوهام، وعقلي من الشكوك، أو التبريرات المخطئة، كلّما صلّيت واجهت نفسي بأخطائي، وتدرّبت على التوبة. عموماً أستطيع أن أقول لك، إن الجوانب الإيجابية كانت أكثر من السلبية. لكن اكتشافي لذلك لم يأتِ إلا بعد مخاض شئت أن يكون عسيراً.

****

من يوميات سارة في دبي

الأحد. . ./نوفمبر/تشرين الثاني (11,15 pm)

سألت مؤنس عن الكنيسة التي رأيناها في جولتنا في دبي، فقال إنه لا يعرف أكثر ممّا سمعناه معاً من الدليل. تذكّرنا أن اسمها كنيسة العذراء والأنبا بيشوي. وفي اليوم التالي قال مؤنس إن هناك كنيسة أخرى في الشارقة وافتتحها الرئيس الروسي بوتين لأنها كنيسة بروتستانتينية، وفي أبو ظبي كنيسة اسمها العذراء وأبو سيفين، واجهني: إلى ماذا أريد أن أصل؟ هل أظنّه يكره الكنائس أو يرفضها؟ ثم أخبرني أنه يهتمّ بما أهتم به، هذه مسألة محسومة بالنسبة إليه، لكن إيمانه وعقيدته أمر آخر، وهمس أنه برغم كلّ شيء فما زال يتمنّى لو كنّا على دين واحد. فكّرت أني ربّما أزعجه إن سألت أكثر. هذا التفكير أصبح يخطر لي دائماً. أعلم أن مؤنس يحاول أن يجذبني إلى دينه. أي ديني؟ لماذا لا؟ ألم تكن أمّي مسلمة؟ هل أرتبط بأبي لأنّي أحمل اسمه، واعتدنا كما قالوا لي أن نحمل اسم الأب في بلادنا؟ ألا أستطيع في هذه الحالة أن أحمل اسم أمي وينتهي الأمر؟ لماذا يجب أن أدخل في دهاليز وأذهب إلى الشيخ كما قال مؤنس وأقول أمامه الشهادة؟ Oh my god، كيف أصل إليك بدون هذه التعقيدات؟ ولماذا أصرّ على الحديث عن الكنائس كلّما حدّثني مؤنس عن مسجد نراه، أو يحكي لي كيف يرتاح هنا في دبي أكثر من لندن، من حيث وجود الـ Facilities. يقول بفرح إنه يؤدي الصلاة في الوقت المحدّد، فالمساجد وقاعاتها في كلّ مكان، كذلك هناك أماكن مخصصة للوضوء، كما أن تجهيزات الحمامات توفر ماء للاغتسال في المراحيض. وهذه طهارة يعرفها كلّ مسلم. لم أكن أفكر في تلك الأمور. الماء، الماء، نستطيع أن ننظّف أنفسنا بطرائق مختلفة، أليس كذلك؟ فلماذا هذا التحديد؟ حكى كثيراً عن «الشطافات» وقال إنه سيحاول تجهيز حمّام بيته في لندن بمثلها. هذه أمور صغيرة، ولا أعرف لماذا تهمّه؟ أليس المهمّ هو في القلب؟ ماذا يحمل قلبي بعيداً عن هذه التفاصيل؟ هل يجب أن أتوقّف عن التفكير عند حدود معينة؟

بعد ذلك، عندما أردت الذهاب إلى الكنيسة شعرت بالحاجة إلى أن أضع غطاء على رأسي. لا أدري لماذا؟ ربّما نحن نتأثر بالصور والأفلام أكثر بكثير من أيّ شيء آخر. كذلك تذكّرت أننا نضع القبعات عندما نذهب إلى الكنائس في لندن. صحيح، هناك شباب كثيرون يدخلون إليها بالجينز والتي شيرت، لكنّي لم أكن أحبّ ذلك. لماذا؟ لماذا؟ هذه الجوانب أحبّ كثيراً أن أحكي عنها لمؤنس، وهنا، يعجبني فيه أنه يتفهّم ولا يغضب، هو يغضب فقط عندما تتعلّق الأمور بي شخصياً. أيّ ماذا سأفعل وكيف أتصرّف أو سأتصرّف. وليس ما أفكر فيه. يخطر لي أحياناً أن هذا لا يكفي، لأني عندما أتصرف يجب أن أكون مقتنعة. لكن مؤنس يقول إن هناك فرقاً بين الاقتناع والتقبّل. وهناك أمور كثيرة في الدين عندما نصل بها إلى حدود الاقتناعات العقلية الصرف نصبح في منطقة الخطر.

وهذا ينطبق على أيّة قضية أو عقيدة.

أحسّ أحياناً أنه على حق، وأجد نفسي متفقة معه تماماً عندما نتحدّث عن Jesus مثلاً. هناك كثيرون لا يصدقون معجزاته، لهذا ابتعدوا عن الدين. في هذه الحالة عليّ أن أتقبّلها لا أن أنبش فيها وأناقشها من منطق العقل الشكّاك. يا إلهي، كم هي متعبة هذه الأمور لكني وصلت إليها... ويا للأسف!

****

الثلاثاء.../نوفمبر/تشرين الثاني (12,05 pm)

قبل خمس دقائق، أوصلني مؤنس إلى الفندق. كنت سأقول له في نهاية السهرة، هيّا، لننسَ كلّ شيء ولنتذكّر أننا نحبّ بعضنا بعضاً، هذا يكفي. في الحبّ تسقط كلّ الأمور الأخرى، لكني لم أجرؤ على أن أقول ذلك. هل يختلف الحبّ بين زمن وآخر؟ لماذا لا تسقط الأمور الأخرى بيني وبين مؤنس، مثلما سقطت بين أمّي وأبي؟ هل أبي أكثر تفتحاً من مؤنس؟ أم أن دينه يتقبّل الأمور الأخرى أو يستطيع إزاحتها؟

ما هي هذه الأمور؟ مؤنس يقول إنها بسيطة. وقد تجاوزنا عقبات كثيرة، منها أني أستطيع أن أظل على دیانتي، إن رغبت، لكني لن أكون ممارسة لها بكل طقوسها مثل التزام الذهاب إلى الكنيسة كلّ يوم أحد، ووضع شجرة الكريسماس، وتناول لحم الخنزير، ووضع تماثيل العذراء والمسيح والقديسين في البيت، لا يمكن، يقول مؤنس، فهذا يشوّش الحياة. البيت يجب أن يكون له قائد، ولي، ووليّ البيت هو الرجل، وطاعة الزوجة لزوجها فريضة. قلت له إن طاعة الزوجة فريضة في ديني أيضاً، والقديس بولس كان يطلب من المرأة أن لا ترفع صوتها، ليس أمام زوجها فقط، بل أمام كلّ الناس.

****

الخميس.../نوفمبر/تشرين الثاني (01,20 am)

شعرت أن Anty هديل تريد أن تتحدّث معي في موضوع ما. طلبت من مؤنس أكثر من مرّة أن يذهب ليشتري لنا شيئاً أو يسأل لنا عن شيء، وفكّرت أنها تريد أن نجلس معاً منفردتين. خجلت أن أسألها عن غطاء رأسها، لكني فهمت من مؤنس وبشكل عابر أنها سترتدي ذلك دائماً. لم أرد أن أستمر في الحديث في هذا الموضوع، لأني أخاف أن يسحبه إلينا. For me it is out of any deal. لأوّل مرّة رأيتها حزينة بعض الشيء، هل يفرض مؤنس عليها أن تفعل ذلك؟ لم تتعشَ معنا، وعادت إلى عملها لأنها ستراقب إنجاز إعلان ضخم، قالوا سيضعونه في أكبر شارع هنا، وسيمتد على عشرين متراً أو أكثر. عملهم صعب يتطلّب ابتكاراً ويحفّز الخيال. أنا أحبّ ذلك لولا أن أبي أقنعني بعالم اللغات هذا. مؤنس يقول إن أيّ اختصاص غير مهمّ، ما دمت قد اخترت الحياة العملية، ويبقى أن ما أكتسبه من ثقافة في مجال الدراسة قد يفيدني في حياتنا، في زواجنا، في تربيتنا أولادنا. عندما يقول ذلك يشعرني بأنه يغلق عليّ كلّ الأبواب. أصبح في غرفة ضيّقة جداً وأنا لا أحبّ ذلك، أنا أحبّه وأحبّ الحياة والعمل، ولا أدري لماذا لا نستطيع أن نجمع كل هذا معاً؟ لم نستطع اليوم أن نتحدّث كثيراً في هذا الموضوع لأننا أمضينا

ساعات طويلة مع Anty هديل. لاحظت أنها تريدنا أن نقترب أكثر، وكانت تؤنّب مؤنس كلّما اختلف معي. همست لي أن أصبر قليلاً. طلبت أن أعامله كطفل وسأكون الرابحة. أنا أعرف ذلك وقلته لها. تمنّيت أيضاً لو أن أبي هنا ونجتمع كلنا. لأوّل مرّة أشعر أني أريد أن أكون في عائلة كبيرة. مع مؤنس وأمّه أشعر بأني على راحتي تماماً. كأني مع بابا، لم أشعر سابقاً بمثل هذا. فقط مع خالتي. لكنّي لا أراها كثيراً. بيت Anty في دبي جميل واليوم اشترينا لها «دي في دي» وساعدناها على اختيار بعض الأفلام والـ C.Ds الموسيقى التي تحبّها. أرادت أن تسمعنا ABA فصرخت أنا ومؤنس أننا لا نطيقها! أعتقد أن Anty لا تتضايق من الصراحة. مع ذلك كنت أتمنّى أن أستطيع أن أخبرها بحيرتي الحقيقية بين الزواج من مؤنس والتحول عن ديني، وأيضاً بين عملي الذي بدأت أحبّه. كيف أقول لها إن كلّ الحبّ والاستقرار لا يكفيني؟ ومن جانب آخر لمن أقول إن كلّ الحرية والتمسّك بديني والنجاح لا تكفيني من دون مؤنس. أنا حقّاً مازلت في Dilemma.

****

الأحد . . . / نوفمبر / تشرين الثاني (11,05 am)

بدأ النقاش معقولاً، وحذرت مؤنس من البداية ألا ينطلق كعادته ويوصلنا إلى ما لا أحبّ أن أصل إليه. لكنّه فعلها. فعلها كما يفعل دائماً، Oh my god. كم أنا غاضبة، كلّ مرّة، الأمر نفسه، حتى لو تحدثنا عن القمر، عن المريخ، عن أبولو، عن الكورن فليكس، يجب أن ينتهي الحديث بنا، أنا وهو. وهو وأنا. أوه تعبت. تعبت. تعبت.

لكن، كان عليّ أن أتوقع. لماذا وافقته في البداية على الذهاب إلى السينما. أدركت أن اختياره الفيلم سيقودنا إلى هنا من جديد. ليت الأمر انتهى بمثل ما حدث عندما شاهدنا «علي ونينو». بل هنا، أوه، أصبحنا فلاسفة. عموماً لم أحب الفيلم. أساساً أنا لا أحبّ الأفلام التاريخية القديمة. اسم الفيلم The Kingdom of heaven. لكنه يريد أن يرى صلاح الدين، فهو موجود في الفيلم، وتدور أحداثه عن حروب المسيحيين والمسلمين.

قلت له اذهب أنت وأمك، فقال إن Anty مثلي لا تحبّ الأفلام التاريخية. على كلّ حال، ما زلت إلى الآن لم أفهم لماذا أراد التوقّف عند هاتين الكلمتين، من كلّ الفيلم، لم يتوقّف إلا هناك، عندما قالت البطلة إن تعاليم المسيحية قالت للناس «اختاروا»، فيما تعاليم الإسلام قالت لهم «أطيعوا». كلّ ما قلته له عن شخصية صلاح الدين والمشاهد الإيجابية الجميلة لم ترضه، وراح يعاقبني، وكأنّي أنا التي قدمت الفيلم. ويقول: كيف تقبلين أن يكون ما قالته الممثلة صحيحاً. إنه خطأ مليون في المئة، قلت له ذلك صحيح على نحو ما. فأنا كمسيحية يمكنني أن أختار ألا أنفّذ أيّة وصية من الوصايا العشر. أمّا أنت كمسلم فعليك أن تطيع لأن الله يأمرك بذلك والرسول الكريم أفهمك ذلك. قال مؤنس إن مفهوم الطاعة والفريضة ليسا على هذا النحو الذي قصدته البطلة في الفيلم. لأن الله عز وجل أفهمنا عبر القرآن الكريم وأحاديث الرسول أنه بإمكاننا أن نتبع الرحمن أو الشيطان... آه. حديث طويل أصرّ فيه على أن يقنعني بأن مفهوم الطاعة لا يعني الذلّ، أو التعصّب، أو إيقاف العقل عن العمل، وأن كثيرين يخطئون في فهم ذلك، وأني إذا كنت مقتنعة بهذا فسيكون ذلك مصيبة كبرى في حياتنا. لماذا؟ لأني سأرى كلّ ما يفعله منطلقاً من عدم قدرته على رفضه أو مناقشته، وأن مفهوم الطاعة العمياء سيجعلني أكوّن نظرة تسيء إلى... آه. كم راح يحكي ويحكي ويتعبني.

كنت أريد أن أبكي وأن يعانقني، وأن أرى في عينيه ذلك البريق الذي أحبّه، وأرى لهفته وخوفه عليّ، وحرصه على أن يوصلني إلى غرفتي وأعلمه بمكالمة سريعة في الموبايل أني دخلتها، Oh my god كم أحبّ حنانه، لو أنه يختلف قليلاً، قليلاً فقط، ألا يكون هذا رائعاً؟

****

الثلاثاء.../نوفمبر/تشرين الثاني (12,00 pm)

اليوم بعد التدريب في قاعة المبنى في Internet city جلست مع مجموعة كبيرة من المشتركين نتحدّث. ومن حسن حظّي جاء الحديث عن زواج أحد الباكستانيين بهندية.

قالت إن والدها بوذي، وأمّها كانت مسلمة، إلا أنها أنكرت دينها خوفاً بعد زواجها، وهي الآن بزواجها من باكستاني مسلم تعيد الاعتبار إلى أمّها التي أسعدها جداً هذا الزواج. لكن والدها يقاطعها، وهما سيبحثان إمكانية أن يعملا في دبي ويبقيا فيها. أيضاً انتبهت إلى قصص أخرى يعيشها مشتركون معنا في التدريب. فكرت أن هذا يساعدني ويساعد مؤنس، وسأحاول أن أعرفه عليهم، بعضهم يريد لكل منهم أن يظلّ على دينه، مثل الألمانية التي ستتزوج من زميلها البحريني. أما الهندية فقالت إنها ستصبح مسلمة علناً وتنتمي إلى زوجها. قالت طالبة إنها ستفعل كما فعل توني بلير بعد أن اعتنق ديانة زوجته شيري، فهو كان بروتستانتيا وشيري كاثوليكية، وأعلن قبل فترة أنه سيصبح مثلها. أخبرتهم أني ربما سأتزوج من مسلم، لكني لست واثقة من الالتحاق به أو البقاء على ديني، فقال طالب إن هذا صعب جداً هذه الأيام، وعندما أخبرته عن أمّي وأبي، قال إننا في زمن آخر مختلف تماماً عمّا عاشه أهلنا، فهناك اليوم تسونامي طائفي يجتاح العالم.

****

السبت . . . /نوفمبر/تشرين الثاني (02,10 am)

اليوم الأخير. غداً سأسافر، ما زلت أعيش على سحابة. أريد أن أبكي وأبكي. لن يفهمني أحد بعد اليوم. لا بابا، ولا مؤنس. ولعلّ نفسي أيضاً لن تفهمني. أتمنّى أن تفهمني الحياة المقبلة. الأيام تعطيني ما لا أعرف، المغامرة هي ما أريد ربما. فيها أحاول أن أحقّق شيئاً ما، بعضه يشبهني، وبعضه سأكتشفه بمرور الأيام، لكن كلّ ذلك سيكون ثمنه غالياً، بل فظيعاً، قلت لمؤنس كل شيء. أوه، يا إلهي لا أستطيع أن أستحضر عينيه، شفتيه، صوته، أصابعه التي ترتجف، وأنا أيضاً، كنت أسرق النظرات لا لكي أعرف وقع كلامي عليه، بل لأطمئن إلى أني لن أؤذيه. يا إلهي كم أحبّه. أحبّه أحياناً مثل أخ تمنّيت أن يكون لي، ومثل بابا، ومثل كلّ شيء جميل في هذه الدنيا. مؤنس هو حلمي الذي لا أريد أن أصحو منه على الزواج منه، أيّ عليّ إنهاؤه. أنا أعلم ما وراء التل، وهو لا يريد أن يرى.

يظن أن بإمكاننا أن نبقى فوق، في أعلى نقطة، نتّحد بتماسك أيدينا فلا نقع، لا يدري أني أريد الطيران، الذهاب إلى أبعد البعيد، إلى الاكتشاف. لا إلى البيت والأولاد ورائحة المطبخ والنظافة وانتظاره، هذه كلّها لا تكفيني. أريدها. من كل قلبي، وباقتناع تام، ولكن معها، أريد هذا الجو الذي أنا فيه. الحماسة، العمل، النقاش، الخطأ والتعلّم من أجل نجاح آخر، الخروج إلى العالم والعودة إلى الملجأ للشعور بالأمان، وليس البقاء في الكهف.

مؤنس يقول لي إني مخطئة تماماً، وهو يقدم لي عالماً آخر لا سجناً، ليس البيت كهفاً، إنه مملكة، ليس حدوده الجدران، بل النوافذ والأبواب والكمبيوتر. إنه لا يغلق الدنيا عن عينَيَّ، بل يحميني. سأكون ملكة قلبه وحياته وبيته. ماذا أريد أكثر؟ مزيداً من العلم؟ فليكن. الكمبيوتر أمامي والإنترنت مفتوح، وأستطيع الاتّصال بآخر نقطة في العالم. المهمّ الأولويات. فهل العمل هو الأهم أم حياتنا؟ ماذا تريدين يا سارة؟ عملك أم حياتك؟ حدّدي، يقول لي. قلت له أريد الإثنين. قال صعب، صعب. وراح يردّدها مليون مرة.

ثم قال، ليست المسألة مسألة اختلاف الدين إذاً، قلت له هذه مسألة أخرى، لكنّها أيضاً موجودة. ثم سألته، كيف يمكن أبناءنا أن يكونوا مسلمين مثلما تريد، إذا بقيت أنا على ديانتي المسيحية؟ قال إنه سيتولّى هذا الأمر. لكني أعلم أنه يراهن على ذوباني. كلّما تحدّث عن أصدقائه الجدد الذين يلتحقون بالإسلام لأنهم يجدون فيه ملاذهم وخلاصهم، أشعر أني سأذوب مثلهم، هل أنا متعصّبة من دون أن أدري؟ ومن أين اكتسبت ذلك إذا كانت أمّي لم تتحدّث يوماً عن الدين إلا بشكل عام وسطحي، وإذا كان أبي يناقش الأديان مثلما يناقش التاريخ والسياسة؟

****

الساعة (03,20 am)

لم أستطع النوم. حلمت بكابوس مزعج جدّاً. أنا ومؤنس نموت غرقاً. أريد الآن أن

أتذكّر كلّ شيء جميل بيننا، انسجامنا، حرص كلّ منا على الآخر، حبّنا لألوان معيّنة وأكلات معيّنة، آه. كم يفهم عليّ من نظرة، وقبل أن أقول كلمة، وكم أحسّ به. يا إلهي، لماذا يحدث هذا لي؟ هل صحيح كما يقول مؤنس أني أغالط نفسي، وأني إمّا أن أكون كاذبة على نفسي أولاً، قبل أن أكون كاذبة على أي شخص آخر، وإما أن أكون مدركة خطورة المسار الذي سأختاره، وأن طبيعتي العنيدة ربما تؤذيني جدّاً في المستقبل، وقد أندم عندما لا ينفع الندم.

هل ينتظرني مؤنس لأحسم أمري؟ سألني ساخراً، كم يلزمني من الوقت، فتردّدت بين ستة أشهر وسنة. قال إنه سيكون تزوّج وأنجب طفلاً أيضاً. هل يسهل عليه ذلك؟ إذاً ماذا أظن؟ وأين الحبّ؟ أشار إلى قلبه وقال يبقى هنا. ثم قال Top secret. لكن الزواج أمر آخر. هو تكليف أيضاً، بالنسبة إلى الشباب الذين يريدون أن يحموا أنفسهم من الفتنة. فالزواج مطلوب، أو الصيام، وهنا علمت لماذا كان يخبرني أنه يصوم يومين في الأسبوع. إنه يريد أن يحمي نفسه، وأنا الآن أساعده على هذه الحماية. قال لأني لا أراوده، وحكى لي عن سورة النبي يوسف الذي راودته امرأة فرعون. قال إن كل الشباب يحبون هذه السورة من القرآن الكريم. ها أنا أيضاً، أذهب إلى الدوّامة التي هربت منها. دوّامة مؤنس ومناقشاتنا. لكن هذا النوع من النقاش يفرحني. أشعر بفرح كبير عندما ينطلق ويشرح لي تلك الحكايات. يتحمّس ويحرك يديه، ثم يقف ويتمشّى وكأنّه ممثل بارع على المسرح. يكون صادقاً إلى درجة مدهشة. تأخذني وتمتعني. آه يا مؤنس، كم سأفتقدك وكم ستبقى معي. هنا، وهنا وهنا. في رأسي وقلبي وعينَيّ. في أعماقي In deep deep deeply.

Top secret لا أحد سيأخذ مكانك ولن أسمح لك أن تكبر أو تتغيّر، فهل يمكنك أن تبقى في داخلي ولا تعذّبني؟

****

حوارات ما قبل النهاية
بين المؤلفة وصديقات هديل سالم علي

لندن/ دانا

* أخبرتني السيّدة هديل سالم علي أنكما كنتما صديقتين حميمتين جداً.

– وما زلنا، كما أعتقد.

* لكنّي علمت منها أنّك اخترت مقاطعتها.

– ليس تماماً، لكنّي بصراحة لم أقتنع بتصرّفها.

* هل تقدّمين نفسك أوّلاً لقرّاء هذه الرواية، حتى لا أشوّش عليهم هذا الفصل؟

– اسمي دانا، عملت مع هديل بعض الوقت في وكالة الإعلان التي يملكها جان كربان. عملي مندوبة إعلانات.

* ما الذي فاجأك في تصرّفها؟

– سفرها إلى دبي أساساً فاجأني. فكما أعرف وكما كانت تؤكّد لنا، نحن صديقاتها دائماً، أنها لا يمكن أن تعيش في بلد عربي، وأنها تعشق لندن وتتمنّى أن تموت فيها.

* ألا يمكن أن تكون هناك ظروف دفعتها إلى ذلك؟

– لم تخبرنا. لم تخبر أحداً. حتى نحن أعزّ صديقاتها فاجأنا خبر سفرها، كما فاجأنا خبر تحجّبها.

* ألم تتوقعي مثل هذا التحوّل لديها؟

– ماذا أقول لك؟ إنه أمر محيّر، أو هي كانت تخدعنا، كما يفعل عملاء الاستخبارات. أنا أصلاً فلسطينية، وأحمل الجنسية البريطانية، وأعرف لواعج المخابرات. على كل حال، إن هديل سالم علي بالنسبة إليّ كانت تلك المرأة المنفتحة، المثقفة، الفنانة، كانت تذوب رومانسية وتفتح قلبها لجميع الأديان، ولم تكن مقتنعة بما يفعله المتطرّفون ولا تحبّ المتشدّدين.

* ألم تحرك عن تحوّل ابنها مؤنس؟

- كلام قليل، متقطّع.

* هل توقعت منه تغييراً ما يمسّها أو يمسّه؟

- أحاديثها عنه كانت قليلة، بل نادرة، نحن صديقتان فعلاً، لكن أمورنا العائلية لا نتوقف عندها. أنا عازبة، وكانت أكثر أحاديثنا نقاشاً أو عن علاقاتنا العاطفية.

* هل كانت لها علاقات؟

- ليس بالشكل الكامل، أو المعروف، كما يحدث لي، فأنا لا أخفي علاقاتي، وكلّما وقعت وكسرت رأسي في علاقة كنت أشكو لها.

* وماذا عنها؟

- كانت تبوح أيضاً بأنها ملزمة بإطار عائلي يمنعها من الحرية. لكن كان لها بعض المعجبين الذين يحاولون الاقتراب منها، ولم تكن تثق بهم. هي متكتّمة عموماً، وأنا اعتدت أن لا أحاصرها بالأسئلة، وهذا ما عمّق صداقتنا. وحتى الآن لو لم تسمح لي نفسها بالتحدّث إليك لما قبلت أن أقول لك كلمة واحدة. أنا أحترمها جدّاً وأحترم خصوصيتها، مع ذلك لا أعذرها لما فعلته، وحاكمتها بنفسي.

* أخبرتني بما حدث بينكما. لكني أودّ سماعه منك.

- قلت لها رأيي بصراحة. نظرت إلى عينيها وقلت لها: هل تنافقين؟ هل تجاملين الناس في دبي؟ لماذا لم تتجرئي على لبس الحجاب هنا. هنا في لندن بلدك الذي تقولين إنك تنتمين إليه. هل أيضاً كنت تفعلين ذلك وتذهبين إلى الكنائس نفاقاً؟

* ماذا كان ردها؟

- بكت، وقالت إني لا أعرف شيئاً، ثم قالت كيف طوّقها ابنها. قلت لها: ألا ترتكبين معصية أخرى؟ كيف تخافين ابنك أكثر مما تخافين ربّك؟ قالت: وهل تريدينني أن أكذب؟ وعلى من؟ عليك أم على نفسي؟

- الحقيقة أني تأثرت جداً عندما قالت ذلك، وقلت في نفسي يا سبحان الله. الناس

كالأسرار. لا يمكن أن نعرف منها إلا الفتات.

* هل توقف النقاش عند هذا الحد؟

– بل بدأ من هنا. أعتقد أنها بدأت تعيش ازدواجية ستكون غريبة ورهيبة.

* كيف؟

– قلت لها ألا تفهمين أن الحجاب وجد أساساً للحجب وليس للإعلان. أي أنه وجد لدرء الفتنة وها أنت، على غرار سواك، ترتدينه بألوان زاهية وموديلات ليكون إعلاناً أكثر منه إخفاء.

* وماذا كان ردّها؟

– قالت إن الزمن تغيّر، وإن المرأة التي كانت كلها عورة في الماضي، لم تعد كذلك اليوم، أي أن تغطية الجسد أصبحت كافية في مفهوم الحجب، ولا يعني ذلك أبداً لفت الأنظار، فمن يلفت النظر اليوم هو عري المرأة، وليس وجودها بشكل عام في الأماكن العامة.

* وهل أقنعتك؟

– لا ما زلنا نتناقش، مع أني أعلنت مقاطعتي لها.

* إذا كنت تؤمنين بالحرية الشخصية فكيف يمكنك مقاطعة صديقة حميمة؟

– لقد آذتني تماماً بتصرّفها. حجابها يناقض كل مفهوم كنّا نتحدّث عنه. إنه رمز الحلال والحرام فكيف تضعه على رأسها وفي الوقت نفسه تريد أن تحضر الحفلات الموسيقية والأفلام والمسرح، وتلتقي أناساً يتعرّون ويقيمون علاقات محرّمة ويشربون الخمر...

* وماذا تريدينها أن تفعل؟

– لتفعل ما تريد، لكني لا أحبّ هذه الازدواجية.

* ألا ترين أنك تبالغين قليلاً في هذه الرؤية؟

– هذا ليس كلامي فقط، بل كلام العديد من صديقاتنا. إذا أرادت هديل أن تلتزم فعليها أن تفعل ذلك بوضوح ومن دون ذبذبة. أي أن تكون مثل هؤلاء الذين يعيشون

طقوس ديانتهم بالشكل السليم.

* هل تعتقدين أن الفن يتعارض مع العقيدة؟

- ربّما.

* لكن هديل سالم علي تحكي لنا عن يوسف إسلام، وابنها الذي قدّم مشروع الراب الإسلامي، فماذا تقولين عن ذلك؟

- لا أدري. ربما أستطيع أن أفهمها. ولكن عموماً، لست مقتنعة بما فعلته، ولا أظن أنها بأعماقها مقتنعة. من يدري، ربما خلعته بعد فترة. فهذه موضة أخرى بدأنا نسمع عنها. ربّما مقاطعتنا لها تنبّهها إلى ذلك.

****

لندن/ حورية

* أخبرتني السيّدة هديل سالم علي أن بإمكاني محاورتك في موضوع حجابها، وأنا أشكر لك موافقتك.

* لا شكر على واجب، والحقيقة أني تأثرت فعلاً بذلك.

* سلباً أم إيجاباً؟

* إيجاباً طبعاً. قلت لها «ربّنا يهدينا أجمعين»

* ما الذي يجمعكما؟

* الجيرة، فقد سكنا في المنطقة نفسها مدّة من الزمن، ثم استمرت صداقتنا بعد أن غادرت لندن وعدت إلى مصر، أنا أعمل في مجال البحث، وعملت مع مؤسسات دولية وإقليمية، أمضيت بعض السنوات في القاهرة، ثم عدت من جديد إلى لندن فتوطدت صداقتنا مع أني تقاعدت مبكراً ولم أعد أعمل.

* متى سمعت عن حجابها وكيف تلقّيت الخبر؟

* كانت مفاجأة فعلاً، اتّصلت بي صديقة مشتركة أظن أنها نادية أو دانا، أو هما معاً،

في يوم واحد، وقالتا لي أن أقرأ في الصحيفة حواراً مع هديل في أحد المؤتمرات وأرى صورتها المنشورة بعدما تحجّبت. ذهبت إلى الإنترنت وبالفعل وجدت الحوار والصورة. الصورة صغيرة قليلاً ولكن الحجاب واضح.

* هل اتّصلت بها؟

* عندما علمت بعد ذلك أنها جاءت إلى لندن توقّعت أن تتّصل بي، وبالفعل اتصلت لكنها لم تشر إلى مسألة الحجاب.

* ولماذا لم تسأليها؟

* خجلت، فأنا أعلم مدى حساسيّتها ورهافتها. وقلت في نفسي إنها ستخبرني حتماً عندما نلتقي.

* وهل أخبرتك؟

* لم نلتق، فقد اتّصلت لتعتذر بسبب ارتباط مفاجئ يتعلّق بولديها، وأنا أعلم أنها أمام ولديها تصبح طفلة مطيعة، وليس هناك من قوّة في العالم تؤثّر فيها من هذه الناحية.

* إذاً لم تلتقيا.

* لم نلتق، لكني في تلك المكالمة سألتها بصراحة. قلت لها ما سمعته عن حجابها فلم تنكر، وقالت حرفياً: «فعلت ذلك من أجل مؤنس». فأجبت، بل هو إلهام من ربّ العالمين وتمنّيت لها التوفيق.

* لم تحاسبيها أو تحاكميها كما فعلت صديقتكما دانا؟

* لا. لم أحاسبها، بل جلست أتذكّر الكثير من الأمور بعد مكالمتنا التي كانت طويلة بعض الشيء، إذ استرجعنا فيها رأينا في وضع الحجاب. فقد كانت لنا حوارات في هذا المجال، خاصة أني مهتمّة بالبحث، وكانت هديل تعود مراراً إليّ بأسئلة تتعلق بالتراث أو بالدين، وكثيراً ما اقترحت عليها كتباً تقرأها. أيضاً تذكّرت أننا ذات يوم، بعد محاضرة في جامعة لندن قدّمها مستشرق صيني، كنا التقينا أحد العلماء، وأذكر أنني وهديل سألناه هل كان عدم ارتداء الحجاب معتبراً من الصغائر أو الكبائر؟ فردّ من الصغائر، وأذكر كم أسعدنا ذلك وأراحنا.

* هل كنتما مهتمّتين منذ ذلك الوقت بمسألة الحجاب؟

* كان يخطر لنا، فكدت أنا وهديل نكون الوحيدتين من مجموعة الصديقات، نمارس الصلاة والصوم ونلتزمهما. وأيضاً في السنوات الأخيرة عندما كثرت الأحداث المتعلّقة بالحجاب والنقاب في باريس ولندن، أصبح جزءاً من اهتمامنا، كذلك كنت أعرف أن ابن هديل يضغط عليها لترتديه بعد أن سمعت أنه أصبح ملتزماً. مؤنس هذا حكايته حكاية. وهي تستحق وحدها عشر روايات!

****

دبي / فاطمة

كان عليّ أن أبحث عن فاطمة، مع أن علاقتها بهديل سالم علي لم تتطوّر لأسباب ربّما أشير إليها في نهاية هذه الرواية.

إنها تلك الفتاة الجميلة التي التقتها في رواق أحد الفنادق في لحظة عاصفة عاشتها. هل تذكرونها؟ لقد استوقفني أمر غريب حين حدّثتني عنها السيّدة هديل أكثر من مرّة، واعتبرتها «قشّة الإنقاذ» التي سحبتها من الغرق أكثر فأكثر من أوهامها.

شعرت أنها تخفي شيئاً، فهل يمكن أن تعيش هذا التأثّر الذي تصفه بالقوّة والعمق والاستمراريّة، عبر لقاء وحيد؟

لا أتردّد في الاعتراف أني شعرت بأني أكاد أتحوّل محقّقة، وفكرت أن المضي في ذلك قد يؤثر سلباً في مسار روايتي، وسيتوه القراء بين الشخصيات التي بحسب ما يبدو، أصبحت كثيرة. لكني في هذه اللحظة نفسها، التي فكرت فيها بالمخاوف والمحاذير، تذكّرت أني قرأت أخيراً رواية «ساحرة بورتوبيللو» لباولو كويللو، ولقد أتعبتني هذه الرواية، فهي مزدحمة بالشخصيات، لكنها جميعاً تكاد تشكل الضوء المنعكس على البطلة الرئيسية: على زلفا أو شيرين. فلم لا تكون شخصياتي الأخرى، أنا أيضاً، تلعب هذا الدور؟ بالطبع فإن التطاول في مثل هذا القياس يؤذيني، بل ويصغر من شأني كثيراً أمام

نقاد أهابهم، ومع ذلك فهي فرصتي للبوح بأكثر قدر من الصدق، فمن يدري؟ ربما حققت شيئاً لا أتوقعه، مثلما لم أتوقع أن ألتقي أخيراً، بفاطمة، تلك التي حاولت السيدة هديل مراراً الاتصال بها، بعد أن ألححت عليها، ولكن دون جدوى. أخيراً. جاءنا صوت رجل، وهو بدوره أعطانا رقماً آخر، وقد سجلت نحو أربعة أو خمسة أرقام هاتف جوال قبل أن أصل إلى فاطمة، التي رحّبت باللقاء التالي، واطّلعت عليه (قبل أن أذكره في الرواية).

* أخيراً، يا فاطمة. هل تعلمين مطلع القصيدة التي تقول أفاطم مهلاً؟

– طبعاً.. أفاطم مهلاً بعد هذا التدلل، قصيدة امرئ القيس.

* هكذا تختصرين المقدّمات التي لا بدّ منها. فأنت شابّة، مثقّفة، تحبين الأدب، تدرّسين في إحدى الثانويات، تطمحين إلى أن تكوني كاتبة أو صحافية.

– صحيح.

* دبي مدينة مفتوحة لكل هذه الآفاق، فلمَ بقيت في إطار التدريس؟

– أتريدين الحقيقة؟ حكايتي حكاية. جئت إلى هنا لأحقق الكثير. الفرص نادرة جداً إن لم تكن معدومة في تونس أو المغرب. فأنا من أم تونسية وأب مغربي. على كل حال، أختصر الأمر بأن لنا قريباً هنا ساعدني على المجيء لأجرّب حظّي.

* مغامرة مثيرة، أليس كذلك؟

– بل مغامرات تستحقّ رواية، فكّرت منذ زمن أن أؤلّف كتاباً عن هذا الموضوع.

* أيّ موضوع؟

– مغامرة البنات العربيات في دبي. لا أقصد أنها سيئة لا قدّر الله، إذ هدفها تحسين الظروف أو مساعدة عائلاتهن. لكلّ بنت حكاية غريبة. أردت أن أكتب عن عيشهن المشترك في شقق صغيرة يتقاسمن فيها السكن و...

* قضية مهمّة ومثيرة معاً. لماذا لم تكتبي عنها؟

– ربّما أكون كسولة، عدا أني مشغولة بأموري، إذ إن مسألة الزواج والارتباط كانت تشغل رأسي. أتمنّى أن تكتبي عن هذه المسألة في روايتك.

* ربّما أفعل في رواية أخرى. أشكرك جداً على كل حال للفكرة. هي فكرة غنية ومهمّة.

- طيب يالله.. ماذا تريدين أن تعرفي من فاطمة؟

* أوّلاً علاقتك بالسيّدة هديل سالم علي، هل تذكرينها؟

- طبعاً. حتماً حكت لك عن لقائنا الأول، كان حجابها يرعبها.

* وأنت؟

- ربّما لأني وضعته على مراحل لم أشعر بذلك الانفجار.

* لكني علمت منها أنك وضعته بسبب الوظيفة. تذكّرت الآن، هي قالت إنك أخبرتها عن عملك في أحد المصارف وليس في التدريس.

- نعم. اشتغلت مدّة من الزمن في وظيفة متواضعة في أحد المصارف. قبلوني لأني أجيد العمل على الكمبيوتر وأعرف أكثر من لغة.

* ومتى تركت العمل في المصرف واشتغلت في التدريس، وهل واجهت الطلب نفسه بوضع الحجاب؟

- ليس تماماً. أحسست طبعاً أن كثيرين يفضّلون المحجّبة. ليس في مجال الوظيفة، أو لأقل في كثير من الوظائف. في الشارقة مثلاً حيث أعيش، ولكن بالنسبة إلى الشبّان أيضاً. كنت بصراحة أريد أن أتزوّج، وأحسست أني مستعدة لأفعل أيّ شيء حتى أحقّق هذا الهدف.

* هل أحسست أن الشبان يفضّلون الحجاب؟

- ٩٩,٩٩ في المائة منهم يفضّله. والذي يقول لك لا، أقول له إنه كاذب.

* إذاً، لنقل إن شروط الوظيفة ساعدتك على وضع الحجاب، ثم اكتشفت فائدة أخرى من وضعه.

- رجاءً لا تقوّلي فائدة. ليس الأمر على هذا النحو. النفس يا سيّدتي العزيزة ضعيفة. مغلوب على أمرها. ألم يقل الله سبحانه وتعالى النفس أمّارة بالسوء؟ صدقي. لا أحد في

هذا الكون لا يتمنّى أن يكون قريباً من ربّه على أيّ نحو، وأيّاً تكن عقيدته. كلّ الناس يتمنّون أن يكونوا فاضلين، محبين، يضمنون الجنة، لكن الإغراءات كثيرة كما ترين.

* ما الذي كان يغريك بعيداً عن الحجاب؟

ـ مثل أيّ شابة، الماكياج، اللباس الجميل، ليس الجميل، بل الجذّاب، الذي يدير الرؤوس، إثارة إعجاب الآخرين غريزة قوية ربّما يمارسها كثيرون من النساء والرجال من غير أن يعوا ذلك.

* لأعد إلى حجابك.

ـ عندما التقيت السيدة هديل، كنت مثلها، أضعه منذ فترة قصيرة، وصارحتها بذلك، علماً أني، مثلما ترين، أضع الحجاب بالطريقة المعروفة، التقليدية.

* وهل طمأنتها؟

ـ بل هي التي طمأنتني من دون أن تدري.

* ماذا بعد؟

ـ عن هذا الموضوع؟

* ربّما عن موضوع آخر. بصراحة أشعر أن علاقتك بها لم تتوقّف عند هذا اللقاء.

ـ هل أخبرتك؟

* بصراحة، لا، ولكن أرجو أن تسامحيني، أشعر بشيء ما، لدي حدس يقول إن ثمة أمراً آخر قد حدث، وبقدر ما لا أريد أن أكون متطفّلة بشأنه، بقدر ما يدفعني شغفي إلى كتابة هذه الرواية وما تفرضه عليّ شروطها، للاقتراب أو الحوم إن شئت.

ـ حدسك في محلّه يا سيّدتي، لكن، اسمحي لي، لن أستطيع أن أخبرك شيئاً، قبل أن أستأذنها.

****

دبي / باث (محررة في مجال السياحة والسفر)

✳ هل توافقين على نقل انطباعاتك عن حجاب السيدة هديل سالم علي في هذه الرواية؟

– طبعاً.

✳ هل يمكن أن تضيفي شيئاً إلى ما أعلنته لها بنفسك عندما سألتك عن انطباعك؟

– كانت مفاجأة. فنحن كنّا في رحلة عمل. أظنّ في القاهرة أو الأردن. على الأغلب في فندق فورسيزن في القاهرة. لم أكن أعرف أنها ترتديه منذ فترة قصيرة، فاختيارها الألوان و«الشب» كانت تنم عن ذوق ومهارة. كأنها متمرسة.

✳ هل تنظرين عموماً إلى المحجّبات نظرة متحفظة؟

– مع أن هذا السؤال خارج عن نطاق الحديث عن هديل سالم علي، أقول لا. ربّما أنظر إلى النقاب نظرة متحفظة. لكن تحفظي لا يعني أني لا أحترم الحريّة الشخصية لمن ترتديه. ولكن لا أستطيع التفاهم معها. أشعر أن هناك سدّاً بيننا. برغم ما يقولون عن لغة العيون. لكن لغة العيون هي إضافة إلى ملامح الوجه ولا تغني عنها.

✳ هل تعتقدين أن رأيك هذا شخصي أم يمثل فئة كبيرة من البريطانيات؟

– أعتقد أن كثيرات منهن مقتنعات بهذا الرأي. فحادثة المعلّمة المنقّبة في لندن، والتي أرادت ممارسة عملها داخل الصف لم تلق تأييداً. أيضاً ناقشت أنا وهديل وجوانا هذا الموضوع. هديل كانت متفقة معنا تماماً. بالنسبة إلى حجاب هديل فهو يعجبني. إنه عصري وجميل. وأعتقد أن هذا النوع هو الذي يسود، ويجذب الفتيات الصغيرات. لكن الأهل، كما نقرأ في الميديا، يعترضون. قرأت أخيراً لقاء مع باتريك هايني، قال فيه إن ملابس النساء المسلمات تلفت نظره الآن. فهي عصرية، ويبدو أن مصمّمي الأزياء أنفسهم يستفيدون منها. هل تصدقين أن عروض ميلانو الأخيرة كانت كلها تقريباً من هذا النوع؟

✳ أنت تعيشين في بلد عربي، هل لديك صديقات عربيات، مسلمات على وجه التحديد؟

- كي أكون صادقة، أقول إنهن قلائل لكنهن موجودات. عموماً صداقاتي مع آخرين محدودة أيضاً، لأن عملي يستغرق معظم الوقت. عموماً عندما ألتقيهن في رحلات عمل أو مناسبات فإننا ننسجم في الحديث. هديل وأمثالها منفتحات جداً على الثقافة الغربية ولا يشعرن بهوّة فكرية. أيضاً لفتت نظري ذات يوم إحدى المحجبات. كنا في أحد مطاعم لندن، وكانت قادمة من بلد خليجي. تصوّري، في نهاية السهرة صعدت إلى الطاولة وراحت ترقص. للوهلة الأولى لم أستطع أن أتقبّل الأمر، لكن عندما تحدّثنا في اليوم التالي، فهمت أنها كانت فرصتها للانطلاق. من هنا بدأت أعتبر أن ما تضعه بعض النساء فوق رؤوسهن ينتمي في نظري إلى ملابس الهويّة الوطنية. أعني مفهوم الملابس التقليدية، وهذا الأمر عندما أفكر فيه فإنه يساوي الباروكات التي يضعها قضاة المحاكم في بريطانيا، وملابس الأفريقيات، والغترة والعباءة، وأشكال حجاب النساء.

* بكلمة، أيّ أنك لا تربطين بين الحجاب والدين أو الإرهاب.

- حتماً لا.

****

فاطمة/ دبي

* مرحباً فاطمة، مرّة أخرى.

- مرحباً بك يا للا. الآن يمكنني أن أخبرك بكل ما حدث بعد حصولي على الإذن من للا هديل.

* كلي آذان مصغية.

- من أين تريدين أن أبدأ؟

* متى وكيف تطوّرت العلاقة بينك وبين السيّدة هديل سالم علي؟

- تطوّرت بسرعة. بصراحة، لم أفهم هذه السيّدة. فبعد نحو ثلاثة أيام من لقائنا العابر في ذلك الفندق، اتّصلت بي. كنا تبادلنا «الكروت» في نهاية اللقاء، وطبعاً تعرفين في دبي

أننا نذكر رقم الموبايل في «البزنس كارت».

* ما سبب الاتّصال؟

– قالت في البداية إنها تريد أن تشكرني لتواصلي معها في الحديث وطمأنتها. أعجبتها شخصيتي كما قالت، وأضافت أنها تودّ أن نلتقي، فهناك أمر غريب حدث وهي تودّ أن تبحثه معي.

* تبدو هذه المكالمة أكثر غرابة من الأمر الغريب الذي ذكرته.

– بالفعل، وقد أصبح لدي حبّ استطلاع فاتّفقت معها على اللقاء في اليوم التالي.

* ماذا حدث في هذا اللقاء؟

– التقينا في أحد المقاهي المطلّة على البحيرة في «الميدياسيتي» ، حيث تعمل. أخبرتني أن لديها ابناً اسمه مؤنس، وقد خطر لها أني قد أكون الزوجة المناسبة له، فهو يبحث عن زوجة ملتزمة ومحجّبة.

* الأمر غريب فعلاً، كيف برّرته؟

– هي اعترفت بغرابة ما خطر لها، لكنها قالت إن لقاءها بي قد يكون إشارة. وفي كل حال هي التي اقترحت هذا الأمر كمشروع لقاء وتعارف بهدف الزواج، وليس في هذا عيب أو حرام كما قالت.

* وماذا قلت أنت؟

– للوهلة الأولى، فوجئت، لكن في أعماقي فرحت. لا أخفي أنني أفكر في الزواج وأريده. كنت أقترب من الخامسة والعشرين، وأشعر بقياسنا العربي أني كبرت. عموماً أيضاً تشوّقت إلى اللقاء به، خاصة بعد أن عرفت أنه يعيش في لندن، وأن بإمكاني أن أعيش هناك إذا ما نجح مشروع الزواج. هكذا فجأة أصبحت في وضع جديد جعلني أشعر أني أريد أن أوافق، حتى قبل أن ألتقي العريس!

* وماذا حدث بعد ذلك؟

– عندما جاء ابنها، دبّرت لنا لقاء استمر نحو أربع ساعات.

* هذا يشير إلى انسجام سريع حدث بينكما!

– كنّا ظننّا الأمر انسجاماً. ثم اكتشفنا أنه كان افتتاناً بالجديد لا أكثر. كنت بالنسبة إليه «وجهاً جديداً» يريد اكتشافه، وكان بالنسبة إليّ مشروع «عريس لقطة».

* ماذا تعنين بـ «وجه جديد»؟ هل فهمت أنه كان متعدّد العلاقات؟

– ليس بهذا الشكل، لكنه هو نفسه قال لي إن أمّه عندما اقترحت عليه اللقاء بهدف اكتشاف إمكانية الزواج، جاء من أجل هذا الهدف. والحقيقة أن أكثر ما جذبه كما قال، هو أني محجّبة وملتزمة، وأنه من هذا المنطلق يمكننا الوصول إلى اتّفاق إن شاء الله.

* هذا يشير إلى أن المشروع كان واضحاً منذ البداية.

– تماماً. لكنّي كما قلت لك، نفس الإنسان أمّارة. فأثناء الحديث، كنت أتمنى أن ينسى أو يتناسى أنني «مشروع». كنت أريد أن يكتشفني كفتاة، كإنسان، يعجب به أو يحبّه، لكنه كان يبحث عن الإطار في الدرجة الأولى.

* كيف؟

– يعني هناك أسئلة كثيرة، مثل هل سأظل أرتدي الجينز الضيّق والبلوزة القصيرة مع الحجاب؟ وهل أريد أن أعمل بعد الزواج؟ وهل أؤيد الكثير من نمط الحياة الغربية، مثل المصارف التي تتعامل بالربا واختلاط النساء والرجال في اللقاءات، سواء في البيوت أو الحفلات الكبيرة... وأشياء من هذا القبيل. لقد أراد أن يعرف الأمور قبل الشخص، والأفكار قبل المشاعر.

* هل ضايقك ذلك؟

– في البداية لا، شعرت أنني أمام مغامرة أريد أن أخوضها. لا أخفي أن جاذبيته قاتلة. إنك تحبّين الجلوس معه أطول فترة ممكنة. هو مرح ومثقّف وحيويّ جدّاً. لكنه بكلمة: صعب.

* وكيف انتهى الأمر؟

– طلب مني أن أخبر ولي أمري أنه يريد التعرّف إليه بهدف الزواج، لكنه أكّد أن هذا لا يعني أنه يطلبني رسمياً. قال كذلك إنه يريد أن يتبع السُنّة.

* وماذا تقول السُنّة؟

- تقول إنه لا ينبغي أن يلتقيني أكثر من مرّة واحدة قبل أن أخبر أهلي، فإذا حدث القبول الأوّل، أي ارتاح كلّ منا للآخر من النظرة الأولى، فيجب أن أخبر أبي أو أهلي عموماً، فإذا وافقوا على أن ألتقيه أمامهم أو بعلمهم من أجل الزواج فإنه يمكننا اللقاء.

* وماذا بعد اللقاء؟ وماذا إذا اكتشفتما أن هذا القبول الأوّل لم يتواصل؟

- هذا ما توقّفت عنده. فماذا سأقول لأهلي بعد أن ألتقيه مرّات عدّة، ثم أخبرهم أننا لم نتفق؟

* هل كان مصراً على هذا النوع من العلاقة؟

- نعم، وكان يدافع عنه، ويقول إن كلّ العلاقات في مجتمعاتنا الآن تريد أن تتخفّى بالكذب. فهل الأفضل أن تلتقي الفتاة شاباً في السرّ؟ أم الأفضل أن يكون أهلها على علم بالأمر، ويكون مشروع الزواج مطروحاً بوضوح وبنية صافية. فحتّى لو لم يتم المشروع، أو لم ينسجما، فإن النية تبقى طيبة والخلاف لا يفسد للودّ قضية.

* مفهوم يستحق التأمّل في كلّ حال.

- تماماً. هذا ما فكّرت فيه. وفكّرت أن أخبر أهلي لكنّهم ليسوا هنا. لدي قريب من بعيد يعيش مع زوجته في «العين» وهما من لجأت إليهما في أيامي الأولى في الإمارات.

* وهل أخبرتهما؟

- لم ألحق. فبعد ثلاثة أيام من لقاءات متقطّعة شعرت بأن هناك شيئاً ثقيلاً بيننا. الغريب أيضاً أنه صارحني بأنه يبذل جهداً كبيراً ليتواصل معي، وبأنه لهذا غير واثق بإمكان نجاح المشروع.

* هل كانت مفاجأة أخرى لك؟

- ليس تماماً. فأنا نفسي، بعد التأمّل في ما كان يقول، واستشارتي صديقات حميمات، شعرت أن فكرة الزواج نفسها كانت المسيطرة عليّ، كذلك احتمال السفر والعيش في لندن، كان له وقع سحري عليّ.

* ولكن ماذا عن صاحب المشروع. كيف رأيت مؤنس اليادري؟ كيف يمكنك تقديمه إلينا من وجهة نظرك؟

– شاب، وسيم، مثقّف، حيويّ، مرح، مزاجي، متسرّع لكنه مخلص، وهذا أمر نادر لدى شباب اليوم. وهو متسلط قليلاً، وعنيد أيضاً.

* وماذا كان رأي هديل سالم علي في المشروع نفسه؟

– هي صاحبته كما قلت لك.

* ألم تتدخل لتقرّب وجهات النظر بينكما؟

– حاولت. لكن لا تنسي، فالمسألة لم تستمر أكثر من أيام قليلة. كان هو سيسافر خلال أسبوع، وهي كانت متحمّسة أن نعلن الخطبة لكنها لم تستطع إقناعه في الدرجة الأولى.

* هل يعني أنك قبلت بالمشروع وأن الرفض صدر منه؟

– ليس تماماً. الفرق بيني وبينه أني لم أجرؤ على الرفض، فرحت أتحايل لإيجاد فرصة أخرى لنتعارف أكثر، وفي هذا الأمر لم نتصارح كما يجب. عموماً أرى أن بعض الأمور لا يمكن التصارح به. أمور هي خليط من التوقّعات والحدس والمشاعر، ففي بعض المواقف، تكونين في موقف متناقض غريب، تريدين وترفضين في الوقت نفسه. هذه حقيقة بشرية.

* وكيف انتهت هذه الحكاية؟

– انتهت وحدها. كنا سنلتقي في يوم تال، لكنه لم يتّصل، ولم أتّصل مستفسرة، ثم توقّعت أنه سافر.

* وماذا كان موقف هديل سالم علي؟

– اسأليها. لقد تجاهلت الأمر تماماً. وكأن ما حدث جملة اعتراضية، أو هي وضعتها في حياتها وحياة ابنها بين هلالين، حتى الآن عندما استأذنتها للحديث معك عن الأمر أحسست أنها لا تريد الخوض في أيّة تفاصيل.

* هل شعرت أنه ربما يكون على علاقة بفتاة أخرى أو...

- لم أشعر، بل أنا متأكدة. حتى لو أغلظ هو أو أمّه، لي الأيمان بأن سبب فشل المشروع أننا لم نتفاهم، وأننا لم نصل إلى ما أسمّيه التطبيع النفسي. فأنا أجزم، وليسامحني ربي على هذا الظن، بأن هذا الشاب يعيش حبّاً كبيراً، ولسبب ما يريد الهروب منه.

****

دبي / جوانا (صحافيّة متخصّصة في الشرق الأوسط والأديان)

* شكراً لموافقتك على الحوار في هذه الرواية.

- بكل سرور.

* ربما تكونين الوحيدة التي تستطيع تقديم صورة هديل سالم علي التي التقيتها أكثر من مرّة في مناسبات مختلفة في دبي، ضمن سياق عام، فما هي الصورة التي تقدمينها إلينا؟

- أعدّ كتاباً عن أجيال مختلفة من المسلمات أحاول أن أرصد فيه تطوّر الذهنية، بالإضافة إلى أشكال التعبير، والمظهر، والشكل.

* إذاً أين تضعين بطلة روايتي في هذا السياق؟

- هناك فئة، تبدو لي أنها منها، خضعت في السنوات الأخيرة لأبنائها، وهي فئة تضمّ الرجال والنساء على السواء. ففي لبنان مثلاً، وجدت نماذج من رجال كانوا في الستينيات يشربون الخمر ويذهبون إلى النوادي الليلية، فيما هم الآن، نتيجة ضغوط مارسها عليهم أبناؤهم، يذهبون إلى المساجد، ويؤدون الصلاة أيضاً. هذا الأمر ينطبق كذلك على المسيحيين، لم يكونوا على علاقة يومية بطقوس دينهم، لكنهم الآن تغيّروا. في العراق نفسه لاحظت ذلك، خاصة في ما يتعلق بالطقوس الشيعية، لكن، لهذه أسباب أخرى كما يبدو لي، منها ما يرتبط بالحظر السياسي الذي شملها في عهد صدام حسين.

* وماذا عن بلدان أخرى؟

ـ في الأردن مثلاً. التعبير عن العودة إلى التديّن واضح جداً في الشارع. كذلك في المغرب العربي، نجد ذلك في عودة النساء إلى الحجاب، وعودة الرجال إلى الذهاب إلى المساجد. لكن الثغرة التي تعبّر عن نفسها هنا، هي عندما يبدأ الحديث عن المسيحيين. نعرف أن المسيحيين قلّة في البلدان العربية. والآن، هناك دول وجمعيات ومؤسسات تريد أن تحتكر الاهتمام بهم للاستفادة. إنهم نوع آخر من النفط، يمكن اكتشافه واحتكار استخدامه في معادلة اقتصادية رابحة. تبدأ من مطالبة في إنشاء كنائس، وفضائيات، ومواقع، ولا أقول إنها حرب مواجهة كما يخمن بعضهم. بل هدفها الأكبر ربحي في الدرجة الأولى، لأن من يطلقها ويدعمها ويسيرها لا علاقة له أساساً بالدين.

* أفهم أنك مقتنعة بأن ليس هناك انقسامات طائفية في البلدان العربية، أو تسونامي طائفي يجتاح العالم؟

ـ عموماً لا. وإن وجدت فهي ستكون عبر أبواق. إننا اليوم في حروب الميديا لا أكثر.

* ولماذا نقرأ في الإعلام الغربي عن المحجّبات وارتباط مشهدهن بالإرهاب و...

ـ إحذري. الإعلام اليوم هو الاستهلاك. الناس يا عزيزتي يعيشون في قارات أخرى. إعلامنا اليوم بزنس، وكلمة بزنس هنا تعني بزنس سياسياً واقتصادياً. والقضايا الكبيرة على قياس غيفارا وتروتسكي تراجعت، والذكي من يدرك ذلك. لكن المؤسف أن عامّة الناس لا يدركون ذلك. إنه أمر تاريخي على كل حال. هناك قلّة تحرّك العالم. هذا مؤكد.

* هل يمكنني أن أسألك، ماذا يعني مظهر المحجبات بالنسبة لك؟ وهو ما يؤرق بطلة روايتي.

ـ التقيت نساء عديدات من هذه الفئة. أيضاً هناك فئة تقابلها، التقيت بعضهن أيضاً، هؤلاء على عكس هديل سالم علي، يبالغن في إظهار انتمائهن، وتشدّدهن يبدو لي أنه من منطق الدفاع عن النفس لا أكثر، ومعروف أن درجة الدفاع عن النفس تصل أحياناً إلى حدّ الهجوم، وهو ما نجده لدى من يختارهن الإعلام لنقل وجهة نظر المحجّبات. ما رأيت

البتة على شاشات الفضائيات شخصية معتدلة تتحدّث في مجال ما. هل تعلمين لماذا؟ لأن الاعتدال مملّ. كل شيء وسطي، عادي، معقول، يكون مملاً عندما تريدين تحويله إلى بضاعة. المبالغة هي عنوان في الميديا، والمبالغة تعني الإثارة بما تحمل من تضليل أو تشويه أو حتى إنقاص أهمية.

* ألا يبدو كلامك غريباً أو نادراً في ظل ما نسمع ونقرأ عنه عن تصادم الحضارات وعودة الحروب الصليبية وتناقض الأديان...

– لا. التوصيفات بالنسبة إليّ تبقى نفسها، لكن «البضاعة» تتغيّر. في الأزمنة الغابرة نتحدّث عن حروب القديسين والسحرة، ثم عن نفوذ رجال الدين وتصدّيهم للسلطة الحاكمة. بعد ذلك بدأنا نسمع عن حروب الطوائف والمذاهب. في الغرب، الكاثوليكية والبروتستانتية، وفي الشرق بداية من اليهودية والمسيحية، ثم الخوارج، ثم خلافات علماء الكلام... القائمة تطول. فماذا يمكن أن نتحدّث فيه مثلاً عن المذاهب المختلفة الأربعة لدى المسلمين؟ أيضاً كيف نتوقّف عند الأناجيل الأربعة. هذا هو حال البشر يا صديقتي. العالم منذ الأزل قائم على الكانتونات، والكانتونات تقودها قلّة، وكل ما يستطيع أن يفعله هؤلاء القادة في فسحات الزمن، أن يقيموا جسوراً أو يحموا أنفسهم، بتهوّر أحياناً عبر الحروب، وبتعقّل أحياناً عبر الهدنات أو اتفاقات المصالح المشتركة. أما الثنوية والطبقية والاختلافات فهي أزلية. عندما تفكرين في كل هذا، هل يعود لشكل حجاب أو طريقة عبادة ما يحتاج إلى حرب أو تصدّع العالم؟ الحروب هي للسلطة وكلّ الأمور الأخرى أدوات وتكتيك. يا عزيزتي الناس في عوالم أخرى، هناك لجوء اليوم إلى الروحانيات بسبب الملل من الفساد والتسابق إلى احتكار الثروات. انظري إلى الناس في أميركا. كثيرون يلجأون للطبيعة، للكنيسة، للبوذية، للإسلام... كل إنسان يبحث عن خلاصه من مأزق هذا العالم، وليسوا واعين كلّهم، لكنهم يحسّون بالفطرة، وفضيلة الإعلام هنا أنه كشف لهم حجم الكذب. هذه أيضاً واحدة من حسنات الديمقراطية.

* هل تعلمين أنه كان لدى السيّدة هديل، برغم حجابها، مشروع زواج من رجل مسيحي؟

– سمعت ذلك من جوانا، وأثار انتباهي، مع أني أجد الأمور أبسط بكثير من ذلك. هناك أشخاص يضخّمون الأمور، وأعتقد أن هديل من هذه الفئة.

* كيف؟

– أعرف أناساً تزوّجوا زيجات مختلطة وهم يعيشون سعداء. كان لي زميل في لندن من أصل مغربي، تزوج إنكليزية، أظن أنها من منطقة كانت. وهما متفقان تماماً برغم اختلاف دينهما.

* هل يمارس هذا الزوج فروضه الدينية اليومية؟

– بالطبع . نحن نعرفه. كان بإمكانه أن يعتذر من اجتماع لبعض دقائق ليؤدي صلاته في وقتها سألته بعد زواجه ماذا عن موقفه من أهل زوجته في ما يتعلق بشرب الخمر وأكل لحم الخنزير. هل تعلمين أنه أخبرهم عن موقفه وطلب منهم عندما يزورونه ويزورهم ألا تكون هذه الأمور موجودة؟ وهم احترموا اقتناعاته ومارسوا عاداتهم بعيداً عنه، بل أكثر من ذلك، أخبرني أنه عوّدهم أن يخلعوا أحذيتهم عند مدخل البيت عندما يزورونه. اليابانيون والصينيون يفعلون هذا أيضاً.

* هل طلب من زوجته أن تضع الحجاب؟

– لم يحدّثنا عن هذا الأمر، لكني أعلم أنهما متفاهمان جدّاً، هي عملت معنا مدّة من الزمن قبل أن تنتقل إلى شركة أخرى، أي أنه لم يفرض عليها المكوث في البيت كما نسمع عن اضطهاد المرأة المسلمة، علما أني مقتنعة تماماً بتفرّغ المرأة للعناية بأطفالها في السنوات الأولى لولادتهم. ثمة حكومات في أوروبا بدأت تقتنع أيضاً. طبعاً التربية أمر آخر وصديقنا ينشئ أولاده على القيم والتعاليم الإسلامية، وهما كما يبدو، متوافقان على ذلك. باختصار، الناس يعيشون حياتهم ببساطة، لكن السياسيين والإعلاميين يتاجرون. فمن يعرف نماذج من أمثال زميلي هذا أو غيره؟ عندما تخبرني باث عن رحلاتها في أنحاء العالم تقول لي إن البشر مسالمون ويحبّون الحياة، وفي كل الأماكن هناك اكتظاظ حول أماكن الترفيه والسياحة وأماكن العبادة المختلفة. وكما هنالك اكتظاظ في الطرق

والمستشفيات هنالك أيضاً الأبيض والأسود والمتدين والعلماني والملحد. الدنيا يا عزيزتي وجدت متنوّعة وستبقى متنوّعة إلى الأبد. المشكلة فقط لدى من يحكمون، لا لدى من يتم التحكّم بهم، فالآن تغيب العدالة ويعود مفهوم القوة.

* هل تعتقدين أن أمثال هديل وابنها يرون الدنيا صغيرة؟

- بل ربما يرونها في حدود اقتناعاتهم وحاجاتهم، وهذا أيضاً مطلب مبرّر. أمّي عاشت وستموت في قرية صغيرة في إيرلندا. كل عالمها يتوقّف على الاطمئنان علينا ومساعدة أهلها ومعارفها، والاعتناء بمزرعتها الصغيرة. قضيتها بسيطة جداً. فهي في كل صلاة تدعو أن يختلف الناس بالكلام فقط لا بالسلاح، هذه الحكمة الفطرية البسيطة، هي في رأيي أعظم فلسفة في العالم.

****

الفصل الخامس

إلــــى أيـــــن؟

«إلى مي»

إنه اليوم الأخير، لدي ساعات قليلة كي أنهي هذه الرواية. الاتّفاق مع السيّدة دينا، ناشرة الرواية كان واضحاً. فإذا ما أردت أن تلتحق الرواية بالكتب التي سترسل إلى معرض لندن الدولي، فإن علي تقديمها خلال هذا الأسبوع.

الدار الناشرة لا تنتظرني بالطبع، وليس علي أن أوهم قرائي بأنني أنتمي إلى تلك الفئة من الكتّاب الذين يوقّعون العقود ويتقاضون جزءاً من حقوقهم فيما ينتظرهم الناشر بقلق. لا وجود لمثل هذا المؤلف والناشر في منطقتي العربية، ومن يدّعي غير ذلك أطالبه بالمواجهة، وسأربح في هذه المواجهة، حتى لو خسرت!

كما ترون، فتهرّبي واضح، بل فاضح. أجلس الآن في شقّة صغيرة في دبي، تلك المدينة الزاهرة المسالمة، التي تحتضن أبطالي بتناغم يدهشني، وعلي أن أنهي كل ذلك في بضع صفحات مقبلة. ما زالت أمامي مجموعة من الوثائق والأوراق والمراجع وأرقام الهواتف، وبعض الصور والرسائل. الخيوط التي كنت أشدّها وأرخيها بين الفصول والصفحات والحوارات تكاد تفلت، أو هي أفلتت تماماً، وأنا أنقل إليكم وضعي وعجزي.

لدي معلومات تقول إن السيدة هديل سالم علي تعيش هذه الأيام حالة خاصة، مؤثّرة بالنسبة إليها، واليوم تأكد لي ذلك، عندما اتّصلتْ بي هذا الصباح معتذرة عن عدم تلبية موعد أخير، أستقبل فيه بوحها قبل أن أختم روايتي. قالت إنها أتت في مثل هذا اليوم تماماً قبل عامين إلى دبي، وأن كل ما حدث يتكوّم الآن بين رأسها وقلبها، وهو يثقل عليها إلى درجة تعجز معها عن الكلام. أتمنّى أن أعرف منها ما حدث تماماً في لقائها الأخير بيوسف كامان، وما حدث في اللقاء الأخير بين ابنها مؤنس وسارة، ابنة يوسف، فتجهش وتتناثر كلمات لا أدري «شمدريني» متقطعة مثل آلام وخز المفاصل. أجد نفسي يتيمة تائهة، تُركت فجأة فوق تلّ، فيما كان حولي جمع يؤنسني ويعدني بمغامرة مثيرة برغم صعوبتها.

كأن الليل يحلّ فوق رأسي، برغم تلك الانفراجات التي تحنّ عليَّ بضربات بيانو شوبان. يوم ثقيل، بل مخيف. أتمنى توقّف الساعة، وجمود الأبطال بحيث يصبحون في متحف مدام توسو الشمعي. ماذا سأقول لقرائي؟ وكيف تتراجع المهارة والادعاء بالثقة والقوّة، لتصبح الكاتبة طفلة ضلّت الطريق. تعجز حتى عن فهم ما يخطط هؤلاء الأبطال الذين تحوّلوا فجأة إلى خصوم. يشاكسون ويتلاعبون بأعصابي؟

هل أصدق ما قالته السيّدة هديل سالم علي عن هذه الذكرى الهائلة التي تجتاحها؟ ماذا يعني أن تصل إلى دبي قبل عامين، محمّلة بتاريخها الضحل؟ هل ينبغي أن يتوقّف عالم روايتي عندها؟ وماذا يهمّ إن التقت يوسف كامان في النهاية ولم تخبرنا عمّا اتفقا عليه؟

هل أضيّق حدود روايتي التي أردتها أن تمدّ بساطها على هذا العالم، وتتيح لي ولأمثالي أن نسير بشيء من الراحة، ونجد بعض فتات العدالة الضائعة وقضايا الحق.

يا لها من كلمات حمقاء، تفلت الآن هكذا، ويتعيّن علي أن أحذفها على الفور، ليس من سطوري، بل من رأسي الذي كما يبدو يضاهيها في الحماقة. سأضيع كلّ ما وعدت به من إثارة وحبس أنفاس واستخدام أدوات الجذب المتعارف عليها اليوم في الإبداع والأدب والإعلام. سأفشل. بل فشلت، لكني سأكابر، لأني أطلقت وعوداً أكبر مني. قلت إني لن أحذف كلمة واحدة من هذا المشروع، وعلى من يقرأ أن يعيد كتابته. ألا يقول النقّاد إن القارئ كاتب آخر؟ فلماذا ينبغي أن يعيد كتابة روايتي في رأسه أو خياله فقط؟ لماذا لا يفعلها حقّاً؟ يأخذ قلماً ويبدأ بحذف كلّ العبارات الفائضة، ثم يعيدها إليّ ويستعيدها في ذاكرته، نظيفة بعد أن استحمت بذوقه واقتناعاته؟ لو أني أستطيع الآن أن أعيد تاريخ هديل سالم علي ويوسف كامان، لفعلتها. لكني لا أملك الوقت ولا الطاقة. الوقت حدّدته الناشرة وألتزمه خوفاً من ضياع فرصتي في نشر الرواية، والطاقة تلاشت بعد كلّ هذه الرحلة بين اللقاءات والوثائق والخيال. إذاً لا مفرّ من نهاية باردة عرجاء، قد تستدعي أن يلقي أحدهم هذا الكتاب جانباً موجهاً إليّ شتيمة أستحقّها. فأنا بالفعل أضيع وقته بهراءات وشطحات لا تُعقل.

لماذا عليه أن يستوعب حماقات كاتبة، فيما كان أمامه طبق من شخصيات من لحم ودم، يحبّون ويتعذّبون، وقد يشبهونه في حيرتهم وتردّدهم، أو قد يكتشف أنه نقيضهم فيسعد بقوّته وانتصاره. إلى أين أقوده الآن بعد تلك الغابات التي أملته فيها بالعثور على جوهر التشويق والإمتاع؟

سامحوني، لقد أمضيت عمري بين تلك الشخصيات التي كنت أسحبها من رأسي، أو من نفسها، فأشتري طيبتها أو ثقتها بحنكة الكاتب المتلصّص ووعوده بالمراعاة والتمويه، أو باستئذان يريح ضميره في الدرجة الأولى، فيما يهلكها بتشويه يتطلّبه خيال أرعن. أنا أيضاً أعيش هذه الأيام حالة من الاسترجاع. تكاد هديل سالم علي أن تجمع عدداً من شخصيات روايات سابقة كنت أقدّمها ناقصة، أو متخمة بخيالات، ويكاد يوسف كامان أن يصحّح بعض شخصيات جاءت شاحبة في روايات أخرى. هو أيضا يذكّرني على نحو آخر بأمين مصباح في «بستان أحمر» ومدحت في «أرتيست» فيما تعود بي هديل سالم علي، إلى «يارا» في «بستان أسود» وتستحضر لي ملامح من ريم العنتر في «بستان أحمر». فما الذي أضفته في هذه الرواية الملعونة التي تأكلني؟ أهي تحوّلات أمين ويارا وريم و... أم إعصار مؤنس اليادري وسارة، الذي يريد أن يرمي بهم إلى أبعد بعدٍ في الرأس والتاريخ؟ وأعني هنا تاريخ الدنيا وتاريخي؟

هذا ما يحدث لي فعلاً في هذا الفصل، أكتشفه الآن، لحظة بلحظة. أيّ في اللحظة نفسها التي تقرأون فيها هذه السطور، وأكون بدوري أكتبها. أنا نفسي، الكاتبة التي تؤلف هذه الرواية، تصبح واحدة منكم، تتابع ما يحدث، مع أنها لا تريد لروايتها تلك اللحظة الشيطانية التي يقال إن القلم (أو التعبير) يذهب بنفسه إلى شيطان يسحبه إلى التفاصيل، فهي تريد سلاماً وسلماً. بل لحظة إيمان تشبه إيمان أبطالها الجميل. أريد في هذه اللحظة أن أجد الاتّجاه الحقيقي لهذا الفصل الأخير من روايتي. أعلم تماماً أني لن أجده إلا مع مؤنس وسارة، وأن اعتذار هديل سالم علي مبرّر، بل مطلوب، برغم تضامني مع مشاعرها الجيّاشة، كذلك أبرّر غياب يوسف المنطقي، فهو في كلماته الأخيرة أخبرني أنه قال إنه

سيفكّر في الأمر، علماً بأن لديه منطقة في رأسه تأمل أن تتراجع عن ذلك الاقتراح، أقول لكم، برغم أنهما وعداني بلقاء أخير، ينقلان إليكم قرارهما أو اتفاقهما، إلا أن تغيّبهما في هذا الفصل، إلى هذه اللحظة، لا أراه مهمّاً بمقدار أهمّية غياب مؤنس وسارة. فهذان البطلان هما من أبحث عنهما الآن، إنهما يهربان. هما أيضاً وعداني بلقاء أخير. أذكر أن مؤنس في آخر لقاء، وأنا أشتغل على هذه الرواية، وعدني بالحديث عن مشروعه (الراب الإسلامي) قبل أن يتخلّى عنه، لأني وجدت فيه أهمية كبيرة ومغرية للقراءة. كذلك وعدني بالبوح بمشاعره الدفينة نحو سارة، وإيضاح ما التبس عليّ بشأن اللقاء الوحيد الخاطف بفاطمة، في محاولة يائسة منه، لخنق قصّة حبّ عميقة وجيّاشة. ليس هذا فحسب، بل قال إنه يحتاج إلى مثل هذا البوح، لأنه سيخلصه من التباسات وقد يطلب مساعدتي على اتّخاذ قرار.

أين هو؟ أين مؤنس؟ وأين سارة؟ ولماذا أعطاني مؤنس اليادري رقم هاتف قال إنه يمكنه الحديث من خلاله قليلاً، فهو لا ينام قبل الثانية بعد منتصف الليل، فيما وعدني يوسف بلقاء وحيد مع سارة، يكون خاتمة لكل ما سأكتبه عنها، وإذ هما يتبخّران الآن مثل ضباب الصباح؟

كنت مستعدّة للسفر مرّة أخرى إلى لندن، فهناك ما يستحقّ المشقّة لإنجاز هذه الرواية التي رحت أستعرض للناشرة أهميّتها، وأعدها بأنها ستتحدّث عن المسكوت عنه، وهي عبارة يستخدمها كثيرون، ووجدت أن بإمكاني استخدامها في الترويج لكتابي، برغم أني في أعماقي مقتنعة أني ما زلت أخاف من كشف الكثير من المسكوت عنه، وأني افتقد الجرأة التي حسبت نفسي أتمتّع بها، أو أردت أن أكون عليها. كل ما يواجهني الآن هو لحظة صدق عابرة تقول إني رغبت في كتابة هذه الرواية لأني أحتاج إلى ذلك، ربّما لسبب غامض لا أدركه، أو ربما بسبب اكتشافي أو تخميني، أن هؤلاء الأشخاص الذين يحيطون بي، والذين حولتهم إلى شخصيات روائية، يحتاجون إلى مثل هذه الرواية. ربّما أردت أن أقدّم إليهم مرآة قد لا تكون مصقولة كما ينبغي، أو قد تكون مرآة مقعرة كتلك

التي تحوّل صورة من يواجهها إلى قزم أو عملاق مضحك، لكنها مرآة مطلوبة، بل ضرورية أحياناً.

كلّ هذا، أرجو أن تحذفوه لأني سأكون نادمة على الاستطراد، لكني لا أستطيع حذفه بعد التزامي ذلك وجسارتي على خوض مثل هذا الامتحان. المهمّ أني مازلت أبحث عن مؤنس وسارة، وأريد معهما وبهما أن أنهي هذه الرواية. الوقت يمضي، ولا أثر جديداً. كلّ ما أتصفّحه من الوثائق والأوراق لا يقدّم إشارة جديدة. الهاتف لا يردّ. أحاول أن أسترجع من الأوراق واللقاءات المسجّلة، كلمات وأصواتاً ولحظات صمت، فيجيش في قلبي نبض غريب، مؤلم، بل ساحق الألم، وأدرك أني «وقعت في غرام أبطالي». هذا التحذير الذي وجّهته إليّ ناشرتي السابقة الراحلة مي غصوب: علينا ألا نقع في غرام أبطالنا، هذا خطر. يا إلهي كم أذكرها الآن، وكم كانت خلال فترة معيّنة مرافقة لمشروع هذه الرواية التي غرست فجأة في رأسي ذات يوم. عندما زارتني فيه صديقة تشبه مسز دالاوي بطلة فرجينيا وولف، وكانت تضع فوق حجابها قبعة، إنه مختبري، أشرع أبوابه الآن، في هذا الفصل الأخير، وأدعو من يرغب إليه، أما من لا يرغب، فليعتبر أن هذه الرواية انتهت قبل صفحات، منذ أن اكتشف مؤنس اليادري رغبة سارة كامان الصاعقة والصادقة في اكتشاف طيّات في دينها وأرادت تلمسها وعناقها، ووعد نفسه بالصبر لاستمالتها بمرور الزمن، ومنذ أن اكتشفت سارة أن مؤنس سيعذبها ببقائه ورحيله على السواء، وأنه يحتاج إلى إيمانه بعيداً عن كل عذاب، فرضخت لاحتمالات كثيرة لا تبعد الآمال.

هذا شطط آخر عليّ أن أعترف به. فالعبارات السابقة لا معنى لها، سوى المحاولة اليائسة لترك كوّة من نهاية مفتوحة، أيّ إمكان عدم اتّخاذ قرار ما بلقاء أو فراق، تاركين القرّاء يتخيّلون نهاية سعيدة أو حزينة، كلّ حسب مزاجه وحاجته إلى اقتناع يرضيه.

لكنّ الحقيقة غير ذلك، وإذا كان لكل رواية نواة من حقيقة، فهناك حقيقة مؤكدة هي أني لا بدّ أن ألتقي مؤنس الحقيقي وسارة الحقيقية، وهذه المرّة في الحياة، (في حياتي

نفسها كمؤلفة، لا كإحدى شخصيّات هذه الرواية)، وأنه لا بدّ أن أعرف ماذا حدث حقّاً، هل أقنعته بالبقاء على دينها والزواج منه؟ أم أقنعها بالالتحاق به والاعتراف بأن الثالوث المقدّس يتعارض مع عقيدة التوحيد، وأن من هنا عليها أن تكون متديّنة؟ وإذا ما أهملا مثل هذه المواجهة، وتفاديا ذلك كلّ يوم، بل كلّ لحظة، وهربا من نقطة انطلاق خلافهما، فهل يستطيعان أن يناقشا كلّ الأمور الأخرى براحة واطمئنان؟ هل يستطيعان أن يكونا نسخة عن يوسف كامان وزوجته الراحلة هناء؟ ألم تخبرني غالبية الشخصيات الأخرى أنه زمن آخر وأننا أمام جيل آخر؟

بصراحة، لا أريد العودة إلى هذه المنطقة، إنها جافة، مزعجة، تهدم كل جماليات بحثت عنها من أجل هذه الرواية. لا أريد التوقّف عند اقتناعات التشبّث والإلغاء، ولا أريد الافتراق من منطلق اختلاف التسميات في رأسَي كلّ من مؤنس وسارة، بل أريد مشاعرهما، طيفيهما المنطلقين بالشباب والعنفوان والآمال. رجاءً، أريد أن أتصل بهما على هذا الرقم، أنقل إليكم تلك اللحظات التي كان فيها مؤنس يوقظ أمّه في ليالي البرد، بعد عودته من لقاء سارة، وتكون هديل سالم علي في غرفتها في الطبقة الثانية من منزلهما في لندن، تغطّ في نوم عميق، عقب يوم حافل من تعب العمل والشؤون المنزلية، فيأتيها صوته المرتجف مثل عصفور. تهبط وهي تتدفأ بروبها الصوفي، تواجهه في الصالة، جالساً على الكنبة البيضاء العريضة، وضوء زاوية الصالون يرسم تشكيلات انعكاس أغصان النبتة الضخمة وراءه على الجدار. يصبح في نظرها كأنه في غابة. صوته خافت متقطّع . شفته السفلى ترتجف. كلماته تغصّ تجعله مبحوحاً: هل تحبّني يا ماما؟ هل تظنّين أنها تحبّني؟ تراه أمامها طفلاً مرتعداً ببرد وخوف، يتلقّى ويبثّ كلّ موجات الحبّ والشوق في العالم، يختصر تاريخها وتاريخ والده، بكلمة، بنبرة، يمحو ببريق الدموع المختنقة في نظراته، قوافل من بنات محجّبات وغير محجّبات، يلتزمن أكثر مما يريد ويطلب، لكنهن يتفتتن مثل ذرّات، فيما يتكوّم بهشاشة مدهشة أمام هذا الجبروت الهائل الذي يأسر أقوى النفوس. يستعيد أمامها حواره مع سارة كلمة بكلمة. هي قالت وهو قال.

هي سألت وهو أجاب. هو سأل وهي لم تجب. كلمات صغيرة، تافهة، ركيكة، لكنّها حلوة، حتّى مرارتها مطلوبة، فبدونها يكون البرد، ويكون الصقيع، يكون موت النبضات وجمود الخيال والمشاعر.

إلى تلك اللحظات أريد أن أعود مع مؤنس لأنقل لكم المزيد من تلك العلاقة التي تريد أن تبتر نفسها فوق الورق. أريد، ربما مثل بعضكم، أن أعود إلى مذكّرات سارة التي أحببتها، برغم كلّ تحذير، أستعيد مذكّراتها، أبحث من خلال الكلمات والفواصل والنقاط وعلامات التعجّب والاستفهام عن ثغرة تتيح لي أن أتلمّس نهاية. أيّ نهاية، سواء لقاء أو فراق. فلقد أُنهكت حقّاً، ووقتي الحقيقي والدرامي معاً يسيران في اتّجاه معاكس. يهدّدني ويحذّرني بضرورة التوقّف. فخارج هذه الحدود، سأصل إلى ما يشبه حافة القمّة. بعد ذلك الهاوية. وإن أيّ مزيد من الاستطراد سيعني عدم الالتزام بإرسال الرواية إلى السيّدة الناشرة، وأي مزيد يعني أن أفسد كل ما عملت عليه من حرص على الإثارة والتشويق.

إلى أين إذاً؟

هل تكفي تلك اللحظة التي لا أخفي أمامكم الآن أني بكيت وأنا أكتبها؟ لحظة اعتراف مؤنس لأمّه بالشغف والولع، بحاجته إلى تلك العلاقة، وخوفه من طيّاتها وتلافيفها؟ ألا تكفي لنهاية مفتوحة ستظلّ تتردّد بمختلف المستويات والأسئلة؟ وهل بإمكاني أن أستحضر لحظة أخرى؟ لحظة خاطفة، رأيت فيها سارة تعض شفتيها، عيناها حمراوان، نظراتها تبحث، شعرها الغجري يتناثر حول وجهها، ويدها تصبح إيقاعات سريعة لضبط خصلاته. ماذا؟ سألتها في لقاء أخير ووحيد باتفاق مع والدها. قالت: أحبّه، لكن أين الأمل. لم تجهش باكية، لكني رأيت البكاء يصبح شحوباً ودماً يحتل العينين، وارتجافة شفتين متدليتين. يا إلهي كم «أُغرمت بها» في تلك اللحظات، بل في هذه اللحظات التي أسترجع فيها كلّ هذا، أنشج (أنا المؤلفة) وأعلم أني أفسد روايتي وسأتحمّل العواقب، لكنّي أريد أن أكون وفيّة لما نذرت حياتي للدفاع عنه، وحاولت ذلك مستميتة في كل رواية

وقصّة. أريد الوفاء للحب والعدالة، وللسلام والمساواة، وللخيال الذي يستطيع أن يؤسس عالماً يمكننا تصحيحه بممحاة سحرية، بدون آلام وحروب.

تلك اللحظات، برغم مرارتها، ستظل تحمل ما يستعصي على أي نهاية، إنه الأمل بالحبّ دائماً، باللقاء، بالتواصل، بالتناغم والتساكن، أي ببداية جديدة، فهل أستطيع ذلك في رواية أخرى؟